高等学校"十一五"规划教材
普通高等学校体育课程教材

大学体育实践教程

主　编　赵德龙　李福祥
副主编　李兆元　邱　艳
　　　　李亚光　罗佳义
主　审　徐铁民

哈尔滨工业大学出版社

内 容 提 要

本书依据各运动项目的特点及健身价值将项目分为球类运动、艺术体育、民族传统体育、休闲娱乐体育、健身健美体育和冬季体育六编。本书对于较普及的篮球、排球、足球等项目进行了详细的介绍;对于一些新兴的项目软式排球、沙滩排球等进行了简要介绍。

本书适合于高等学校学生学习和教师备课使用,也可供体育爱好者及科研人员参阅。

图书在版编目(CIP)数据

大学体育实践教程/赵德龙主编. —哈尔滨:哈尔滨工业大学出版社,2007.2
ISBN 978-7-5603-2461-6

Ⅰ.大… Ⅱ.赵… Ⅲ.体育-高等学校-教材
Ⅳ.G807.4

中国版本图书馆 CIP 数据核字(2007)第 004595 号

策划编辑 孙 杰
责任编辑 唐 蕾 刘 瑶
封面设计 卞秉利
出版发行 哈尔滨工业大学出版社
社 址 哈尔滨市南岗区复华四道街 10 号 邮编 150006
传 真 0451－86414749
网 址 http://hitpress.hit.edu.cn
印 刷 肇东粮食印刷厂
开 本 787mm×1092mm 1/16 印张 22 字数 532 千字
版 次 2007 年 2 月第 1 版 2007 年 8 月第 2 次印刷
书 号 ISBN 978-7-5603-2461-6
定 价 28.00 元

本书编委会

主　编　赵德龙　李福祥

副主编　李兆元　邱　艳　李亚光　罗佳义

编　委　彭　伟　张桂英　司昌莉　罗明飞

　　　　于兴洲　姜淑艳　张亚晶　吴　涛

　　　　黄中伟　侯佰全

主　审　徐铁民

前　言

国家教育部《全国普通高等学校体育课程教学指导纲要》(以下简称《纲要》)的颁布实施,为高校体育教学改革和课程建设指明了方向,标志着我国普通高等学校体育课程的发展步入了一个科学化、规范化的历史阶段。同时,这也要求有一套与《纲要》的精神实质相符合的高校公共体育课教材来满足师生教与学的需要。

这本教材是根据佳木斯大学公共体育课多年的教学实践及实施《纲要》过程中的改革经验编写而成,各章节由学院选拔具有多年教学实践经验的各专项负责人编写,并经各专项教研组集体讨论修改。编写过程中,着重体现了以下一些改革精神。

1.《纲要》从多层次、多角度,全面、系统地提出了体育课程的基本目标和发展目标。这些目标涵盖了运动参与目标、运动技能目标、身体健康目标、心理健康目标、社会适应目标。因此,教材编写中,在坚持"健康第一"的原则下,着重体现多维、分层、发展的原则,满足各种层次、各种运动技能水平、各种运动基础学生学习、练习、欣赏的需要。

2.课程结构的拓展使学校、社会、家庭体育有机地结合起来。"三自"教学原则,充分地满足了学生个性发展的要求。本教材把学生喜闻乐见的运动项目分成球类运动、民族传统体育、娱乐休闲体育、艺术体育、冬季体育等几大类,学生在学习各自选项的同时,可参阅学习其他相近或相关的项目。本书还选编了滑雪、定向越野等运动项目,使体育课程的空间由校内拓展到校外,而且对沙滩排球、三人篮球、身体素质练习等方法进行了简要介绍,使学校与社会接轨,促使学生进行终身体育学习和锻炼。

3.本教材各项目内容按学习篇、练习篇、欣赏篇分列,学习篇包括一些基本的技术、战术方法,旨在帮助学生自学,帮助学生建立正确的技术、战术概念;练习篇主要收集各种简便易行的课余练习方法、手段,旨在培养学生终身体育的能力和习惯;欣赏篇包括项目的起源、发展、健身价值、裁判法及术语等,目的是使学生了解该项目,喜爱该项目。

本书由佳木斯大学体育学院赵德龙教授、李福祥教授任主编,李兆元(编写休闲娱乐体育、健身健美体育及冬季体育)、邱艳、李亚光(编写民族传统体育)、罗佳义等任副主编,佳木斯大学体育学院多位教师也给予本书的编写以极大的帮助。佳木斯大学体育学院徐铁民对本书进行了审阅。

由于编写人员的水平有限,尽管做了较大努力,但不妥之处仍在所难免,敬请各位专家、同仁批评指正!

编　者
2006.12

前 言

目　录

第一编　球类运动

篮球运动

学习篇

◆篮球运动的基本技术

一、移动

(一)基本站立姿势

基本站立姿势：即队员在球场上经常保持的一种既稳定又能突然起动的站立姿势。

动作要领：两脚前后开立，距离与肩同宽，膝稍屈，身体重心支撑点落在两脚前脚掌，上体前倾、抬头、收腹、含胸、两臂稍屈肘自然置于体侧，注意场上情况，以便及时向球场任意方向移动。

(二)起动

起动是在静止或行进间，利用突然快跑甩开对手的一种方法，它在比赛中运用最多。起动可分为面向前方的起动，侧向前方的起动，背向前方的转身起动。

动作要领：在基本站立姿势的基础上，起动时，前脚掌用力蹬地使动作具有突然性。起动前的前2～3步短而快，同时身体前倾，加快跑的速度。

(三)急停

起动之后，未能摆脱防守者时，可以用急停来摆脱防守者。

完成急停动作有两种方法：跨步急停(两步停)和跳步急停(一步停)。

1.跨步急停(两步停)：可在高速奔跑中采用，以摆脱防守或接球后突破。

动作要领：急停时，一只脚先向前跨出一大步，脚后跟先着地，上体后仰，身体重心下降，用腰部力量控制身体前冲，另一只脚向前跨出一步，脚尖稍向内转，前脚掌内侧用力蹬地，屈腿身体侧转，重心放在两腿之间，两臂微屈保持平衡，如图1.1所示。

图1.1

2.跳步急停(一步停)。

动作要领:在跑动中,用单脚跳起(不要太高),起跳后身体稍后仰,双脚同时落地停住。两脚平行或稍有前后同时落地,屈膝,重心下降,保持身体平衡,如图1.2所示。

图1.2

(四)转身(前转身、后转身)

转身是以一脚为中枢脚,另一脚向任意方向移动的动作。转身可分为前转身和后转身。

1.前转身:一脚在中枢脚前面跨过叫前转身。

动作要领:向右做前转身时,右脚为中枢脚,重心移到右脚,右脚掌用力碾地,左脚前掌内侧蹬地。转身过程中,身体重心在一个水平线上,不能上下起伏,如图1.3所示。

图1.3

2.后转身:一脚从中枢脚后面跨过叫后转身。

动作要领:向右做后转身时,左脚为中枢脚,重心移到左脚,左脚前脚掌用力碾地,右脚掌内侧蹬地,同时用力向右后方转跨、转肩;右脚蹬地后,迅速从左脚后面跨步落地,身体不要上下起伏,如图1.4所示。

图1.4

转身(前转身或后转身)为了摆脱防守而经常运用的方法,尤其是当进攻队员背对球篮接球时,可利用转身切入篮下投篮或传球。此外,还经常与保护球或在进行掩护配合和抢篮板结合使用。

(五)滑步

滑步是队员防守时移动技术中的主要动作方法。滑步可分为侧滑步、前滑步和后滑步三种。

动作要领:防守的基本姿势是两脚开立略比肩宽,屈膝,重心降低,两臂张开,上体稍向前倾。向左(右)做侧滑步时左(右)脚向左(右)跨步,同时右(左)脚蹬地向左(右)滑动。前、后滑步动作相同,只是前后进行。滑步时要始终保持屈膝、低重心的姿势便于随时滑动。

(六)后撤步

后撤步是变前脚为后脚的一种方法。当进攻者持球向防守者前脚方向突破时,防守者必须运用后撤步结合侧滑步来堵截对方突破路线,保持正确的防守位置。

动作要领:做后撤步时,用前脚向侧蹬地,重心后移,前脚移到后脚的斜方向,紧接滑步。保持防守姿势,后撤的角度不易过大,保持身体重心稳定。

二、传、接球

传、接球是篮球比赛中运用最多的基本技术,它是配合进攻的纽带。

(一)双手胸前接球

动作要领:接球时,两眼注视来球,手指自然分开,两拇指成八字形,手指向前上方,两手成一个半圆形。当手指触球后,两臂随球后引,缓冲来球的力量,手指握球于胸前。保持身体平衡,做好传球、投篮或突破的准备,如图1.5所示。

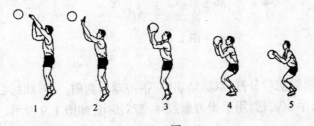

图1.5

(二)双手胸前传球

动作要领:两腿微屈前后开立,上体稍前倾重心放在两脚掌上,两手手指自然分开,手心突出,两拇指成八字形,双肘弯曲保持接球于胸前。原地传球时,后脚蹬地,身体重心前移,两前臂迅速向前方伸直,手腕翻转,拇指下压,手腕前屈,用食、中指拨球将球传出,如图1.6所示。

(三)单手肩上传球

动作要领:原地在右手肩上传球时,两脚前后开立,左脚向前,侧对传球方向,右肩上托球于头侧,掌心空出,以转体、挥臂、甩腕以及用手指拨球的力量将球传出,如图1.7所示。

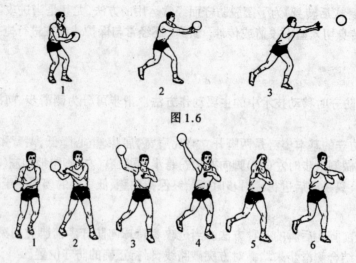

图 1.6

图 1.7

(四)双手头上传球

动作要领：传球时，两脚前后开立，面对传球方向，双手举球于头上，双肘自然弯曲，以蹬地、收腰、甩腕以及手指拨球的力量将球传出，如图 1.8 所示。

图 1.8

(五)单手体侧传球

动作要领：传球时，两脚前后分开，双腿微屈，双手持球于胸前。传球时，右手持球后引，经体侧向前作弧线摆动，手腕前屈，用手指力量拨球将球传出，如图 1.9 所示。

图 1.9

(六)反弹传球

动作要领：反弹传球时，双手持球于胸前，利用手腕、手指的抖动力量，使球通过地面反弹给同伴,球的着地点应根据两个队员之间的距离而定。球弹起的高度最好是在接球队员的腰部以下。

易犯错误:反弹传球容易忽略角度。球从地面弹起的高度,取决于传球的角度,传球的角度越小,球的着地点就越靠近接球者,球反弹起来的高度也就越低。

(七)行进间传球

动作要领:行进间传球是运用单、双手传球完成的配合动作。动作要领与单、双手传球相同,但是,它是在行进间进行的。行进间传球时,手臂与脚步配合要协调,接球后,中枢脚提起跨步,必须在中枢脚着地以前将球传出,否则造成"带球跑"违例。因此,传球时手臂动作应迅速,球出手要快。向跑动中的同伴传球时,一定要将球传到同伴的腰前约一步距离,做到"球领人"。传球动作要柔和。

三、投篮

(一)原地双手胸前投篮

动作要领:两脚左右或前后站立,两腿微屈,前脚掌着地,上体稍向前倾,眼睛注视瞄准点,两手五指自然张开,捏球两侧稍后部位,两拇指相对成八字形,用手指和手掌接触球,手心空出,持球于胸前,屈肘靠近身体。投篮时,两脚蹬地身体伸展,同时两臂向前上方伸出,两拇指向前上方用力推送,手腕稍有外翻,使球从拇指、食指、中指的指尖投出,向后旋转飞行,如图1.10所示。

图1.10

(二)原地单手肩上投篮

动作要领:以右手投篮为例,右脚在前左脚在后开立,双腿微屈,身体重心在两脚之间,上体稍前倾,两手将球移到右肩前上方,五指自然张开,手指扣住球,掌心空出,手腕后屈托球,左手扶球作保护,肘下垂,眼睛注视球篮,脚掌蹬地,接着右手托球向前上方伸展,手腕前屈,食、中指拨球,使球向后旋转投出,如图1.11所示。

图1.11

(三)行进间单手高手投篮

动作要领:以右手投篮为例,跑动中接球时,右脚跨出一步接球后,左脚再跨出第二步,应比第一步小并用力蹬地跳起,右腿屈膝高抬,左脚蹬地起跳的同时,双手举球向前上方伸展,右手五指自然分开,掌心托球,手腕后屈托球,左手持球保护,肘下垂,眼睛注视球篮,接着右手托球向上伸展,手腕前屈,手指拨球,将球击板反弹入篮。落地时,屈膝缓冲,保持身体平衡,如图 1.12 所示。

图 1.12

(四)行进间单手投篮

动作要领:以右手投篮为例,在跑动中接球或运球上篮时,应先跨右脚接球或拿球后,接着第二步跨左脚起跳,左脚跨步应稍小一些,右腿屈膝上抬,身体上升到最高点时,右臂向上方伸出,掌心向上,用手指和手腕力量,将球上拨,如图 1.13 所示。

图 1.13

(五)原地跳起单手肩上投篮

动作要领:以右手投篮为例,两手持球于胸前,两脚前后开立,两腿微屈,重心在两脚之间。起跳时两腿迅速屈膝,脚掌用力蹬地向上起跳,双手举球到肩上,右手托住球,左手扶球于左后侧方,身体接近最高点时,左手离开球,右臂向前上方伸出,手腕前屈,用食、中指拨球,将球投出,落地要屈膝缓冲。

四、运球

(一)原地运球

动作要领:两脚左右或前后开立,上体稍前倾,重心落在前脚掌上。运球时,以肘关节为轴,五指自然分开,掌心空出,用手指、手腕和前臂的力量,柔和地随球向下按运球。依次连续地运球。

(二)行进间的直线运球

动作要领:向前运球时,两腿微屈,上体前倾,手指按在球的后上方,跑动步法和球弹起的高度、速度应协调一致。手臂动作与原地运动相同。

（三）运球急停、急起

动作要领：运球急停时，可采取两步急停，跨出第一步时，身体后仰，运球手按球的下方，降低球的反弹高度，同时身体重心下降，用腿和另一臂保护球；急起时，手按球的后下方，身体重心移至前脚掌，后脚迅速蹬地，加速向前运球超越对方。

（四）体前变方向换手运球

动作要领：以右手变左手为例，变方向前，一般左脚在前，右手拍球到右上方，使球从体前向左侧运行，然后突然改变运球方向。右脚蹬地，上体左转，以臂和上体保护球。球反弹后，左手立即运球，向前推进。

（五）运球后转身

动作要领：以右手运球为例，防守者位于运球者左侧时，右脚在前，应迅速上左脚（为中枢脚），右手按球的前上方，随后转身，将球拉到身体后侧方，换左手拍球的后上方，运球到右侧，右脚贴近防守者的右侧，从防守者的右侧突破后，继续用左手运球。

五、突破

（一）徒手突破（空切）

动作要领：以防守者右侧空切为例，一对一摆脱防守，先往防守者左侧跑动，在做空切时右脚前脚掌内侧用力蹬地，蹬地脚落在防守者右侧方，随之右肩向左前方转动，迅速地向前跑动，将防守者压在后面。

（二）原地持球突破（交叉步、同侧步）

原地持球突破也叫持球过人。原地持球突破分为交叉步突破和同侧步（顺步）突破。

1. 交叉步突破的动作要领：以右脚为中枢脚，从防守者左侧突破时，左脚掌内侧用力蹬地，迅速向前跨步，同时身体向右转动，左肩向着前方下压，在右脚离地之前，右手向右脚的侧前方拍球，然后右脚急速上步超越对方，如图1.14所示。

图1.14

2. 同侧步（顺步）突破的动作要领：以左脚为中枢脚，从防守者左侧突破时，左脚掌内侧用力蹬地，左脚迅速向右前方跨出一步的同时，上体向右转，左肩向前进方向下压，在右脚离地之前，右手向右脚的侧前方拍球，左脚继续用力蹬地，快速上步超越对方，如图1.15所示。

图 1.15

六、个人防守

(一)防无球队员

动作要领:两脚左右或斜前方开立,两腿弯曲,身体重心降低,上体稍向前倾,张开两臂扩大空间防守范围,两眼平视,观察球的变化,随时准备移动脚步断球、打球或者堵截进攻者接球的路线。

(二)防有球队员

动作要领:防守者应保持低重心的防守姿势,与进攻者的距离保持在既能阻止对方投篮,又能防止对方突破,两手上、下伸展。当进攻者持球突破时,防守者采用后撤步结合侧滑步的移动,始终抢前堵截运球突破者的进攻路线,使对方改变方向或停止运球。

(三)抢球

动作要领:抢球时首先要判断好时机,在持球队员思想松懈或没有保护好球而使球暴露比较明显时,迅速接近对手,以快速、敏捷、有力的动作,把球抢过来。

(四)打球

动作要领:打球是要击落对方手中的球。在进攻队员持球、运球或投篮时,防守队员可利用快速的脚步移动,抢占有利位置,把握时机进行打球。

七、抢篮板球

(一)抢进攻篮板球

动作要领:在进攻队员抢篮板球时,要根据在场上所处的位置,及时判断球可能反弹下落的方向与落点,利用快速起动,直接冲向篮下或借助于闪晃的假动作迅速绕过对手去抢占有利位置,积极去争抢篮板球。

(二)抢防守篮板球

动作要领:防守队员在抢篮板球时,虽然处于进攻队员和球篮之间的较有利位置,但在争夺篮板球时,首先要挡住对方,密切注视球的反弹方向和进攻队员的动向,贯彻"先挡人,后抢球"的原则,防止对手乘隙冲向篮下抢夺篮板球。

◆篮球运动的基本战术

一、进攻战术

(一)传、切配合

动作要领:传、切配合是两三名进攻队员利用传球、切入动作组成的简单配合,它是进攻战术的基础配合。

(二)掩护配合

掩护配合:习惯称之叫为"挡人",是进攻队员选择适当的时机和位置,站在同伴的防守者的移动路线上,使同伴借以摆脱防守的一种配合方法。

根据防守位置和方向不同,掩护可分为前掩护、侧掩护和后掩护三种。

1.前掩护:是掩护队员站在同伴的防守者前面,用身体挡住防守者的移动路线,使同伴借机接球或投篮的一种配合方法(图1.16)。④传球给⑤后,先做向篮下方向空切的假动作,然后突然跑到△的身前,形成前掩护。⑤接④的传球后投篮。

2.侧掩护:是掩护队员站在同伴的防守者的侧面,挡住防守者的移动路线,使同伴得以摆脱防守的一种方法(图1.17)。⑤传球给④后跑到△的侧后方做掩护,④接球后做突破和投篮的假动作吸引住△,看⑤到掩护位置后,④从△的左侧突破投篮。

3.后掩护:是掩护队员站在同伴的防守者身后,挡住防守者的移动路线,使同伴得以摆脱防守的一种方法(图1.18)。④持球作投篮动作吸引△,⑥在△的后方已经站好掩护位置时,④突然快速向△的左侧突破投篮。

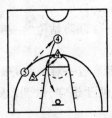

图1.16　　　　　　　图1.17　　　　　　　图1.18

(三)快速战术的基本配合

快攻:一种由防守转入进攻时,乘对方还来不及防守的时候,以最快的速度,在最短的时间内,争取在人数上造成以多打少的优势,并以此取得进攻成功的一种方法。

1.长传快攻通常由快攻的发动和快攻的结束两部分组成。如图1.19所示,④抢到了篮板球以后,寻找长传快攻的机会。⑦和⑧立即起动快跑,接④的长传后上篮。

2.短传推进快攻是防守转入进攻时,抢到防守篮板球的队员传出第一传,而另一队员接应推进形成以多打少的局面。如图1.20所示,⑧抢到了篮板球后,⑦往中间插接⑧的传球,⑦把球传给边线跑动的④,④再传回给⑦,⑦将球传给⑤,⑤再回传给⑦,⑦再传给④投篮。

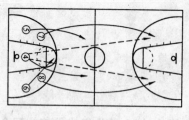

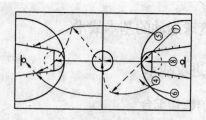

图 1.19 　　　　　　　　　　　图 1.20

3.二攻一。完成抢到防守篮板球第一传和接应后,在迅速推进过程中,在人数上往往造成以多打少的优势,形成二打一的局面。如图 1.21 所示,⑧和⑨在快速传球推进中,△突然前来防守⑧,⑧立即把球传给切入篮下的⑨投篮。

4.三打二。在快攻结束阶段,不仅经常出现二打一的局面,也时常出现三打二的局面。如图 1.22 所示,⑥从两名防守之间中路突破,此时△向前堵截,⑥立即把球传给⑧投篮。若△向前堵截时,则将球传给⑨投篮。

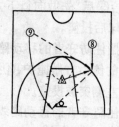

图 1.21 　　　　　　　　　　　图 1.22

(四)1—3—1 进攻区域联防配合

1—3—1 进攻站位,是进攻 2—1—2 联防站位的一种配合方法。

1.站位。

进攻者的站位是要避免与防守者形成一对一的局面,既要照顾到同伴便于联系,有利于组织进攻,又要考虑到进攻一旦失败便于退守,做到攻守平衡。图 1.23 是采用 1—3—1 进攻 2—1—2 区域联防的队形站位。

2.配合方法。

(1)利用快速传球寻找机会投篮,如图 1.24 所示,④、⑤、⑥、⑧之间互相快速传球,迫使△、△、△滑动,形成三防四,造成进攻者中有一人处于暂时无人防守局面,该人应立即抓住这一时机,进行中、远距离投篮。由④、⑤互相快速传球,把△吸引上来防守,④或者⑤立即把球转移给⑥进行投篮,如图 1.25 所示。

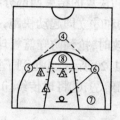
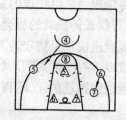

图 1.23 　　　　　　　图 1.24 　　　　　　　图 1.25

（2）利用穿插寻找篮下投篮机会，如图 1.26 所示，⑥传球给⑦后，向篮下空切。如果△向前防⑦，则⑦传球给切入的⑥投篮；如果△回撤堵截⑥，不让⑥接球，则⑧插上，接⑦的传球投篮。

（3）利用突破分球寻找投篮机会，如图 1.27 所示，⑦接球后，从底线突破。如果△补防，⑧应横插中间，这时⑦可用反弹传球给⑧投篮，也可以将球传给⑤进行投篮。

（4）利用掩护寻找投篮机会，如图 1.28 所示，④传球给⑥，⑦上前做掩护，把△挡住，接着⑥将球传给⑤，由⑤投篮。

图 1.26

图 1.27

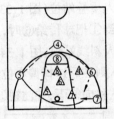
图 1.28

（5）五人的进攻配合，如图 1.29 所示，⑥传球给⑦后，突然向篮下空切，如果△上来防守⑦，⑦可以把球传给空切的⑥，⑥上篮，这是第一次机会；如果⑦跑传给⑥不成时，⑥接着跑到右侧，⑦可以把球传给④，④再传给⑤，这时⑧挡一下△，⑤进行投篮，这是第二次机会（图 1.30）；如果⑤不能投篮时，⑤将球传给⑥，△不上来防守，则⑥可投篮；△若上来防守，⑥可以传球给⑧跳投或者将球传给横插的⑦投篮（图 1.31），⑥从底线突破分球时，⑧纵切篮下，⑦横插中，④向左移动，⑥可根据场地的情况，将球传给⑧、⑦、④进行投篮。如果一次配合不成功，可反复进行。

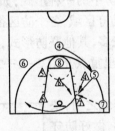
图 1.29

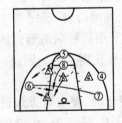
图 1.30

图 1.31

二、防守战术

（一）一防二

比赛中，以少防多的局面是经常出现的。一防二是比较被动的防守，尽管这样，也要争取变被动为主动，从而创造有利时机。出现一防二时，队员要保持沉着、冷静，根据进攻队形选择和占据有利防守位置，准确地判断对方意图，及时果断地运用假动作，设法让对方较差的队员掌握球，以使形成一对一的有利防守局面。

（二）二防三

当比赛中出现二防三时，两名防守队员应积极移动，紧密配合，做到里外兼顾，左右呼应。两人中应有一人对付控球队员,另一队员选择合理的防守位置,做到既能控制篮下,又能同时兼顾两名无球的进攻队员。随着对方将球的转移,两名防守队员的位置也要相应地改变。

二防三的防守队型有以下三种。

1.两人平行站位(图1.32)。⑤运动时,△和△采用平行站位,△重点防⑤,△选择有利位置同时注视④和⑥的行动;当⑤把球传给④时,△去堵截④,△立即撤向篮下并监视⑤和⑥的行动。

2.两人重叠站位(图1.33)。当④运球推进时,⑤和⑥快下,△封堵中路,△在后面兼顾⑤和⑥。当④把球传给⑥时,△则去堵住⑥,△后撤控制好篮下并兼顾④和⑤的行动。

3.两人斜线站位(图1.34)。当④和⑤短传推进时,△在前选择偏左位置并注视④和⑤的行动,△则在后选择偏右位置,形成斜线站位。当④接球运球推进时,△上前堵截,不让④突破,△移向篮下,并注视⑤的行动。

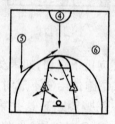　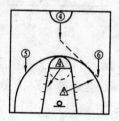　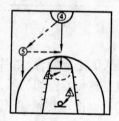

图1.32　　　　　　　　图1.33　　　　　　　　图1.34

(三)2—1—2区域联防

区域联防是一种半场防守的全队战术。2—1—2区域联防中的一种形式,如图1.35所示。五名队员站成2—1—2的形式,椭圆形表示每个队员的防守区域,各个防区衔接的地方为两个防守队员的共管区域。一般采用这种联防形式的比较多,其他联防形式,如3—2联防,2—3联防,都是从2—1—2联防变化而来的。因此,在这里重点介绍2—1—2区域联防方法。

1.由攻转守,快速布阵:由攻转守时,要在对方未进入阵地之前,快速退回本队后场,每个人按照区域分工,站成2—1—2的队形,做好防守准备,及时观察对方活动。

2.明确任务,分工合作:前锋△和△重点防守外围队员突破、投篮,防守中锋⑧抢罚球线一带篮板球,经常出现二防三的局面,要求△、△不停地移动和挥动手臂,一人上前,一人保护,互相配合。

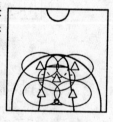

图1.35

中锋△要密切注视⑧在限制区一带的活动,严防⑧和其他队员插入中区投篮,并积极争抢篮下一带的篮板球。

后卫△与△坚守篮下两侧,封锁在篮下两侧接球投篮,并负责争抢篮下一带的篮板球,防守时,要通观全局,主要是观察判断、挡人、卡位。

3.随意转移,保持队形;有球盯人,无球协助(图1.36),当球在⑤手中时,⑥和⑦都在防守队右侧,△提防⑤投篮或突破。△向左侧移动协△防⑧,防止⑤传球给⑧。△上提注视⑧的行动,△上提防④,△向中区靠近注视⑦的活动,随时准备卡位,挡人、护送,防⑦从底线投篮。⑥、⑦、⑧在篮下站成三角形,准备争抢篮板球。

假设⑤将球传给⑥(图1.37),⑥横滑步防⑥,不让⑥投篮或突破,⑥横滑步协助⑥防⑧,防止⑥将球传给⑧,⑥向右移动注视⑧的行动,一旦⑥传球给⑧,则⑥防⑧投篮或突破,此时,⑥、⑥、⑥三人围防,夹击⑧。⑥右移防⑥将球传给⑦,同时,防⑥持球突破。⑥若突破,则⑥和⑥采用"关门"防守或补防;⑥若投篮,则⑥挡住⑦,准备争抢篮板球。⑥前提防止④向篮下移动,随时准备争抢篮板球。

假设⑥将球传给④(图1.38),则⑥跃出断球。若不成则应向左移动,待④接球时上前防④,不让④投篮或从底线突破。⑥要位前防④,⑥等⑥回防时,撤回防篮下。⑥向左移动防守⑧。⑥保护篮下,并防⑦溜底线接球投篮。④得球后,⑦篮下接球威胁最大,所以⑥使⑦不能随便通过篮下接球。若⑦强行通过时,⑥要护送交给⑥去防⑦,而后再回到原来防区去。如果⑥还没有返回来,而④又将球传给⑦了,则⑥要坚持防⑦到底,防⑦投篮。⑥后移加强篮下防守,并防⑥空切。

当球在底角时(图1.39),假设④将球传给⑦。⑥防⑦投篮或从底线突破。⑥向下移动,协助⑥防守,⑧向下移动,⑥要跟随⑧向下移动,防止⑧接球,如⑦将球传给⑧,⑥要防⑧投篮或突破。同时⑥退回防守,形成⑥、⑥、⑥围守夹击⑧;⑥保护篮下,防止⑤移至中区接球并注意争抢篮板球。⑥向篮下移动,防⑥空切篮下,并随时注意争抢篮板球。

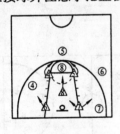  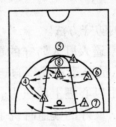 

图1.36　　　　　图1.37　　　　　图1.38　　　　　图1.39

(四)人盯人防守

人盯人防守战术是每个防守队员盯住一个进攻队员,同时协助完成集体防守任务的全防防守战术。它是运用最普遍的一种战术。

人盯人防守的优点是以盯人为主,分工明确,针对性强,便于发挥队员的防守积极性和提高责任感;它机动灵活,能有效地控制对方进攻重点。它的缺点是易被进攻队在局部地区各个击破。运用可采用缩小人盯人和扩大人盯人,防守范围可分为半场人盯人和全场人盯人。

1.半场人盯人防守是在后场进行人盯人的防守战术。由攻转守时,全队迅速退回后场,每个防守队员在盯住自己对手的同时,进行集体防守。在防守时,要根据有球侧与无球侧的不同,进行不同的防守。有球侧和无球侧的划分是假设以球场中间的轴线为界,有球一侧为强侧,无球一侧为弱侧。

半场人盯人防守的基本要求:要根据对方、球和篮来选位,以盯人为主,近球紧、远球松,积极主动,抢占有利位置,破坏对方进攻配合,加强防守的集体性。

(1)防持球队员,一般要逼近对手,积极干扰对方的投篮、传球及运球,不让对方持球队员任意活动。

（2）防无球队员,应切断对方的接球路线和防止对方空切人篮下,要注意球的位置,随时准备协防。

（3）防守的分工要根据双方队员的技术水平、身高和攻守位置综合考虑,尽量与对方力量相当。由攻转守时,迅速退回后场盯住自己的对手。

2.全场紧逼人盯人防守是指由攻转守时,防守队员在全场范围内各自分工负责紧逼自己对手的一种攻击性防守战术。它要求防守队员在全场始终紧逼自己的对手,积极阻挠对手移动、传接球、运球、投篮,并利用集体配合来破坏对方的进攻,为本队争得主动权。

（1）全场紧逼人盯人防守战术的基本要求有如下几点。

①由攻转守时,全队要统一思想,行动一致,每个队员要迅速找人,抢占有利的防守位置。

②防无球队员时,以防止对手接球为主,人球兼顾,要抢前防守。

③防持球队员时,首先要防止对方投篮或突破,要迫使对手向边线运球,并设法让他早停球。

④全队在防守时,要有良好的配合意识。

（2）全场紧逼人盯人防守战术的配合方法:由于全场紧逼人盯人防守战术的特点是在全场范围内与对手展开激烈争夺,并且每个人的防守任务不同,所以把球场分为前场、中场和后场三个区域。

①前场紧逼人盯人的防守方法。

前场的防守是全场紧逼人盯人防守的重要阶段。当本队由攻转守时,防守队员要迅速找到自己应防守的对手,抢占有利位置,给对手以心理上的压力。由于进攻转入防守的情况不同,因此,最好的紧逼时机是在本队投中或罚中球后,对方在端线掷界外球时（图 1.40）,△应迅速上前紧逼,积极挥动双臂,注意观察④的传球意识,封堵传球角度,争取断球。同时场内的△和△要选择在⑤和⑥

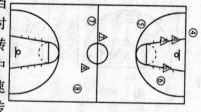

图 1.40

的侧前方位置进行防守,并根据⑤和⑥的移动不断调整位置,切断传球路线争取造成④的五秒违例。△可采取松动防守,坚持一定的距离和角度,以便当④长传球时,及时断球或在△和△漏防时,大胆放弃自己的对手及时进行补防。

②中场紧逼人盯人的方法。

当进攻队员进入中场时,防守队员应积极组织防守,破坏对方进攻配合,控制对方进攻速度,迫使对方持球队员按防守意识向边线运球传球或在中线边角处停球,以便夹击和抢断,迫使进攻队员在慌乱中传球失误或违例。如图 1.41所示,防守队员△故意让进攻队员⑤站边线运球突破,但不要失去防守位置,并要控制对方的运球速度。当⑤刚运球过中线时,△从边线上前迎堵,在中线的场角与△形成对⑤的

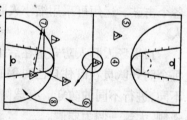

图 1.41

夹击,同时,离球较远一侧的队员要顺时针方向调整位置互相补防,准备断⑤传出的球。

③后场紧逼人盯人防守方法。

防守队在前场和中场防守未成功,进攻队已推进到防守队的后场时,防守队就要根据场

上的具体情况采用相应的防守措施,对持球队员认真进行封堵,不让对方将球传到篮下并要积极破坏对方的习惯打法和进攻节奏。要集中在近球区积极争夺,造成对方心理压力,促使其出错,争取获得球权,后场的防守方法与半场人盯人防守方法相同。

◆"三对三"半场篮球

(一)场地

三人制半场篮球赛,在高校开展得比较广泛,只需半个篮球场大小的场地,就能容下许多人进行循环"斗牛"式比赛。三人制篮球赛要求场地地面坚实,场地界线外有 1.5~2 米的安全地带。

(二)工作人员及其职责

设 1~2 名裁判员和 1 名记录员。

裁判员与记录员着装一致,但其颜色、款式应区别于运动员。

裁判员是比赛中唯一的宣判和终决人员,主裁判员负责在记录表上签字,副裁判员兼记 20 秒违例。

记录员兼管计时、计分。记录两队累积的分数(包括投篮和罚篮的得分)、全队及个人犯规次数以及比赛时间,并按规则要求宣布比赛进行的时间、比分。

(三)规则

除下列特殊规则外,比赛均按照当年最新国际篮球规则执行。

1.比赛双方报名为 4~5 人,上场队员为 3 人。

2.比赛时间:初赛、复赛不分上、下半时,全场比赛 10 分钟(组织者可根据参赛队数多少修订时间为 12 分钟或 15 分钟)。比赛进行到 5 分钟和 9 分钟时记录员宣布一次时间。10 分钟内双方都不得叫暂停(遇有球员受伤,裁判员有权暂停比赛 1 分钟)。

3.比赛开始,双方以投硬币的形式选发球权。决赛阶段,上半时获发球权的队,下半时不再获发球权。

4.比赛开始的投篮命中后,均在发球区(中圈弧线后掷球入场),算做发球。

5.每次投篮命中后,由对方发球。所有犯规、违例及界外球均在发球区发球。发球队员必须将球传给队友,不能直接投篮或运球,否则判违例。

6.守方队员断球或抢到篮板球后,必须迅速将球传(运)出 3 分线外,方可组织反攻,否则判违例。

7.30 秒违例的规则改为 20 秒。

8.双方争球时,争球队员分别站在罚球线上跳球。

9.比赛中,每个队员允许 3 次犯规,第 4 次犯规应被罚出场。任何队员被判夺权犯规,则取消该队比赛资格。

10.每个队累计犯规达 5 次后,该队出现第 6 次以后的侵人犯规由对方执行 2 次罚球。前 5 次犯规中,凡对正在做投篮动作的队员犯规,投中有效,不追加罚球,由守方发球;如投篮不中,则判给攻方 1 次罚球,罚中得 1 分,并由攻方继续发球;如罚球不中,仍由攻方继续发球。

11.只能在死球的情况下进行替换,被换下的队员不得重新上场(场地上队员不足 3 人时除外）。

12.在使用小篮球架的比赛中，不允许队员出现扣篮动作，也不允许队员将身体任何部位悬于篮圈（或篮架）上，否则，可被罚离场并不能再替换进场。

13.比赛中，队长是场上唯一发言人。

14.比赛时间终了，以得分多者为胜方。如出现平局，初赛及复赛阶段执行一对一依次罚球，只要出现某队领先1分即为胜方，比赛结束。如果在决赛阶段，比赛时间终了，双方打成平局，则加赛3分钟，发球权仍以掷硬币的形式决定。如果加时赛仍打成平局，则以一对一依次罚球的形式决胜负，任何一队领先1分即为胜方，比赛结束。

15.比赛中应绝对服从裁判，以裁判员的判罚为最终决定。

练习篇

一、移动练习方法

（一）基本站立姿势练习方法

1.根据信号做站立姿势。

2.在各种移动练习中，根据信号停步后，立即成基本姿势站立。

（二）各种跑的练习

1.原地放松跑、高抬腿跑、小步跑等。

2.听信号或看信号向不同方向起动快跑。

3.在场内利用变向、急停、转身做折线快跑。

（三）急停的练习

1.慢跑、中速跑中做跨步急停。

2.直线快跑中做跨步急停和跳步急停。

3.运动中急停、急起。

（四）转身的练习

1.原地不持球或持球，做两脚交替转移重心的练习。

2.原地接球后做前转身、后转身传球或运球的练习。

（五）滑步练习方法

按手势或哨声等信号，做左、右侧滑步和前、后滑步的练习。

二、传、接球方法

1.两人相距3～5米，面对面地做各种传接球练习。

2.五角传球练习（原地，先一球，后两球）。

3.二人横传跑动上篮。

4.三人正"8"或反"8"跑动上篮。

5.三角、四角传球练习（跑动，先一球，后两球）。

6.原地接不同方向的球和向不同方向传球的练习。

三、投篮练习

(一)原地投篮练习

1.固定角度变换距离的投篮,一人在篮下传球。

2.固定距离变换角度的投篮,一人在篮下传球。

3.变换距离、变换角度二人一投一传,然后轮换。

(二)行进间投篮练习

1.行进间自抛自接,做跑动投篮的练习。

2.跑动中,拿固定球跨步投篮的练习。

3.运球急停跳投,不同距离、不同角度。

四、运球练习

(一)原地运球练习

1.原地高运球或低运球的练习。

2.原地体前、体后左右手交替运球。

3.原地体侧前后运球,体会前推、后拉运球时,用手拍球的部位和用力的大小。

4.原地做胯下正、反"8"字运球练习。

5.原地做左、右手背后运球。

(二)行进间运球

1.弧线运球,沿罚球圈、中圈做弧形运球到对面的端线,再沿边线直线运球返回。

2.行进间急停、急起运球练习。

3.行进间变向、变速运球练习。

4.行进间转身、胯下变向练习。

五、突破练习

1.两人一组,一攻一防,相对站立做持球突破防守后,二人互换位置进行练习。

2.两人一组,一攻一防,持球突破后投篮,二人互换攻防反复练习。

六、防守练习

1.两人一组,一攻一守的练习,进攻者奔向篮下,防守者做积极堵截。

2.防纵切、横切和溜底线的练习,两人一组无球攻守练习。

七、抢篮板球练习

1.自抛自抢练习,自投自抢练习。

2.两人一组,一人向上抛球、投篮,一人抢球。

3.结合上步、跨步、转身、滑步等脚步动作,做单、双脚起跳抢篮板的模仿动作练习。

4.每人一球向篮板上抛球后,上步起跳,用双手或单手在空中抢球。

欣 赏 篇

一、篮球运动概述

篮球运动是在严格、专门的规则限制下,在长 28 米、宽 15 米的场地上,用重 600～650 克的球为工具,以积极争夺球权为手段,以把球投入对方球篮(球场两端各设一定规格的篮架、篮板和金属篮圈,在篮圈上系挂线制篮网),以投中得分多者为优胜的一种运动项目。

篮球运动,是在 1891 年由美国马萨诸塞州斯普林菲尔德市基督教青年会训练学校体育老师詹姆士·奈史密斯博士发明的,他从工人和儿童用球向桃子篮内做投准的游戏受到启发。起初,他将两只桃篮分别钉在健身房内看台的栏杆上,桃篮上沿距离地面 3.01 米,用足球作为比赛工具,向篮内投掷,投球入篮得 1 分,按得分多少决定胜负。以后逐步将竹篮改为活底的铁制球篮,后又在铁篮上挂了线网。到 1938 年,形成了近似现代的篮板、篮圈和篮网。因起初使用的是桃篮和球,遂取名为"篮球"。

最初的篮球比赛,场地大小和上场人数的多少,以及比赛时间均无严格限制,比赛规则比较简单。1892 年,奈史密斯博士制定了 13 条比赛规则,在比赛时间、上场人数、场地大小,以及其他方面作了粗浅说明,对当时篮球运动起了推动作用。

篮球运动是在 1894 年通过基督教青年会传入我国天津的。1932 年成立国际业余篮球联合会(简称:国际篮联),成员由最初的 8 个国家发展到现在的 157 个国家。1936 年第十一届奥运会将男子篮球列入正式比赛项目。1976 年第二十一届奥运会又增设女子篮球项目。

二、篮球运动的特点与锻炼项目

篮球运动是人们喜爱的运动项目之一。它有如下特点和锻炼价值。

篮球运动具有较强的集体性。它要求每个运动员在比赛时,必须做到齐心协力,密切配合,只有个人为集体,集体才能为个人的技术发挥创造机会从而达到战胜对方的目的。所以,篮球运动有助于培养团结友爱的集体主义精神。

篮球运动不受年龄、性别的限制。男女老少均可参加篮球运动,每个人都可以根据自己的体力来掌握运动量。它既能增强体质,促进健康,又能丰富人们的业余文化生活,从而提高劳动、工作和学习效率。因此,它可以吸引更多的人来参加这项体育运动。

篮球运动具有技术、战术运用的复杂性和紧张激烈的对抗性,可以培养人们顽强的意志。它是在错综复杂,变化多端,时间和空间上争夺十分激烈的情况下进行的,要求运动员动作协调,技术全面,并具有随机应变的能力。运动员在球场上要不断地奔跑,时而急跑,时而急停,时而起跳,不仅要注意移动和观察球篮的位置,还要注意同伴的位置和对方的行动。所以,经常参加篮球运动,能提高神经系统各感受器官的功能,提高广泛分配和集中注意力的能力,以及空间、时间和定向的能力。

经常参加篮球运动能使人体运动系统得到协调发展,使人的反应灵敏、动作迅速有力。对增强心血管系统、消化和呼吸器官的功能,促进身体的新陈代谢能力,都会起着积极作用。

篮球运动中的技术动作是由各种跑、移位、跳跃、投、掷等动作组成的,因此,它能够促进力量、耐力、灵敏等素质的全面发展,保持身体健康。

三、篮球比赛的编排和计算成绩方法

举行比赛时,应根据比赛任务的规模和性质,选择竞赛办法,一般分两种:淘汰制和循环制。

(一)淘汰制

淘汰制就是在比赛中失败一次或两次后,即失去比赛机会,而获胜者则继续参加比赛,直到最后确定优胜者为止,失败一次即失去比赛机会的办法为单淘汰,失败两次即失去比赛机会的办法为双淘汰。

(二)循环制

循环制包括单循环、双循环和分组循环三种。

单循环:所有参加比赛的队均在比赛中相遇一次,最后按各队在全部比赛中胜负场次和失分率排列名次。

双循环:所有参加比赛的队均在比赛中相遇两次,最后按各队在全部比赛中胜负场次和失分率排列名次。

分组循环:参赛的队先分成若干小组,在小组里进行单循环比赛。之后,各组获相同名次的队依次分别编在一个小组里进行单循环比赛。

1.循环制的编排方向。

(1)比赛场数和比赛轮数的计算。

比赛场数计算的公式:队数(队数 – 1)/2 = 比赛场数。

例如:10 个队参加比赛,则比赛场数为 10(10 – 1)/2 = 10 × 9/2 = 45。

比赛轮数的计算:如果参赛的队数是偶数,则比赛轮数为队数 – 1,例如:10 个队参赛,则轮数为 10 – 1 = 9;如果参赛的队数是奇数,则比赛轮数等于队数。

(2)单循环比赛表的编排。

①把参加的队按顺序编号,然后平均分为两半,把前一半的号数从 1 号起自上而下的写在左边,后一半的号数自下而上写在右边,然后把相对的号数用横线连起来,这就是第一轮的比赛队。

例如:有 6 个队参赛。

$$1—6$$
左边 ↓ 2—5 ↑ 右边
$$3—4$$

第二轮至第五轮的排法是:把 1 号的位置固定不变,其余的号数按逆时针方向移动一个位置,再用横线把相对号数连起来,就是第二轮的比赛。依次类排,排出第三、四、五轮比赛,如下表。

第一轮	第二轮	第三轮	第四轮	第五轮
1—6	1—5	1—4	1—3	1—2
2—5	6—4	5—3	4—2	3—6
3—4	2—3	6—2	5—6	4—5

无论参加队数是偶数还是奇数,一律按偶数排表。参加队数为奇数时,可以在最后一个数后加"0",使之成为偶数。碰到"0"的队就轮空一次。

②轮次表排完后抽签,并把各队抽到的号码填到轮次表中。

③轮次表填完后把各轮次比赛编成比赛日程表。

(3)双循环比赛表的编排。

双循环比赛表的编排方法与上述单循环编排一样,只是排两次表。

2.循环制的抽签方法。

在比赛前几天,由主办(承办)单位召集各领队开抽签会,然后将各队抽到的号数一一填入事先排好的轮次表中。单循环抽签方法如下。

(1)先确定种子队所在组别。

(2)其他各队再抽签确定组别。

(3)抽签确定后,再分别把各队按组别填入每组的比赛中。

3.成绩计算方法。

确定比赛名次时,以积分多少来计算,即胜一场得2分,负一场得1分,弃权为0分,积分多者名次列前。

如在比赛结束时若干队积分相等,则按下列办法排列名次。

(1)若两队积分相等,则两队之间比赛的胜队名次列前。

(2)如两个以上队积分相等,则按各队之间的比赛胜负情况排列名次;如仍相等,则按他们之间比赛时的得失分率(即总得分/总失分)排列名次;如仍相等,则按他们在全组内所有比赛的得失分率排列名次。如上述所有步骤都用过了,仍排不出名次,则将用抽签的办法,决定最终的名次排列。

排 球 运 动

学 习 篇

◆排球运动的基本技术

一、准备姿势和移动

(一)准备姿势

1.半蹲准备姿势:两脚左右开立稍比肩宽,一脚在前,一脚在后,两脚尖适当内收,脚跟稍提起,膝关节保持一定的弯曲。上体前倾,重心靠前,膝关节的垂直线应在脚尖前面,两臂放松,自然弯曲。双手置于腹前。全身肌肉不宜过分

图1.42

紧张,应适当放松,两眼注视来球,两脚始终保持微动(图1.42)。

2.稍蹲准备姿势:稍蹲准备姿势比半蹲准备姿势重心稍前,动作方法同上(图1.43)。

3.低蹲准备姿势:低蹲准备姿势较之前两种姿势身体重心更低,更靠前,两脚左右、前后的距离更宽一些,膝部垂直线超过脚尖,手臂置于胸、腹之间(图1.44)。

图1.43　　　　　图1.44

(二)移动

1.并步与滑步:当来球距离身体较近时采用这种步法。并步法和上步法称为一步移动。用并步法向前移动时,前脚先迈出一步,同时后脚蹬地,当前脚落地时,后脚迅速并拢成准备姿势。向左、右移动时,同侧脚先向侧迈出一步,动作要领同前。并步的特点是容易保持身体平衡,便于做击球动作。并步的连续动作称为滑步。

2.交叉步:当球在体侧约3米时,可采用交叉步移动。向右侧交叉步时,上体稍向右转,左脚从右脚前面向右交叉迈出一步,然后右脚再向右跨出一大步,同时身体转向来球方向,保持击球前的准备姿势。

3.跨步与跨跳步:如向前移动,则后脚用力蹬地,前脚向前跨出一大步,膝部弯曲,上体前倾,身体重心移至前腿上。

4.跑步:当来球的落点距身体很远时采用跑步移动。跑步时,两臂用力摆动,以加快速度,并逐步降低重心去接近球。

二、发球

(一)正面上手发球

1.技术方法:队员面对球网,两脚自然开立,左脚在前,左手托球于身前。用抬臂和手掌的平托上送,将球平稳地垂直抛于右肩的前上方,高度适中。在左手抛球的同时,右臂抬起,屈肘后引,肘与肩平,上体稍向右侧转动。击球时,利用蹬地,使上体向左转动,同时收腹,带动手臂挥动。在右肩前上方伸直手臂的最高点,用全手掌击球的中后部(图1.45)。击球时,手指自然张开吻合球,手腕要迅速做主动推压动作(图1.46),使击出的球呈上旋飞行。击球后,随着重心前移,迅速入场比赛。

2.技术分析发球技术主要有以下3个方面。

(1)发球前的选位与准备:发球前,队员要根据自己的发球特点、所发球的性能和要攻击的目标来选择站位。

(2)抛球:以左手臂上抬和身体的协调力,将球平托上送抛在右肩前上方50厘米处,以提高击球的准确性,抛球时不要向回拖带手腕,以免球体转动,造成击球不准。抛球靠前,易造成手臂推球,不易过网;抛球过高,不易掌握击

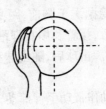 

图1.45　　　　　图1.46

球的时机;抛球过低,则来不及充分发挥手臂用力。

（3）击球:击球是发球的关键,击球的好坏直接影响发球的质量。

①击球用力:击球的发力,是从两脚蹬地开始的,在蹬地的同时,预先拉长的胸、腹、背部肌肉群和手臂各肌肉群的协同用力,以及挺身、转体动作带动手臂挥动,加长了转动半径,手的线速度加大,从而给球以较大的力量。

②手臂挥动:挥臂前,将肘关节尽量向后方拉引。挥臂时,利用上体扭转和前屈动作以腰带肩,肩带动上臂,上臂带动前臂,前臂带动手腕,最后传送到手掌,使手掌获得更大的加速度。

③击球部位手型:击球时,以全手掌击球的后中下部。这样击球面积较大,手作用在球上的时间较长,也容易击准和控制球。从手触球到球离手每一瞬间球的受力方向都在发生变化,加之手腕的推压作用,使球呈上旋飞行,以增加旋转力。根据对方临场变化,还可发出不同弧度、速度、力量、落点和性能的球。

（二）正面下手发球

1.技术方法:队员面对球网,两脚前后开立。左脚在前,两膝微屈,上体稍前倾,重心偏后脚。左手将球轻轻抛起在体前右侧,离手高约20厘米,在抛球之前,右臂伸直,以肩为轴,向后摆动,借右脚蹬地力量,身体重心随着右手向前摆动击球移至前脚上。在腹前以全手掌击球的后下方。手触球时,手指、手腕紧,手成勺形吻合球,随着击球动作,重心前移,迅速进场比赛(图1.47)。

图1.47

2.技术分析:下手发球要注意以下两点。

（1）这种发球动作简单,容易掌握。由于面对球网站立,便于观察,容易将球击中空当。

（2）这种发球适用于初学者,也适用于一攻的配合。

（三）侧面下手发球

1.技术方法:队员左肩对网,两脚左右开立,约与肩同宽,两膝微屈,上体稍前倾,重心落在两脚间,左手将球平稳抛送于胸前,距身体约一臂之远,离手高约30厘米。在抛球的同时,右臂摆至右侧后下方,接着利用右脚蹬地向左转体的力量,带动右臂向前上方摆动,在腹前全手掌击球的右下方。击球后,随击球动作,迅速进场比赛(图1.48)。

2.技术方法。

（1）利用蹬地转体动作带动手臂挥动,可增加发球的力量。

（2）注意控制击球出手的角度和路线,可增加发球的准确性。出手仰角较大,球飞行较高;仰角较小,球不易过网。

图1.48

三、垫球

(一)正面双手垫球

正面双手垫球按其垫击来球力量的大小,可分为垫轻球、垫中等力量球和垫重球三种。

1.技术方法。

(1)垫轻球:面对来球,成半蹲姿势站立,两手腕靠紧,手指重叠互握,两拇指平行,手腕下压。两臂外翻形成一个平面,当球飞到腹前一臂距离时,两臂夹紧前伸,插到球下,向前上方蹬地抬臂,迎击来球。身体重心随击球动作前移,击球点保持在腹前。利用前臂腕关节以上10厘米左右的桡骨内侧平面击球的后下部。击球后,做好下一个动作准备(图1.49)。

图1.49

(2)垫中等力量球:准备姿势和手型与垫轻球相同。击球时运用蹬地跟腰、提肩压腕、向前抬臂动作,击球的后下部。击球后,做好下一个动作准备(图1.50)。

图1.50

(3)垫重球:采用半蹲或低蹲姿势,手臂置于腹前,手型和垫轻球相同。击球时,采用含胸收腹动作,帮助手臂随球屈肘后撤,并适当放松缓冲来球力量,以手臂和手腕动作,控制垫球的方向和角度。当击球点稍高,并靠近身体时,仍可用前臂垫击;如击球点较低,并距身体较远时,手臂在后撤过程中,就要屈肘翘腕把球垫在手腕部位的虎口处。

2.技术分析。

(1)准备姿势:屈膝的深浅和重心的高低,由来球的高低和角度,以及队员腿部力量的大小来决定。在不影响快速起动的前提下,重心应适当降低,以便双手插到球下。

(2)击球手型:双手抱拳互握,两拇指平行向前(图1.51)。

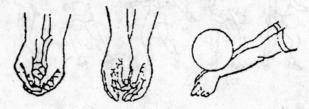

图1.51　　　　　　　　　图1.52

(3)击球部位:触球时,以前臂腕关节以上10厘米左右桡骨内侧平面为宜(图1.52)。该处与球的接触面积大而平,肌肉有弹性,可适度地缓冲来球力量,起球比较稳、准。如击球部位过高,两臂间隙大不好控制球;如击球部位过低,垫在腕部的球不易垫稳。

(4)击球点:在腹前击球,便于控制用力大小,便于调整手臂击球角度;便于控制球的落点和方向。

(5)击球用力。

①来球力量不同,垫球用力也不同。垫轻球时,由于来球力量小,速度慢,击球时靠手臂上抬力量,来增加球的反弹力;如果需要垫出距离较远、弧度较高的球,还要靠蹬地、跟腰,提肩动作的协调配合,抬臂送球动作也要适当增大。垫中等力量球时,由于来球有一定力量,因此迎击动作要小,速度要慢,手臂适当放松避免弹力过大,主要靠来球本身的反弹力。垫重球时,由于来球力量较大,不但不能主动用力还击来球,而且还要手臂随球屈肘后撤,加长受力距离和时间,减小球给手臂单位时间力量,以达到缓冲的目的。综上所述,垫球用力的大小与来球力量成反比,同垫出球的距离和弧度成正比。

②来球弧度不同,垫球用力也不同。如来球过高时,垫球时可利用伸膝蹬腿,来提高身体的重心去垫球,必要时还可稍稍跳起垫球,以保持正确的击球点;如来球较低时,可采用低蹲方法垫球。

③垫球是手臂和球的碰撞运动,击球的用力,关键在于手臂对球的控制。队员恰如其分地用力和缓冲,机动灵活地变换手型,控制反弹面,将球准确地垫入预定目标,主要依靠击球瞬间,手臂的专门运动知觉"手感"又叫球感。这种"手感"是一种复合知觉,是由练球时进入视分析器、运动分析器和触分析器的各种刺激进行精细分化并在大脑皮层中形成复杂、稳固的神经联系结果。经常、反复地垫击各种不同性能的来球,队员就会敏锐地感觉到来球的速度、力量、角度等因素和触球时压力和部位感觉等,并及时地作出恰当的应答反应。

(6)手臂角度:手臂垫击平面与地面夹角的大小影响着击球弧度的大小。夹角大、垫击球弧度低;夹角小,垫击球弧度高。如来球不旋转,可利用入射角和反射角的原理去击球;如来球旋转,碰击手臂时,除球给手臂一个作用力和手臂给球一个反作用力外,球的旋转力也作用于手臂,而手臂也要给球的旋转一个反作用力,大小相等,方向相反,这样球触手后反弹方向为反弹力和旋转反作用力的合力方向。

(二)低姿垫球

1.低蹲垫球:当来球在身体附近较低时,队员迅速移动到球的落点上,随即降低重心,上体前倾,手臂贴地面插在球下,跨出腿膝部稍外展,蹲地腿自然弯曲,脚内侧着地,主要靠球的反弹力垫球;当来球力量小时,为了将球垫高,还可用屈肘翘腕动作将球垫起(图1.53)。

图 1.53

2. 半跪垫球:当来球低而远时,可前腿深蹲,膝关节向外侧前方,后腿脚内侧和膝关节内侧在地面上取得一个稳定的支点,犹如半跪,上体前压,塌腰塌肩,两臂屈肘由两膝间与地面平行向球下伸出,用翘腕动作以双手虎口部位将球垫起。

3. 体侧垫球:垫击飞向体侧的来球为体侧垫球。这种垫球可扩大控制范围,但不易控制垫球的方向。当球向左侧飞来时,右脚前脚掌内侧蹬地,左脚向左跨出一步,左膝弯曲,重心移到左脚上,两臂夹紧向左伸出,右肩向下倾斜,用向右转腰和收腹的动作,配合两臂在体左侧截住球,用两臂垫击来球的后下部,切忌随球摆臂(图1.54)。当球向右侧飞来时,以相反方向动作击球。

图 1.54

4. 跨步垫球:队员向前或向体侧跨一步的垫球为跨步垫球。它主要分为:前跨垫球,当来球低而远时,可向前跨出一大步,屈膝制动,重心落在跨出腿上,上体前倾,臀部下降,两臂插入球下,用前臂垫击球的后下部;侧跨垫球,当来球在右侧(或左侧)时,向右侧(或左侧)跨出一大步,屈膝制动,重心移至跨出腿上,上体前倾,臀部下降,两臂前伸,插入球下,用前臂击球的下部。

(三)垫球的技术运用

1. 接发球技术:接发球是比赛的重要环节,是组织进攻战术的基础,接发球好坏直接影响着进攻效果、心理变化和比赛胜负。

(1)接一般飘球:发球的特点是球速慢,轻度飘晃。接发球时,要判断好来球落点,迅速移动取位,并降低重心,待球开始下落时,将手臂插入球下垫起。

(2)接下沉飘球:发球的特点是球刚过网即突然减速下沉。接发球时,注意观察,判断好来球落点,迅速移动取位,重心下降置于前脚上,采用低姿垫球的方法将球垫起。

(3)接大力发球:发球的特点是速度快、力量大、球旋转力强。接球时,身体姿势要低,对准球后手臂不动,让球自己弹起。如击球点低时,可以翘腕击球。

(4)接高吊球:发球的特点是球从高空垂直下落,速度较快。接球前,两臂要向前平伸,等球落到胸、腹间再垫击,击球点不宜过低,垫出角度不宜过平,不必多加抬臂动作,让球向前上方自然反弹而出。

2.接扣球的技术。

(1)接轻扣球和吊球:在做好接重扣球的准备姿势的情况下,常常来不及向前移动,这时可采用前扑等方法。

(2)接拦网触手的球:拦网触手的球改变了原来扣球的方向、路线和落点。因此,接这种球要积极主动做好充分准备,尽力去抢球。

(3)接快球:快球的落点一般靠前,线路短,速度快。因此,要适当向前取位,重心要低,不要过于前倾。手臂高度也不宜太低,要做好上挡下垫的准备。

3.接拦回球技术。

(1)取位:一般拦回球的落点多在扣球人的身后、两侧和进攻路线以前的范围内。因此,重点取位应在前场。

(2)准备姿势:采用半蹲、低蹲或半跪姿势。上体要保持基本正直,不宜前倾,两手不宜太低,应置于胸前,以增加适应范围。

(3)击球动作:接快速下降的拦回球,可采用半跪垫、前扑、侧倒等技术动作,击球手法要多样化。尽可能用双手垫击,无论采用双手或单手,都要使手臂伸到球的底部,贴近地面,从下向上击球。

(4)控制球:在击球动作上,要有明显的翘腕或屈肘抬臂动作,使球尽量垫向二号位。

四、传球

(一)正面传球

面对出球方向的传球为正面传球,这是最基本的传球方法。

1.技术方法:采用稍蹲准备姿势,上体挺起,抬头看球,双手自然抬起,放松置于脸前。当来球接近额前时开始蹬地、伸膝、伸臂,两手微张从脸前向前上方迎球,击球点在额前上方约一球距离处。当手触球时,两手应自然张开成半球形,手腕稍后仰,以拇指、食指和中指托住球的后下方触球,无名指和小指在球两侧辅助控制传球方向。两肘适当分开,两前臂之间约成90°角,传球时主要靠伸臂和蹬地的力量,以及球的反弹力将球传出。传球后,立即做好下一个动作的准备。

2.技术分析。

(1)准备姿势:采用稍蹲准备姿势,待看清来球后,迅速移动到球的落点处,对正来球。

(2)迎球:两手从脸前向前上方迎球,便于观察和控制来球,迎球动作靠全身的协调配合,但主要靠伸臂动作。

(3)击球。

①击球点在额前上方一球距离处,便于观察来球和传球的目标,有利于控制传球方向和传准球,以及伸臂击球。击球点不宜过高,否则肘部伸直将减少手臂的推送过程,控制球能力和传球的力量,也影响手型的正确性。击球点也不宜过低,否则不便于观察,手臂无法伸展用力,无法控制传球方向、弧度和落点,影响传球的准确性(图1.55)。

②击球手型:采用拇指相对成"一"字型或"八"字型传球,其手型和球体比较吻合,触球

图 1.55

面积比较大,容易控制传球方向,增加了传球的稳定性。另外,也可减少单位面积的受力负担,以缓冲来球力量,增大传球的平衡度和准确性。不管采用哪种手型,两拇指距离不能过大,以防漏球(图 1.56)。

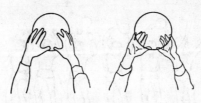

图 1.56

③击球用力:传球所需要的力量是由多种力量合成的。如伸臂力量,手指手腕的反弹力,伸腿蹬地的力量,主动屈指屈腕的力量,以及球的反弹力等。而传球主要靠伸臂的力量和手指手腕所产生的反弹力,并辅助蹬地力量。伸臂的速度越快,伸直得越充分,手指手腕的紧张程度越高,反弹力就越大。相反,伸臂慢又不充分伸直,手指手腕比较放松,反弹力就小。一般不靠主动屈指屈腕的力量来传球,因为这样会影响传球的准确性。传球时,要根据来球力量大小和传球距离的远近而适当控制伸臂速度和手指手腕的紧张程度。并有意识地运用手指手腕适度的紧张缓冲来球的压力,通过这个缓冲过程,加强对球的控制,这就是"球感"。根据动量原理,在规则允许的条件下,退让时间越长,减缓使球的冲力越小,这样使手对球的反作用力也越小,故可以主动控制球的方向与路线。

(二)背传

向头的后上方传球,称为背传。背传是传球中的一种基本方法。上体比正传时稍后仰,身体重心在两脚之间,双手自然抬起,放松置于脸前。迎球时,抬上臂、挺胸、上体后屈。击球点保持在额上方,比正传偏后,以便观察和向后上方用力。触球时,手腕后仰适当放松,掌心向上,击球的下部。手型与正传相同,拇指托在球下。背传用力靠蹬腿、展腹、抬臂、伸肘,通过手指手腕的弹力,把球向后上方传出(图 1.57)。

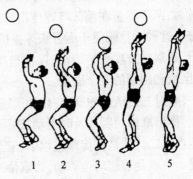

图 1.57

(三)侧传

身体不转动,靠双臂向侧方传球的动作,称为侧传。准备姿势、迎球动作、手型与正传相同,但击球点应偏向传出方向的一侧。双臂向传球一侧伸展,异侧手臂的动作幅度应大些,伸展的速度也应快些。同时上体也伴随向同一侧倾斜侧屈,将球传出(图1.58)。

(四)传球技术的运用

1.二传技术分析。在组织进攻中第二次击球称二传,它是从防守转入进攻的桥梁和纽带。

(1)手型:合理的手型和良好的控球能力,是传球的基础。不管采用哪一种合理手型,传球时,对控球方向起主要作用的是用无名指的端关节三分之二的内侧面触球,小指仅起协助作用。大拇指托住球,仅是持球的手型而并非传球瞬间手与球的吻合点。大拇指端关节触球,能迅速的协助其他几个手指来控制球,并能敏捷的协助改变出球的方向,传出各种平快球。食指对控制球的作用十分重要,应与中指、无名指共同随的压力。中指应有明显的受力感觉。

图1.58

(2)击球点:二传手要能根据各种性能的来球及不同战术的需要,在不同的部位准确地把球传出。一般来讲,背传球的击球点应保持在头上;快球、短平快球及背传小弧度传球,击球点应保持在额上;一般后场与中场远距离调整传球,击球点可保持在胸前到脸前的部位;侧传球击球点可以保持在头的正侧面;隐蔽传球击球点可以在胸前;跳传球击球点可以在头部上方等。

(3)击球动作:二传传球前身体所有关节都要弯曲并放松,利用关节的伸展动作将球传出。触球前手指不能僵硬,要保持放松。传球瞬间,手指处于半紧张状态,以缓冲来球力量。传球时,两手尽量在前部将球传出。在网边,与网平行传球时,上体略向后仰作稍低势传球较好。这种动作既便于配合快球掩护和灵活改变传球的方向迷惑对方,又便于二传手扩大视野,观察本方攻手的跑动,以便选择有利攻击点。总之,二传手传出的球应达到速度、弧度、区域和网距的四个固定。

(4)对二传队员的要求:移动迅速,取位恰当,二传队员应根据一传的方向、弧度、速度和落点,作出准确判断并及时起动,迅速移动,取得恰当传球位置,做好传球准备;视野宽阔,善于观察。二传队员在传球过程中,应有很好的环视能力,既要观察本队情况,又要观察对方情况。一般是边起动边移动,边取位边观察;动作隐蔽,迷惑对方;调整节奏,加强控制;手法熟练,运用得当。

五、扣球

(一)正面扣球

正面扣球是扣球中的一种基本方法。由于面对球网,便于观察,因而准确性较高;由于挥臂动作灵活,能根据对方防守情况,随时改变扣球路线和力量,便于控制击球落点,因而进攻效果好。

1.技术方法:扣球助跑前,采用稍蹲姿势,两臂自然下垂,在离球网3米左右处,观察判断做好向各个方向助跑起跳的准备。

以两步助跑为例:助跑时,左脚先向前迈出一步,接着右脚再迅速跨出一大步,左脚及时并上,踏在右脚之前,两脚尖稍向内转准备起跳。

在助跑跨出最后一步的同时,两臂绕体侧向后引,左脚在并上踏地制动过程中,两臂自后积极向前摆动,随着双腿蹬地向上起跳,两臂也做有力上摆,配合起跳。两腿以弯曲制动的最低点,猛力蹬地向上起跳。

起跳后,挺胸展腹,上体稍向右转,右臂向后上方抬起,身体成弓形。挥臂时,以迅速转体,收腹动作发力,依次带动肩、肘、腕各部关节(或鞭甩动作)向前上方挥动。击球时,五指微张,呈勺形,并保持紧张,以全手掌包满球,掌心为击球中心,击球的后中部。同时主动用力屈腕、屈指向前推压,使扣出的球加速上旋。

落地时,以前脚掌先着地,再过渡到全脚掌着地。同时顺势屈膝,收腹以缓冲下落力量(图1.59)。

图1.59

2.技术分析。

(1)助跑前的位置:4号位扣球队员一般应站在距左侧边线内1米的限制线附近;2号位扣球队员应站在距右侧边线内1米的限制线附近;3号位队员应站在2号位和4号位队员之间。

(2)观察判断:首先对一传进行判断,看球是否到位。然后对二传进行判断,看二传的方向、弧度、速度、落点。根据一传、二传的具体情况,选择助跑的方向、路线、节奏,考虑助跑的时间、地点。观察判断应贯穿在整个扣球过程中。

(3)助跑。

①助跑可以使队员接近来球,选择适当的起跳地点和增加弹跳高度。助跑的第一步决定着助跑方向;助跑的最后一步调整身体与球的距离,决定起跳点。

②助跑步法力求灵活,适应性强,根据不同的来球情况,步幅可大可小,步数可多可少。总之,便于向各个方向起跳。助跑的步法,一般常用的有以下几种。

一步法:扣球队员距球较远时采用。助跑前,左脚在前,两脚前后开立。助跑时,右脚向前跨出一步,左脚迅速并上,立即起跳。

两步法:扣球队员距球较远时采用,助跑的第一步小,便于寻找和对正上步的方向,使静止的身体获得向前的速度。第二步大,便于接近球,并使得支撑点落在身体重心之前,这样身体后倾,重心自然后移和降低,从而有利于制动。第二步即最后一步,要以右脚的脚跟先着地过渡到全脚掌着地,有利制动身体的前冲力,增加腿部肌肉的张力,提高弹跳力(也可以用脚掌着地,虽然制动的作用小,但可以提高蹬地速度,加快助跑和起跳的衔接节奏),两脚稍向右转,有利于制动,也便于观察来球和加大挥臂扣球的振幅。

多步法:凡采用两步以上的助跑,即为多步法助跑。不管采用几步助跑,但最后一步应大些。

③助跑的最后一步,应以扣球队员的击球手臂同侧脚为支撑脚,这样动作协调自然,有利于起跳。

④助跑的节奏一般应先慢后快。如第一传出手后,助跑即可开始,先是缓慢、轻松地移动,然后根据来球情况逐步加快步伐,寻找起跳时间与地点。有时,助跑的节奏也可加快,以利于争取空间和时间。

⑤助跑的路线:由于二传的位置不同,传球的落点不同,故助跑路线也不相同,以4号位队员扣球为例,其助跑路线有:扣集中球采用斜线助跑(与网约成45°角),扣一般球采用直线助跑(与网约成80°~90°角),扣拉开球采用外绕助跑(与网约成30°~45°角)。

⑥助跑的时机:由于二传的高度和速度不同,扣球的队员必须掌握不同的助跑时机,既不能过早,也不能过晚。二传球低时,助跑起动要早一点,球高时则要晚一点。同时,扣球队员的个人动作特点也不同,动作慢的队员,可早一点起动,动作快的队员,则应晚一点起动。

⑦助跑的制动一般有三种情况:第一种由脚跟着地过渡到全脚掌蹬地起跳。这种方法动作幅度大,制动力强,其反作用力也大,有利于增加起跳高度。这种方法动作迅速,起跳及时,有利于加快起跳速度。第二种由前脚掌着地迅速蹬地起跳。第三种由全脚掌着地蹬地起跳(既不是前脚掌,也不是脚后跟)。

(4)起跳:起跳的目的不仅在于获得高度,而且还为了掌握扣球的时机和选择适当的击球位置。

①起跳的用力:起跳时,利用双脚的猛烈蹬地,给地面以强大的作用力。

②起跳的方法一般有两种:一种是并步起跳,即一脚跨出后,另一脚迅速向前并步,落于该脚之前,随即蹬地起跳。这种起跳便于稳定重心,适应性强,能调整起跳时间,但对起跳高度有一定的影响。另一种是跨步起跳,即一脚跨出的同时,另一脚也跨出去(两脚有一定的腾空阶段),两脚几乎同时着地和蹬地。

③起跳的地点:在助跑方向、路线、角度确定以后,以助跑的最后一步,调整身体和球的距离,使身体在距离球一臂之远处起跳。

④起跳时间:一般应在二传出手后,球高时,可起跳晚一点;球低时,可起跳早一点。过早、过晚的起跳,都会影响扣球的质量。

⑤起跳时的手臂摆动:手臂上摆的主要目的是帮助起跳。起跳时的手臂摆动有两种方法:一种是划弧摆,又称侧摆动。摆臂的方法是两臂经体侧向身体的侧下方,随之双臂向前上方摆动。这种摆动,可争取时间,动作连贯协调,有利于调整起跳的时间。另一种是前后

摆,又称直臂摆。摆臂的方法是两臂由体前向后摆动,然后再由后向前上方摆动。这种摆臂距离较长,振幅较大,速度较快,有利于提高弹跳力。但对空中转体和扭腰动作不便,特别是急速起跳时,手臂来不及摆动。

(5)空中击球:击球是扣球的关键,从准备姿势到观察判断、助跑、起跳,都是为了最后的一击。因此,击球的好坏影响着扣球的质量。

①击球的用力:扣球起跳腾空后,身体成反弓形,便于击球时躯体和上肢做相对运动,以加大挥臂距离,上体和手臂的振幅,以及加快手臂挥动速率。击球时,由腰、腹发力,带动手臂挥动,以鞭甩动作,使全身的协调力集中于手上,加大击球的力量。扣球挥臂鞭打动作力量传递,是通过各关节相互作用力的冲量来实现的,起止于相临环节肌肉的收缩力,使远端环节产生加速度,而远端环节的惯性力,又通过收缩着的肌肉及骨作用于近端环节,使其产生制动,在制动过程中,近端环节的动量又传递到远端环节。

②击球的手臂挥动:在挥臂初期,手臂的弯曲是必要的。这样可以缩短臂以肩为轴的转动半径,减小转动惯量,提高转动的角速度,随之伸肘以加长转动半径,增强挥臂的线速度(线速度是角速度和转动半径的乘积)。在挥臂的角度不变的情况下,上臂挥动越直,击球点越高;挥动半径越大,线速度越大,因而扣球也就越有力(图1.60)。

③击球点:扣球的击球点,应保持在起跳的最高点和手臂伸直的最高点的前上方。充分利用垂直空间和水平空间,扩大进攻范围,增加扣球路线和扣球角度的变化。一般近网扣球的击球点应略靠前;远网扣球的击球点保持在上方;扣直线的击球点应偏左;扣斜线的击球点偏右。扣球的击球点要与过网点相结合。击球点的高低与扣球的俯角大小和球的飞行弧度无

图1.60

关。如扣远网球,俯角过大,弧度又小,球不易过网;俯角过小,弧度又大,扣球又无攻击性。

(6)落地:由于击球时右肩抬得较高,所以下落时往往左脚先着地。为了避免左脚负担过重,应力争双脚尽快同时屈膝落地,以缓冲下落力量,并立即做下一个动作的准备。

(二)助跑单脚起跳扣球

助跑单脚起跳扣球是助跑第二只脚不再踏地而直接向上摆动帮助起跳的一种扣球方法。

助跑单脚起跳扣球,由于单脚起跳下蹲程度较浅,又无明显的急停制动动作,故比双脚起跳动作约快0.2秒,因而当双脚起跳来不及扣球时可利用单脚起跳来弥补,由于能充分利用助跑速度,加上右腿积极上摆的配合,故比双脚起跳得更高一些,有利于提高击球点。

助跑单脚起跳扣球,可采用一步、两步或多步助跑。助跑的路线与网的夹角宜小不宜大,有时还可以采用顺网助跑击球,以避免前冲力过大,造成碰网或过中线犯规。在助跑之后左脚最后跨出一大步,身体重心后倾,在右腿向前上方摆动时,左腿迅速蹬地起跳,两臂配合向上摆动帮助起跳。起跳后的扣球动作与正面扣球基本相同,如能充分利用腰部猛烈扭转力量转体扣球,效果更好。

(三)勾手扣球

勾手扣球是队员起跳后,左肩对网,右臂从身体右侧通过转体动作发力,向左上摆动击球的一种方法。这种扣球适合于远网扣球或由后排调整过来的球。它可以扩大击球范围,并能弥补起跳过早或冲在球前起跳的缺陷。有人把勾手扣球运用到扣快球和一般近网球,取得了很好的效果,从而扩大了勾手扣球的应用范围。勾手扣球由于本身动作隐蔽,故进攻不易被对方窥破。

助跑的最后一步,两脚平行于中线,左肩对网完成起跳动作,或起跳后在空中使左肩转向球网,起跳后,上体稍向后仰,或稍向右转,右臂下沉,当右臂随着起跳动作摆到脸前,并迅速引至体侧伸直时,掌心向上,五指微张,手成勾形,同时,挺胸展腹。击球时,利用向左转体收腹动作伸直的手臂,由下经体侧向上划弧挥动,在头的前上方最高点,用全手掌击球的后上部。整个动作与勾手大力发球相似。击球后,面向球网落地。

六、拦网

(一)拦网的技术特点

拦网是在网前跳起用双手阻拦对方的扣球,它既是防守技术,也是进攻手段。拦网既可原地起跳,也可助跑起跳;既可单人拦网,也可双人或三人拦网;既可拦扣球,也可拦吊球。拦网触球不算一次击球,拦网触手、触头后又触其他身体部位,不算连击。为此,队员应充分利用这些特点,不断提高拦网水平。

(二)单人拦网

1.技术方法:队员面对球网,两脚平行开立,约与肩同宽,距网 30～40 厘米。两膝微屈,两臂在胸前自然屈肘。移动时可采用并步移动,向前和斜前移动以及跑动。原地起跳时,重心降低,两膝弯曲,用力蹬地使身体垂直起跳。两手从额前贴近并平行网向上沿的前上方伸出,两臂尽量上提,保持平行。拦网时,两臂尽力伸过网,两手接近球,自然张开,屈指屈腕呈勾形。当手触球时,两手要突然张开,手腕用力的准备盖住球的前上方。拦网击球后,屈膝缓冲双脚落地,做好做下一个动作的准备(图 1.61)。

2.技术分析。

(1)拦网的准备姿势:应采用半蹲准备姿势,便于向左右移动和起跳。

(2)拦网的站位:站位距网过近,易造成碰网或过中线犯规;站位距网过远,易造成漏球。站位还应考虑对方的技术特点,采取相应的集中和分散。

(3)拦网的移动。

①并步移动:适用于近距离的移动。特点

图 1.61

是:方便、及时、简单、易学。便于移动面对球网,观察对方,也便于随时起跳。但这种步伐移动较慢。

②交叉步移动:适用于远距离的移动(2～3 米)。特点是:移动距离较远,控制范围较

大,制动力较强,移动速度较快。交叉步移动后,两脚着地时脚尖要转向网(图1.62)。

③向前或斜前移动:为了提高弹跳高度,队员不要贴网站立,而应站在离网一步远的地方,向前或斜前上一步起跳。

④跑动:移动距离较远时采用。特点是:移动远、速度快、控制范围大。一般顺网助跑时采用跑动后起跳。如向右侧跑动,身体先右转,左肩对网,顺网助跑至起跳点时,跨出左脚制动前冲力,右脚再向前迈出一步(双脚平行),接着屈膝起跳。助跑的最后一步脚尖内转,并尽力做

图1.62

到两脚尖朝向球网。如来不及脚尖内转,应立即在空中转体,以保证拦网时的反射面。在助跑中,身体重心边助跑边降低,不要在最后一步跨跳时才降低,起跳起跑前的下蹲角度不易过浅,否则跳得不高。

(4)拦网的起跳:拦网起跳前,要充分利用手臂的摆动帮助起跳。如来不及,可在体侧前方划小弧用力上摆,以带动身体垂直向上起跳。要充分采取身体前仰姿势,处理好人、球、网的关系。腰的角度为90°~100°,踝的角度为80°~90°。一般腿部力量强的队员,下蹲可深一点。

拦网的起跳时间:主要根据二传手传球的高、低、远、近,扣球人的起跳快慢,扣球动作的幅度大小,以及扣球者的个人特点而决定。如果二传远网高球,起跳应慢一些;如果是近网低球,起跳就应快一些,一般应比扣球队员晚跳。如果是近体快或短平快扣球,拦网队员应与扣球队员同时或提前起跳。如果是不习惯的扣球,要根据节奏的变化,去考虑拦网起跳的时间。

拦网起跳的地点:拦一般扣球,应迎着扣球队员的助跑路线起跳拦网;拦近体快球,应选择在二传和扣球队员之间起跳拦网;拦短平快球,应选择距二传队员约2米处起跳拦网;拦拉开球,应选择在距边线50~80厘米处起跳拦网。

(5)拦网的击球:拦网击球时两臂尽量伸直,前臂靠近网,两手间距不大于球体直径,以防止球从两手之间或两臂之间漏过。拦网时伸臂动作,既不能过早,也不能过晚。过早容易被对方打手出界或避开拦网扣球,过晚不易阻拦扣球,失去拦网效果。一般在对方击球瞬间伸臂较好。拦网击球时,两手腕应主动用力盖帽扣球。球反弹力度小,对方不易保护防守。手臂空中移动拦截,有以下几种情况:

①随球转移拦截:两手臂由直臂改为侧倒斜向拦网,如向左拦截,左臂伸直斜向,横放在网口上方,右臂屈肘,前臂在额部上方与网口平行,两手间不大于球体直径,以手掌、手臂堵截路线,增大拦网的宽度,不要漏球;如向右拦截,动作方法相反(图1.63)。

②声东击西拦截:拦网者有意对准球站位,准备让出扣球路线空当,但当对方向这条空当路线扣球时,两臂突然伸向空当,阻拦对方扣球(图1.64)。

③两臂夹击拦截:拦网前,两臂分开上举,扣球队员可能从两臂中间空当扣球,但当对方扣球时,拦网队员两手突然由外向内汇合,使两臂夹击阻拦对方扣球(图1.65)。

(6)拦网中的判断:拦网中的判断,应贯穿在从拦网准备姿势开始,到空中拦截动作的整个过程中。拦网每一环节,都离不开准确的判断,否则,拦网就失去了意义。

图 1.63   图 1.64   图 1.65

拦网的判断,首先从对方一传开始。如一传到位,对方可能组织战术进攻,这时拦网队员既要考虑拦快攻,又要考虑拦强攻,(站 3 号位队员以拦快攻为主,2 号、4 号队员以强攻为主),如果一传不到位,一般只能打调整进攻,拦网队员要做好拦强攻的准备。拦网的判断要着重看二传的方向、弧度、速度、落点,扣球队员的助跑、路线、起跳位置、快慢,扣球时的动作大小、击球方向,以及扣球队员的个人特点。在做出判断后,决定拦网的起跳时间,封锁区域和拦网时的手型。

◆排球运动的基本战术

一、阵容配备

阵容配备就是从本队的实际出发,合理地把全队的力量组织起来,最大限度地发挥每一个队员的技术、战术特点和作用。

1.“四二”配备:即安排四名进攻队员和两名二传队员。四名进攻队员又分为两名主攻队员,两名副攻队员。他们都站在对角位置上。这样无论怎样轮转,前后排都能保持一名二传队员和两名进攻队员,容易组织和发挥本队的攻击力量(图 1.66)。

2.“五一”配备:即安排五名进攻队员和一名二传队员。其目的是为了加强拦网和进攻力量,并使二传队员更好地控制比赛进行(图 1.67、图 1.68)。

图 1.66   图 1.67   图 1.68

二、接发球站位

接发球站位的阵形,按接发球的人数来分为五人接发球、四人接发球等。

1.5 人接发球站位阵形:除由一名二传队员站在网前或由后排插上队员不接发球外,其余五名队员都肩负一传任务,就是最基本的阵形(图 1.69、图 1.70、图 1.71)。

五人接发球站位阵形,根据本方战术及对方发球情况,有以下几种。

(1)“W”形站位:也称“一三二”型站位,五名队员均衡分布,前面三名队员接场地前区球,职责分明。(图 1.72)

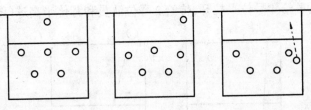

图 1.69　　　　　图 1.70　　　　　图 1.71

(2)"M"型站位:在进攻时,也称"一二一二"站位。前面两个队员接前区球,中间队员防守中区后面两个队员接后区球。

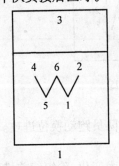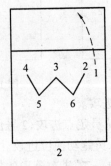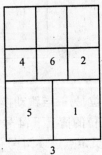

图 1.72

(3)"一字"型站位,是对付勾手大力发球和平冲飘球的有效阵形。

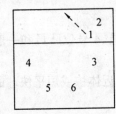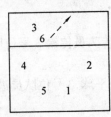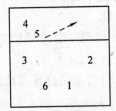

图 1.73

2.四人接发球站位阵形:四人接发球站位阵形,一般在插上进攻战术中运用,为了缩短插上时间,插上队员可与同列前排队员都站在网前不接发球,余下四名队员站成半弧形接发球(图 1.73)。

四人接发球站位的优点是便于二传插上去,不接发球的前排队员可以及时做好打快球或换位强攻的充分准备,3 号队员便于进行快球,4 号队员便于换到 3 号位去快攻,3 号位主攻队员不但能及时换到 4 号位去进攻,4 号位队员还可以附带完成接应垫到 4 号位附近的一传球。同时,四人接发球时,对方不易判断谁是几号位队员,带有一定的隐蔽性。

三、接发球进攻

接发球进攻是在接起对方球以后,通过各种进攻战术阵形实现多种配合的打法。

1."中一二"进攻的战术变化:"中一二"进攻阵形最容易组成,适合初学和水平较低的球队在接发球进攻中采用。方法是 4 号位、2 号位队员定位进攻。

(1)定位进攻。

①3 号位二传队员给 4 号位、2 号位队员集中或拉开进攻(图 1.74)。

②3号位二传队员给4号位平拉开,传给2号位队员和背传半高球(图1.75)。

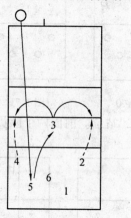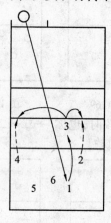

图1.74　　　　　　　　　　图1.75

(2)一点定位,另一点跑动换位进攻。

①在一传到位的情况下,4号位队员定点进攻,2号位队员跑动换位进攻。

②2号位队员定点进攻,4号位队员跑动换位进攻。

2."边一二"进攻的战术变化:"边一二"进攻阵形的战术变化,除组织前排两名队员定位进攻外,还可以在定位进攻中组织3号位队员快球掩护,4号位队员拉开进攻;也可以一点定位,另一点跑动换位进攻。

(1)定位进攻。

①接发球一传到位后,2号位二传队员传给3号位队员,4号位队员和一般集中或拉开球(图1.76)。

②4号位队员打定位拉开高球或平球,3号位队员进行近体快或短平快球的实扣或掩护(图1.77)。

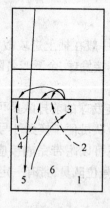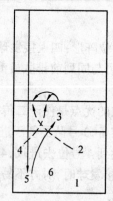

图1.76　　　　　　　　　　图1.77

(2)一点定位,另一点跑动换位进攻。

①接发球一传到位后,4号位队员扣定位球,3号位队员围绕跑动进攻,换位到2号位扣二传队员传出的背快球或半高球,以充分利用网的全长展开进攻。

②4号位队员内切跑动打近体快或短平快实扣或掩护,3号位队员梯次进攻或后围绕进攻。

3.接发球插上进攻:接发球插上进攻时,可充分运用快速多变的战术,如结合后排队员进攻,战术运用更加丰富多彩。

(1)1号位队员插上组织进攻。

(2)6号位队员插上组织进攻。

(3)5号位队员插上组织进攻。

四、防守战术

(一)单人拦网时的防守阵形

1.以对方4号位队员进攻为例,由本队2号位队员单人拦网,3号位队员后撤防吊球,不拦网的4号位队员后撤防守,与后排3人组成半弧形防守圈,每人防守一个区域(图1.78)。

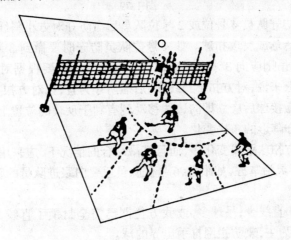

图1.78

2.由3号位队员拦网,2号位、4号位队员后撤与后排3人共同组成防守阵地。如对方3号位队员进攻时,也可由6号位队员上前防吊,2号位、4号位队员后撤防守。

(二)双人拦网时的防守阵形

1."边跟进"防守阵形:双人拦网下的边跟进防守形,也称之为"马蹄形"或"1号、5号位跟进"防守阵形。这种防守阵形,前排由两人拦网,不拦网的前排队员和后排3名队员组成半弧形的防守阵形(图1.80)。

"1号位、5号位跟进"防守阵形队员分工:1号位队员,他的职责除了要防重扣和轻吊补球外,还要接应组织反击。1号位队员要防守对方4号位队员的直线扣球,还要防落在拦网队员身后的吊球及3号位队员的转体扣球和2号位队员的斜线扣球。同时还要注意防守打手出界的球。

6号位队员,他的位置处在后场中央,防守区域较大,要在后场中央靠近底线约1米处正对扣球方向取位,他不但要防起对方从各个位置扣过来的球,还要接起拦网反弹到后场的球和接应同伴防起距离球场较远的困难球,如1号位或5号位队员上前时,应稍向1号位或5号位靠拢,弥补1号位或5号位后的空隙。

5号位队员,他的主要职责是防守对方4号位队员斜线扣球,还要防对方吊球到4号区和中场空心地区,因此,要在离后场角约3米处取位。

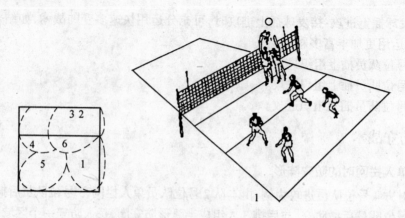

图 1.79

不拦网的后撤防守队员 4 号位或 2 号位队员后撤防守对方小斜线扣球和吊球。防守后又要立即转入接应传球或反攻扣球。如 4 号位队员防守时要撤到 3 米线后,离边线 1 米多处为宜,如果内撤防吊则应向 3 米区移动取位。后撤或内撤要根据对方进攻的特点和本方具体分工而定。一般来说,对方扣小斜线多,后撤防守为宜;如对方扣直线兼吊中区较多,则以内撤为宜。但内撤接球后应立即向边线移动到有利于反攻的位置上。

2.“边跟进”防守阵形的布局变化。

(1)活跟:在对方扣球路线变化多,而且打吊结合的情况下,应采用活跟。跟进与否应由 1 号位或 5 号位队员灵活掌握,如跟进,6 号位队员就要向跟进队员的防守区一侧移动,以弥补后场空当。

(2)死跟:对方扣直线少,吊球多,或我方拦网已完全封锁了直线,1 号位或 5 号位队员就可跟到底,以防吊为主,兼防拦网打手出界的球。

3.“心跟进”防守阵形:这种阵形也可称为“6 号位跟进”防守阵形。当对方经常采用打吊结合,而本方拦网能力又较强,能封住后场中区,6 号位或某个队员善于防吊球时,可采用“心跟进”防守阵形。采用“心跟进”防守阵形,对防吊球和拦网弹起的球较有利,也便于接应和组织反攻(图 1.80)。

(1)防守的区域和范围:对方 4 号位或 2 号位队员进攻时,本方由 2 号位和 3 号位队员拦网,封锁中区,4 号位队员撤到 4 米左右防守,6 号位队员跟至拦网队员身后 3 米附近,1 号位、5 号位队员在后场防守,每个位置负责一定的区域(图 1.81)。

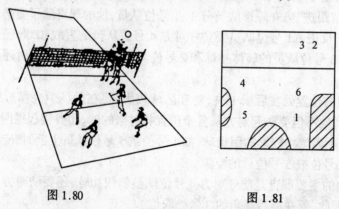

图 1.80　　　　　　　　　图 1.81

(2)后排防守的分工运用：6号位队员,要采用低姿势准备,以免影响后排队员的防守视线。主要防吊球,防拦网弹起的球和接应后排防起的球。跟进的队员不宜离拦网队员太近,以免看不清对方扣球队员的动作影响向两侧移。

1号位队员,主要是防守对方直线扣球和防拦网反弹到后场的球,并接应5号位和4号位队员接起的球。由于防区大,要特别注意判断和取位,善于在对方3号位或2号位队员进攻时卡住场地的腰,并随时弥补6号位后空当。

5号位队员,其职责与1号位队员相同。不拦网的后撤队员:4号位或2号位队员应立即快速后撤到进攻线后的位置上,其一是为了防守,其二也有利于进行反攻。

(3)双人拦网两种防守阵形的灵活运用:"边跟进"和"心跟进"两种防守阵形各有其优缺点,在比赛中不应单一地采用某一种阵形进行防守。

◆软式排球运动

软式排球运动是一项新兴的体育运动项目,20世纪80年代中晚期起源于日本,1995年传入我国并得到迅速发展。

软式排球是继硬式排球及沙滩排球之后,又一项既符合竞技体育特点又符合全民健身需求的运动项目。目前,亚洲和欧洲等一些国家已开展软式排球运动,并制定了相应的竞赛规则和举办了国际比赛。它以其免充气、质地软、球速慢、难度小、伤害小、趣味性高、娱乐性强、老少皆宜、健身价值高等固有特点,深受广大学生及中老年人的欢迎和喜爱。

一、场地和器材

1.比赛场地:比赛场地为长13.40米、宽6.10米的长方形,限制线距中线2.2米。其四周至少有2米宽的无障碍区。从地面向上至少有7米高的无障碍空间。

场地的线:两条边和两条端线划定了比赛场区,边线和端线都包括在比赛场区的面积之内。所有的界线均宽5厘米。颜色必须区别于场地地面。

发球区:端线之后,两条边线延长之间的区域为发球区。发球区的深度延至无障碍区的终端。

2.其他要求。

球网:设在场地中央中心线的垂直上空,拉紧时长6.60米、宽0.80米(±0.02米)。球网网孔为8~10厘米见方。球网上、下沿的全长各缝有宽4~6厘米的双层帆布带,最好是鲜明的颜色。上沿帆带的两端留有小孔,用一根柔软的钢丝贯穿帆布带,最后穿过小孔系在网柱上拉紧;下沿用一根绳索贯穿帆布带,最后系在网柱上。

标志带:两条宽4~6厘米、长80厘米的彩色带子为标志带,分别设在球网两端,垂直于边线。标志带是球网的一部分。

标志杆:标志杆是有韧性的两根杆子,长1.60米,直径10毫米,由玻璃纤维或类似质料制成。标志杆分别设置在标志带的外沿,球网的不同侧面。标志杆高出球网80厘米。高出的部分每10厘米应涂有明显对比的颜色,最好为红白相间。标志杆为球网的一部分,并视为过网区的界线。

球网高度:球网的高度,成人组为2.20米;家庭组和12岁以下为2.10米;10岁以下组为2.00米。

网柱:支架球网的两根网柱必须为高 2.25 米的光滑圆柱,能够调节高度。网柱固定在两条边线外 0.5~1 米的地方。

球:球是圆形的,用海绵材料制成,不用充气。球的质量为 180 克(±10 克);10 岁以下组为 150 克(±10 克)。球体积与硬排球相同,周长为 65~67 厘米。球的颜色有红、黄、蓝、白等。

二、比赛常规

1. 人数:一个队由 3~8 名队员组成。上场比赛的为 6 名队员。

2. 记分方法。

胜一场:三局两胜制,胜两局的队胜一场。如果 1:1 平局时,决胜局采用每球得分制。前两局先得 15 分并同时超过对方 2 分的队胜一局。当比分为 16:16 时,先获得 17 分的队即取得这局比赛的胜利。

胜一球:无论是发球失误,还是接发球失误或任何其他失误、犯规,对方即胜一球。结果如下:如果对方是发球队,则得 1 分并继续发球;如果对方是接发球队,则得发球权,决胜局除外。决胜局中发球队得 1 分后继续发球;接发球队得 1 分并得发球权;先得 15 分并同时至少超过对方 2 分的队胜该局。当比分为 14:14 时,比赛继续进行直至某队领先 2 分为止。第三局没有最高分限。

3. 队员的位置:当发球队员击球前,双方 4 名队员(发球队员除外)必须在本场区站好位置;1 号为后排队员,2 号、3 号、4 号为前排队员。前后排队员的位置不能颠倒;同排队员位置不能交叉(发球队员除外)。具体要求同正规 6 人制排球一样,不得随意站位或轮转。当发球队员击球后,双方队员在场子内可随意换位,但后排队员不得进入限制线以前拦网和踩过限制线将高于球网的球直接击过对方场区。后排队员可以在限制线后将球直接击入对方场区。

三、比赛行为

1. 比赛的状态。

比赛的进行:裁判员鸣哨允许发球,发球队员击球时比赛开始进行。

比赛的中断:裁判员鸣哨比赛中断。但是如果裁判员是由于比赛中出现犯规而鸣哨的,则比赛的中断实际是由犯规开始的。

界内球:球触及比赛场区地面包括界线,为界内球。

界外球:球接触场地的整个部分落在界线以外(不包括触线);球触及场外的物体、天花板或非比赛成员;球触及标志杆、网绳、网柱或球网标志杆(带)以外部分;球的整体或部分从非过网区完全超过网的垂直面。

2. 比赛中的击球。

球队的击球:每队球员最多可击球 3 次,将球从球网上空击回对方(拦网的那次除外);无论是主动击球或被动触及,均作为该队击球一次;一名队员不得连续击球两次(拦网除外)。

击球的性质:身体任何部位均可击球;击球必须清晰并不得持球(包括捞棒、推掷、搬动或携带等)。球可以向任何方向弹出;球可以触及身体的不同部位,但必须是同时触及。

击球的犯规:四次击球,球在进入对方场区之前,一个队击球4次(拦网除外);持球,队员没有将球清晰地击出,但防重扣时或双方队员网上同时触球时,造成的对方"持球"除外;连击,一名队员连续击球两次或连续触及队员身体的不同部位。

3.球网附近的队员。

每队必须在本场内及其空间进行比赛,但允许队员超过无障碍区进行击球,将球击回。

越过球网:拦网时,允许拦网队员越过球网触球,但在对方进攻性击球前和击球时不得妨碍对方;允许队员进攻性击球后手越过球网,但必须在本场区空间完成击球;在不妨碍对方比赛的情况下,允许队员穿入对方空间、场区和无障碍区。

四、软式排球运动的基本技术

软式排球技术除与硬式排球有许多相同或类似之处外,还有许多自身的特点。

1.准备姿势比硬式排球高,重心稍靠前。

2.发球队员必须在肩部以下将球击出,即击球点不能与肩平或超过肩关节的高度。

3.发球时,挥臂击球速度要比硬排快一些。

4.由于软式排球飞行速度慢,过网后会突然下沉,所以垫球判断时,击球落点应适当前移,身体重心也应相应前移。

5.由于软式排球软,垫球时手臂上抬力量应稍大,以增加反弹力。

6.接发球时,经常采用上手传球。传球时,手型比打硬排球稍大(二手间距稍远),便于控制柔软的球体。

7.上手传球时,不需要手指、手腕的缓冲即可将球传出。

8.打硬排球扣球时,击球的中后部,而打软式排球扣球时击球的中上部。

9.拦网时,手臂比打硬排球更加前伸,两手和两臂间隔适当缩小,不让柔软的球从中间挤过。

五、软式排球运动的基本战术

1.6人制软式排球比赛的基本战术与6人制硬式排球比赛基本相同。

2.4人制比赛基本战术:1号位为后排队员,2号位、3号位、4号位为前排队员。

(1)接发球阵型。

①无固定二传:场上4人弧形站位,由前排没有接发球的队员跑到网前做二传。

②固定二传:可由2号位或3号位队员固定在网前担任二传,或由1号位队员插入到网前担任二传。

(2)接扣球防守阵型。

①不拦网:初学者或进攻能力不强的情况下采用。

②单人拦网:对手有一定进攻能力,但扣球路线变化少的情况下采用。

③双人拦网:对手水平较高,在进攻较强、吊球较少的情况下采用。

(3)进攻战术。

①二传队员是前排队员时,参照6人制排球"中一二"、"边一二"进攻战术。

②二传队员是后排队员时,参照6人制排球"插上"进攻战术。

3.家庭组比赛基本战术:家庭组比赛由夫妻二人加一名小孩组成,一般由夫妻二人分别担任攻手和二传,小孩的主要任务是防守或保护,如小孩的传球技术较好也可担任二传,由夫妻二人担任攻手,以加强进攻威力。

◆沙滩排球

一、沙滩排球的发展概况

沙滩排球兴起于 20 世纪 20 年代美国的加利福尼亚,现存最早的一张反映沙滩排球的照片摄于 1926 年。初始阶段的沙滩排球纯粹是一种休闲娱乐活动。每到夏季,人们成群结队地涌向海滩,架起球网,在柔软的沙滩上,明媚的阳光下,光着脚板打球别有乐趣。由于这种海滩娱乐形式符合人们回归自然、崇尚健美的心理需要,所以沙滩排球受到越来越多的不同年龄、不同性别、不同阶层、不同民族人们的喜爱。

20 世纪 70 ~ 80 年代初是沙滩排球从单纯的休闲娱乐活动转型为集娱乐、竞技于一体的新型竞技体育活动的关键时期。1974 年首届商业化 2 人制沙滩排球巡回赛区在圣地亚哥举行,这表明了沙滩排球从此并入了商业动作轨道,拉开了沙滩排球商业化、竞技化、职业化的序幕。1987 年在巴西举办了国际排联认可的第一届世界男子沙滩排球锦标赛,在国际排坛引起巨大反响。1992 年,沙滩排球成为巴塞罗那奥运会的表演项目,同年,首届世界女子沙滩排球锦标赛也在西班牙举行。1993 年在国际奥委会第 101 次代表大会上,沙滩排球被确定为 1996 年亚特兰大奥运会正式比赛项目。

二、沙滩排球主要规则简介

(一)场地与器材设备

1.场地的规格:比赛场地的地面必须是水平的沙滩,尽可能平坦。国际排联正式国际比赛的场地,沙滩必须至少 40 厘米深并由松软的细沙组成。比赛场区为长 16 米、宽 8 米的长方形,其四周至少有 3 米宽、从地面向上至少有 7 米高的无障碍空间。

2.比赛用球:球必须是 12 块或 18 块柔软、不吸水的皮制成,以适合室外的自然条件。球的颜色为浅黄色或其他浅色,球的圆周为 65 ~ 67 厘米,质量为 260 ~ 280 克。

3.球网:球网设在场地中央中心线的垂直上空,男子正式比赛网高 2.43 米,女子正式比赛网高 2.24 米,网高可以根据不同年龄组有所区别。

(二)比赛方式与主要规则

1.比赛方式:2001 年 1 月 1 日开始采用每球得分制。3 局 2 胜制,胜 2 局的队为胜一场。前 2 局为 21 分,决胜局为 15 分。某队先得 15 分同时超过对方 2 分的队为胜方。当比分为 20:20 时,某一队领先 2 分为止。决胜局某队先得 15 分同时超过对方 2 分的队为胜队,当比分 14:14 时,某一队领先 2 分即为胜队。

2.主要规则。

(1)一个队只有两名队员,分别为 1 号和 2 号。国际排联举办的正式比赛中不允许教练员进行指导。

(2)除裁判员特许外,队员必须赤脚。队员可以戴眼镜或太阳镜进行比赛。

(3)在不影响对方的情况下,可进入对方场区,如果与对方身体上碰撞或干扰对方,则裁判员判由对方得分或得发球权。

(4)比赛开始后,不允许换人。如果一名队员不能继续比赛,则该队输掉该场比赛。

(5)两名队员可以随意站位,场上没有固定位置,也无位置错误,但必须依次发球,如发球次序错误,判失发球权。

(6)比赛中允许两名队员中的任何一名在成死球时,请求裁判员对规则和规则的执行进行解释;请求裁判员允许换服装或器材,核对发球队员号码,检查球网、球,重新整理场地线成为一直线;请求暂停。

(7)每队在每局有 4 次暂停,可单独使用,也可连续使用,每次暂停时间为 30 秒。

(8)队员受伤可给予 5 分钟的恢复时间,但不能给予同一队员在一局比赛中多于两次的恢复时间。

(9)拦网触球后,防守队只允许再触球两次。

(10)防重扣时,允许队员用上手传球,对持球的尺度要适当放宽。

(11)不允许张开手指用单手进行吊球,允许其他方式的吊球,但不得推、掷和携带球。

(12)在进攻性击球时,可以双手传球到对方场区,但传球时击球方向必须垂直于双肩连线。正确传球后因风的关系而使球被吹过网不算犯规。

(13)发球队员的同伴不许有意或无意地挡住接发球队员的视线,在对方的要求下必须让开。

(14)若需要连续比赛,如一天赛两场以上,则中间至少间隔 1 小时。

三、沙滩排球技术特点

沙滩排球与室内 6 人制排球在规则上、技术上有着一些相近之处,但同时又存在着明显的差异。为了更好地开展和提高沙滩排球运动水平,必须对沙滩排球技术进行研究和探讨。

(一)准备姿势和移动

沙滩排球比赛中首先要做好预判,对球的落点有快速准确的判断,而判断后能否快速的起动和移动,准备姿势起到举足轻重的作用。准备姿势在 6 人制排球技术中按重心的高低分为稍蹲、半蹲和深蹲,沙滩排球则有所不同。因沙地松软,沙的流动性大,人在沙地上运动时重心不易稳定。如准备姿势的重心过低,在沙地上起动蹬地时就容易滑动,沙子缓冲了起动的动力,支撑反作用力减小不利于起动。因此,移动前的准备姿势重心不能过低,重心高度约处于半蹲至稍蹲之间为适宜。但应注意移动到位后,出球前的准备姿势重心应较低,因这时人球关系基本保持较好,稳定角大更有利于完成击球动作。

同样因为沙地的特性和移动的距离长,沙滩排球一般不宜采用交叉步,滑步移动也不适用于长距离,最好采用跑步,既方便又迅速。两侧方向的跑步移动时,第一步要小,先抬起的腿落地时脚尖要转向侧方。最后一步制动时,制动脚的脚尖向球网,以完成身体面对球网的击球动作。另外在跑步中腿一定要高抬,使脚高出沙面,以减少运动阻力,加快移动速度。移动时重心逐步降低,最后一步使用跨步制动,以利于降低重心,衔接倒地动作。

(二)发球

沙滩排球的发球技术与 6 人制排球发球技术基本相同,但在室外比赛可以充分利用各种自然环境提供的条件,如风向、光线等。一般在顺风发球时,可采用"满掌击球"的手法,发出不同性能的旋转球,使球的落点变化莫测。在逆风条件下,采用"掌跟击球"手法,使球飞行更加飘晃。另外,根据两人接发球难度大的情况,在发球技术运用上应注意发球路线、角度、距离上的变化。如发后场,加大一传队员垫球后再进攻的助跑距离,或发前场,使冲上网前垫一传后不能及时后撤,或迫使对方二传技术差的队员组织进攻等。

(三)垫球

在接发球时,当一传垫起后,必须立即转入助跑起跳扣球,一传队员也就是进攻扣球队员。即垫球动作结束的同时又是另一个动作的开始,动作之间的衔接要快。场上两名队员,既可能是接发球的队员,又可能是接应二传队员。所以一传垫球要有稍高的弧度,为二传争取接应取位的时间。同时还有利于打两次球,增加进攻的突然性。另外,一传垫球不宜太靠近网,垫在距网2米左右为宜,这样能使接应二传的跑动距离缩短,有利于组织进攻。

在防守垫球技术上应多样化。在远距离移动后来不及采用双手垫球时,可以采用单手、滚动倒地等动作,但倒地救球后的起立要快,能尽早进入下一步的击球状态。另外,垫球常常作为二传,垫起较高弧度的球为同伴创造进攻机会是沙滩排球技术的合理应用。另外,单手挡球和救球时双手捧球也是常运用的技术。

(四)传球

沙滩排球规定不允许使球轨迹不垂直于两肩完成进攻性击球,因此过网球的处理只能采用正面或背对网。而调整二传与二传也最好采用面对球网的侧传或跳起侧传。当二传面对球网传球时,对方必须防备直接传球过网,故不敢大胆上前拦网。如果对方有一人到网前,则可通过传球过网到对方空当。如果对方两人都在后场准备防传球过网,则可侧传给同伴扣球,对方将无人拦网。如果一传来球较高,面对球网扣两次球或将球转移给同伴扣球。

(五)扣球

沙滩排球的扣球起跳技术与室内扣球有较大的区别。在起跳时不能像在地板地上那样跨大步降低重心制动,这样会使两脚插入沙里不利于用力起跳,所以,踏跳步不宜过大。助跑的距离也比室内排球远。因此,在沙滩排球中多采用三步以上的跑步助跑起跳方法。但有时也会采用原地或一步助跑的起跳方法。沙地起跳难度大,影响了弹跳高度,应特别注意起跳时间,时间迟一点,将自己的弹跳高度估计低一点才能保持好正确的人球关系。

调整扣球是沙滩排球扣球的主要方式,不单是扣调整二传后的球,还要能扣一传垫起来的球。沙滩排球的扣球不仅要很有力量,更重要的是准、巧。扣球手法的控制技巧,手腕的主动变化,特别是扣球路线变化,可以收到意想不到的效果。规则限制张开手指的吊球,但轻扣是允许的。采用拳头、掌根的手法吊球也不犯规。在处理各种网上球或球网附近的球时,可以扣侧旋球、搓球和抹球,应充分合理运用多种击球手法。

(六)拦网

沙滩排球拦网的判断主要是对对方扣球队员扣球时间的判断,掌握好正确的拦网起跳时间。沙滩排球中调整扣球多,远网扣球多,要在对方击球时或击球后再起跳拦网,不能过早或同时起跳。另外,注意与同伴防守队员的相互配合,按事先的分工,各负其责,守好自己的区域。

四、沙滩排球战术特点

沙滩排球由于参加比赛的人数每队仅为2人,与室内6人制排球相比,在战术方面有其独特之处。

（一）发球

1.较好的发球战术是迫使对方接发球队员移动接球。因此，发球时应首先注意观察对方接发球队员站位，以便控制好发球的落点寻找其空当。

2.发球队员应注意找对方接发球技术较差的队员，或找扣球相对较弱的队员，如果对方两个队员接一传和扣球技术都可以的话，应迫使对方二传技术差的队员组织进攻。此外，还应注意选择对方已疲劳、体力下降的队员，使其在疲劳状态下接球和扣球。

3.在阳光强烈或风大的时候，发高吊球，使对方接球队员受到阳光刺眼及风速的影响，造成一传不稳，增加其二传组织进攻的难度。

4.比赛开始前选择场地发球权，如遇大风天气首先应选择顺风的场地，强烈的阳光应首先选择背光的场地。此外，通常应先选择发球权。

（二）接发球

1.接发球的站位应各自站在自己一方距网5米左右处。这是因为大多数球是落在后场区，在沙地上向后退难，而落在前场区的球一般弧度较高，有充分的时间移动接球。

2.若来球落点位于两个接发球队员之间的区域，则应由位于发球者对角线位置的队员来接发球。此外，两个队员之间应注意互通信息，不准备接发球的队员应提前示意另一队员接发球。

3.一传到位的标准不是6人制排球所要求的2号位、3号位之间，而是靠近自己同伴，这样便于同伴调整传球。

（三）二传

1.当一传队员准备接发球时，二传队员应保持小角度开始向网前移动。移动至距网约3米处，不能距网太近，当一传队员开始触球时，二传队员不能站在原地不动。

2.球应传在进攻方球网上方，若一传是在后场处理垫起，二传手则应把球传向稍远网一些，弧度高些，以使一传队员垫球后迅速移动到扣球位置。

3.二传在组织进攻时应抓成功率，即使在到位的条件下，也不要采用过多的战术，但可以组织一些体前、背后、平快等进攻。

（四）进攻战术

1.增强进攻队员控制扣球落点的意识，扩大扣球队员的视野，用视线余光来观察对方防守布局。根据场上情况采用轻重、点线结合的技巧性进攻。

2.在组织进攻时要根据本方二传好坏或对方的防守情况改变进攻方式。如二传移传好时，对方已准备拦网则此时突然改为轻扣到对方拦网队员身后的空当。

3.进攻时同伴的保护及自我保护。第三次扣球过网后，两名队员应立即退回后场，做好防守准备。

（五）"防反"战术

1.沙滩排球球网前的第一道防线是单人拦网，第二道防线是场区内的单人防守。单人拦网可分为球网中部拦网和球网两端拦网，如在球网中部拦网时，后排的单人防守队员位置应在中场稍后一些，这样可以做到防守和拦网保护兼顾。如在球网的一端拦网时，可采取拦直、防斜的方法。防守队员有时为了迷惑对方进攻队员,防守时选位有意躲在本方拦网队员的身后,采用隐蔽防守取位方法。

2.沙滩排球的防反在比赛中出现的次数多,是得分的主要手段,同时也是难度大、不易把握的战术系统。防守队员在做好预判,快速移动的基础上,防起的球要高,这样便于网前拦网队员接应调整二传,为反攻创造条件。

3.如果防起了拦网队员触手后的球,下一次则必须将球处理过网,因为沙滩排球规则规定拦网触手算击球一次,也是防反过程中的不同于6人制排球的地方,显然防反方不利。

练 习 篇

一、准备姿势练习方法(徒手进行)

1.全队成两列横队体操队形做准备姿势,教师巡回检查纠正动作。

2.同上队形,听到"准备"口令后即做准备姿势,如此反复进行。

3.两列学生面对站立,一列先做,另一列纠正对方的动作,然后交换。

4.同上队形,一人随他人连续做准备姿势。

二、移动练习方法

(一)徒手练习

1.学生半蹲准备姿势,向教师手指的方向做各种步法的移动。

2.两人一组,一人跟随另一人做同方向的移动。

3.3米往返移动,移动时手要触到两侧线。

4.一人连续按三角路线反复做各种移动。

5.穿过网下做6米往返移动。

(二)结合球练习

1.两人一组移动滚球。

2.队员成一路纵队面向教师站立,相距8米左右,队员依次向前迅速移动接抛球。

3.两人一组,一人抛球,一人接球。抛球者向任意方向2~3米外抛球,另一人将球接住并立即抛回,如此反复进行练习。

三、发球练习方法

(一)徒手模仿练习

1.徒手做抛球练习。

2.对击球点位置和固定目标做挥臂击球练习。固定目标可以是手、球或悬挂物等。

3.做发球的挥臂练习,固定次数。

(二)结合球练习

1.自抛练习。抛球高度要符合发球方法。

2.向悬挂物或篮环抛球,巩固平托上送动作,建立抛球的位置、高度等空间概念。

3.对墙近距离发球,把抛球、挥臂、击球、用力等环节有节奏地衔接起来。

4.两人一组相距9米左右相对发球。

5.在发球区发球。

四、垫球练习方法

(一)徒手模仿练习

1.原地模仿垫球:成半蹲准备姿势,连续徒手练习垫球。

2.移动模仿垫球:抬头看教师的手势或同伴的手势做各种移动步法后的垫球。

3.徒手练习侧垫和背垫。

(二)结合球练习

1.垫固定球:将球固定在垫球者腹前适宜的位置,反复做垫击动作。

2.一人双手持球,另一人双臂垫击。

3.两人相距4~5米,一人抛球一人垫球,然后交换。

4.两人相距4~5米对垫。

5.两人一组,一人向另一人两侧适宜位置抛球,使其移动垫球。

6.单人对墙垫球。

(三)接发球一传练习方法

1."四二"配备:采用"中一二","边一二"和插上进攻战术时五人接发球站位与轮转方法。

2."五一"配备:练习方法同上。

五、传球练习方法

(一)徒手模仿练习

1.原地做徒手传球练习。

2.两人一组,一人做半蹲传球击球前的动作,另一人纠正错误。

3.全身协调配合传球动作,原地连续做徒手动作练习。

(二)结合球的练习

1.每人一球,自己向头顶上方抛球,然后用传球手型托球接住,自我检查手型。

2.连续自传,传球高度不低于1米,尽量把球控制在一定范围。

3.距墙50厘米左右对墙连续传球,以建立正确的手型,增强手指手腕的弹力。

4.两人一组,一人持球于击球高度,另一人徒手传球,然后交换做。

5.两人一组,相距3~4米,一人抛球至对方额前,另一人用传球动作把球接住,自我检查手型后,把球抛回,如此反复做。

六、扣球练习方法

(一)挥臂击球与助跑起跳练习

1.一步助跑起跳练习:按口令做一步助跑起跳,可以轻微腾空,注意动作的协调性。

2.两步助跑起跳练习,方法同上。

3.网前助跑起跳练习。

4.徒手练习挥臂击球动作。

5.选择一高度适中的树,反复挥臂击树叶。

6.距墙 3～4 米,连续对墙扣反弹球。

7.两人相距 9～10 米,对地扣球。

8.一人双手举球拦另一人的连续扣固定球。

(二)结合球练习

1.在 4 号位助跑起跳扣固定球。

2.扣球者在 4 号位助跑起跳,将 3 号位队员抛来的球在高点单手抓住或者轻拍过网。

3.扣球者在 4 号位助跑起跳扣 3 号位队员顺网抛来的球。

4.扣球者将球传到 3 号位,3 号位队员把球顺网传到 4 号位,扣球者上步扣球。

七、拦网练习方法

(一)单人拦网练习

1.两队员隔网向同方向连续移动起跳拦网,空中两手相击。

2.2 号位队员向 4 号位远距离顺网跑动拦网一次,然后再折回 2 号位拦网一次。

3.队员从 4 号位向 2 号位顺网做并步移动起跳拦网。

4.一人顺网任意做不同步法、不同方向的移动拦网,另一人隔网跟随做。

5.原地拦固定球:一人将球举起固定到一定位置,另一人原地拦网。

6.原地跳起拦网上固定球。

7.两人一组,一人抛低弧度球,另一人原地拦网。

(二)集体拦网练习

1.两名队员在 3 号位同时起跳双人拦网,然后分别向两侧移动与 2 号位、4 号位队员组成双人拦网一次。

2.3 号位、4 号位队员同时向左移动拦网,或 2 号位、3 号位队员同时向右移动拦网。

3.队员从 4 号位开始,在 4 号位拦网一次,移动倒 3 号位拦网一次,返回 4 号位拦网一次,再在 2 号位拦网一次。

4.2 号位、4 号位队员向 3 号位移动,组成三人拦网一次。

5.3 号位队员单人拦高台扣球一次,然后向 2 号位或 4 号位组成双人拦网一次。

6.4 号位队员拦高台扣球一次,向 2 号位移动组成双人拦高台扣球一次。

欣 赏 篇

　　排球运动是国际奥委会的比赛项目之一,也是我国重点开展的体育运动项目,它不但在我国体育运动中占有重要位置,而且在国际上也享有很高的荣誉。排球运动,能吸引广大的群众与青少年参加锻炼,可以增强人民体质,提高健康水平,活跃与丰富人民的文化生活,通过国际排球交往,能增强与世界各国人民和运动员之间的友谊和团结。

排球运动,能促进身体的正常发育,及体态的均匀发展,能全面提高身体素质,有利于培养人的集体主义精神及勇敢、顽强、机智、灵敏、吃苦耐劳的优良品质。

排球运动是增强体质最积极、有效的方法。它对人的力量、速度、耐力、灵活性、柔韧性、弹跳力素质,都有直接与间接的提高和增强。对提高心脏功能尤为有效,不仅能强身健体,而且有助于开发智力,增强记忆,消除疲劳,提高大脑灵活性。

排球场地:排球比赛是两队各 6 名队员在长 18 米、宽 9 米的场地上进行集体的攻防对抗。比赛场地由一条中线分为两个均等的场区,中线上空架有一定高的球网(男子网高2.43米、女子网高 2.24 米)。

比赛特性:排球比赛采用每球得分制。当接发球队胜一球时,该队得 1 分并获得发球权,队员按顺时针方向轮转一个位置。

比赛方法:先得 25 分同时超出对方 2 分的队胜一局,当比分为 24:24 时,比赛继续进行至某队领先 2 分(26:24,27:25……)为止,如果 2:2 平局时,决胜局(第五局)采用 15 分制并领先 2 分为胜。胜三局的队胜一场。

连击:身体任何部分均可触球,但一名队员(拦网队员除外)连续击球两次或连续触及他身体的不同部位(第一次击球,同一个动作击球除外),即为连击犯规。

持球:身体任何部分均可触球,但球必须被击出,不得接住或抛出,否则即为持球犯规。

四次击球:每队最多击球三次(拦网除外)将球从球网上方过网区击回对方,超过规定次数的击球,判为四次击球犯规。

进攻性击球:指除发球、拦网外,所有向对方的直接击球都是进攻性击球。进攻性击球犯规主要包括过网击球犯规,后排队员进攻性击球犯规,击发球犯规。

网下穿越、过中线犯规:从网下穿越进入对方空间并妨碍对方比赛,则为网下穿越犯规。队员的一只(两只)手完全越过中线触及对方场区,则为过中线犯规。

暂停:每队每局有两次暂停机会,每次 30 秒,暂停也可以一次进行。世界性及全国性比赛采用技术暂停办法:前四局比赛,比如某队先获得至 8 分和 16 分时,有两次技术暂停,每次 60 秒。

换人:一人从场上被换下,另一人被换上场称为一人次换人。每队每局有 6 次换人机会。换上场的替补队员只能由被他替换下场的队员来替换。自由人换人不受次数限制。

竞赛制度:排球比赛常采用的竞赛制度有三种:循环制、淘汰制和混合制。

单循环:单循环是参加竞赛的各队都有相遇比赛的机会,是一种比较公平合理的比赛制度,能比较客观、合理地确定名次。但一般只在参加比赛的队数不多,又有足够的竞赛时间时才采用。

淘汰制:淘汰制就是在比赛中失败一次即退出比赛,获胜者继续比赛,直到最后决出冠亚军为止。淘汰制一般是在参加队数较多,而举行比赛期限较短时采用。

循环制的成绩计算方法及决定名次方法。

1.每队胜一场得 2 分,负一场得 1 分,弃权得 0 分,并取消全部比赛成绩,积分多者名次列前。

2.如遇两队或两队以上积分相等,则采用下列办法决定名次:C(值) = A(胜局总数)/B(负局总数),C 值高者名次列前。如 C 值相等,则看 Z 值:Z(值) = X(总得分数)/Y(总失分数),Z 值高者名次列前。如两个队 Z 值仍相同,则按他们之间的胜负来决定名次。如三个以上队 Z 值相等,则按他们之间的净胜局数决定,即胜局总数减负总数。

足球运动

学习篇

◆足球运动的基本技术

一、无球技术

一场足球比赛,扣除各种情况下的死球时间外,仍有 60 分钟左右的纯比赛时间。一个控球能力很强的运动员所能控制球的时间只有 3 分钟左右,其他时间都是在无球的情况下进行活动的。因此,除了调整位置、走步和慢跑等情况外,都需要使用无球技术来完成。

(一) 快速跑

快速跑的技术特点是:步幅小、步频快、重心低,身体前倾角度要小,这样比较容易控制自己的平衡,及时地做出需要做的各种动作,并能随时调整改变动作和跑的方向,有较大的灵活性,以适应比赛中技术、战术的需要。

(二) 曲线跑

曲线跑是为了绕过对方队员,接应来球,内切包抄,断抢来球,盯住对手时采取的跑动方法。

曲线跑时,眼睛注视周围情况和球的发展,身体向内倾斜,内肩低于外肩,内侧膝稍外展,外侧膝稍内扣,以内侧脚的脚掌外侧和外侧脚的脚掌内侧用力蹬地。

(三) 折线跑

折线跑一般是进攻队员为了要摆脱对手或穿越密集防守而采用的一种跑动方法。

折线跑时,眼睛要注视自己前面的左、右空当,由一个方向突然折向另一个方向时,上体和头部要突然向预想方向扭转、倾斜,身体重心也迅速移至这一侧,同时异侧脚用力蹬地。

(四) 后退跑

后退跑一般是在以少防多时,为了延缓对方的推进速度,伺机进行争抢或者是当对方队员外在威胁着本方球门的情况下,为了盯住对手,限制其活动采用的一种跑动方法。

后退跑时,重心稍下降,身体后倾,步幅要小,步频要快,眼睛注视球的运动路线,对方队员的位置和活动情况,以便确定下一步行动。

(五) 侧身跑

侧身跑多是为了便于观察场上情况,随时准备参与攻或守的具体配合时采用的调整位置的跑动方法。

侧身跑时,上体稍转向有球的一侧,脚尖对着跑动方向,眼睛随时注视球的发展和周围攻、防守双方队员的位置活动情况,以便及时参加具体的配合或个人行动。

二、有球技术

在快速激烈对抗的条件下,准确完成技术动作的关键部分就是有球技术。它是足球技术的重要内容。

(一) 踢球

踢球是运动员有目的地用脚的某一部位把球击向预定的目标,是足球运动最基本的技术。无论是传球还是射门都需要踢球技术。踢球的方法有:脚内侧、脚背内侧、脚背正面、脚背外侧、脚尖、脚后跟等。

踢球技术动作很多,方法、要领各不相同,但是每一种踢球方法都是由助跑、支撑脚站立、踢球腿的摆动、脚触球和踢球的随前摆动动作这五个环节组成的。

1. 助跑。助跑有直线助跑和斜线助跑两种,它的作用是调整运动员踢球的步幅,选择好支撑腿的落点。为了增加踢球的力量和速度,踢球时使支撑腿能够处于所需要的正确位置,因此,最后一步的助跑需要大一些。

2. 支撑腿的位置:选择支撑腿的位置是根据腿的摆动能够达到最大的摆幅,发挥最快的速度,而有利于踢球脚准确地接触球的合适部位为原则。不同的脚法有不同的支撑位置。有的在球的侧方 10～15 厘米左右,也有的在球侧后方 20～30 厘米左右。踢球时支撑腿要积极地踏地,身体重心必须稳定地落在支撑腿上,才能使踢球脚有条件充分发挥踢球的力量和速度。

3. 踢球腿的摆动:腿摆幅的大小,摆速的快慢决定踢球的力量和速度。在支撑腿着地的同时,以髋关节为轴,大腿带动小腿由后向前摆动,当膝盖到接近球的正上方刹那,小腿爆发式前摆,从而达到踢球脚以最快的速度击球。

4. 脚触球:是决定出球准确性的重要环节,也是影响出球力量的重要环节。踢直线球时,作用力通过球心,球就会获得全部力量,出球平直而有力。击球的作用力不通过球心,就会发生旋转,沿着一定的弧线运行。在某种情况下,这种球比踢出的直线球具有一定的隐蔽性,但却比踢出的直线球力量要小。

5. 踢球的随前摆动:踢球腿随前摆动送髋使整个身体继续前移,这样既易于控制出球方向和加大踢球力量,又能缓和踢球腿的急速前摆产生的前冲惯性,有利于维持身体平衡。

(二)踢球方法

1. 脚内侧踢球。

脚内侧踢球的特点是脚与球的接触面积大,出球比较平稳准确,常用短距离传球和射门。

踢定位球时,直线助跑,支撑脚踏在球的侧方 15 厘米左右处,以髋关节为轴由后向前摆动,同时屈膝外转,踢球脚的内侧正对出球方向,小腿加速前摆,脚尖稍翘起,脚掌与地间平行,用脚内侧部外击球的后中部(图 1.82)。

1 2 3 4 5

图 1.82

2.脚背正面踢球。

脚背正面踢球的特点是踢球腿的摆幅大、摆速快,踢球的力量大,出球的性能变化小,方向比较单一。

踢定位球时,直线助跑,最后一步稍大些,支撑脚踏在球的侧方15厘米左右处,脚尖正对出球方向,膝关节微屈,以髋关节为轴,大腿带动小腿的由后向前摆。当膝盖摆到接近球的正上方刹那,小腿爆发式前摆,脚背绷直、脚趾扣紧,以脚背的正面击球的后中部,踢球腿随球继续提膝前摆(图1.83)。

图1.83

3.脚背内侧踢球。

脚背内侧踢球的特点是踢球腿的摆幅大、摆速快,触球准确、有力,由于助跑方向,支撑脚的选位灵活性较大,出现的方向变化幅度较大。因此,可踢出平直球,远距离弧线球等。

经常用此法踢定位球、过顶球、远距离球或转身踢球。

踢定位球时,斜线助跑,助跑方向与出球方向成45°角,支撑脚以脚掌外侧积极着地,踏在球的侧后方约25厘米处,屈膝支撑脚脚尖指向出球方向。以髋关节为轴大腿带动小腿由后前摆。当膝盖摆到接近球的内侧正上方的刹那,小腿爆发式前摆,脚尖稍外转,脚面绷直,脚趾扣紧,脚尖指向斜下方,以脚背内侧踢球的后中部,踢球腿随球继续前摆(图1.84)。

图1.84

4.脚背外侧踢球。

脚背外侧踢球动作的特点是预摆动作小、出脚快,能利用膝、踝关节的灵活变化改变出球的方向和性质,是实用性较强的技术手段。动作方法:脚背外侧踢球的动作方法类似脚背正面踢球,只是摆踢时,脚面绷直,脚趾向内扣紧斜下指,用脚背外侧击球的后中部,击球后,踢球腿顺势前摆着地(图1.85)。

图 1.85

5.踢球的一般要求。

(1)支撑脚站位准确,脚触球部位准确。

(2)踢球前后,踝关节尽量放松,但在脚触球的一刹那要紧张用力。

(3)要求左右脚发展均衡。

(4)踢球前要养成观察场上情况的习惯,不要只看球。

6.踢球技术在传球和射门的运用。

(1)传球的运用:在比赛中最多的运用是传球。它和跑位等基本战术结合,构成了全队的集体进攻战术。因此,传球是组织进攻、变换战术和创造射门机会的有效手段。

①传近、中距离的地滚球和低球时多采用脚内侧踢球。

②远距离传球主要采用脚背内侧和正面踢球。

③适用于在对手没有准备时向后传球。

(2)在射门中运用:比赛中一切技术动作和战术配合的目的,就是创造机会把球射进对方球门。而守方又防守密布,拼抢激烈,阻挠攻方将球射进球门。在这种情况下能创造一次有效的射门机会是非常难得的。只有全面、熟练地掌握踢球技术,才能在比赛中收到良好效果。射门时要有信心,有强烈的射门意识,在射门前观察好守门员的站位,及时、果断、突然合理地运用射门技术。但技术上要符合快、准、狠、变的要求。

(三)停球

停球是指运动员有目的地用身体的合理部位,把运动中的球,采取停、挡等方法,控制在所需要的范围之内。停球是为了更好地处理球,是为传球、运球、过人和射门服务的。

1.停球的方法和运用。

停球是为了削弱与球接触时所产生的反作用力,要做后撤缓冲动作,或改变球队的运动方向,把球的落点控制在自己活动范围之内。因此,缓冲的好坏关系到停球的质量。停球的方法很多,常用的是:脚内侧停球、脚底停球、胸部停球、脚背正面停球、大腿停球等,身体的各部位几乎都能停球。

(1)脚内侧的停球:它的优点是脚与球的接触面积大,容易停球,又便于改变方向和结合下一个动作。比赛中多用于停地滚球,反弹球。

停地滚球时,支撑脚正对来球,膝关节微屈,停球腿屈膝外转,脚尖稍翘起。脚与球接触的刹那开始后撤,在后撤过程中用脚内侧触球,把球控制在衔接下一个动作需要的位置上(图1.86)。

停反弹球时,支撑脚踏在球的落点侧前方,膝关节弯曲,上体前倾并向停球方向微转,同时停球脚提起,踝关节放松,用脚内侧对准球的反弹路线。当球落地反弹刚离地面时,用脚内侧推压球的中上部。

图 1.86

(2)脚底停球:接触面积大,容易将球停稳。多用于停正面来的地滚球和反弹球。

停地滚球时,支撑脚站在球的侧后方,膝关节微屈,脚尖正对来球,停球脚提起,膝关节自然弯曲,上体稍向前倾,脚尖翘起高过脚跟,踝关节放松,用脚底触球的中上部,前脚掌稍压球。

停反弹球时,支撑脚踏在球落点的侧后方,当球着地一刹那用脚掌对准球的反弹路线,触球的后上部,当脚掌触球的刹那,立即做压球动作。

(3)胸部停球:胸部面积大、有弹性、位置高,能停高球和空中平直球。胸部停球有挺胸和收胸两种停球方法。

挺胸停球动作:一般高于胸部的下落球,可采用

图 1.87

此方法。停球时身体正对来球,两眼看球,两脚前后或左右站立,膝关节稍屈,上体略后仰,当胸部与球接触时,脚跟提起,憋气,向上挺胸,使球在胸前轻轻弹起(图 1.87)。

收胸停球动作:一般用来停与胸部高度差不多的平直球。准备停球时,面对来球,两脚前后开立,两臂自然张开,重心前移,挺胸迎球。当球运动到与胸部接触前的刹那,重心迅速后移,收胸、收腹挡压球,以缓冲来球力量,把球停在身前(图 1.88)。

图 1.88

2.停球的一般要求。

(1)在练习停球时,要求身体或脚接触球时要放松,做好迎撤动作,缓冲来球力量。

(2)要养成积极移动迎着球停球的习惯。

(3)停球前要观察场上的情况,以便停球后衔接下一个动作。

(4)停球动作要与传球、运球、过人和射门紧密衔接,达到快速进攻的要求。

(5)停球和摆脱结合起来,把球停在便于做一个动作的位置上。

(四)头顶球

比赛中,运动员为了争取时间和空中优势,在空中用头顶球直接处理球。

头顶球不但是阻截、解围、救险、由守转攻的防守手段,又是传递、配合、组织进攻、射门

得分的锐利武器。掌握了头顶球技术,就能够赢得时间、占据空间,使全队的战术灵活多变、争取主动。因此,头顶球是进攻和防守中不可少的重要基本技术。

1.头顶球的部位与方法。

头顶球分为前额正面顶球和前额侧面顶球。这两个部位都可以做原地顶球、跑动中顶球、跳起顶球和直跃顶球。

(1)前额正面原地顶球动作要领:身体正对来球,两脚前后站立,膝关节微屈,上体稍后迎,重心放在后脚上,两臂自然张开,两眼注视来球。当球运行到头部前上方的一刹那,后脚用力蹬地、收腹、迅速向前屈体,身体重心由后脚移向前脚。当球接近头部前上方时,颈部保持紧张,快速甩头,用前额正面顶球的后中部,然后上体随球继续前摆(图1.89)。

(2)前额侧面原地顶球动作要领:两脚前后站立,出球方向的同侧脚在前,两膝微屈,上体和头部朝出球的相反方向回旋侧屈,身体重心放在后脚上,后膝微屈,两臂自然张开,眼睛注视来球。当球运动到出球方向同侧肩上方前的刹那后用力蹬地,上体迅速向出球方向扭摆,同时颈部紧张地甩头,以前额侧面击球的后中部(图1.90)。

图1.89　　　　　　　　　　　　　　　　图1.90

(3)前额侧面跳起顶球的动作要领:前额侧面跳起顶球分为原地跳起顶球和助跑跳起顶球。起跳动作与前额正面顶球的起跳动作相同。但无论原地还是助跑顶球,都要在跳起上升过程中,上体向出球的相反方向回旋侧屈、侧对来球。在跳起接近最高点时,上体急速向出球方向扭摆,甩头用前额侧面将球顶出。顶出后,两膝微屈以缓和落地力量。

2.头顶球的一般要求。

(1)顶球时要勇敢顽强,积极主动,消除恐惧心理,不要缩颈、闭眼,要目迎、目送球。

(2)顶球时要充分利用脚蹬地和腰、腹力量,要在身体摆到垂直部位时顶球。

(3)在正确掌握原地顶球的基础上再进行跳起顶球练习,要注意培养准确掌握起跳时机并能在预定的顶球时间顶到球的能力。

(4)头触球的部位直接关系到出球的高度,需要顶出高球时,要触球的后下部;顶出平球时,要触球的中部;顶出低球时,要触球的后上部。

(五)运球

运球是用脚带球跑动的技术动作。在比赛中常用闪过或突破对方的抢截,为传球、射门创造有利条件。因此,运球是运动员在场上控制球的一种很重要的个人技术。

1.运球的方法有脚背正面运球、脚背内侧运球、脚背外侧和脚内侧运球等。

(1)脚背正面运球:多在越过对手之后,前方纵伸距离较长,仍需快速运球前进的情况下使用。

动作要领:跑动时,身体放松,上体稍前倾,步幅不要过大,运球时脚跟提起,脚尖下指,再迈步前伸着地,用脚背正面推拨球前进。

(2)脚背外侧运球:多在快速奔跑和向外改变方向时用。

动作要领:跑动时,步幅要小,运球脚提起时,膝关节弯曲,脚尖稍内转,用脚背外侧推拨球的后下部。

(3)脚背内侧运球:在接近防守队员时,需要侧身运球和保护球时使用。

动作要领:跑动时,身体要放松,步子不要太大,运球脚提起时,脚腕稍外转,以脚背内侧推球前进。

(4)脚内侧运球:是运球技术中速度最慢的一种运球方法。但是,当运球接近对手需要用身体掩护时,多采用脚内侧运球。

动作要领:运球时,支撑脚稍向前跨,踏在球的前侧方,膝关节稍弯曲,上体前倾向里转。运球脚提起,用脚内侧推球的后中部。

2.运球的一般要求。

(1)运球时,要随时注意场上情况及时地传球、射门或改变运球速度和方向,以及假动作过人等。

(2)在运球接近对手时,应注意步幅要小,身体动作要协调,使球处于自己控制范围内。

(3)加强运球、传球、射门的结合动作练习。

(4)注意培养用左右脚交替运球和两脚都能做过人动作的能力。

(5)运球过人时应注意掌握好过人的时机,要控制好在过人动作之前与对手应保持距离,要有速度和方向变化。

（六）抢截球

抢截球的目的是把对手控制的球夺过来转守为攻。它是防守中的主动行为,是防守的重要手段。现代的足球技术不但要积极进攻,还要加强扩大防守的范围。紧逼盯人,积极抢截,才能更好地完成战术任务。

抢截球包括抢球和截球两个内容。抢球是用规则允许的条件和动作,把对方控制的球夺过来、踢出去或破坏掉;截球是把对方队员间传出的球堵住或破坏掉。

1.抢球的方法包括正面抢球、侧面抢球和侧后抢球三种方法。

(1)正面跨步抢球动作要领:两脚前后站立,面向对手,在对手运球脚触球后即将着地或刚着地时,支撑脚立即用力后蹬,抢球脚从脚内侧对着球跨出,膝关节弯曲,上体前倾,身体重心移到抢球脚上。如双方的脚同时触球时,则要顺势向上提拉,使球从对方脚背滚过,同时重心要迅速跟上,把球控制好(图1.91)。

1　　　　　2　　　　　3

图1.91

(2)侧面合理冲撞抢球是与运球者平行跑动或从后面追赶或平行时采用的方法。

动作要领:当与对手并肩跑动时,身体重心稍下降,手臂紧贴身体。当对手靠近自己一侧的脚离地时,用肘关节以上部位,冲撞对手相应部位,使其失去平衡,把球抢过来(图1.92)。

2.截球的方法。

截球是比赛中经常使用的动作,有踢球、顶球、铲球和停球等技术动作,但它必须根据临场需要选择使用某种动作。凡是需要直接进行传、射的截球,就需要用踢球、顶球或铲球动作来完成,凡是需要使球处于控制之下的截球,则必须用停球动作来实现。

图1.92

3.截球的一般要求。

(1)抢球时,判断要准确,要积极主动,果断迅速,敢抢敢拼,注意动作合理。

(2)要加强抢截球时身体重心的移动,选好自己的位置,在对方已控制好球时,不要轻易扑抢。

(3)抢球动作要符合规则要求,严禁踢人、踩人、推人等犯规动作。

三、假动作

在比赛中,运动员为了摆脱对手的阻挠,突破对方的防守,经常采用一些虚假的动作,为了隐蔽自己的意图,运用各种动作的假象迷惑和调动对手,使其产生错误的判断或失去身体的平衡,从而取得时间、位置、距离等有利条件,更好地实现自己的真正意图。

(一)假动作的方法和运用

假动作的形式很多,比赛中有球时,在传球或射门前,停球前,运球过人情况下,经常使用假动作。

1.传球前的踢球假动作:准备传球时,如对手迎面跑来抢球时,可先做假踢球动作,诱使对手堵截传球路线,然后改变方向传球。

2.停球前的踢球假动作:准备停球时,如对手迎面跑来抢球时,可先做假踢球动作,诱使对手堵截传球路线,然后改变方向传球。

3.运球过人假动作:方法很多,仅举下列几例。

(1)对手在侧面紧逼并准备抢球时,可先快速运球前进,诱使对手快速追赶。运球者突然降低速度或做假停球动作诱使对手也放慢速度,然后再突然加速甩开对手。

(2)对手迎面抢球时,可采用左右虚晃动作,使对手捉摸不定,从而越过对手,开始可先用右脚佯作向左扣拨球,当对手向左侧移动堵截,突然改用右脚脚背外侧拨球,并在越过对手后运球快速前进。

(二)假动作的一般要求

1.做假动作时,要保持身体的平衡,衔接动作要快,要协调。

2.假动作要逼真。

3.做假动作时,控制好自己的重心。

四、掷界外球

掷界外球技术动作在比赛中,经常被作为一次发动进攻的良好时机,如能将球掷得又远又准确,就会加快进攻速度,特别是在对方罚球区附近掷界外球,由于接球人不受越位规则的限制,因而可为进攻创造更有利条件。

(一)掷界外球的方法和运用

掷界外球有原地和助跑两种掷球方法。

1.原地掷球的动作要领:两手手指自然张开,虎口相对,持球的侧后方,面向场内,两脚平行或前后站立,两膝弯曲,两臂伸直将球举过头顶后身体尽量后仰成反弓形。掷球时,两脚蹬地,收腹,上体前屈,同时两臂伸直急速前摆,加上向前扣腕力量将球掷出,但两脚不得离地。

2.助跑掷球的动作要领:双手持球于胸前,同时任何一只脚不能全部离地。

3.改变掷球方向的掷球必须转体,不得用两臂改变掷球方向。

(二)掷界外球的一般要求

1. 两人一组,做原地或助跑掷球练习,逐渐加长距离。

2. 两人一组进行掷远比赛。

五、守门员技术

守门员是全队的最后一道防线,他的任务是不让球射入本方球门。同时,守门员要善于观察全局,起到协调指挥全队防守和进攻的作用。守门员要沉着冷静,勇敢顽强,有快速敏捷的反应能力,良好的身体素质,全面熟练的守门技术和较高的战术意识。

守门员技术包括准备姿势、移动、接球、扑球、拳击球、发球等。

1.准备姿势:两脚左右开立,约与肩同宽,两膝自然弯曲并稍内扣,脚跟稍提起,上体前倾,两臂于体前自然屈肘,手指自然张开,掌心向下,眼睛注视来球。

2.脚步移动:包括侧滑步和交叉步两种。

当对方向球门侧面射低平球时,可采用侧滑步移动,使身体正对来球。向左侧滑步时,先用右脚用力蹬地,左脚稍离地面并向左滑步,右脚快速跟上,眼睛注视来球。

交叉步用于距离较远的凌空球,如向右侧叉步移动,左脚先向右前方跨一步,右脚再跟着右移一步。

3.接球:包括接地滚球、平直球、高空球等。它是守门员最主要的技术。

(1) 接地滚球:有直腿式和单腿跪撑式两种。

直腿式接球:两腿自然并立,上体前屈,两臂并肘前迎,手掌对球。在手触球的刹那,随球后引并屈肘、屈腕,两臂靠近将球抱于胸前。

单腿跪撑式接球:身体正对来球,一腿弯曲支撑身体重心,另一腿内转跪撑,膝盖接近地面并靠近前脚脚踵,上体前屈,平臂下垂,在手触球的刹那,两手随球后引并屈肘、屈腕,两臂靠近,将球抱于胸前,然后起立。

(2)接平直球:首先移动脚步使身体正对来球,接球时身体前倾,两臂自然伸出迎球,当球与手接触时,两臂回缩缓和来球力量,并顺势抱球于胸前。

(3)拳击球:当守门员不能将球接住或在对方猛烈冲门的情况下,可采用击球来解脱危机。击球分双拳和单拳两种击球方法。

双拳击球多用于击正面来的平、高球。击球时,要跳起,两臂弯曲,两拳拳心相对,当球飞到头部前上方时,迅速伸臂将球击出。

单拳击球动作比较灵活,击球点高,力量大,多用于击两侧传中或高吊球。击球时,单手握拳,利用快速伸臂的动作将球击出。

(4)抛踢球:它是守门员把获得的球直接传给远离自己的同队队员的技术动作,抛踢球有踢空中球和反弹球两种方法。踢空中球和反弹球的动作与脚背正面踢球基本相同但由于要求踢得远,守门员都是向前上方踢。

(5)掷球:为了争取时间组织快速反击,守门员把获得的球,用手掷给同队队员。有单手肩上掷球和单手低手掷球两种方法。

4.对守门员的一般要求。

(1)开始练习时,要以接地滚球、平直球和高球为重点,在练习中以接球手型和身体姿势为重点。同时要注意在移动中选好正确位置,以封住射门角度。

(2)在守门技术练习中,要强调判断的准确性,动作的实效性,动作要敏捷,出击要果断。

(3)守门员在接球、扑球、击球时,要注意不得使手臂越出罚球区线的垂直面,抛球、掷球时,必须在越出罚球区线的垂直面之前使球离手。

◆足球运动的基本配合

足球比赛中,根据客观实际所采取的个人行动和集体配合的总称为足球战术。

一、比赛阵形

比赛阵形是指在比赛场上每个队员的基本位置排列,是本队攻守力量搭配和职责分工的形式。队形规定了队员的主要职责。

随着足球运动技术、战术的发展,特别是足球规则的变化,足球比赛阵形也在不断地演变。由重攻轻守的"九锋一卫"、"七锋三卫"、"六锋四卫"等阵形,逐步向攻守平衡阵形发展。1930 年根据 1925 年产生的越位规则,英国创造了 WM 式阵形,第一次达到攻守的平衡,队员分工明确,它推动了现代足球运动的发展,这种阵形一直保持到 20 世纪 50 年代。

在 20 世纪 50 年代初匈牙利首创了"四前锋"阵形,它被称为足球运动发展史上的第一次变革。50 年代后期,在研究对付"四前锋"的打法中,巴西队首创了"四二四"阵形。它被称为足球运动发展史上的第二次变革。

"四二四"阵形特点是既加强了前锋的进攻能力,又增长了后卫的防御能力,攻守兼备,便于全队协调配合。

20 世纪 60 年代出现了加强防守的趋势,特别重视中场控制,中场队员增加了,出现了"四三三"等阵形,在 20 世纪 70 年代,有些欧洲队员凭着身体素质的优势,采用全攻全守的踢法。这种踢法对队员的技术水平和身体素质提出了更高的要求,使足球出现了崭新的面貌,被称为足球运动发展史上的第三次变革。到了 20 世纪 80 年代后出现了"三五二"阵形,20 世纪 90 年代又出现了"五三二"阵形下面是足球阵形的演变表。

年	阵形
1863	1—1—1—8(八锋二卫式)
1870	1—1—2—7(一二七式)
1872	1—2—2—6(二二六式)
1880	1—2—3—5(塔式)
1930	1—3—2—2—3(WM 式)
1954	1—3—2—1—4(四前锋式)
1958	1—4—2—4(四二四式)
1962	1—4—3—3(四三三式)
1966	1—4—4—2(四四二式)
1974	1—1—3—3—3(一三三三式)
1984	1—3—5—2(三五二式)
1990	1—5—3—2(五三二式)

以"三五二"为例介绍各位置的职责及踢法。

守门员:守门员主要防守职责是守住球门,并尽量扩大活动范围及时出击,利用踢、接、击、扑等技术将对方的传球和运球断掉或破坏掉,而且能指挥全队的防守。主要的进攻职责是接球后利用抛球或抛踢球迅速、准确地传给位置最好的同伴发动进攻。

后卫:三名后卫活动范围和职责扩大。拖后的自由中卫要意识好、能力强,既是进攻的发动者,又是防守的组织者。左右两名盯人中卫应进行区域盯人,防守对方的两名前锋。

前卫:五名前卫要完全控制中场,使本方进可攻、退可守,并能及时、有效组织二次进攻。两名边前卫要阻滞对方边路进攻,进攻时适时插上助攻。一名中前卫稍拖后侧重防守,横向跑位拦截对方进攻作为后卫前沿屏障,突前的两名前卫是二线攻击者,伺机插上传切配合或足球突破射门。

前锋:位于球场边线一带,担任边路进攻的任务。进攻时主要依靠个人突破和配合突破打开缺口。所以边锋要有熟练的运球过人技术,机智快速的起动和奔跑能力,以及准确的传中和射门技术。一侧突破后,另一侧要及时包抄到位。由攻转守时,要协助本方后卫,防守对方的边锋。

中锋:经常位于进攻的最前线,主要的职责是依靠传球配合,运球突破,争顶头球等创造射门机会。

二、进攻战术

个人和两三人的局部进攻战术是组成全局进攻战术的基础,故称之为基础战术。

1.个人战术包括无球队员的摆脱、跑位和有球队员技术的合理运用。

(1)摆脱与跑位

摆脱:摆脱对手紧逼的方法有突然起动、冲刺跑、急停、突然变向、变速和假动作等。其目的是拉出空位,制造有利的传球位置。

跑位:就是有目的的跑向有利位置或空位。比赛中跑位极为重要,善于跑位的队员在场上能占据更多的空位。跑位可以使自己在短时间内处于摆脱对手的情况下接球;可牵制或策动对方;可扰乱对方防线。比赛中队员不断交叉换位,这有利于控制空当,推进进攻。

接应、策动、牵制突破等跑位的作用是随着场上情况的变化不断互相转化,因此队员应机动灵活,多谋善变,勤于跑位,做到一举多得。

(2)运球过人是进攻战术中一种极为重要的个人战术。随着足球技术、战术的不断发展,运球过人的动作在进攻中越来越发挥它的显著作用。运球过人是调动、扰乱对方防线造成以多打少,突破密集防守,获得射门机会的有效手段。不管采用什么方法过人,优异的控球能力和高度的应变能力是运球过人技术的基础。

(3)传球是集体配合的基础,是完成战术配合创造射门机会的主要手段。选择传球目标,掌握传球时机和控制传球力量是传球的主要技术内容。

①传球的目标:一般可分为脚下传球和空位传球两种。为了调节控制比赛节奏,减少失误可多向脚下传球,一旦出现进攻的机会和空位时,要多做向前传和向空当传,从而加快进攻速度。

②传球时机就比赛中的传球和跑位关系来说有两种情况:一种是以传球指挥跑位,传球在先,跑位在后;另一种是用跑位促使传球,跑位在先,传球在后。不论哪一种情况,都要求传球及时,早一点或晚一点都可能造成失误。

③传球力量:一般来说要求传球力量要适中。但在向被紧逼的同伴脚下传球时,传球力量要大些。向空位传时,要求球到人到,人到球到。如果接应队员速度很快,传球力度稍大些,以便突破。

2.两人局部进攻战术:两人的传球配合是集体配合的基础。两人局部配合,在任何场区都可能出现,运用比较多的是在前场,主要是运用二过一来摆脱对方抢截和突破防守。

比赛中常用的二过一配合有如下几种。

(1)直插斜传二过一(图1.93)。

(2)斜插直传二过一(图1.94)。

(3)斜插斜传二过一(图1.95)。

(4)回传反切直传二过一(图1.96)。

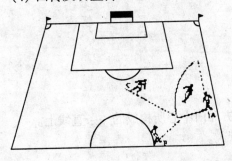

图1.93

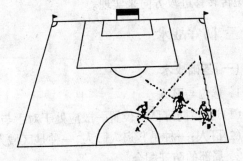

图1.94

图 1.95

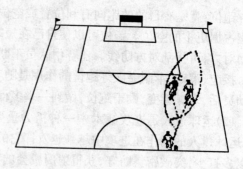

图 1.96

二人配合时对队员的要求如下。

(1)场上出现二对一的局面,往往瞬间即逝,队员必须抓住时机做二过一配合。

(2)在二对一局面时,进攻队员应做好运球过人和二过一配合两种准备,真真假假才能收到好效果。

(3)做二过一配合时,应根据防守人的情况、场上的空位,来决定选用哪种形式配合。

(4)做踢墙式二过一时,向做墙的队员脚下传球要准、力量适当,最好传向离防守者远侧脚,球一经传出应立即起动,快速冲向防守者背后接球。

3．全局性战术是指进攻面比较大,投入人数比较多的战术配合,它可分为边路进攻、中路进攻和二者结合进攻。

(1)边路进攻:一般是通过边锋或交叉换位到边路的中锋、前卫或插上的后卫,运用传球配合或运球过人突破对方防线,快速下底传中或切底回扣传中,或回传动 45°地滚球,接应队员插入对方两肋,射门或突破。中间或另一侧边路队员,包抄跟进射门。

(2)中路进攻:在对方中间地带展开的进攻称为中路进攻。一般是中锋和前卫或是内切的边锋,通过传球配合、运球过人把进攻推向罚球区附近,利用远射或是个人突破,两三人配合射门。

(3)边路和中路相结合进攻:根据需要经常采取以边为主、以中为辅或是采用以中为主、以边为辅等相结合的进攻战术,这样能更好地发挥进攻威力。边路和中路相结合主要通过长、短传转移进攻方向来实现。

三、防守战术

(一)基础战术

1．选位与盯人。

(1)选位:防守队员位置一般应处于对手与本方球门中心所构成的一条直线上。

(2)盯人:一种是紧逼人盯人,一种是区域人盯人。

2．局部的防守配合。

保护与补位是局部地区防守基础,而保护是补位的前提,没有保护就不可能有效地补位,队员间距离适当的斜线站立是保护时选位的基本要求,也是后卫线防守站位的基本原则。斜线站位可避免对方突破一方全线崩溃的局面。后位斜线站位时相互间的纵深距离不能太大,否则,就会为对方在纵深范围内穿插跑位提供方便条件,而且不会产生越位。

补位是防守队员协同配合、相互帮助的一种方法,补位有两种:一种是队员补空位,如边后位插上进攻时,就有另一个同伴暂时补他的位置,以防插上进攻失误时对手利用这一空当进行反击。另一种是队员相互补位,一般都是邻近的两个同伴之间互相交换防守,这样出现漏洞的可能性较小。

(二)全局性战术

1.人盯人防守:这种防守是一个防守队员始终紧逼一个进攻队员,尽可能不给对手随意活动的机会,使其传球、接应感到困难。采用这种防守方法时,要求防守队员具备较高的技术水平,较好的速度、力量和耐力,较强的战术意识和顽强的意志。这种方法的缺点是消耗体力较大,如果一人出现漏洞,就会使整个防线被突破而处于被动地位。

2.区域防守:这种防守是在由攻转守时,每个防守队员守住一个区域,只要有对方队员进入该区就积极进行防守。但这种方法有个很大的缺点,对方可通过换位和传球创造以多打少的局面,使防守处于被动。

3.混合防守:这种防守吸取了人盯人和区域防守两者的长处,弥补了两者的不足,是较好的防守方法。人盯人防守是对进攻队员进行紧逼,使其活动发生困难,这点正是区域防守的缺点,而人盯人防守又往往由于进攻队员有意识地进行交叉换位使防守出现较大空隙,区域防守可以弥补这一缺点。当进攻队员交叉换位时,防守队员可以交换看人而位置不变。在有球地区要紧逼对手,无球地区可采取区域防守;对离球门较近的人要紧逼,对离球门远的对手要采取区域防守,大部分后卫以盯人为主,有一人中卫(拖后自由人)进行区域防守,执行补位的任务。

四、定位球战术

定位球战术是指比赛开始或成死球的情况下,运用战术配合使本队获得有利条件。下面介绍中圈开球、任意球、角球、球门球的战术示例。

(一)中圈开球战术

1.突然袭击,快速进攻:利用对手队员在开始比赛时思想不集中,队形站得不妥,有较大空当时,快速长传突破。

2.控制住球,逐步推进:往往是开球后,先回传、横传,吸引对方向前抢截,当对手防守阵容出现空当时,再快速突破,展开进攻。

(二) 任意球战术

1.任意球进攻战术。

(1)直接射门:罚任意球时,如距球门较近,守方组织"人墙"有漏洞或守门员站位不当时,攻方主罚队员可踢弧线球直接射门。

(2)配合射门:主罚队员不直接把球斜传到前方空当,或传给横传方向插上的队员,而是由后面队员插上射门。

2.任意球防守战术:对方罚任意球时,防守要快速组成"人墙",人墙要由2~6人组成,其余队员则盯人防守。

(三)角球的进攻战术

1.角球的进攻战术:主罚角球队员,把球踢到远端门柱,离门10米处左右的地点,争顶队员判断好球的路线、落点,及时冲上争抢射门或经过摆动传给处于有利位置的同伴抢点射门。

2.短传配合:在对方防守人员身材高大、争顶不好的情况下,可采用短传配合发角球。

3.角球的防守战术:对方踢角球时,前锋、前卫要快速加防到位,一般以防守能力强,争顶技术好的队员守住门前危险区,并重点防守对手顶球队员,其他队员进行盯人防守。守门员站在离踢角球远端门柱约2米的球门线附近。另有两名后卫站在球门柱处,以备及时补门。当守方抢得球以后,全队要快速压出,进行反攻。

(四)球门球技术

球门球进攻配合有两种:一是踢高远球给进攻第一线队员;二是守门员传给后卫,由后卫发起进攻。

练 习 篇

一、射门练习方法

1.一人踩球另一人做原地和助跑踢球练习,主要体会支撑脚的选位,踢球脚的后摆和前摆及触球的各部位关系。

2.远距离踢球练习,将球放在罚球区线上,向远处的同伴踢球。

3.对着足球墙踢球,开始在近距离,力量小些,随着技术的成熟,加大距离和踢球力量。

4.射小门练习。

5.无人防守射门练习打球门的各个区域。

6.在罚球区附近做定位球射门的练习。

7.从中线运球到罚球区线上射门。

8."二过一"和"二过二"配合射门。

9.一人在罚球区向两侧传球,队员插上射门。

10.一人做回传球,跟上射门(图1.97)。

11.两人一组,争射向前的传球。

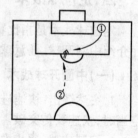

图1.97

二、停球练习方法

1.跑动中停侧面来球,然后射门。

2.做各种停球的模仿动作练习,主要体会停球的动作方法和要领。

3.对墙踢球,迎上去停反弹回来的球。

4.自己向上抛球,练习停反弹球。

5.一人抛球,另一人做胸部、大腿、半高球停球练习。

6.两人一组,互相脚内侧传接球。

7.一人踢半高球和高球,另一人做各个部位停球练习。

8.停球前做假动作,开始无人阻挡,以后增加有人阻挡的停球练习。

9.跑动中停来自不同方向的球,停后传给同伴。

三、头顶球的练习方法

1.做原地或跳起顶吊球的练习。

2.自抛球向前顶。

3.一人双手举球至对方头高,另一人用额正面顶球,领会顶球时接触部位和顶球点。

4.做原地和跳起的各种顶球模仿练习。

5.一人一球不让球落地的顶球练习。

6.一人在球门后抛球,另一人在门前顶球练习。

7.三人一组,一人抛球两人争顶。

8.四人一组围成圆圈连续顶球。

9.五个人一组,分成两组,一人抛球给同伴,同伴争顶,其他人再用手接,再争顶力争顶入对方球门,进球多为胜。

10.边路传球中,中间插上做原地助跑或跳起用前额正面或甩头用侧面顶球射门练习。

四、运球练习方法

1.走和慢跑中用单脚或两脚交替运球。

2.从中线到罚球区,直线或曲线排立若干标杆,队员运球依次绕过标杆射门。杆距相等或不等。

3.分成两组队员,相距 20～30 米,第一人运球到对面运球线前把球传给对面第一人,依次进行运球。

4.按照教练员手势或听信号做变向运球。

5.四个人运球过每个门互相抢断,丢球者受罚(图 1.98)。

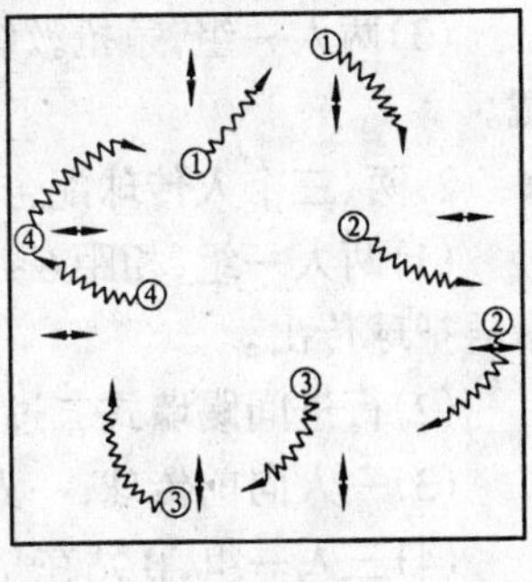

6.两人一组做一过一练习。

7.进攻队员从中圈运球,防守队员从底线上前抢截练习。

8.每人一球,原地或运球中做拨、拉、扣的练习。

图 1.98

五、假动作练习方法

1.在运球中做假停球再继续前进的练习。原地,跨球练习。

2.设消极防守者,做各种假动作的运球练习。

3.拨、拉、扣球练习。

4.停球前做假动作再将球传出的练习。

5.一对一的对抗中,练习运用假动作。

六、抢截球的练习方法

1.两人并肩走或慢跑中进行合理冲撞练习。

2.两人一球,一人脚下放定位球,另一人做原地和上步抢球模仿练习。

3.两人一组相距 4～6 米的中间放一球,按教练员的信号两人同时做上步抢球动作。

4.两人跳起争高空球,可以合理冲撞肩部。

5.一对一抢截或一对一抢截射门。

6.三对三、四对二的传抢球。

7.一人在慢跑中直接运球,另一人从侧面做冲撞抢球练习。

七、守门员技术练习方法

1.一人射门,守门员练习各种扑、接球技术。

2.守门员按信号做左右、前后移动练习。

3.接抛(踢)来的地滚球、平直球和高空球。

4.守门员在移动中接抛(踢)来的球。

5.守门员拿球后,及时观察场上形势一旦有反击机会,出球要快、准。

6.在争抢角球的人丛中练习接高球和拳击球。

7.守门员练习抛球和踢球。

八、战术练习方法

1.摆脱与跑位,选位与盯人练习。

(1)各种状态的突然起动冲刺跑。

(2)快速跑—急停—改变方向快跑。

(3)两人一组,争抢教练员的抛球,抢到为进攻者并立即摆脱对手射门,防守者要积极抢截。

2.两、三个人传球配合练习。

(1)两人一组,相距6~7米做行进间传球练习。可一次出球,也可接球后向前运球4~5米再把球传出。

(2)行进间踢墙式二过一练习。

(3)一人向前传球,一人后退停球,向前跟进传球,后退的人再停球,如此反复。

(4)三人一组,B 站在 A 身后,C 站在 A 对面,A 传球给 C 同时向 C 身后跑,C 传球给 B 同时向 B 身后跑,B 传给 A 同时向 A 身后跑,如此反复。

3.抢截练习:在规定场地范围内进行四对二、三对二、三对三、五对五的传球抢截练习。练习前可提出各种要求,如进攻者失球后变成防守者,传球只能两次触球,碰到球就算抢到球,等等,以达到练习目的。

4.小场比赛:根据练习要求,可安排不同大小场地,不同人数的比赛,比赛规则也可和正式比赛有所不同。

5.半场攻守:利用半个足球场,七或八人专练防守,七或八人专练进攻,可反复;练习某种预定战术,到运动员基本上掌握为止。

6.全场比赛:在比赛之前,明确提出教学比赛的目的、任务和要求,提高运动员的战术和意识。

欣赏篇

足球运动被称为世界第一运动,它是一个对抗紧张激烈而富有魅力的球类运动项目。古代足球起源于中国。据史料考察:我们祖先早在殷代就创造了足球游戏——"蹴鞠"

（又称"踢鞠"，即踢球的意思）。到战国时代就有了可靠的文字记载，发明了用皮革缝制，内中塞满毛发一类有弹性的球；随后，又出现了专门论述古代足球游戏的专著《蹴鞠新书》和最早谈论裁判的文章《鞠城铭》，还创造了球门。当时古代足球是作为一种游戏用来训练军队以及娱乐的，是我国古代比较盛行的一种体育项目。

现代足球起源于英国。1863 年 10 月 26 日被定为现代足球诞生日。1904 年 5 月 21 日在巴黎成立了国际足球联合会(FIFA)。目前，已有近二百多个国家和地区加入这一组织。1896 年在第一届奥运会上足球就列为正式比赛项目。目前规模最大，水平最高，最激动人心的是世界杯足球赛，每四年一届，从 1930 年第一届世界杯到现在共举行了 17 届比赛。

足球比赛的特点是场地大，参加人数多，时间长，集体性强，技术、战术复杂多样，对抗紧张激烈，同时对运动员身体素质、心理品质等要求很高。

经常从事足球运动可有效地发展身体素质，增强体质，能培养顽强意志和优良品质，并有超出足球本身范围的作用和影响。

第二编 艺术体育

健美操

学习篇

一、健美操术语

(一)动作方法术语

立:两腿站立的姿势。有并腿立、分腿立、提踵立、点地立、单腿立等。

蹲:两腿弯曲的姿势。半蹲:屈腿小于90°。

点地:一腿伸直或屈膝站立,另一腿脚尖或脚跟触地的姿势,身体重心在主力腿。有向前、侧、后点地。

弓步:一腿屈膝,另一腿伸直,身体重心在两腿之间的站立姿势。一般常用的有前弓步和侧弓步。

踢腿:一腿站立,另一腿做加速有力的摆动动作。有向前、侧、后踢腿。

吸腿:一腿站立,另一腿屈膝向上抬起动作。有向前、侧吸腿。

平衡:一腿站立,另一腿抬起并保持一定时间的动作。

举:臂或腿抬起并固定在某一方位上的姿势。有前、侧、斜下举等。

屈:使关节角度缩小的动作。

摆动:臂或腿在某一平面内,自然的由某一部分匀速运动到另一部位的动作。有前后、左右、上下摆动等。

振:臂或上体做大幅度的加速摆动。

绕环:身体某一部位摆至180°以上,360°以下的动作。

跪:屈膝并以膝着地的姿势。有跪立、跪坐、跪撑等。

撑:手着地并承担身体体重的姿势。有俯撑、蹲撑、仰撑等。

(二)肢体关系术语

同侧:同一侧的上肢和下肢动作的配合。

异侧:不同侧的上肢和下肢动作的配合。

同时:上肢和下肢同时做动作。

依次:上肢或下肢相继做同样的动作。

双侧:两臂同时做相同的动作或下肢依次做相同的动作。

单侧:只有一只手臂做动作或只做了一个方向的动作。

对称:两臂同时做不同的动作或下肢依次做不同方向但相同的动作。

不对称:两臂同时做不同的动作或下肢依次做不同的动作。

(三)方向、移动术语(图 2.1)

图 2.1

移动:身体向着相应的方向参考点运动的方式。

向前:向着前方参考点的方向运动。

向后:向着后方参考点的方向运动。

向侧:向着身体侧面的方向运动。

原地:无移动,或在 4 拍内回到原来的位置。

转体:身体绕垂直轴转动。

二、健美操基本动作

(一) 手型

健美操手型主要有掌和拳两种。

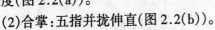

分掌 合掌 拳
(a) (b) (c)

图 2.2

1. 掌包括分掌、合掌。

(1)分掌:五指用力分开,手腕保持一定的紧张程度(图 2.2(a))。

(2)合掌:五指并拢伸直(图 2.2(b))。

2.拳:五指弯曲紧握,大拇指压在食指弯曲部位(图 2.2(c))。

(二)身体各部位基本动作

1.头、颈动作由屈、转、绕、绕环动作组成。

(1)屈:指头颈关节角度的弯曲,包括前屈、后屈、左屈、右屈。

(2)转:指头以颈部绕身体垂直轴的转动,包括左转、右转。

(3)绕:指头以颈为轴心的弧形运动,包括左绕、右绕。

(4)绕环:指头以颈为轴心的圆形运动,包括左、右绕环。

要求:上体保持正直,头颈移动的方向要准确,颈部被动肌群充分伸展。

2.肩部动作由提肩、沉肩、绕肩、肩绕环动作组成。

(1)提肩:指肩胛骨做向上的运动,包括单肩提、双肩同时提和依次提。

(2)沉肩:指肩胛骨做向下的运动,包括单肩沉、双肩同时沉和依次沉。

(3)绕肩:指以肩关节为轴做小于 360°的弧形运动,包括单肩向前、后绕,双肩同时和依次向前、后绕。

(4)肩绕环。指以肩关节为轴做 360°以上的圆形运动,包括单肩向前、后绕环,双肩同时和依次向前、后绕环。

要求:提肩时要尽力向上,沉肩时要尽力向下,动作幅度大而有力,绕肩时上体不能摆动,颈与头不能前探。

3.上肢动作由举、屈、伸、摆、绕、绕环、振、旋等动作组成。

(1)举:指以肩为轴,臂的活动范围不超过 180°且停止在某一部位的动作,包括单臂和双臂的前后侧、侧上、侧下举等。

(2)屈:指肘关节产生一定的弯曲角度,包括胸前屈、胸前平屈、肩侧屈、肩上侧屈、肩下侧屈、肩上前屈、腰间屈、头后屈(图2.3)。

胸前屈　　胸前平屈　　肩侧屈　　肩上侧屈　　肩下侧屈　　肩上前屈　　腰间屈　　头后屈

图2.3

(3)绕:指双肩或单臂向内、外、前、后做180°以上、360°以下弧形运动(图2.4)。

(4)绕环:指以肩关节为轴,双臂或单臂向前、向后、向内、向外做圆运动(图2.5)。

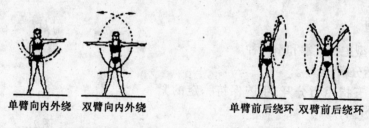

单臂向内外绕　双臂向内外绕　　　　单臂前后绕环　双臂前后绕环

图2.4　　　　　　　　　　　　图2.5

(5)振:指以肩为轴,臂用力摆至最大幅度,包括上举后振,下举后振,侧举后振(图2.6)。

(6)旋:指以肩或肘为轴做臂旋内或旋外动作(图2.7)。

要求:上体保持正直位置要准确,幅度要大,力达身体最远端。

上举后振　下举后振　侧举后振　　　　　内旋　　　　外旋

图2.6　　　　　　　　　　　　图2.7

4.胸部动作由含胸、挺胸、移胸动作组成(图2.8)。

(1)含胸:指两肩内含,缩小胸腔。

(2)挺胸:指两肩外展,扩大胸腔。

(3)移胸:指髋部固定做胸左右的水平移动。

要求:含、挺、移胸要到最大极限。

5.腰部动作由屈、转、绕和绕环动作组成。

(1)屈:指下肢不动上体沿矢状轴和水平轴的运动,包括前屈、左侧屈、右侧屈(图2.9)。

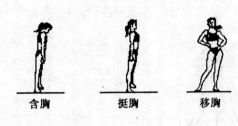

含胸　　挺胸　　移胸

图2.8

前屈　右侧屈　左侧屈

图2.9

(2)转:指下肢不动上体沿垂直轴的扭转,包括左转、右转、绕和绕环(图2.10)。

要求:身体远端尽力向外延伸,绕环幅度要大、充分而连贯。

6.髋部动作由顶髋、提髋、绕髋和髋绕环动作组成(图2.11)。

(1)顶髋:指髋关节做急速水平移动,包括左顶、右顶、前顶、后顶。

左转　右转　绕　　绕环

图2.10

(2)提髋:指髋关节急速向一侧上提的动作,包括左提、右提。

(3)绕髋和髋绕环:指髋关节做弧形、圆形移动,包括向左右的绕和绕环。

要求:髋关节做顶、提、绕和绕环时应平稳、柔和、协调、稍带弹性。

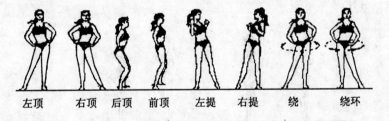

左顶　　右顶　　后顶　　前顶　　左提　　右提　　绕　　绕环

图2.11

7.下肢动作。

基本步伐是组成动作组合的最小单位。根据完成形式的不同,所有步伐分为三类:无冲击力动作、低冲击力动作、高冲击力动作。冲击力是人体运动时对地面产生的作用力,而地面同时也给予人体相应的反作用力,即冲击力。这种冲击力随着每一个动作自下而上通过人体向上传递并逐渐消失。

(1)无冲击力动作是指两只脚接触地面,或不支撑体重的动作。其动作有半蹲和弓步。

①半蹲:两腿左右分开稍大于肩或与肩同宽,脚尖稍外开,两腿同时屈膝或伸直。屈膝不得超过90°,屈膝时,膝关节与脚尖同一方向,臀部向后,上体稍前倾膝关节不应超过脚尖。有开腿半蹲、迈步半蹲、迈步、转体半蹲(图2.12)。

图 2.12

②弓步：一种做法是两腿前后站立、左右脚分开与髋同宽平行站立，脚尖向前，两腿同时屈膝和伸直，常用于力量练习；另一种做法是一腿屈膝，另一腿伸直，多用于有氧操练习(图 2.13)。

图 2.13

(2)低冲击力动作是指总有一只脚接触地面的动作。其动作有如下几种。

①踏步：两脚依次抬起依次落地。在下落时膝踝关节有弹性地缓冲。有踏步转体、踏步分腿与并腿(图 2.14)。

图 2.14

②走步：迈步移动。向前走时，脚跟先落地过渡到全脚掌；向后走时相反。落地时膝踝关节有弹性地缓冲。有向前后走步、转体的(弧线的)走步(图 2.15)。

图 2.15

③一字步：向前一步，后脚并前脚，然后向后一步，前脚并后脚。前后均要有并腿过程，两膝始终有弹性地缓冲。有向前、后的一字步、转体的一字步(图2.16)。

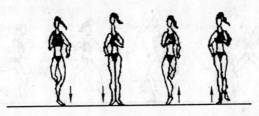

图2.16

④V字步：一脚向斜前方迈一步，另一脚随之向另一方迈一步，两脚开立，然后再依次退回原位。两脚之间的距离略比肩宽，身体重心在两腿之间。有正和倒的V字步、转体V字步、跳的V字步(图2.17)。

图2.17

⑤漫步：一脚向前迈出重心随之前移，另一脚稍抬起，然后落下。重心后移，前脚随之后侧落地，重心移至后脚。身体重心随动作前后灵活移动，动作有弹性。有转体的漫步、跳起的漫步(图2.18)。

图2.18

⑥迈步移重心：一脚迈出，落地同时两膝弯曲，随之身体重心移动至另一腿，膝伸直，脚点地。重心移动明显，两膝有弹性地屈伸。有左右的移重心、前后的移重心、移动的移重心、转体的移重心(图2.19)。

图2.19

⑦后屈腿：一脚站立另一脚后屈，然后还原。主力腿保持有弹性地屈伸，后屈腿的脚后跟向着臀部。有原地后屈腿、移动后屈腿、转体和跳动后屈腿（图2.20）。

图 2.20

⑧点地：一腿伸出脚尖或脚跟点地，另一腿稍屈膝站立。两腿有弹性的屈伸，点地时，身体重心始终在主力腿。有脚尖点地、脚跟点地、迈步点地、向前向后点地、向侧点地（图2.21）。

图 2.21

⑨并步：一腿迈出移重心，另一腿随之在主力腿内侧并腿点地，同时屈膝。两膝自然屈伸，并有一定弹性，身体重心随之移动。有左右并步、前后并步、转体并步（图2.22）。

图 2.22

⑩交叉步：一脚向侧迈出一步，另一脚在其后交叉，随之再向侧一步，另一脚跟进。脚落地同时屈膝缓冲，身体重心随着脚的迈出而移动。有前交叉步、转体的交叉步、加小跳的交叉步（图2.23）。

图 2.23

⑪吸腿：一腿屈膝上抬，另一腿微屈缓冲。大腿上提小腿自然下垂，后背挺直。保持主

力腿屈膝缓冲。有原地吸腿、迈步吸腿、移动吸腿、转体吸腿、跳时吸腿、向侧吸腿（图2.24）。

图2.24

⑫摆腿：一脚站立，另一脚自然抬起，然后还原成并腿。保持主力腿屈膝缓冲，抬起腿不需很高，但要保持上体直立。有向前、侧摆腿、摆腿跳（图2.25）。

图2.25

⑬踢腿：一腿站立另一腿加速上摆。主力腿轻微屈膝缓冲，脚后跟不要离地，踢腿的高度因人而异，避免造成大腿后部损伤，上体尽量保持直立。有原地踢腿、移动踢腿、跳起踢腿、向前踢腿、向侧踢腿（图2.26）。

图2.26

(3)高冲击力动作是指两只脚都离开地面，即有腾空的动作。其动作有如下几种。

①跑：两腿依次经过腾空后，一脚落地缓冲，另一腿后屈或抬膝，两臂前后自然摆动。落地屈膝缓冲脚后跟要落地。有原地跑向前后跑、弧线跑、转体跑（图2.27）。

图2.27

②双脚跳：双脚有弹性地跳起。落地屈膝缓冲，脚后跟要落地。有原地双脚跳起、前后

双脚跳、左右双脚跳、转动双脚跳(图 2.28)。

图 2.28

③开合跳:先并腿跳起左右分腿落地。然后,再分腿跳起并腿落地。分腿时两脚自然分开,膝关节沿脚尖方向微屈,落地时,屈膝缓冲,脚后跟要落地。有原地开合跳、转体开合跳(图 2.29)。

图 2.29

④并步跳:一脚迈出,随之蹬地跳起,后腿并于前腿。脚迈出后,身体重心随之移动,在空中并腿,落地时屈膝缓冲。有向前后并步跳、向侧并步跳(图 2.30)。

图 2.30

⑤单腿跳:一脚跳起,另一脚离地。落地屈膝缓冲,保持上体正直。有原地单腿跳、移动单腿跳、转体单腿跳(图 2.31)。

图 2.31

⑥弹踢腿跳:一脚跳起,另一脚经屈膝伸直。双腿落地的过程,弹踢不要很高。有原地弹踢腿跳、移动弹踢腿跳、转体弹踢腿跳、向前后的弹踢腿跳、向侧的弹踢腿跳(图 2.32)。

图 2.32

⑦点跳：一脚小跳一次、垫步一次，另一脚随之并于主力腿，并点跳一次。两脚快蹬落地，身体重心随之平稳移动。有原地点跳、左右点跳、转体点跳(图 2.33)。

图 2.33

三、健美操基本技术

1.弹动技术。健美操的弹动技术是健美操最重要的技术之一，是体现健美操的最基本特征，用以区别其他运动项目的重要因素之一。健美操的弹动主要依靠踝关节、膝关节、髋关节的屈伸缓冲产生，它的主要作用是减少运动对关节的冲击力，从而减少运动对人体造成的损伤。值得注意的是在屈伸的过程中，腿部的肌肉要协调用力才能有效地防止损伤与产生流畅、缓冲动作。

2.平衡与重心移动技术。人体运动时使整个运动过程稳定是至关重要的，在健身健美操动作中人体的平衡是保证运动安全与平稳和流畅的重要因素之一。人体运动时重心是随着运动而产生变化的，生物力学告诉我们运动中的力应该尽可能地保持重心的平稳。在健美操动作当中，我们要维持原有的平衡与克服运动所产生的倾倒来保持动作的稳定性，由于重力作用与运动所产生的力的作用就会使人体稳定性产生变化，因此我们会利用人体的运动机能给予我们的能力保持人体的平衡与稳定性。

3.身体控制技术。首先是指身体姿势的控制。健美操身体姿势是根据现代人的人体与行为美的标准而建立的。人体在整个运动当中非特殊条件下，应该保持自然挺拔，头部稍稍昂起，颈椎、胸椎、腰椎在保持正常的生理曲线。四肢的位置根据具体的动作要求，应该在准确的位置上，最常见的有站立时躯干保持上面所说的状态，双腿并拢伸直。蹲时躯干保持上面所说的状态，臀部收紧使整个身体保持垂直地面并屈膝。手臂的基本位置同基本动作中所阐述的那样。健美操的动作千变万化，但每个动作都应该有具体的要求，从总体上讲应该伸展时尽可能伸直,弯曲时要明确的角度,而四肢的位置是相对躯干的位置建立的。

其次是指操化动作的控制。操化控制是指操化动作的肌肉发力与控制。健美操的每一个操化动作要求应该是有清楚的开始与结束。动作开始时位置准确,过程肌肉用力使动作有加速运动,但不要用力过猛致使肌肉僵硬;结束时有明显停顿,肌肉的用力要做到有力而不僵硬,松弛而不松懈。

4.落地技术。落地缓冲的主要目的是使身体尽可能地保持稳定,同时减少地面对关节肌肉的冲击力,以避免造成运动损伤。健美操的落地技术为:落地时,由脚后跟过渡到全脚掌或前脚掌过渡到全脚掌,然后迅速屈膝、屈髋缓冲。所有动作在瞬间依次完成,用以分解地面对人体的冲击力。同时躯干与手臂保持良好状态,肌肉用力控制以保证动作的正确与稳定。

欣 赏 篇

一、健美操运动的概念与分类

健美操是在音乐伴奏下运用各种不同类型的操化动作,集体操、舞蹈、音乐为一体的身体练习,既是健身美体陶冶情操的大众健身方式,又是竞技运动的一个项目。

健美操源远流长,它起源于生活及人们对人体健美的追求,是体操、舞蹈、音乐逐步发展和结合的产物。

20世纪80年代以来健美操以其强大的生命力风靡世界。美国是对现代健美操的发展具有较大影响的国家,代表人是电影明星简·方达。她根据自己健身的体会和经验编写了《简·方达健美术》,自1981年出版后引起了世界的轰动。她从节食、药物等减肥法的失败中吸取了教训,走上以体育锻炼,特别是用健美操来保持身体健美的道路。她以自己的现身说法,对健美操在世界范围内的推广做出贡献。

健美操不仅在美、英、法等国家迅速发展,在前苏联和其他东欧国家也相当普及。前苏联早已把健美操列入大、中、小学的体育教学大纲。在日本、菲律宾、新加坡等亚洲国家和地区也建有许多健美操活动中心及健身俱乐部。

20世纪70年代末,健美操热传到了我国。当时在北京、上海、广州等地纷纷举办了各种健美训练班并培养出了一批骨干人员。接着各种新闻媒体介绍了国外各种类型的健美操,逐步地推动了健美操运动在我国的广泛开展。

1984年原北京体育学院成立了健美操研究室,接着上海体育学院成立了健美操研究室,率先开设了健美操课程,一些大专院校也根据国家教委对高校体育教学的要求,逐渐开设了健美操普修课或选修课。目前,健美操已成为我国各级各类体育或课外活动中一种深受师生欢迎的教学内容和锻炼方式。

根据健美操的目的任务,可以将其分为健身健美操和竞技健美操两大类。

二、健美操的特点

健美操与其他体育锻炼方式相比较,有以下三个主要特点。

(一)健身美体的实效性

健美操是根据人体解剖学、运动生理学、体育美学等多学科理论,为使人体健康健美地发展而编排的。因此,它的动作内容丰富,成套的健美操一般都包括身体各个部位的运动,与基本体操相比,健美操对人体各关节灵活性的锻炼更加突出。例如北京体育大学健美操研究室创编的《全国健美操大众锻炼标准》健美操等级规定动作,对全身关节的作用次数均达上千次,形式多样、美观大方。健美操不但选用了徒手体操中的基本动作进行艺术加工,而且吸收了舞蹈、武术等艺术性强的动作加以改编操化,单个动作都有其针对性,每一套操都有一定的运动负荷量,对人的身心影响较为全面,因此,参加这项运动锻炼可获得健身美体的实效。

(二)鲜明的节奏感和韵律感

健美操必须在音乐伴奏下进行练习,音乐是健美操的灵魂。与艺术体操相比,健美操音乐多取材于迪斯科、爵士、摇滚等现代音乐和具有上述特点的民族乐曲,使健美操体现出一种鲜明的现代韵律感。此外,节奏鲜明、清晰,使练习者不觉疲劳,产生一种轻松愉快的感觉,既得到了美的享受,又提高了协调性、节奏感、韵律感和表现力。

(三)广泛的群众性

健美操是时代的产物,它给人们带来热情奔放的情感体验,符合现代人追求健美、自娱、自乐的需要,因此深受广大群众的喜爱。同时由于健美操(尤其是健身健美操)的运动难度可以选择,不同年龄、性别、形体、素质、个性、气质的练习者都可酌情择项参加锻炼,并通过训练增强体质,因而为男女老幼所接受。此外,对场地、器材条件要求不高,练习起来简便安全,适合不同地区、不同条件的单位和部门开展,具有广泛的群众性。

三、健美操的锻炼价值

健美操是一项具有锻炼实效,深受群众欢迎的运动项目。它的锻炼价值可归纳为以下几点。

1.增强体质的功能。

(1)增强运动系统的功能。经常进行健美操锻炼可以提高关节的灵活性,使肌肉的力量增强、体积增大、弹性提高,使韧带肌腱等接缔组织富有弹性。对青少年来说,由于做健美操对肌肉、骨骼、关节、韧带均有良好的刺激,持之以恒可促进骺软骨的生长,有助于青少年身体增高,骨质更为致密、结实。

(2)促进心血管系统机能的提高。长期参加健美操锻炼,可以使心肌纤维增粗,心肌收缩增强,心输血量增加,提高供血能力。它有助于向脑细胞供氧,提高大脑的思维能力。同时通过循环系统提供更多的氧和氧料,可改善新陈代谢,减少脂肪沉积,延缓血管硬化,有益于健康。

(3)提高呼吸系统机能水平。人体在健美操运动时,肺通气量成倍增长,肺泡的张开率提高,从而增大了肺部的容积和吸氧量。经常参加健美操锻炼会使呼吸肌变的有力,安静时呼吸加深、次数减少,运动时吸氧量大,从而使肌体具有较强的有氧代谢能力。

(4)改善消化系统的机能能力。由于健美操的髋部活动较多,不但腰腹肌和骨盆肌得到了锻炼,而且加强了肠胃蠕动,增强了消化机能,有助于营养的吸收和利用。

2.塑造健美形体,培养端庄形态。健美操是动态的健美锻炼,动作频率较快,跳跃动作较多,讲究力度,运动负荷较大,因而消耗身体能量较多,利于消除体内多余的脂肪。在减少多余脂肪的同时发展某些部位的肌肉,使人的形体按健美的标准得到塑造。此外,通过经常性正确的形体动作训练,能矫正不正确的身体姿势,培养正确端庄的体态,使锻炼者的形体和举止风度都会发生良好的变化。

3.发展身体素质,提高艺术素养。健美操是一项要求力度和幅度的身体练习,经常参加该项运动可使肌肉的力量得到增强,肌腱、韧带、肌肉的弹性得以提高,从而发展了人体的力量和柔韧素质。健身健美操持续时间较长,特别是有氧系列健身操长达1小时,竞技健美操强度较大,因此要求练习者具有克服疲劳的意志力和较好的耐力水平。与此同时,健美操是由类型、方向、路线、幅度、力度、速度不同的多种动作组成,学习健美操可以提高人的动作记忆和再现能力,提高神经系统的灵活性、均衡性,从而发展了人的协调能力。

此外,健美操具有艺术性,长期从事该项运动可以增强韵律感、节奏感,提高音乐素养。从而提高认识美、鉴赏美、表现美直至创造美的能力。

4.焕发精神面貌、陶冶高雅情操。健美操是在音乐伴奏下进行的身体练习,音乐给健美操带来了生机。健美的动作充满青春活力。人们在欢乐的气氛中进行锻炼,心情愉快,不易疲劳,还可排除精神紧张。在这种使人们的心灵和情操得到陶冶和净化,身心得到全面协调的、发展的、健康的娱乐消遣活动中,人的精神面貌和气质修养都会有所改善和提高,特别是集体配合练习还有助于增进友谊,增强群众意识。

四、健美操音乐的选择

健美操的动作在音乐的衬托之下,使健美操更具有生命力与艺术性,扩大了健美操表现的空间,可以说音乐为健美操注入了灵魂。音乐的节奏和速度严格地控制着动作的节奏与速度。因此,在很大程度上控制着运动的强度。音乐的风格决定动作的风格,常见的健美操音乐有爵士乐、迪斯科、摇滚乐、轻音乐等。

附录一　《中国大学生健美操竞赛规则》总则简介

一、竞技健美操

1.竞技健美操定义

竞技健美操是在音乐伴奏下,完成连续复杂的和高强度动作的能力,该项目起源于传统的有氧健身舞。

成套动作必须展示连续的动作组合、柔韧性、力量与七种基本步伐的使用,并结合难度动作高质量地完美完成。

2.健美操动作组合定义

以健美操基本步伐组合手臂动作形式,伴随音乐,创造出动感的、有节奏的、不间断的包容高低不同运动强度的一串儿动作。

成套动作的选择应达到期望的运动强度以体现心血管系统的有氧运动实质。

二、评分规则

A、总目的

本规则的目的是保证健美操国际比赛评分的客观性。

B、裁判员

裁判员必须与健美操事业密切联系,必须不断地扩展自身的实践知识,从事该项目工作的首要条件是:

·精通国际体联评分规则

·精通国际体联技术规程

·精通新的难度动作

全体裁判员必须做到:

·出席全部会议、赛前指导会及汇报会

·按比赛日程安排在指定时间到达赛场

·正确着装

·出席运动员技术指导会

在比赛时必须做到:

·不离开指定座位

·不与他人接触

·不与教练员运动员和其他裁判员谈论

·按规定着装

女:深蓝色裙或裤套服和白衬衫

男:深蓝色上衣、灰长裤、浅色衬衫和领带

C、高级裁判组

高级裁判组的工作是负责控制整个裁判工作,按照规则对裁判长的评分进行调控,以保证最后得分的正确性。记录各裁判打分的偏差。

如反复出现偏差,高级裁判组将有权警告或更换裁判。

违反高级裁判组和裁判长及评分规则的指示以及违反规则将被制裁,结果由国际体连竞技健美操委员会主席宣布。

违反规则包括:

·故意偏离规则评分

·有意维护一名或几名运动员

·不遵守健美操委员会高级裁判组及裁判长的指示

·反复打出过高或过低的分

·不遵守有关比赛秩序与纪律的要求

·未出席裁判员会议

·不合适着装

三、竞赛性质世界竞技健美操锦标赛是国际体联的正式比赛

四、竞赛安排

A、周期

世界竞技健美操锦标赛每两年举行一次。

B、比赛日程

世界竞技健美操锦标赛大体安排如下:

第一天　　　　第二天

　　　　预赛

集体六人

男子单人　　　女子单人

混合双人　　　三人

第三天

　　　决赛

男子单人/混合双人

女子单人/三人

集体六人

比赛不得早于上午 9 点开始和晚于 20 点结束。

比赛日程必须经健美操委员会认可并印制成工作表。

五、世界锦标赛报名程序

参赛资格

A、基本权利

可参加世界健美操锦标赛的运动员为：

·其所属组织为国际体联的会员协会

·执行国际体联章程和国际体联技术规程

B、年龄

参加世界锦标赛的运动员当年必须年满 18 岁。

C、国籍

运动员和裁判员更改国际必须符合奥林匹克章程和国际体联章程,更改国际将由国际体联执行委员会负责。

六、更换运动员

确认报名后不得更换运动员。只有严重的医学问题才能在比赛前 24 小时换人,并由国际体联医学委员会官员代表决定。请求必须以书面形式提出,并附带详细的医学报告。

七、预赛与决赛

A、预赛参赛人数

预赛参赛人数为每国每项最多两人或两组。

B、决赛参赛人数

各组(男单、女单、混双、三人、集体六人)参加决赛的人数为八人(组),每项,每国最多两人或两组。

C、分数判决

在任何名次中出现名次相等,将依次取决于下列得分：

·最高艺术总分

·最高完成总分

·最高难度总分

·考虑全部艺术分(不除去最高与最低分)

·考虑三个艺术最高分

·考虑两个艺术最高分

·同样适用于完成分

a 考虑全部完成分

b 考虑三个完成最高分

c考虑两个完成最高分

八、出场顺序

A、抽签

预赛与决赛出场顺序由抽签决定,抽签在比赛前六星期由中间人担任。

B、弃权

运动员在开赛叫到后20秒不出场,由裁判长减0.5分。60秒后不出场为弃权,宣布弃权后运动员将失去参加本项比赛资格。在特殊情况下,参照以下办法:

- ·播放错音乐带。
- ·由于音响设备而出现的音乐问题。
- ·由于设备问题引起的干扰灯光、赛台、会场。
- ·其他任何异物进入比赛场地。
- ·运动员责任外的特殊情况而引起的弃权。

运动员在遇到以上任何特殊情况发生时,应立即停止做动作,成套动作结束后提出的抗议将不被接受。

根据裁判长的决定,运动员在问题解决后可重做,原先分数无效。

上述情况以外的问题将由高级裁判组根据情况解决。高级裁判组的决定为最后决定。

九、设施

A、训练场地

在开赛前一天,运动员可使用训练馆,馆中将设有相应的音响设备及比赛标准场地,根据组委会制定并经健美操委员会认可的轮换表使用训练场地。

B、等候场地

与赛台相连的一块特定区域为等候场地,等候场地只允许将出场的两名或两组运动员及其教练员使用,其他人员不得入内。

十、比赛场地

A、赛台

赛台高80~140厘米,后面有背景遮挡,赛台不得小于14乘14平方米。

B、竞赛地板和竞赛区

竞赛的地板必须是12乘12平方米,并清楚地标出7乘7平方米的单人、混双、三人的比赛场地,以及10乘10平方米的集体六人场地。标记带为5厘米宽的黑色带,标记带是场地的一部分。

所用地板必须符合国际体联的标准,并由国际体联认可,只有经国际体联认可的地方可用于比赛。

C、座位区

艺术裁判,完成裁判和难度裁判将坐在赛台正前方,视线员座位安置在赛台的2个对角,高级裁判组和裁判长坐在艺术裁判、完成裁判与难度裁判正后方的高台上。

D、限制

在没有被大会组委会或FIC正式叫到之前,教练员和运动员禁止进入等候场地。

在运动员比赛时教练员必须留在等候地。

教练员和运动员禁止进入裁判区,违反规定者将由裁判长取消其比赛资格。

十一、音乐伴奏

A、音乐设备

音响设备应达到专业水准,包括常规设备和如下特殊装置:

运动员专用音响,常规放音设备。

B、录音

可以使用一首或多首乐曲混合的音乐,可使用原作音乐和加入特殊音响效果,音乐要录在磁带或 CD 的 A 面开头,禁止磁带与磁带的转录。

磁带与 CD 自备两盘比赛用带,并且清楚地标明运动员姓名,国家与参赛项目。

C、音质

磁带录制必须达到专业水准。

D、音乐版权

国际体联和组委会不能保证播放原作音乐,必须把所使用的音乐、曲目、艺术家和作曲家的名字列单在确认报名时一起交到世界锦标赛组委会和国际体联秘书处。

十二、成绩

A、成绩公布与发放

每个裁判员给每个运动员的分数和最后成绩公之于众。在预赛结束后,各参赛协会必须得到完整的成绩复印件,结果中必须标出各裁判员的评分,在整个比赛结束后,各参赛协会将得到一份完整的成绩册。

B、抗议

预赛成绩不带入决赛,决赛中得分高者名次列前。

若得分相等名次将按顺序取决于下列标准:

·最高艺术总分

·最高完成总分

·最高难度总分

·考虑不全部艺术分(不除去最高分与最低分)

·考虑三个艺术最高分

·考虑两个艺术最高分

·同样适用与完成分

十三、奖励

A、仪式

见国际体联奖牌授予仪式的特殊规定,组织细节将由国际体联负责批准。

B、奖励

第一名授予奖杯;前三名授予奖牌;进入决赛者授予证书;所在参赛的运动员和官员将被授予参赛者证明。

附录二   全国健美操大众锻炼标准

一级:略

二级:略

三级:

一、测定内容:见《规定动作》三级(另发)

二、动作速度:22拍/10秒

三、动作时间:5分钟±5秒

四、动作要求:动作技术基本正确,身体姿态好。动作协调轻松、自然流畅,有一定的动作力度较好地体现出音乐的情绪。

五、达标成绩:5分以上。

三级测试动作

说明:

三级是健美操大众锻炼标准初级中的最后一部分同时也是初级与中级的衔接部分。共有57乘8个八拍,在二级的基础上进一步掌握健美操基本步伐和典型动作,并在此基础上稍加变化,保持中低强度的有氧训练。动作的创编主要以对称为主。重复次数相对减少,在一个八拍当中的出现两个动作。基本步伐有弹步、踏步、点步、高提膝、开合跳、弹踢和V字步等,并增加了90°的方向变化。素质练习以地面动作为主,在二级的基础上加大了强度。在学习这些动作时,应注意动作要领,并注意肌肉的控制与感受。

四级测试动作

说明:

四级是大众健美操的中级课程。本级动作共有68乘8个八拍,专为热衷于健美的爱好者而设计。在初级基础上增加了健美操典型动作和复合动作,其内容更丰富,动作变化较多,节奏加快运动量逐渐增大,对心肺功能及各项身体素质的要求提高。

全套操化动作基本上是整段重复或方向重复。拍节整齐,动作变化有规律音乐节奏清晰容易掌握。

艺 术 体 操

学 习 篇

一、基本姿态练习

(一)徒手练习

1.脚的基本部位(图2.34)。

图 2.34

一位:两脚站在一条横线上,两腿及两脚跟靠拢,腿伸直,脚尖向外转90°,重心在两脚上。

二位:两脚站在一条横线上,中间约一脚的距离,重心平均落在两脚上。

三位:两脚平行,脚尖向外转90°,前脚跟紧贴于后脚内侧一半处。

四位:两脚平行,前后分开约一脚的距离,脚尖向侧外转90°,重心平落在两脚上。

五位:两脚相叠,前脚跟紧靠后脚尖,脚尖向侧外转90°,两腿伸直夹紧,重心于两脚上。

脚的基本部位的练习全过程,要收腹紧臀、腿肌紧张,胸上提,肩下沉,颈部梗直,两臂放松。重心落在大拇趾、小脚趾、脚跟三个支点上。为准确掌握,依双手把杆、单手把杆、脱离把杆的顺序练习。

2.手臂的基本姿势。

(1)直臂:手腕处略突起,指尖略低于前臂上沿延长线,前臂与小指一侧有一自然内收角度。

(2)圆臂:从肩到指尖成一圆滑的弧线,手为圆手,肘关节约成160°,肘以下各关节做相应的弯曲。

(3)伸腕圆臂:从肩到指尖成一圆滑的弧线,直手或接近直手,腕、肘关节微屈。

3.手臂的基本部位(图2.35)。

图 2.35

一位:两臂弧形下垂于体前,掌心向内。

二位:两臂弧形前举至胸前,掌心向里。

三位:两臂弧形上举至头上,掌心向下。

四位:一臂弧形上举,另一臂弧形前举。

五位:一臂弧形上举,另一臂弧形侧举。

六位:一臂弧形前举,另一臂弧形侧举。

七位:两臂弧形侧举,掌心向前下方。

在动作全过程中,手臂保持圆臂姿态,肘关节和手腕不得下垂。

(二)把杆练习

1.双手把杆,提踵站立。面对把杆双手把杆,并步站立。保持上体正直,提踵,还原。反复行之。提踵时肩放松,上体紧张、正直。

2.双手把杆,压脚跟。面对把杆双手把杆一位站立,稍蹲。缓缓提踵至最大限度,全身保持紧张、正直。还原时身体不得晃动和前倾。

3.双手把杆,一位侧擦地。面对把杆双手把杆,一位站立。左(右)脚向侧擦出点地,收回。连续或换腿同法行之。侧擦时脚放松离开地面,腿要开、绷、直。亦可从二位站立做侧擦地。

图 2.36

4.单手把杆,五位擦地(图2.36)。右脚在前的五位站立,左手把杆,右手一位。右臂经二位摆至七位。右脚向前擦出点地,收回成五位站立。可接做向侧和向后擦地。向后擦出后点地时,右脚尖对左脚跟,脚面向外,同法换腿做之。

向前、向后擦地和收回时,脚跟不要放松,仍保持向前,身体保持正直,不要随动作转髋。

5.单手把杆,一、二、五位蹲。下蹲要平稳、连贯,上体正直,大腿和膝对准脚指方向,手臂可侧举、叉腰和随蹲起做协调摆动。先半蹲再做全蹲,蹲下时不要提踵。

6.单手把杆,一位至五位的小踢腿。侧向站立,一手把杆,另一臂一位或六位。踢出时要经擦拭地、急速有力,上体正直,腿要开、绷、直,并要控制在所要求的高度。可单独向前、向侧、向后踢腿,亦可组合练习。

7.单手把杆,五位站立弹腿。五位站立,左(右)手把杆,右(左)臂从一位经二位至七位。右(左)腿向前或向侧或向后弹腿,收回成前小掖腿或后小掖腿,以便连续动作。弹腿动作由动力腿屈膝提起,大腿不动,以膝为轴脚背带动小腿快速有力地弹出,弹出的腿要伸直且控制在 25°的高度上。收回成前小掖腿时,腿要包住动力腿踝部,而后小掖腿时,则踝贴于动力腿小腿肚以下。弹腿要有力、准确,不得有颤动。小掖腿要靠、贴紧。

8.单手把杆,腿屈伸(图 2.37)。这是半蹲和摆腿的组合的练习,可向前、向侧、向后做之。关键是姿态和腿的高度。

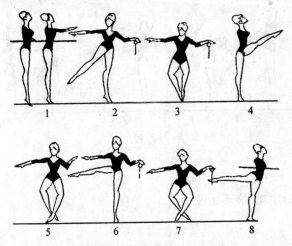

图 2.37

9.单手把杆、控腿(图 2.38)。控腿是平衡动作的基础。控腿时上体要正直,肩平,骨盆正,收腹立腰,支撑腿伸直。伸、举腿的速度要均匀,膝部稳定不动。可向前、向侧、向后做之。控腿高应不低于 90°。

图 2.38

10.单手把杆,在踢腿。基本同"小踢腿",但要快速有力地踢出,高度在 90°以上。落地时要控制速度,轻点地收回。

11.单手把杆、压腿(图2.39)。压腿时,支撑腿要完全伸直。向前和向后压腿时脚尖向下,向侧压腿时脚面向上。压腿时上体要正直,力量逐渐加大。

图2.39

12.单手把杆、下腰(图2.40)。向前下腰时,上体放松、胸部主动下压,腰、背挺直。向后下腰时,以头、肩、胸、腰依次向后弯曲,头接近臀部,起立时,腹肌用力收缩、后背上顶,以腰、胸、肩、头的顺序依次还原。

图2.40

二、手臂动作

手臂动作主要分为摆动、绕环和波浪。

(一)摆动

1.两臂同方向摆动。由三位立、一位手开始,两臂弧形至前举,经体侧摆至左(右)举,目视左(右)前方。同法反复练习之。摆动时,肩关节放松,保持圆臂,以肩关节带动摆臂,切忌端肩。动作时配以头转动,姿态更为优美。

2.手臂不同方向的摆动。一位臂站立。左臂向右摆至右侧举,左臂经下摆至左侧举。左臂下摆还原的同时右臂向左摆成左侧举,右臂经下摆至右侧举,重复行之。做动作时,肩带放松,手臂呈弧形舒展向远处摆出,上体和头随手臂摆动而转动,以增加表现力,可在埋头步、足尖步中进行。

3.两臂依次摆动。二位臂站立。右臂摆至上举成四位,左臂摆至上举,同时右臂摆至侧举成五位,左臂摆至侧举,右臂下摆,左臂下摆,还原成二位臂站立。依次动作的节奏要明显。动作的全过程应挺胸、立腰、圆臂、肩放松,动作伸展。

(二)绕环

1.大绕环。自然站立,两臂侧平举。两臂向下经体前交叉向上绕至侧平举或同法单臂轮流行之,并可成不同手臂部位。绕环以肩为轴,幅度要大。当臂绕至低于侧平举约30°时做转腕动作,掌心向下。单臂绕环时,上体和头随绕臂转动。

2.中绕环。以肘为轴做向前、向上、向侧的绕环。肘以下的各关节的运动方向与前臂一致,但指尖先行。在绕环过程中,要有中指尖转向身体的过程。伸臂时,肩角不变,圆手变直手。

绕环动作有两臂同方向,单臂同方向、反方向和依次的方法。

(三)波浪

波浪有两臂侧波浪和臂依次波浪两种做法。

1.两臂侧波浪。两臂侧平举,自然站立。两臂落至侧下举,圆臂回摆成假冒平举。动作开始时,以肩关节带动,肘关节向下,臂放松弯曲,手由圆手过渡为自然半握拳弯曲。手臂向上时,指尖方向与运动方向相反,向远伸。

2.臂依次波浪。动作方法同上,惟以单臂依次做之。完成动作时,要注重表现,即目视指尖稍上或下处。

三、柔韧性动作

1.上体向前弯曲。立姿,两臂上举,上体前屈,头部触膝。动作的全过程两膝不得弯曲,体前屈时保持挺胸收腹。可并腿直立或两脚左右开立做之。

2.上体向侧弯曲。开立同肩宽,右(左)臂上举,左(右)手叉腰。骨盆向右(左)移动,上体向左(右)侧屈。动作中忌低头,保持挺胸、收腹、向侧屈。

3.上体向后弯曲。开立稍宽于肩,两臂上举,头、肩、胸、腰依次后仰,两手触地或触脚跟。练习难度较大,应循序渐进。可在跪立或在同伴帮助下完成。

4.上体向前波浪。由两臂前举、低头、含胸的半蹲提踵立开始。膝、髋、胸、头依次向前上方伸展,两臂协调随之向后摆至上举,成挺胸、抬头、起踵姿势。关键是动作的连续性和摆臂的配合。

5.上体向后波浪。由两臂后举,低头、含胸的半蹲提踵立开始。膝、髋、胸、颈、头依次内收后移,两臂协调由后前摆连续完成之。

6.两臂侧波浪。两臂侧平举,丁字步站立。肘关节向下,两臂放松弯曲下落,经圆臂再至侧平举。要注意肘、腕关节的弯曲度和手臂各关节上下依次的屈伸动作。

四、协调性动作

1.向右(左)移重心与上体向右(左)移动的配合。两臂左(右)侧上举,右(左)脚侧点地提踵站立,左(右)腿半蹲。重心向右(左)移,经两腿半蹲、右(左)腿半蹲,两臂继续摆至右(左)侧上举,左(右)脚侧点地,目视右(左)上方。动作要连贯,充分半蹲,动作起伏要大。

2.向左(右)移重心与上体绕环动作的配合。动作过程基本同上,随移重心上体做绕环和两臂大绕环动作。两脚开立稍大,动作幅度要大,目视手。

五、步法

1.柔软步。右腿稍举起,大腿外旋,脚面绷直,重心在左脚上。右脚步柔软地从脚尖逐渐过渡到全脚掌着地,脚尖向外,重心移至右脚上,左脚步放松,微屈膝。左腿同法做之。上体正直,眼平视,前后摆臂,手背向前,腕部伸直。

2.足尖法。两脚起踵立,两手叉腰,一脚步向前伸出,脚面绷直,脚尖向外。步幅不宜过大,脚尖着地过渡到前脚掌支撑,身体重心随此至前脚。上体正直平稳,收腹挺身而出胸,肩放松,稍抬头,目平视。不要上下起伏颤动,左右摇晃。

3.弹簧步。右脚向前一步,由脚尖过渡到全脚掌着地时微屈膝。重心前移至右脚时,左脚随之弯曲。右脚提踵,左脚沿地面前下伸出(约25°),脚面绷直,手臂前后自然摆动。步幅不宜太大,步伐均匀、柔和,提踵要高,保持收腹、挺胸、立腰。

4.变换步。自然站立,两手叉腰。右腿向前做三个柔软步,重心前移,左脚步并于右脚旁。右脚再向前做一柔软步,重心前移,左脚后点地或后举,脚面向外。出左腿同法做之。上体正直,挺胸收腹,稍抬头。步子要均匀、柔和、有节奏。

5.波尔卡。自然站立,两手叉腰。右腿向前下摆出,同时左腿小跳向前滑出,右脚柔和着地,左脚并上,右脚再向前一步柔和着地,左脚后点地或后举,左腿向前同法做之。前摆腿不宜太高,绷脚面,腿微外旋。动作节奏稍快,连接协调、自然。

6.华尔兹。两臂侧平举,提踵立。右脚向前做一个柔软步,重心移至右脚收。左脚向前做一个足尖步,右脚向前做一个足尖步。右脚前出同法做之。动作要连贯、柔和,并有一定起伏,三个步幅相等。上体随开始动作的方向侧前倾,重心及时前移。

7.跑跳步。自然站立,两臂七位。左脚前出一步,右腿屈膝前举同时左脚步原地小跳。两臂后摆,上体微前倾、立腰,右脚前出一步同法做之。前举大腿与地面成水平,小腿与大腿成90°,绷脚面,脚尖向下。原地小跳时要充分蹬地。

8.蹬点步(图2.41)。左脚前点地,两臂七位。左脚步向前一步,右脚在左脚后点地。蹬地跳起,右腿后举,两臂经一位摆至右臂前平举,左臂斜后举。换腿同法行之。蹬地跳起有力,空中挺胸,后举腿要大,两腿开度要大。

图2.41

9.加洛泼步(并步跳)。右脚在前的三位站立,两臂七位。右脚向前一步,重心稍前移,屈右膝蹬地向上跳起,两脚在空中并成三位,左脚落地接着右脚再向前出,重复做之。亦可向侧做此动作。重心始终向前进方向移动,并落于在前的腿上。要有腾空,落地时屈膝缓冲。

六、转体动作

1.双脚转体180°。自然站立,两臂七位。左脚交叉于右脚前,提踵,两腿夹紧,脚尖为轴转体180°。两臂随转体动作经下绕环至上举姿势,落踵还原。向另一方向转体。转体时,保持身体正直,收腹立腰,以肩、头、臂带动身体转动。

2.双脚转体360°。方法基本同上,惟开始时借左脚尖侧点地之力和提踵,两臂上举,迅速转头,完成转体。

3.单脚转体180°。自然站立,两臂侧平举。右腿前出一步,落地时屈膝后立即提踵,向右转体180°,两臂成三位。转体时左腿屈膝侧举,脚位于右腿后侧。

4．前摆单腿的单脚转体180°。开始姿势同上。右脚前出一步，左腿前摆两臂下落至体前下垂。右脚步伸直提踵，左脚尖向内扭转带动向右转体，完成180°转体时，成右腿支撑，左腿后举，两臂上举。摆腿方向要正，提踵转体的力量向上，腿、臂动作与转体动作协调配合。

5．后举腿转体360°。自然站立，两臂侧平举。左脚向前一步向屈膝，右脚尖点地，左臂摆至前举。左脚提踵向左转体360°，右腿后举，两臂上举。左脚落踵，右脚尖后点地，左臂侧举。支撑腿由半蹲提踵，用力蹬地，以肩、头、臂带动转体。转体时后腿伸直，控制方向使转动不脱离轴心。上体正直、肩放松。

6．屈膝前举转体360°。开始姿势同上。左腿向左一步，屈膝，右腿由侧前摆至屈膝前举，左腿伸直提踵，两臂上举向左转体360°，成左脚步站立，右腿屈膝前举。提踵使重心上升，摆腿快，肩、头、臂带动转动。头、躯干、支撑腿在一线上。

7．跳转体180°，一位站立。两腿半蹲，用力蹬地跳起，转体180°，缓冲落地还原成一位站立。转体沿垂直轴，立即收腹，两腿夹紧，甩头要快。

七、跳跃动作

1．原地一位跳。一位站立，两臂侧平举。上体正直半蹲，两脚蹬地跳起，紧身、收腹立腰，脚侧分开，脚面绷直，缓冲落地成开始姿势。可重复行之。动作全过程要保持上体正直，跳起时，提气、领臂、抬头，不要耸肩。

2．原地五位交换跳。五位站立，两手叉腰。动作过程基本同上，惟先落成二位半蹲，在跳起空中并腿落成五位站立，要求同上，可重复做之。

3．踏跳步。两脚自然站立，两臂侧平举。右（左）脚前出蹬地向上跳起，同时左（右）腿后举，伸膝直腿、绷脚尖、挺胸立腰，缓冲落地成右（左）脚站立，左（右）脚跟点地。可接前出后腿同法做。此动作变化较多，可直膝、屈膝、向前、向后、向侧及加转体做之，但必须保持良好姿态。

4．并步跳。右（左）脚在前的三位站立，两臂侧举。右（左）脚前出一步蹬地向上跳起，左（右）脚与右（左）脚在空中并成三位，脚尖向外。左（右）脚落地，接着右（左）脚再前出，同法重复行之。动作要求有腾空。向侧并步时，手臂可随动作做体前摆动的协调配合动作。

5．直膝前交换腿跳。右（左）脚前点地站立，两臂侧平举。右（左）脚蹬地，左（右）腿直膝向前上方踢摆，接着右（左）腿向前踢摆，左（右）腿摆至最高点时下压，右（左）腿继续上摆，在空中左右两腿前绞动作，两臂由侧经下向内绕环至上举。左（右）脚缓冲落地，右（左）腿保持前举，两臂摆至侧平举。蹬地有力，向上踢摆腿，充分利用两臂上带的力量向上腾起，保持空中上体正直、收腹立腰姿势。注意动作协调性。可把杆练习之。

6．屈膝交换跳。自然站立，两臂侧举。左（右）脚向前并步跳一次，接着左（右）脚再前出一步跳起，同时右（左）腿前摆。接着左（右）腿前膝再前摆，两腿在空中做交换腿动作，两臂经下向内交叉摆至上举。缓冲落地，左（右）腿保持屈膝平举，两臂侧举。动作与直膝前交换腿跳相同，惟要求大腿抬起高度要高于水平面，屈膝大于90°角。

7．一位跳。两脚一位立，两臂成七位或叉腰，经半蹲充分蹬地跳起，膝盖、脚面绷直，脚面向外。以前脚掌缓冲着地，还原。可连续跳起，亦可二位立做之。

8．猫跳（图2.42），又称向前屈膝交换腿跳。自然站立，左脚向前上步，同时右腿屈膝前摆，接着左腿亦屈膝前摆并在空中做交换腿动作，两臂经下向内交叉摆至上举。右腿缓冲落地,左腿保持屈膝前平举,两臂摆至侧举。起跳有力,充分利用两臂上带的力量向上跳起。保持上体正直、收腹立腰。交换腿要快,屈膝大于 90°角,大腿抬高至水平面。

9.鹿跳(图 2.43)。助跑大跨步跳,在空中迅速成半劈腿姿势,一臂前举,另一臂上举,上体后屈,缓冲落地。

图 2.42　　　　　　　　　　　　　图 2.43

10.大跨步跳(图 2.44)。左腿向前并步跳,左腿向前跨出一步,蹬地向上跳起,右腿向前上方跨伸,左腿立即向后拉开成前后大分腿姿势,开度要求成 180°。右臂摆至侧举,左臂成前举。缓冲落地成右腿站立,左腿后举姿势。

图 2.44　　　　　　　　　　　　　图 2.45

11.前交换腿跳(图 2.45)。左脚向前上步,同时右腿用力向前上摆,接着左腿蹬地向上跳起并前摆,在空中与右腿交换,成右腿落地,左腿前举。两臂要配合向上摆起,两腿前摆要高于水平面,交换腿在空中最高点完成。

12.单腿前摆转体 180°跳(图 2.46)。左脚向前上步,同时右腿前摆,接着左腿蹬地跳起,在空中向左转体 180°,左腿缓冲落地,右腿后举。空中转体时要展体,角度充分。

图 2.46

13.击足跳。左脚步向前一步,两臂侧举做起跳准备。左脚蹬地跳起,同时右腿前摆。接近最高点时,左脚面主动触击右脚跟,左脚缓冲落地。同法换右腿做之。此动作亦可向侧做。

八、与不同手臂动做配合的步法练习

1.柔软步加上下摆臂的练习。自然站立,一位手臂。前走 4 步,同时两臂经前摆至上举,掌心向内。重复前走4步,两臂经侧摆还原。同法经侧摆做之。

2.柔软步加单臂依次侧摆练习。自然站立,两臂自然下垂。前走2步,右臂向右摆至右侧举。前走2步,左臂向左摆至左侧举。

3.柔软步加臂绕环练习。自然站立,一位手臂。前走4步,同时右臂由前经上向后绕环一周,上体随之稍向右转动。左臂同法行之。前走2步,两臂落下,前走4步,两臂由前经上向后绕环一周。

4.柔软步加手臂波浪练习。自然站立,一位手臂。前走2步,同时两臂前摆至斜前举,臂波浪,前走2步,两臂前摆至前平举,臂波浪,前走2步,两臂至斜上举,臂波浪,前走2步两臂经上落下。同法向侧做之。

5.足尖步加单臂后上举练习。提踵立,手叉腰。足尖步4步,两手叉腰上体向左扭转、稍后倾,右肩对准前方,两肩下沉、抬头。足尖步4步,同时左臂经前摆至后上举掌心向外,左肩对准前方。同法反方向做之。

6.足尖步加手臂摆动练习。左臂上举、掌心向外,右臂下举、掌心向下。左脚开始向前足尖步4步,上体稍向左侧屈,同时右臂摆至上举、掌心向外,左臂摆至下举、掌心向下,目视左下方。原地足尖步2步或4步向左转体180°,同时右臂摆至下举,目视左下方。同法反方向做之。

7.足尖步加臂绕环练习(图2.47)。提踵立,臂自然下垂。左脚开始向前,足尖步4步,右臂经侧向上绕一周。向前走4步,左臂同法行之。向前4步足尖步,同时两臂打开至侧举,掌心向上,向前2步,同时翻掌落下。

图2.47

8.足尖步加臂波浪练习。提踵立,臂自然下垂。左脚开始向前4步足尖步,同时两臂至右前斜上举,第四拍做手臂波浪一次,目视手。原地4步足尖步,向左转体360°,上体向左侧屈,目视左下方,两臂轻柔地做两次小波浪。同法反方向做之。

九、不同步法的组合练习

(一)变换步的组合练习

预备:面向圆心右脚站立、左脚屈膝、脚尖点地,左臂上举掌心向外,右臂下垂掌心向下,目视右下方。

前奏:先不动,然后左脚并于右脚侧,同时两臂摆至侧举,抬头挺胸。

第一节(图2.48)

1—2:右脚开始向前做后举腿变换步,同时左臂上举、右臂侧举。

3—4:左脚开始后退,变换步至左腿半蹲,右腿前点地,同时左臂前下举、右臂后上举。

5—6:向左转体90°,两臂摆至侧举,右脚步开始向侧做侧变换步至右腿半蹲,左腿左侧点地,挺胸立腰,两臂由侧举经体前向上摆至上举,目视左前方。

7—8:提踵向右转体270°,重心在右脚上,两臂保持上举,转体后臂打开至侧举,面向圆外。

前奏　　　1—2　　　3—4　　　5—6　　　7—8

图2.48

第二节

同第一节,但方向相反。

第三节

1—2:面对圆心右脚开始后举腿变换步跳,同时左臂上举、右臂侧举。

3—4:同1—2,但方向相反。

5—6:向右转体90°,面向圆外,右脚开始前举膝变换步跳,同时右臂前下举,左臂后上举。

7—8:同5—6,但方向相反。

第四节(图2.49)

1　　2　　3　　4　　5　　6　　7　　8

图2.49

1—2:向左转体90°,面向逆时针方向,右脚开始做转体变换步,即右脚向前一个并步,右脚再向前一步、稍屈膝,同时左腿前摆,右腿伸直提踵,向右转体180°,同时左脚尖向内侧扭转成左腿后举,两臂向内绕至弧形上举。

3—4:左脚向后落地,重心移至左脚,右脚向后一步与左脚并立,两臂弧形前举,手腕相交、掌心向下。

5—6:同1—2。

7:左脚向前一步半蹲,右脚屈膝、脚尖点地,同时含胸低头,两臂弧形前举,手腕相交、掌心向下。

8:腿伸直,重心落于前脚,右脚在后,脚点地,上体小波浪起立、挺胸,同时两臂交叉摆至上举,左臂上举,掌心向外,左臂摆至右下举、掌心向下,目视右下方成开始姿势。

(二)弹簧步组合练习

队形:双数、单圆,面向圆心(图2.50)。

预备:提踵立,互相牵手。

第一节

1—4:左脚开始向前做 3 个弹簧步,第四拍并腿。

5—8:向右做侧弹簧步 3 步,最后一步并腿成提踵立。

第二节

1—4:同第一节 5—8,但方向相反。

5—8:做 3 个后退弹簧步,最后一步并腿成提踵立。

第三节(图 2.51)

1—4:单数向前 3 个弹簧步,同时两臂前向自然摆动,第四拍提踵立。双数向后 3 个后退回弹簧步,同时两臂前后自然摆动,第四拍提踵立。

5—8:单数向后 3 个弹簧步,同时右手叉腰,左臂经下、右、上摇至左侧上举,最后一拍并脚成提踵立。双数动作同单数,但方向相反。

第四节

1—4:同第三节的 5—8,但方向相反。

5—8:同第三节的 1—4,但方向相反。

(三)华尔兹步组合练习

预备:自然站立。

前奏:先不动,然后两臂侧举,提踵立。

第一节(图 2.52)

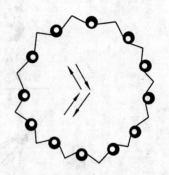

图 2.50

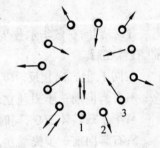

图 2.51

预备 1—2 3—4 5 6 7 8

图 2.52

1:右脚向前华尔兹步,同时左臂轻下向右体前绕环一周,上体右侧屈。

2:同 1,但方向相反。

3:右腿向右侧华尔兹步,同时右臂侧摆至下举,左臂经侧摆至下举。

4:同 2,但方向相反。

5:右脚开始做 1 个后退华尔兹步,同时左手叉腰,右臂经前后摆至后上举,掌心向外,上体向右扭转。

6:左脚开始做 1 个后退华尔兹,同时上体向左转,右臂摆至体前右前举、掌心向上。

7—8:右脚向右上步,左脚跟向右转体 360°成提踵立。两臂经侧绕至上举。

第二节(图 2.53)

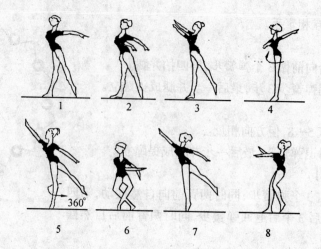

图 2.53

1：右脚向右做华尔兹步，同时上体向右扭转 90°，挺胸，手臂动作随上体扭转成左臂在前、右臂在后。

2：同 1，但方向相反。

3：右脚向前一步提踵立，同时左腿后举，两臂右斜上举。

4：华尔兹转体 360°，同时两臂打开至侧举。

5：右脚向前一步提踵立，同时左腿后举，右臂摆至右前举，左臂摆至左后下举，抬头、目视右手上方。

6：华尔兹转体 360°，同时两臂摆至右臂在上、手腕交叉，上体稍左屈。

7：同 5。

8：左腿落地屈膝，右脚在左脚后屈膝点地，同时两臂摆至右侧、手腕相交、手指向上，掌心向外，上体左侧屈。

(四)波尔卡步组合练习

队形：三人一横排，面对逆时针方向(图 2.54)。

预备：三人互牵手，即中间者两臂侧下举，里圈者两臂右侧下举，左手与中间者的左手相握，右手与外圈者的左手在中间者体前相握，外圈者两臂左侧下举、右手与中间者右手相牵(图 2.55)。

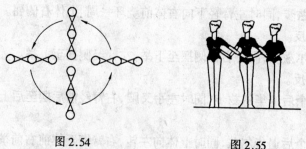

图 2.54   图 2.55

第一节

1—4：左脚开始，向前两个波尔卡。

5—8：以外圈者为轴，向右做两个波尔卡，转体 180°，面向顺时针方向。

第二节

同第一节,继续转至面对逆时针方向为止。

第三节

1—4:向后做两个后退波尔卡。

5—7:向后足尖步3步。

8:并脚提踵立。

第四节

同第三节。

第五节

1—8:中间者和里圈人互扶腰、另一臂上举,左脚开始做4个波尔卡步。接着在原地向逆时间方向旋转一周还原至原位,外圈人独自向右后方做4个波尔卡,随之在原地顺时针方向旋转一周(图2.56)。

第六节

同第五节,但换成中间者与外圈者做,里圈人自己做。

第七节

1—8:做两个前后点地的波尔卡。

第八节

1—2:右脚原地小跳,左脚步前点地,右脚再小跳一次,左脚后点地。

3—4:左脚开始重踏步,中间者原地做,两侧人边向里合,三人围成一个圈(图2.57)。

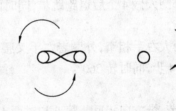

图2.56 图2.57

5—8:同1—4,但重踏步向外开,还原成预备姿势。

(五)跑跳步组合练习

预备:逆时针方向站立的双圆,内外圈相对、两人一组,内侧手相牵前上举,外侧手后下举。

第一节(图2.58)

1—4:左脚开始做4个跑跳步。

5—8 相牵的内侧手绕至后上举,外侧手下举相拉,同时做4个后退跑跳步。

图 2.58   图 2.59

第二节

同第一节,但两人外侧手放开并叉腰,内侧手仍后上举相牵。

第三节(图 2.59)

1—4:两人同时原地做 4 个跑跳步,并转体 180°。

5—8:换另一手叉腰,另一臂上举相牵。动作同 1—4。向反方向做跑跳步。外圈者两手叉腰跳转 90°面向圆外,两手扶外圈人的肩。

第四节

1—3:两人一起做 3 个向前跑跳步。

4:跳转 180°面向圆心,内圈人手叉腰,外圈人手扶内圈人的肩。

5—7:同 1—3。

8:外圈人原地小跳,内圈人跳转 180°成面对面站立。

第五节

1—4:外圈人做 4 个后退跑跳步,同时两臂逐渐打开至侧上举。内圈人手叉腰做 4 个向前跑跳步。

5—8:两人右手相牵,外圈者左手叉腰,原地做 4 个跑跳步,里圈人左手侧下举,从右臂下做原地跑 4 步,同时转 360°。

第六节

同第五节,惟方向相反。第八拍时两人面对面,左右手相牵。

第七节

1:左脚向左一步。

2:左脚原地跳起,右腿直膝左下举起,膝盖向左。

3—4:同 1—2,惟方向相反。

5—8:向前做 4 个跑跳步,两人顺时针方向转 180°。

第八节

同第七节,惟方向相反。第八拍还原成开始姿势。

十、徒手成套练习

第一节(图 2.60)

1:右脚向前点地,同时右臂置前举。

2:重心前移,左臂前下举,右臂继续摆至后上举。

3:左脚并于右脚、半蹲、低头含胸,两臂前下举稍屈肘圆臂,手腕相交,掌心向上。

图 2.60

4:向内翻腕至两臂侧上举、掌心向外,抬头挺胸、直立。

5:两臂经上举(掌心相对),打开成右臂前举、左臂后举、掌心向上,同时上体向左扭转90°,屈膝半蹲,目视左侧。

6:直立、两臂上举、掌心相对,面对正前方。

7:同 5,惟方向相反。

8:同 6。

第二节(图 2.61)

图 2.61

1:右脚向前一步,左脚并上,两臂侧举做一次手臂侧波浪。

2:右脚再向前一步,重心前移,左脚后点地,两臂经体侧绕至前举,做普通换步。

3:左脚向后退一步、右脚并上,两臂仍停在前上举,做波浪一次。

4:左脚再向后腿一步、重心后移,右脚前点地,两臂经体侧绕至侧平举。

5:右脚向右侧点地,左腿稍屈膝,两臂落至体侧。

6:向右移重心成左脚侧点地,身体做小波浪,上体稍左侧屈,两臂侧举、目视右前方。

7—8:同 5,6,惟方向相反。

第三节(图 2.62)

1:右脚向前一步、左腿稍屈,重心前移,身体做小波浪,两臂由后经体侧前举。

2:向后移重心,身体做小波浪,两臂经下后摆至后举。

3:右脚向前变换步一次,左脚后点地,身体小波浪一次,两臂由下向前绕环一周半至前举。

图 2.62

4：左脚向左侧并步一次，两臂经下绕至左上举。

5：左脚向左侧一步，身体稍向左侧屈，两臂继续向上绕至上举。

6：身体向左侧波浪，两臂摆至上举。

7—8：两臂波浪、目视左手。

第四节（图 2.63）

图 2.63

1：右脚向前一步、左脚前踢，两臂由上经体侧摆至前上举，提踵立腰。

2：右腿向后下落，右腿弯曲成弓箭步，两臂向下摆至左后举，目视左后方。

3—4：右腿直立、左腿并上，向右双脚转体 360°，同时两臂上举。

5：两腿屈膝弹动一次，两臂摆至左侧举，目视左前方。

6：两腿屈膝弹动一次，两臂摆至右侧举，目视右前方。

7—8：全身向前波浪，两臂由前经侧向后绕至上举，抬头挺胸。

第五节（图 2.64）

图 2.64

1:右脚向前一步,左腿屈膝前举,含胸底头,两臂经体侧摆至前举。

2:左脚向前落地、腿后举,展胸抬头,同时两手腕内翻,掌心向外,两臂打开至侧平举。

3:右脚向前一垫步,两臂经体侧摆至右臂前举,右臂侧举。

4:同3,但方向相反。

5:右脚向右一侧华尔兹步,右臂摆至右下举,左臂上举,掌心向外,上体稍向右侧屈,目视右前方。

6:同5,但方向相反。

7:右脚向右一步,左脚跟上,向右双脚平转180°,同时两臂上举,提踵。

8:两臂落至侧平举,抬头。

第六节(图 2.65)

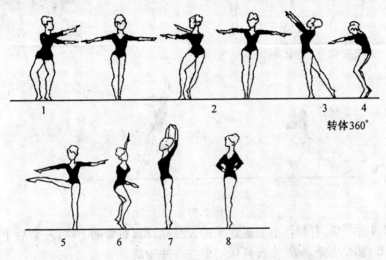

图 2.65

1:右脚开始向前做一华尔兹步,右臂侧举,左臂经下向左体前绕环一周至侧举。

2:同1,但是方向相反。

3:右脚向前一步、提踵,左腿后举,两臂右前举。

4:左脚向右做一含胸转体华尔兹步、转体360°,成低头、两臂上举。

5:右脚提踵立、左腿侧举,两臂随之侧举。

6:左脚并于右脚、半蹲,上体左侧屈,左臂上举,右臂弧形右前举。

7:左脚向前一步,双脚左转180°,同时两臂经侧绕至上举。

8:两手后背于腰、提踵、抬头。

第七节(图 2.66)

图 2.66

1—2：右脚开始向前做一屈膝波尔卡步，上体稍向右前方。

3—4：同1—2，左脚做之，最后上体稍向左前方。

5：右脚向前做一并步跳，两臂侧举。

6：右脚向前一步。

7—8：左脚向前一步，蹬地做屈膝交换跳成右脚落地，左腿屈膝平举，两臂向内绕至上举，掌心向外。

第八节（图2.67）

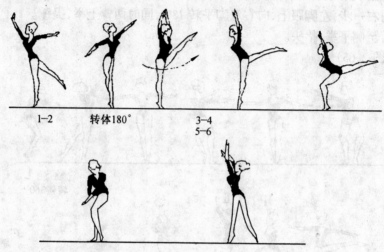

1—2   转体180°   3—4
                    5—6

图2.67

1—2：左脚向前一步，右脚再向前提踵支撑，左腿后举，右臂前上举，左臂后下举。

3：向左转体180°，两臂侧举，做脚开始向前左一并步跳。

4：左脚向前一步、蹬地跳起，同时右腿前摆，两臂上举，空中向左转体180°成右腿后举，左腿落地稍屈膝、缓冲。

5—6：向左转体180°，动作同3，4。换右脚开始，方向相反。

7：左脚于右脚前落地、两腿弯曲，含胸底头，同时两臂弧形于体前手腕相交，掌心向上。

8：直立、重心再前脚上、右脚后点地，同时两手向内翻腕、保持手腕相交，两臂摆至前举、抬头，目视上方。

十一、轻器械练习（任选）

（一）绳

1.握法：用双手或单手握绳端，有时也握绳的中段。

(1)手握绳：两手各握绳的一端、四指握绳端、大拇指自然弯曲轻压于绳子上。

(2)双手扣三摺或四摺绳：将绳折成三摺或四摺，用双手握绳子两端。

(3)双手握双绳：一种是将绳摺成二摺，用单手握双绳的端部。另一种是将绳子的两个小头分别夹在无名指、中指和食指之间，五指自然弯曲握住绳头（掌心向上或向后）。

(4)单手握单绳：只有一手握住绳子的一端。

2.摆动。双手或单手握绳子，以肩为轴前后或左右摆动绳。肩放松、力量均匀，以控制绳不变压器形。双手握绳于体前向左、右摆绳子,如图2.68所示。

图 2.68   图 2.69

3.单手握双绳、小绕环(图2.69)。右手握双绳绳端、前举,左臂侧举。以右手腕为轴,靠手腕的力量转动绳,使绳在体前顺时针方向绕行。绕环面要正,臂伸直。

4.体侧正"8"字绕环(图2.70)。右臂前举握双绳,左臂胸前平举。右肘稍屈、以右手腕发力,绳从右后向前摆至前上举,接着从左前上经左后下绕至右前上举,使绳子在身体两侧做"8"形绕环。肩放松、臂伸直,绳不得触地。

图 2.70   图 2.71

5.体前头后"8"字绕环(图2.71)。自然站立,右手持双折绳子端,左臂侧举。以右肩为轴,向后翻腕屈肘右臂由侧举往下向左,在体前额状面绕至上举。以右手腕为轴,向后翻腕屈时,由右经后向左在额前小绕环一周至上举,再绕至侧举。

6.跳绳。两臂自然伸直侧举,以手腕为轴摇绳,跳起要轻松有弹性,脚面绷直,前脚掌落地,绳中段不能打地。其包括双脚跳、单脚跳、高抬腿跳等,可做向前、向后交叉摇和双摇。典型跳绳法如图2.72所示。

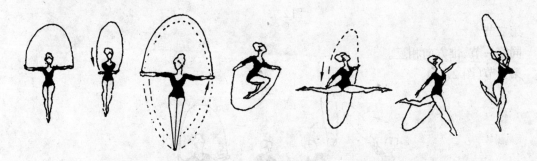

图 2.72

7.抛接。利用手绕绳或摇绳所获得的惯性向上抛绳,抛时直臂上送,用力适中,保持空中绳形不变。接时动作要准确,一般接两端,并顺势不停顿地连接绳的动作。

（1）单手绕绳上抛双手接绳（图2.73）。右手握双折绳，体侧向后小绕环接向前上抛起，空中绳保持双折状向后翻转1~2周，双手接握两端。

（2）前摇跳抛绳双手接（图2.74）。双手握绳前摇跳，自后向前上抛绳，空中绳子向前翻转一周，双手接握两端。

图2.73　　　　　　　　　图2.74

8.绳的成套练习。

预备:直立,两臂侧举,持绳于体前。

第一节(图2.75)

1—2:左脚向左侧一步,并向左移重心,两手持绳向左摆动。

3—4:向右移重心,两手持绳子向右摆动。

5—6:右脚向左并与左脚,提踵立,同时两臂持绳子在体前由左向上、右在额前面绕环一周。

7—8:左脚向左侧一步,重心移至左脚,右脚步后点地,两臂持绳向左摆动。

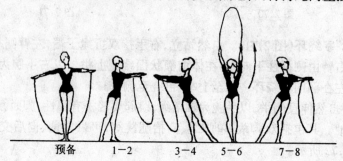

预备　　1—2　　3—4　　5—6　　7—8

图2.75

第二节

同第一节,惟方向相反。

第三节(图2.76)

图2.76

1—2：双脚并拢，两腿微屈一次，两手持绳前举（手可靠拢），在体左侧向后、上、前大绕环一周。

3—4：两腿再屈伸一次，两手持绳子在体左侧向后、上、前大绕环一周（体侧正"8"字大绕环）。

5—6：两手分开，绳子前摇，右脚跳过绳子半蹲，左脚再跳过绳并向右前45°伸直点地。

7—8 两手向前摇绳，左脚跳过绳子半蹲，右脚跳过绳，向左前45°伸直点地。

第四节

同第三节，惟方向相反。

第五节（图2.77）

1—2：左脚向左侧做1个加洛泼步，同时两手持绳，在体前由左向上、右大绕环一周。

3—4：左脚向左侧上步，两手体前持绳，由左向上、右大绕环至上举绳。

5—6：向左转体90°，两手向右摇绳子一次，同时右脚跳绳。

7—8：两手再向后摇绳一次，同时左脚跳过绳。

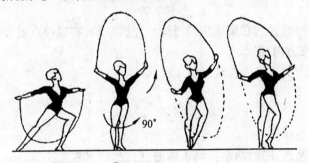

图2.77

第六节

同第五节，惟方向相反。

第七节（图2.78）

图2.78

1—2：左脚向前做一交换步，右手握双绳绳端，在左侧由后向左、前做大绕环，左臂侧后举。

3—4：左脚向前做一交换步，右手持双绳绳端，由后做体侧正"8"字绕环，左臂侧举。

5—6：左脚向左侧一步，右脚在左脚前交叉向左转体360°，同时右手握双绳绳端上举，在头上水平大绕环一周。

7—8:右手接着在体前水平大绕环一周,同时左、右腿依次跳过绳。

第八节

1—4:左脚向侧一步,向左平转360°成左腿站立,右脚后点地,两手握绳向左摆绳成左手上举,右手继续摇摆,使绳缠身上。

5—8:向左平转360°,将绳放开成右腿站立,左脚后点地,两手于体后双手握绳。

第九节(图2.79)

图2.79

1—2:两手向前摇绳,左、右脚依次跳过绳成左脚落地,右腿伸直前下举。

3—4:同1—2,惟方向相反。

5—8:前摇4次,左、右脚依次跳过绳4次。

第十节

同第九节

第十一节(图2.80)

1—4:两脚屈伸两次,同时两手持绳于体前、后绕"8"字两次。

5—8:左脚于右脚前交叉,半蹲,两手持绳在体前、后绕"8"字,成左脚提踵,右腿侧踢,两手上举绳。

图2.80

第十二节(图2.81)

1—2:右手绳端交给左手,左手持双绳绳端,右手握绳子中段侧举,右手向后小绕绳同时右脚开始向左弧形跑。

3—4:左脚蹬地,右脚前摆做交换腿跳转体270°,左右脚依次落地。

5—6:右脚向右退一步屈膝,左脚向后伸直点地,两手持四折绳,向左右摆动。

7—8:左脚上前一步成弓步,同时两手持四折绳上举,上体右侧屈。

图 2.81

(二)圈

1.握法。

(1)双手两侧握:拇指伸直,其余四指自然弯曲,握圈两侧缘。

(2)单(双)手正握:掌心向下握圈。

(3)单(双)手反握:掌心向上握圈。

2.摆动(图 2.82)。单手正(反)握圈,一肩为轴,做前、后或左、右摆动。动作中,肩放松,臂伸直,圈面与地面成垂直,重心随动作前后或左右移动。

图 2.82

3.体侧"8"字绕环(图 2.83)。两臂前举,右手垂直持圈。右臂交叉于左臂前,经前、下、后、做一向前大绕环至前上举。右手转为掌心向上的反握圈,经前、下、后再做一次前"8"字大绕环,绕环时,圈要靠近两肩、沿矢状面运动。左(右)侧绕环成右(左)侧绕环时,臂和手均需向内(外)翻转,幅度要大。

图 2.83

4.体前、后"8"字绕环(图 2.84)。两臂侧举,右手掌心向上持圈。右臂体前经下、右、上向外绕环至右侧上举。屈膝掌心向上,在体后经下向外绕环一周。绕环时,注意翻腕,体后绕环时,上体向右转。

图 2.84

5.滚圈。利用拨动、转动或摆动,使圈在地上或身体上不同部位滚动。用力大小要适中,并保持圈面垂直。滚动过程中不得有跳动。

(1)地上向前滚圈:右手持圈于体侧,左臂侧平举。右手掌伸直、中指压在圈上面。右臂向前推出,使圈向中指方向直线向前滚动。

(2)地上回滚圈:单手握圈向前摆动送出,并立即用腕指力量向后拨动。圈滚动时,圈触地不得过晚,波动方向要正,以保证准确回滚。

6.跳圈。单手或双手持圈做各种形式的摆动或摇圈。同时做单双手跳起,是身体从圈内通过。跳圈时,圈不得触及身体和地面。

前摇跳圈:如同前要跳绳,两手持圈由前、向下、向后摇圈,当圈摇至体前接近垂直部位时,两腿同时或依次跳过圈,也可向后摇圈做之。

7.旋转圈(图 2.85)圈垂直立于地上,使圈绕纵轴在手上或身体其他部位上旋转。旋转要平稳,不晃动,不移动。

预备　　　　　　1　　　　　　2

图 2.85

8.转动圈(图 2.86)。拇指张开、其余四指伸直并拢、虎口对持圈内缘。以腕部旋转带动圈沿虎口、手心、手背转动。动作中臂要伸直,转动匀速、连贯,并保持动面的准确。可在体前、体侧及头上按逆时针或顺时针方向转动。

图 2.86

9.抛接圈。抛圈时臂伸直,充分送上,用力适中,保持圈在空中的稳定。接时拇指张开、直臂迎圈,以虎口处接圈。

(1)前摆抛接圈(图2.87)。右手持圈、自后向前摆动、抛圈,接着右手向前举接圈、经前、下向后摆。

图2.87　　　　　　　　　　图2.88

(2)向内转动抛接圈(图2.88)。直立、右臂前举、虎口挂圈、左臂侧举。转动圈,当圈转到虎口时,右臂经屈臂伸直,小指、无名指、中指顺势托圈的内侧向上抛圈,圈从虎口处离手。右臂伸直前上举、虎口张开、掌心略向前。用虎口处接圈的左下部,接着继续转动圈。不能有停顿、中断,抛接要顺势完成。

(3)双手抛翻转(图2.89)。两臂前举、握圈两侧稍靠后,掌心向上、四指向下、拇指在圈沿上,圈面成水平。向前上摆动抛起,同时两手向内拨转,使圈在空中绕横周向后翻转1~2圈,再用双手接圈。

图2.89

10.圈的成套练习。

预备:左脚在前、右脚在后的屈膝点地,两臂左侧下举、持圈于体侧、抬头挺胸。

第一节(图2.90)

1:左手持圈前面摆至前上举,右臂后举,同时屈膝弹动一次。

2:左臂后摆、右臂前摆,再屈膝弹动一次。

3:左臂前摆、同时向上抛圈,右脚开始向前走两步。

4:右手前上举接圈,提踵立,右臂后下举。

5—6:右脚开始向右前方做一变换步,左腿后举,同时右手体前向内转动一周后,右手持

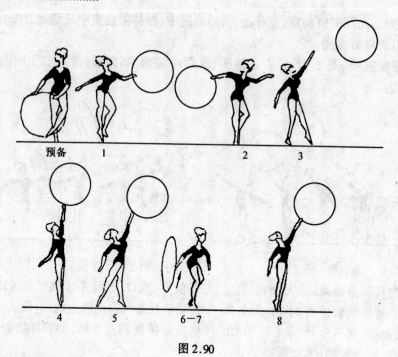

预备　　1　　　　　2　　3

4　　5　　6—7　　8

图 2.90

圈侧上举、左臂侧举。

7—8：左脚并于右脚、屈膝弹动一次，同时右脚持圈摆至体后，两脚于体后换握圈、左手接圈的下部、摆指侧举。

第二节(图 2.91)

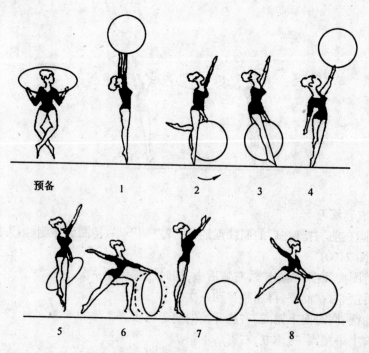

预备　　1　　2　　3　　4

5　　6　　7　　8

图 2.91

1：右脚向左前方交叉一步，身体向左扭转，两手水平持圈，头进入圈内。

2：左脚并于右脚，同时上体向右扭转，提踵立，两手垂直持圈，两臂上举。

3—①：右手持圈，左臂侧上举，右臂下摆，右脚跳进圈，左腿屈膝、小腿后举。

3—②：左脚落地、右脚弹起出圈，右臂上举。

4：右手换握圈的前沿，使水平圈在头的正上方。

5：右手落下、使圈由上往下套进身体，右手持圈摆指前下举，同时双脚蹬地跳出圈。

6—7：圈垂直于地面，右手拨圈，使其垂直旋转于地面，右手拨圈，使其垂直旋转于地上，两臂上举，提踵立。

8：右手握圈、左臂侧举，右手腕外翻、掌心相对，成左腿在前的弓步。

第三节(图 2.92)

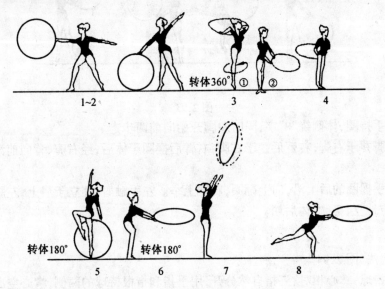

图 2.92

1：右手持圈向内转圈一周，两臂摆至前下举。

2：左手于体前旋转圈，右手放开圈，接着左手旋转 1 周、左臂摆至左侧举、手心向外，左膝微屈，右脚在左脚后点地。

3：向右平转，右手持圈，头后水平交换圈。

4：再平转一次，腰间水平转圈、两手换握。

5：右手持圈从头上套进圈，当圈快落地时，向左转体 90°，右腿吸腿跨出圈。

6：以右脚为轴向右转体 180°，左脚并于右脚，两手体前持水平圈。

7：两手向上抛旋转圈。

8：两手持水平圈，屈左膝、右腿后举。

第四节(图 2.93)

1：右脚向前一步、屈膝，左腿在右腿后屈膝、膝外展，左脚内侧贴于右踝处，右手持垂直圈放在右侧地上，低头含胸，上体前屈。

2：右手后拨地上回滚圈，同时向后做小足尖步，挺胸提踵直立，右手反握圈，右臂侧上举。

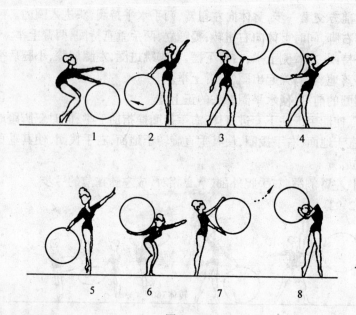

图2.93

3—4：右手持圈，体侧绕"8"字，同时左脚开始向前两步走。

5—6：左脚并于右脚，右臂后摆于右脚，右臂后摆圈于体后，经右肩、背向前滚圈，右手接圈。

7—8：左手握圈的后上沿，向上翻圈，右臂上举。左手触肩、圈立于肩上，左脚向前一步，右脚再后的点地立，挺胸、体后屈。

（三）球

1.球的握法(图2.94)。

(1)双手持球：掌心相对、五指自然分开，用手指和指根持球的两侧，掌心空出。

图2.94

(2)正托球：单手或双手掌心向上、五指自然分开，用手掌和指根以上地部位托球，掌心空出。

(3)反托球：向内转臂、掌心向后上翻，托球的下部。

2.拍球。拍球时五指自然稍分开，手形于球形相吻合，以前臂向下自然拍球的上部，不要拍击出声。可单手拍、双手拍、脚拍、肘拍等。

初学时，可先按同一节奏拍球，再变换节奏拍。拍球时手臂放松。球弹跳低时，双膝微屈；弹跳高时身体伸直，以防球滚落(图2.95，单手拍)。

拍球可在体前、体后、体侧，姿势可以是站立、跪立、蹲立，也可以在行走、跑、转体、舞步中进行。

图2.95

3.转动球。通过两手掌、指的拨搓,使球在手中转动。

(1)向前转动球:两手于胸前掌心上下相对持球,再通过掌心及手背的依次连续向前拨转球。两手始终贴住球面,转动圆、用力均匀。可结合滚动步、柔软步、身体波浪等做练习。

(2)左、右转动球:两手体前,掌心与手背上下相对持球,做通过掌心并经指尖过渡的向左、右两侧搓转球,如图2.96所示。动作时手腕伸直,小臂在胸前抬平。可结合侧华尔兹步向侧足间碎步练习之。

图 2.96

4.摆动球。有单手托球向前、后或向左、右摆动。亦可做绕环。

(1)单臂前后摆动球:肩部放松,臂伸直,动作自然连贯。后摆时肩关节稍外旋,两腿随摆动配合以弹动动作,如图2.97所示。屈腕前臂夹球。

(2)体前换手摆动:手臂伸直,沿额状面左右摆动,幅度要大,随摆动身体左右摇动,目视球,当摆动至侧平部位时换手(图2.98)。

图 2.97   图 2.98

5.绕球。肩、肘、腕自然伸展,动作连贯。身体及腰部配合绕球动作,控制球在手上的平衡,不能抓球。

(1)正"8"字绕球(图2.99)。开立,两臂侧平举,右手托球。身体稍向右侧屈,右臂屈肘、右手再右侧向内水平绕环一周至侧平举,反手托球。右手反托球、右臂伸直经前向上绕,再由左、后、前右大绕环一周,右臂打开成侧平举正托球。身体重心随之做右移动。体侧水平小绕时,上体尽量侧屈,在头上水平大绕环时,充分拉开肩。

图 2.99   图 2.100

(2)反"8"字绕环(图2.100)动作同"8"字绕环,惟方向相反。先做头上大绕环,后做体侧小绕环。

6.滚动球。可在地上或身体各部位滚动球,在身上滚动时,参与滚动的各肌群应自然调节用力,给球以合理的滚动面,控制球的平稳,不能跳动。

图 2.101

(1)在地上向前滚动球(图 2.101)。两脚前后分开蹲立,上体正直,球置于右侧地上。右臂直臂掌心向前,用四指指端拨球的后下部,使球沿直线向前滚动。可结合拾球练习。当球在滚动时,小跑至球前,两脚前后分开站立,右手手指向后、掌心向上,使球滚至指尖并顺势钩起成反托球。

(2)单臂滚球(图 2.102)。右臂前上举托球,用指端向后轻拨,使球沿右臂滚至胸前,左手扶球。

(3)左、右臂滚球(图 2.103)。右臂侧举托球,手指轻拨使球沿右臂经胸前滚至左臂上,成左手托球侧举。球滚至胸前时挺胸。

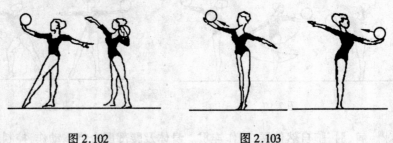

图 2.102　　　　　　　　　图 2.103

(4)胸臂滚球(图 2.104)。两臂前举,两手持球。含胸低头,将球贴于腹部、手臂向前。屈臂向前拨球,使球从腹部滚至胸前。两臂迅速并拢掌心向上前举、略低于水平,使球沿臂滚至两手托球。

图 2.104　　　　　　　　图 2.105

(5)臂背滚球(图 2.105)。前弓步、两臂前上举、掌心向下,手背托球。上体前倾,球经两臂向后下经肩背滚动至腰后,两手体后扶球。臂、上体、腿成一斜线。含胸、挺胸要及时,以便球滚动。

7.抛接球。抛接形式多样,可单手、双手抛接,也可原地、移动中做。抛球应伸直摆动,球经指端抛出,出手时五指自然伸直并拢。接球时臂伸直前迎,使球经指端至掌心接住。接时要稍向下缓冲控制球,接球时不得发出声音。

(1)单手抛接(图2.106)。站立,右手持球于体侧。右手托球后摆,接着直臂前摆至上举时,球经指尖末端向上抛出。当球下落时,右臂伸直上举并迎接球,接球后顺势下摆成右手托球后摆。动作变化有向上抛球、转体180°,双手于腰后接球。

图 2.106

(2)单臂向侧抛接球(图2.107)。右手自右侧向上左侧上抛球,左手侧举接球。

图 2.107

(3)右臂左摆上抛,左手接球(图2.108)。左右开立,两臂侧平举、右手托球。右臂经下向左摆动,将球从左上方向右抛出,当球越过头至右上方时,左臂右摆迎接球。随动作移动重心,摆臂面要正、幅度要大。

图 2.108

(4)体后抛球、体前接球(图2.109)。两臂侧举,右手托球。右手转腕、右臂经下向体前摆,向左前方抛球。左臂侧上迎接球,经指尖接球后顺势缓冲下摆。充分转腕,抛球动作要快、方向要准确。

8.球操的成套练习。

预备:右脚跟点地,重心于左脚,两臂交叉前举持球,右臂在上,上体稍向左倾。

图 2.109

第一节(图 2.110)

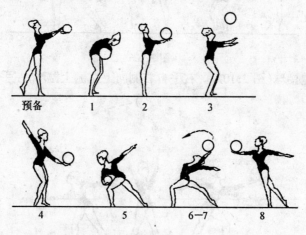

图 2.110

1:含胸,两脚并立,两手腕内翻,球靠胸前。

2:身体前波浪至直立,两手托球,两臂前举。

3:两腿屈伸一次,两手向上抛球。

4:右膝屈伸一次,右腿屈膝后点地,同时右臂前举接球正托,左臂后上举。

5—8:左脚向前一步右腿于左腿后伸直点地,成左腿在前的大弓步,右手做正"8"字绕环。

第二节(图 2.111)

1—2:左腿前踢,右手向左下拍球,球从左腿下过、向上弹起,左脚落地并于右脚、屈伸一次,左手接球侧摆,右臂侧举。

3:左腿向后一步,右腿屈膝成弓步,上体前送,同时两臂前举,右手托球。

4:起立、重心移至后腿,右脚点地,两臂侧举,右手托球。

5:屈膝前后蹲立,右手将球置于右侧地上。用指尖拨球的后下方,使球向前滚动。

6:在球向前滚动的过程中,两臂侧举做前柔软跑,跑至球前成两脚前后蹲立(右脚在后)。

7:右手在球的前面,将球搓起成反手托球。

8:起立,右臂顺势后摆并向上抛球,同时向右转 180°提踵立,两臂上举,双手持球,抬头挺胸。

图 2.111

第三节(图 2.112)

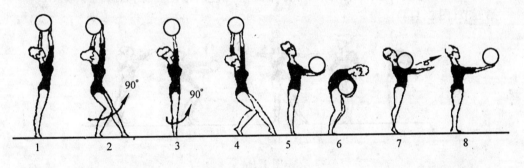

图 2.112

1:原地小跳一次。

2:右脚小跳一次,左腿前下举,上体向左传90°。

3:同1,并向左跳转90°。

4:同2,但换左脚做之。

5—8:屈膝含胸,两手背向前、手腕压球,从腹部开始向上拨球,使球滚至胸前,抬头、挺胸、直立,然后两臂迅速并拢前举、掌心向上,使球顺两臂滚至两手托球及胸前滚球。

第四节(图 2.113)

1:右脚向后小跳一次,左腿屈膝前举,右手向下拍球一次,左臂后上举。

2:同1,换脚后做后腿跑跳一次。

3:半蹲、两臂前举、掌心向上,接反弹地球。

4:将球小抛起,向内翻腕、拇指相靠,手背接球,同时右腿原地屈伸一次,左腿后举。

5—6:左脚向左一步,两手持球右侧举。身体向左侧屈,做向右侧波浪一次,成右脚站立,左脚侧点地,两臂左上举。

7:右手将球置于左肩,右臂前举,右脚在左脚后点地,左腿前下举。

图 2.113

8：右手拨球，使球沿左臂滚至左手，右臂后前举，左脚落地屈膝，右脚前下举。

第五节（图 2.114）

图 2.114

1—2：换至右手持球，向后绕，于体后传球给左手。左手接球后，将球绕至体前并传给右手，同时向左转 360°。

3—4：同 1—2。

5：右脚向右一步，两臂侧平举，左手托球。

6：两臂摆至前举、右臂在上、掌心向下，左臂托球在下。将球从右臂下向上抛起并越过右臂。同时身体稍向左倾，成左腿在前的蹲立。

7：左手接球，两臂摆至侧举，起立。

8：左臂屈肘，将球置于肩上。

第六节（图 2.115）

1—4：左臂屈肘，球置于左肩上，右臂侧上举，后屈腿跑四步。每步都向左转 90°。

5：两脚并拢，两臂前举，两手正托。

6：左脚向前一步，含胸、两臂屈肘、两手向上、向内翻转。

7—8：两手继续翻转成交叉握球，手指向前、臂前下举，同时重心至左脚上，右脚后点地，挺胸抬头，上体稍左倾。

图 2.115

欣 赏 篇

一、概述

艺术体操始创于 19 世纪末 20 世纪初的欧洲。20 世纪 20 年代发展成为竞技运动项目。1962 年国际体操联合会把艺术体操定位为独立的女子竞技项目,并于 1963 年在匈牙利的布达佩斯举行了第一届世界艺术体操锦标赛,此后每隔两年举行一次。1979 年艺术体操委员会正式确定球、圈、绳、棒、带等轻器械为比赛项目,国际奥林匹克委员会亦于 1980 年宣布为奥运会的竞赛项目,并于 1984 年奥运会上改为正式比赛项目。

20 世纪 50 年代初期,我国从苏联引进了一些艺术体操的基本内容。之后,把轻器械体操团体赛的成绩计入体操比赛的团体总分。1979 年我国参与在美国举行的国际艺术体操技术委员会代表会议,成了主要的开展艺术体操的国家之一。在国内,由于不同规模的比赛的举行,大大地推动了艺术体操的发展,艺术体操成为各级学校体育课女生体育教材之一。

艺术体操是女子特有的体操运动,内容有徒手练习和轻器械练习两大类。它是以身体的自然动作为基础,在音乐的伴奏下做有节律的身体活动,发展身体的柔韧性,形成优美的动作和姿态的体育锻炼项目。

艺术体操的动作、内容的编排,都是以女性的生理、心理特点为基础,有各种走、跑、跳跃、转体、平衡、波浪等动作及各种舞蹈步法组成。在节奏明快的乐曲中表演,动作自然协调,优美高雅,舒展大方,充分地体现了女性内在和外在的整体美,因而深受广大女子的喜爱。通过系统的练习,可增强体质、塑造健美的体形、陶冶情操,给人以形体美、动作美等美的享受。

二、艺术体操的特点

(一)女子独有的运动项目

艺术体操动作优美,节奏明快,适合于女性。从生理上看,女子的韧带较松弛,关节灵活,做出的动作幅度大,脊柱韧带弹性较好,有一定的柔韧性和曲线,便于表现动作的柔和、优美和韵律性;从心理上看,女子的想象力和表现力丰富,审美观强,动作表现细腻。而艺术体操正是充分显示女子的气质、活力和个性的运动项目。

(二)"美"是艺术体操的生命

艺术体操是艺术性的体操,而艺术性的集中表现就是美。如果艺术体操不美,就失去了它的艺术性,也失去了它的生命。它是以音乐作诗,用身体作画,通过女子的健美身躯,配上服装,器械的艳丽色彩来实现的一项体育活动。

艺术体操所用的轻器械对运动起辅助作用。它是身体的延长,作为身体的一部分,与身体融为一体增大动作幅度,进一步发展协调能力,提高动作的灵活性和准确性。

(三)音乐是艺术体操不可缺少的部分

音乐是艺术体操的灵魂,没有音乐就没有艺术体操。如果以口令代替音乐,艺术体操将是枯燥无味、毫无生气的。音乐和体操、舞蹈在长期发展过程中,就是相互补益、融为一体的。音乐是表达人们思想感情的一种手段,在音乐伴奏下按照音乐的旋律和节奏做丰富多彩的动作。动作和音乐融为一体,高度和谐,使艺术体操更富有魅力、融合成一个完整的艺术品,感染周围的气氛、陶冶人的心灵。

音乐不仅能培养和提高练习者的节奏感和韵律感,有利于练习者合理掌握"力"的运用,控制动作的速度,而且能发展丰富的想象力和表现力。

三、艺术体操对锻炼身体的作用

(一)增强体质、增进健康

从生理观点看,处于青春期的女大学生无论是形态结构和生理机能,都表现出性别差异。骨盆增宽、皮下脂肪增厚、心血管机能不适应形态发育的需要。心理上腼腆、爱静,行动上不灵活,习惯于两肩前合,因而影响生理机能的正常发挥和导致身体素质的下降。

由于艺术体操的基本内容丰富,教学中可根据不同水平的对象选择不同的内容,以调节运动量和有选择地影响身体的发展。据测定,在一堂艺术体操课上多次出现每分钟 180 次心率的较强生理负荷量。因此,通过艺术体操的练习,不仅能促进骨骼、肌肉、内脏器官和神经系统的正常发育,养成健美姿态,而且对提高柔韧、协调、灵敏等身体素质都有显著作用。

(二)进行美育教育的重要手段

艺术体操是以艺术和优美为其特征的运动。动作内容和练习形式适合女子的生理、心理特点,所以为广大女生喜爱。根据调查,有 70% 以上的女生喜欢艺术体操。由于情绪的高涨,引起血糖水平上升,视野扩大,反射性地引起大脑皮层和丘脑部位的兴奋性提高。通过交感神经的营养作用和肾上腺素的作用,改善肌肉内的物质代谢过程,调动人体的潜力,从而对掌握动作,增强体质起显著作用。

四、艺术体操的内容和分类

通常艺术体操分为徒手和持轻器械两类。

(一)徒手练习

手中不持任何器械的包括各种走、跑、跳跃、舞、转体、平衡、波浪、弹性、摆动、松弛等技巧动作及扶杆练习。徒手练习是艺术体操的基础,它决定成套持轻器械练习的准确、优美。

(二)持轻器械练习

公认的轻器械是球、圈、绳、棒、带五种。群众性的表演,还可用纱巾、扇子、花环、手鼓等。为培养协调性还可手持两个器械。

根据开展的目的和任务的不同,上述两类均含一般性和竞技性两种。一般性的以集体练习为主,旨在促进身体的正常发育、培养健美的体形和节奏感。许多国家把它作为女学生体育教育的内容。竞技性艺术体操有人数、器械、时间、场地的限制,有动作难度和数量的要求。欲获竞技的优胜,参与者要有良好的身体素质,全面扎实的基本技术及较高的艺术表现力。整套动作编排要高难、新颖、独特。

五、艺术体操比赛的主要规则与裁判法

(一)比赛的种类

比赛的种类分个人赛和团体赛两种。

1.个人赛:有全能和单项比赛。

全能比赛:以四项比赛的得分总和排列名次。

单项比赛:在全能比赛中,取得单项前八名且参加单项决赛。如两人以相同分数并列第八名时,以全能总分多者参加。单项名次以全能比赛的单项得分和该单项决赛得分相加,分数多者前列。

2.团体赛:有六名队员成队参加预赛和决赛。

(1)预赛:所有报名队都参加,每队预赛两次,每次预赛均给予编排分和完成分。两种分数相加满分为20分。预赛得分=(预赛(一)+预赛(二))/2,前八名参加决赛。

(2)决赛:满分为40分,团体成绩=预赛得分+决赛得分。

(二)比赛项目与顺序

绳、圈、球、(火)棒、带。

(三)比赛场地和时间

1.比赛场地:12米×12米的地毯,四周至少有1米宽的安全地带。如果在1米高的台上进行,比赛宽度应增至2米。团体赛的场地上要留出50厘米的区域。

2.比赛时间:个人自选动作的各项轻器械均为1分钟~1分30秒;团体赛为2分30秒~3分钟。

(四)音乐和服装

1.音乐:个人赛和团体赛均需在音乐伴奏下完成。伴奏需由一名音乐师用一种乐器伴奏,也可用录音带。

2.服装:体操服要大方,不能透明,袒胸露肩要适度。可带袖或不带袖,颜色除金、银、铜色外任选,不许有任何装饰品。团体赛六名运动员的服装材料、样式和颜色必须一致。发型要整洁朴素,不许佩戴有闪光的物品。

(五)裁判法

1.裁判员:通常设正、副总裁判2~3人。个人比赛,每项设一个裁判组,各由1名裁判长和4名裁判员组成。团体赛设两个裁判组,各由1名裁判长和4名裁判员组成。

2.评分方法:裁判员对运动员的动作各自独立进行评分。根据出现的失误,按其失误的轻重程度扣分。扣分标准:轻微失误扣0.1~0.2分;明显失误扣0.3~0.4分;严重失误扣0.5~1分。

每个裁判员从 0 分评起,满分为 10 分。从 4 名裁判员的评分中删去最高分和最低分,将两个中间分的平均数为其最后得分。

(1)难度:个人赛和团体赛的成套动作,必须包括至少 8 个难度动作,其中 2 个高难动作,6 个中难动作。

(2)分值分配:满分 10 分。其中编排分 7 分(难度动作数量 5 分,音乐配合 1 分,编排技术 0.5 分,编排的独创性 0.5 分),完成技术 3 分。

体育舞蹈

学习篇

◆体育舞蹈的基本舞姿

体育舞蹈是一种文明的文化娱乐活动,也是形体美的一种表现。因此,学跳体育舞蹈,首先要学习跳舞的姿势。正确优美的舞姿是一个人的修养、气质和风度的外在表现,也是衡量体育舞蹈水平高低的首要条件。几种常见的舞姿如下。

1.闭式舞姿。这是体育舞蹈中的最主要的舞姿,许多优美的步法都是从该舞姿发展形成的。闭式舞姿要求,男女舞伴相对站立,二者正面身体构成封闭状态。女伴身体向男伴右侧约偏 1/3,男女腰部右侧轻贴,上身均向后倾。男伴左臂向左侧屈肘举起,高度稍超肩部,轻握女伴右手的拇指与其余四指之间。男伴右手环抱在女伴左胛骨下方,五指并拢,手掌呈空心,轻轻平贴在女伴的左背上。女伴左手五指并拢,轻放在男伴的右肩上。

2.半开式舞姿。在闭式舞姿的基础上,男女舞伴上身均向外闪开大半部分,面向前方,目光通过相握的手,向同一方向远视,但男右腰部、女左腰部与闭式舞姿一样,仍然轻贴,不宜距离过大。

3.开式舞姿。男女舞伴同向,身体几乎呈一平面,男伴右肩与女伴左肩相靠,男女舞伴目光通过相握之手的上方远看。

4.行步舞姿。男伴向左斜 45°,女伴向右斜 45°。第一步,男伴先出左脚,女伴出右脚;第二步,男伴出右脚,女伴出左脚。

5.右外侧前进舞姿。男伴右脚向女伴右外侧前进,同时做反身动作,与女伴腰胯部仍然相靠,女伴左脚向右后侧退步。其他要求与闭式舞姿相同。

6.右外侧后退舞姿。男伴左脚后退,同时做反身动作,女伴右脚向男伴右外侧斜向前进,其他要求与闭式舞姿相同。

7.左外侧前进舞姿。男伴左腰胯部与女伴左腰胯部相贴,男伴左脚向女伴左外侧前进,女伴右脚向左后侧退步。其他要求与闭式舞姿相同。

8.左外侧后退舞姿。男伴左腰胯部与女伴左腰胯部相贴。男伴左脚向左后方斜撤,女伴右脚向男伴左外侧前进。其他要求与闭式舞姿相同。

9.敞式行步舞姿。男伴的右手与女伴的左手相拉,并排站在一条线上,男、女舞伴的臂均向上弯曲,男伴稍向右视,女伴稍向左视。

10 敞式分离舞姿。男女舞伴相对而站,一手相拉或两手相拉,稍屈肘。

◆体育舞蹈的技法与步法

一、布鲁斯

布鲁斯亦称慢四步舞,是 20 世纪初流行于欧洲的一种社交舞,它的舞曲来源于美洲黑色人种带有忧伤感的乐曲。布鲁斯舞步很简练,但举步庄重保留着宫廷色彩和古典风韵,它的节奏和动作变化不大,进退平稳,跳起来从容不迫,给人以舒适、悠闲、平和、自由之感。其舞步易于掌握,具有斯文、高雅的气度,因而有"标准桥梁"的雅号,并被称为启蒙舞蹈。

布鲁斯的舞曲为 4/4 拍,其节奏为蓬、嚓、蓬、嚓,速度每分钟 30 小节,基本步法为二慢二快,慢步占两拍,快步占一拍。第一拍是重音第三拍次重音,而第二、四拍则是轻音。舞步开始时必须在第一、三拍的重音踏出。其基本步是由常步、横步及并步所组成的"滑动"型舞步。

1.常步。常步很像我们平常走路的步法(所以叫常步),即从正步开始,左脚用脚后跟沿着地面(基本不离地)向前迈一步,然后全脚掌落地,并把身体重心移至左脚前半脚上,左腿膝盖伸直,右腿留在后边,膝盖自然弯曲,用脚尖点地。继而右腿用脚尖沿着地面(不离地)拖到左脚内侧旁边,膝盖弯曲,半脚掌着地,然后换右脚做上述两拍的动作。

2.横步。从正步开始,左脚用全脚向左旁迈一步(基本上不离地面),大约与肩同宽的距离,重心移到左脚上,左膝基本伸直,但不要发僵,右脚用半脚掌在旁边着地。

3.并步。并步有向前、向后、向旁三种。向前并步就是把后面的那一条腿向前面的腿靠拢,成正步;向后并步就是把前面的那一条腿向后面的腿靠拢,成正步;向旁并步就是将左腿或右腿向支撑身体体重的那一条腿靠拢,成正步位置。

布鲁斯的基本舞步如下。

(一)前进并步

男伴:

第一步(慢)—左脚前进。

第二步(慢)—右脚前进。

第三步(快)—左脚前进。

第四步(快)—右脚并步。

女伴:

第一步(慢)—右脚后退。

第二步(慢)—左脚后退。

第三步(快)—右脚后退。

第四步(快)—左脚并步。

(二)后退并步

男伴:

第一步(慢)—左脚后退。

第二步(慢)—右脚后退。

第三步(快)—左脚后退。

第四步(快)—右脚并步。

女伴:

第一步(慢)—右脚前进。

第二步(慢)—左脚前进。

第三步(快)—右脚前进。

第四步(快)—左脚并步。

(三)左横舞步

男伴:

第一步(慢)—左脚前进。

第二步(慢)—右脚前进。

第三步(快)—左脚向前再向左横迈。

第四步(快)—右脚向左脚并步。

女伴:

第一步(慢)—右脚后退。

第二步(慢)—左脚后退。

第三步(快)—右脚向后再向右横迈。

第四步(快)—左脚右脚并步。

(四)横并舞步

男伴:

第一步(慢)—左脚前进。

第二步(慢)—右脚前进。

第三步(快)—左脚旁迈。

第四步(快)—右脚向左脚并步。

女伴:

第一步(慢)—右脚后退。

第二步(慢)—左脚后退。

第三步(快)—右脚旁迈。

第四步(快)—左脚向右脚并步。

(五)前进左转 90°

男伴:

第一步(慢)—左脚前进。

第二步(慢)—右脚前进。

第三步(快)—左脚前进,左转 90°。

第四步(快)—右脚左转 90°并步。

女伴:

第一步(慢)—右脚后退。

第二步(慢)—左脚后退。

第三步(快)—右脚后退,左转 90°。

第四步(快)—左脚左转 90°并步。

(六)前进右转 90°

男伴:

第一步(慢)—左脚前进。

第二步(慢)—右脚前进。

第三步(快)—左脚前进,右转 90°。

第四步(快)—右脚右转 90°并步。

女伴:

第一步(慢)—右脚后退。

第二步(慢)—左脚后退。

第三步(快)—右脚后退,右转 90°。

第四步(快)—左脚右转 90°并步。

(七)90°顺转折步

男伴:

第一步(慢)—左脚后退,右脚后退向左脚并步。

第二步(慢)—右脚前进同时向右转身 90°,左脚向右脚并步。

第三步(快)—左脚退步。

第四步(快)—右脚退步向左脚并步。

女伴:

第一步(慢)—右脚前进,左脚前进向右脚并步。

第二步(慢)—左脚退步同时向右转身 90°,右脚向左脚并步。

第三步(快)—右脚前进。

第四步(快)—左脚前进向右脚并步。

(八)90°逆转折步

男伴:

第一步(慢)—左脚前进,右脚前进向左脚并步。

第二步(慢)—右脚后退同时向左转身 90°,左脚向右脚并步。

第三步(快)—左脚前进。

第四步(快)—右脚前进向左脚并步。

女伴:

第一步(慢)—右脚后退,左脚后退向右脚并步。

第二步(慢)—左脚前进同时向左转身 90°,右脚向左脚并步。

第三步(快)—右脚退步。

第四步(快)—左脚退步向右脚并步。

(九)左侧斜步

男女舞伴身体斜向错开,左胯与左胯相靠,步序和节拍与前进并步相同。

(十)右侧斜步

男女舞伴身体斜向错开,右胯与右胯相靠,步序和节拍与前进并步相同。

（十一）左转 180°

男伴：

第一步(慢)—左脚向左斜 45°迈一步。

第二步(慢)—右脚向左斜 45°迈一步。

第三步(快)—左脚向后退一步，同时向左转 135°。

第四步(快)—右脚向左脚并步，成正步。

女伴：

第一步(慢)—右脚向右斜后方 45°退一步。

第二步(慢)—左脚向右斜后方 45°退一步。

第三步(快)—右脚向前迈一步，同时向左转 135°。

第四步(快)—左脚向右脚并步，成正步。

二、慢华尔兹

慢华尔兹(慢三步)最早产生于 19 世纪末美国的波士顿市，因此也有人称之为波士顿华尔兹，它是在维也纳华尔兹的基础上演变出来的一种新的舞步。它因优美的音乐、飘逸的舞姿和起伏的身浪被誉为"舞中皇后"，也被越来越多的舞迷们喜爱。

慢华尔兹采用 3/4 拍舞曲，每小节三拍，每步一拍，等速运步，没有快慢之分。第一拍是重音(即蓬)，后面二拍是轻音(即嚓、嚓)。慢华尔兹的第一步，上身要下沉；第二步横滑，脚跟提起；第三步并步，全身升高，双脚跟提起，重心落在两脚掌上。第一步必须跳在每小节的第一拍上，用较大步伐，第二步和第三步用小步。

慢华尔兹婉转曼妙，能变化出多种花样，特点是柔和而文静，优美而华丽，属于绅士派的舞蹈。因此跳舞时肩膀不能上下晃动，膝部应放松，男伴似王子，气质不凡上身挺拔；女伴如公主，温文尔雅，雍容大方。

慢华尔兹的基本舞步如下。

（一）前进舞步

男伴：

第一边(蓬)—左脚向前迈一步。

第二步(嚓)—右脚向前迈一步。

第三步(嚓)—左脚向前迈一步。

第四步(蓬)—右脚向前迈一步。

第五步(嚓)—左脚向前迈一步。

第六步(嚓)—右脚向前迈一步。

女伴：

第一步(蓬)—右脚向后退一步。

第二步(嚓)—左脚向后退一步。

第三步(嚓)—右脚向后退一步。

第四步(蓬)—左脚向后退一步。

第五步(嚓)—右脚向后退一步。

第六步(嚓)—左脚向后退一步。

(二)后退舞步

男伴：

第一步(蓬)—左脚向后退一步。

第二步(嚓)—右脚向后退一步。

第三步(嚓)—左脚向后退一步。

第四步(蓬)—右脚向后退一步。

第五步(嚓)—左脚向后退一步。

第六步(嚓)—右脚向后退一步。

女伴：

第一步(蓬)—右脚向前迈一步。

第二步(嚓)—左脚向前迈一步。

第三步(嚓)—右脚向前迈一步。

第四步(蓬)—左脚向前迈一步。

第五步(嚓)—右脚向前迈一步。

第六步(嚓)—左脚向前迈一步。

(三)方块步

男伴：

第一步(蓬)—左脚向正后方退一大步。

第二步(嚓)—右脚经左脚旁横向跨开。

第三步(嚓)—左脚向右脚靠拢。

第四步(蓬)—右脚向前进一步。

第五步(嚓)— 左脚经右脚旁横向跨开。

第六步(嚓)—右脚向左脚靠拢。

女伴：

第一步(蓬)—左脚向正后方退一大步。

第二步(嚓)—右脚经左脚旁横向跨开。

第三步(嚓)—左脚向右脚靠拢。

第四步(蓬)— 右脚向前进一步。

第五步(嚓)—左脚经右脚旁横向跨开。

第六步(嚓)—右脚向左脚靠拢。

(四)左转身

男伴：

第一步(蓬)—左脚向前迈出一步之后,用脚掌贴地转 90°。

第二步(嚓)—右脚自左脚之后横过,配合左脚贴地转向,到达合适位置。

第三步(嚓)—左脚向右脚靠拢。

第四步(蓬)—右脚向后退一步,同时脚掌贴地左转 90°。

第五步(嚓)— 左脚自右脚之前到达适当位置。

第六步（嚓）—右脚向左脚靠拢。

女伴：

第一步（蓬）—右脚向后退一步，用脚掌贴地左转90°，同时身体左转。

第二步（嚓）—左脚横过右脚之前，到达合适位置时，右脚仍在移转之中。

第三步（嚓）—右脚向左脚靠拢。

第四步（蓬）—左脚向前迈出一大步，同时左转90°。

第五步（嚓）— 右脚自左脚之后横过，到达合适位置。

第六步（嚓）—左脚向右脚靠拢。

（五）右转身

男伴：

第一步（蓬）—右脚向前迈出一步，到达合适位置时，用脚掌贴地右转90°。

第二步（嚓）—右脚在转时，左脚同时配合转身，在右脚之后横过，到达合适位置。

第三步（嚓）—右脚向左脚靠拢。

第四步（蓬）—左脚向后退一步，用脚掌贴地向右转90°。

第五步（嚓）—左脚用脚掌贴地右转时，右脚同时移动，并在左脚之前横过，到达合适位置。

第六步（嚓）—左脚向右脚靠拢。

女伴：

第一步（蓬）—左脚向后退一步，同时左脚掌贴地右转90°。

第二步（嚓）—右脚横过左脚之前，到达合适位置时，左脚仍然贴地转动。

第三步（嚓）—左脚向右脚靠拢。

第四步（蓬）—右脚向前迈一步，同时向右贴地而转90°。

第五步（嚓）—左脚横过右脚之后，到达合适位置时右脚仍在旋转之中。

第六步（嚓）— 右脚向左脚靠拢。

（六）右斜前进步

男伴：

第一步（蓬）—左脚向前迈一步。

第二步（嚓）—右脚向右斜45°迈一步。

第三步（嚓）—左脚向右脚靠拢，并步。

女伴：

第一步（蓬）—右脚向后退一步。

第二步（嚓）—左脚向左斜45°退一步。

第三步（嚓）—右脚向左脚靠拢，并步。

（七）左斜前进步

男伴：

第一步（蓬）—右脚向前迈一步。

第二步（嚓）—左脚向左前45°迈一步。

第三步（嚓）—右脚向左脚靠拢，并步。

女伴：

第一步(蓬)—左脚向后退一步。

第二步(嚓)—右脚向右后 45°退一步。

第三步(嚓)—左脚向右脚靠拢,并步。

(男、女均从第二小节起步)

(八)右斜后退步

男伴：

第一步(蓬)—左脚向后退一步。

第二步(嚓)—右脚向右后 45°退一步。

第三步(嚓)—左脚向右脚靠拢,并步。

女伴：

第一步(蓬)—右脚向前迈一步。

第二步(嚓)—左脚向左前 45°迈一步。

第三步(嚓)—右脚向左脚靠拢,并步。

(男、女均从第一小节起步)

(九)左斜后退步

男伴：

第一步(蓬)—右脚向后退一步。

第二步(嚓)—左脚向左后 45°退一步。

第三步(嚓)—右脚向左脚靠拢,并步。

女伴：

第一步(蓬)—左脚向前进一步。

第二步(嚓)—右脚向右前 45°迈一步。

第三步(嚓)—左脚向右脚靠拢,并步。

(男、女均从第二小节起步)

(十)前进交叉步

男伴：

第一步(蓬)—左脚向右前方女伴左侧前进。

第二步(嚓)—右脚前进,左传 90°。

第三步(嚓)—左脚向右脚靠拢,左传 90°。

第四步(蓬)—右脚向左前方女伴右侧前进。

第五步(嚓)—左脚前进,右转 90°。

第六步(嚓)—右脚向左脚靠拢,右转 90°。

女伴：

第一步(蓬)—右脚向左后方后退。

第二步(嚓)—左脚后退,左转 90°。

第三步(嚓)—右脚向左脚靠拢,左转 90°。

第四步(蓬)—左脚向右后方后退。

第五步(嚓)—右脚后退一步,右转90°。

第六步(嚓)—左脚向右脚靠拢,右转90°。

(十一)转身变换步

男伴:

第一步(蓬)—左脚前进一步。

第二步(嚓)—右脚小步后退,左转45°。

第三步(嚓)—左脚大步后退,左转45°。

第四步(蓬)—右脚大步前进。

第五步(嚓)—左脚前进,右转90°。

第六步(嚓)—右脚右转90°并步。

女伴:

第一步(蓬)—右脚后退一步。

第二步(嚓)—左脚小步前进,左转45°。

第三步(嚓)—右脚大步前进,左转45°。

第四步(蓬)—左脚大步后退。

第五步(嚓)—右脚后退,右转90°。

第六步(嚓)—左脚右转90°并步。

三、探戈

探戈舞是20世纪初兴起的一种交谊舞,虽然仅有一百年的历史,但它自问世之日起,便以其风格独特的舞步,赢得人们的喜爱,被誉为"舞中之冠"。

探戈舞来源于阿根廷的一种健壮有力的牧人舞,是一种善于表现强烈激情的交谊舞。它起伏、旋转,前后蹒跚,变化多端。

探戈舞的音乐原来是2/4拍,后来改成4/4拍。目前我国常见的探戈舞基本上有两种形式:一种是四步,其节奏为慢、慢、快、快;另一种是五步,其节奏是慢、慢、快、快、慢。慢拍占一拍,快拍占半拍。

探戈舞最显著的特点是:当舞步需要前进时,总是斜行横进,并且常常是欲前还后,欲退还进。有时,明明是向前冲,但将到未到之际,却又突然横步后退,明明是在向后退,却又突然横步向前,有时则又突然停顿,给人一种变化莫测的感觉。探戈的舞步不像布鲁斯、华尔兹那样具有"滑动"性,而是要提腿、大步、下踏,步伐稳健而扎实。在起舞过程中,男女舞伴都要保持上身平稳、端正,身体的各部位放松,脚步进退呈弧线,落地后腿要弯曲。探戈舞的抱身方法也与布鲁斯、华尔兹略有不同,女伴略偏于男伴的右侧,男伴的右脚尖与女伴的左脚尖相对,并始终以男伴为主导。

探戈正步是探戈舞的一种基本步法。探戈正步的舞姿是:男女舞伴均将自己的右脚掌踏在左脚内弯处,并且前后错开半个脚,双脚不并合,膝松弛微屈,使身体重心自然下沉。女伴向男伴右方错过1/2身位,男女舞伴右胯部至膝盖相贴。男伴与女伴相握的左手肘部稍上抬,小臂内弯角度自然加大。

探戈舞有四步和五步两种基本舞姿,四步探戈的基本舞步如下("S"指四步探戈)。

(一)S1,斜前进步

男伴:

第一步(慢)—左脚向右斜前方45°迈一步,重心移到左脚上。

第二步(慢)—右脚向右斜前方45°迈一步,重心移到右脚上。

第三步(快)—左脚向右斜前方45°迈一步,重心移到左脚上。

第四步(快)—右脚向左脚内侧靠拢,成探戈正步,重心移到右脚上。

女伴:

第一步(慢)—右脚向左斜后方45°退一步,重心移到右脚上。

第二步(慢)—左脚向左斜后方45°退一步,重心移到左脚上。

第三步(快)—右脚向左斜后方45°退一步,重心移到右脚上。

第四步(快)—左脚向右脚内侧靠拢,成探戈正步,重心移到左脚上。

(二)S2,斜后退步

男伴:

第一步(慢)—左脚向左斜后方45°退一步,屈膝成后弓箭步,重心移到左脚上。

第二步(慢)—右脚向左斜后方45°靠到左脚旁边,脚不落地,紧接着向旁迈一步,重心移到右脚上。

第三步(快)—左脚向左斜后方45°退一步,重心移到左脚上,并把女伴带成右外侧姿势。

第四步(快)—右脚向左脚靠拢成正步,重心移到右脚,并恢复闭式姿势。

女伴:

第一步(慢)—右脚向右斜前方45°迈一步,屈膝成前弓箭步,重心移到右脚上。

第二步(慢)—左脚向右斜前方45°靠到右脚旁边,脚不落地,紧接着向旁迈一步,重心移到左脚上。

第三步(快)—右脚向右斜前方45°迈一步,重心移到右脚上,并与男伴形成右外侧姿势。

第四步(快)—左脚向右脚靠拢成正步,重心移到左脚,并恢复闭式姿势。

(三)S3,回转荡步

男伴:

第一步(慢)—左脚向前荡半步,右脚向右拧转180°,转身后左脚再向前荡半步。

第二步(慢)—右脚向前荡半步,左脚向左拧转180°,转身后右脚再向前荡半步。

第三步(快)—左脚前进。

第四步(快)—右脚前进。

女伴:

第一步(慢)—右脚向后荡半步,左脚向右拧转180°,转身后右脚再向后荡半步。

第二步(慢)—左脚向后荡半步,右脚向左拧转180°,转身后左脚再向后荡半步。

第三步(快)—右脚后退。

第四步(快)—左脚后退。

(四)S4,45°斜退步

男伴:

第一步(慢)—左脚向左斜后方45°退一步,成后弓箭步,重心移到左脚上。

第二步(慢)—右脚先向左脚靠拢一下,但不落地,然后向旁迈一步,重心移到右脚上。
第三步(快)—左脚向右斜后方45°退一步,重心移到左脚上。
第四步(快)—右脚向左脚靠拢,成探戈正步,重心移到右脚上。
女伴:
第一步(慢)—右脚向左斜后方45°迈一步,成前弓箭步,重心移到右脚上。
第二步(慢)—左脚先向右脚靠拢一下,但不落地,然后向旁迈一步,重心移到左脚上。
第三步(快)—右脚向左斜前方45°迈一步,重心移到右脚上。
第四步(快)—左脚向右脚靠拢,成探戈正步,重心移到左脚上。

(五)S5,45°退进斜步

男伴:
第一步(慢)—左脚向左斜后方45°退一步,成后弓箭步,重心移到左脚上。
第二步(慢)—右脚先向左脚靠拢,但不落地,然后向旁迈一步,重心移到右脚上。
第三步(快)—左脚向右斜前方45°迈一大步,重心移到左脚上。
第四步(快)—右脚向左脚靠拢,成探戈正步,重心移到右脚上。
女伴:
第一步(慢)—右脚向右斜前方45°迈一步,成前弓箭步,重心移到右脚上。
第二步(慢)—左脚先向右脚靠拢一下,但不落地,然后向旁迈一步,重心移到左脚上。
第三步(快)—右脚向左斜后方45°退一大步,重心移到右脚上。
第四步(快)—左脚向右脚靠拢,成探戈正步,重心移到左脚上。

(六)S6,左转90°步

男伴:
第一步(慢)—左脚向左斜前方45°迈一步,重心移到左脚上。
第二步(慢)—右脚向左斜前方45°迈一步,重心移到右脚上。
第三步(快)—左脚向前迈一步,重心移到左脚上。
第四步(快)—右脚向左脚靠拢成正步,重心移到右脚上。
女伴:
第一步(慢)—右脚向右斜后方45°退一步,重心移到右脚上。
第二步(慢)—左脚向右斜后方45°退一步,重心移到左脚上。
第三步(快)—右脚向后退一步,重心移到右脚上。
第四步(快)—左脚向右脚靠拢成正步,重心移到左脚上。

(七)S7,右转180°步

男伴:
第一步(慢)—左脚向前迈一步,重心移到左脚上。
第二步(慢)—右脚向前迈一步,重心移到右脚上,并以右脚半脚掌为轴向右转45°。
第三步(快)—左脚向后退一步,重心移到左脚上,并以左脚半脚掌为轴向右转180°。
第四步(快)—右脚向左脚靠拢成正步,重心移到右脚上。
女伴:
第一步(慢)—右脚向后退一步,重心移到右脚上。

第二步(慢)—左脚向后退一步,重心移到左脚上,并以左脚半脚掌为轴向右转45°。

第三步(快)—右脚向前迈一步,重心移到右脚上,并以右脚半脚掌为轴向右转180°。

第四步(快)—左脚向右脚靠拢成正步,重心移到左脚上。

(八)S8,双交叉步

男伴:

第一步(慢)—左脚向左斜45°迈一步。

第二步(慢)—右脚向前迈一步。

第三步(快)—左脚划弧至右脚前交叉。

第四步(快)—右脚向右平行迈一步。

第五步(慢)—左脚向后退一步。

第六步(快)—右脚划弧在左脚后交叉。

第七步(快)—左脚从右脚后向左平行迈一步。

第八步(慢)—右脚向前迈一步。

女伴:

第一步(慢)—右脚向右斜后45°退一步。

第二步(慢)—左脚向后退一步。

第三步(快)—右脚划弧在左脚后交叉。

第四步(快)—左脚越右脚向左平行迈一步。

第五步(慢)—右脚向前迈一步。

第六步(快)—左脚划弧在右脚前交叉。

第七步(快)—右脚从左脚后向右平行迈一步。

第八步(慢)—左脚向后退一步。

五步探戈的基本舞步如下("W"指五步探戈):

(九)W1,前进步

男伴:

第一步(慢)—左脚向前迈一步。

第二步(慢)—右脚向前迈一步。

第三步(快)—左脚向前迈一步。

第四步(快)—右脚向右45°迈一步。

第五步(慢)—左脚向右脚靠拢,前半脚掌着地点一步。

女伴:

第一步(慢)—右脚向后退一步。

第二步(慢)—左脚向后退一步。

第三步(快)—右脚向后退一步。

第四步(快)—左脚向左斜45°退一步。

第五步(慢)—右脚向左脚靠拢,前半脚掌着地点一步。

(十)W2,外侧步

男伴:

第一步(慢)—左脚向左斜前方迈一步,稍向右转。

第二步(慢)—右脚从左脚上面越过,放在左脚前面。

第三步(快)—左脚向前迈一步。

第四步(快)—右脚向旁迈一步,左转90°。

第五步(慢)—左脚拖到右脚旁边,用半脚掌着地。

女伴:

第一步(慢)—右脚向右斜后方退一步,稍向右转。

第二步(慢)—左脚从右脚前面向右后斜方退一步。

第三步(快)—右脚向后退一步。

第四步(快)—左脚向旁迈一步,左转90°。

第五步(慢)—右脚拖到左脚旁边,用半脚掌着地。

(十一)W3,一进二退步

男伴:

第一步(慢)—左脚前进。

第二步(慢)—右脚并于左脚旁。

第三步(快)—右脚后退。

第四步(快)—左脚后退。

第五步(慢)—右脚向右斜后退,脚尖支地或高抬悬空。

女伴:

第一步(慢)—右脚后退。

第二步(慢)—左脚并于右脚旁。

第三步(快)—左脚前进。

第四步(快)—右脚前进。

第五步(慢)—左脚向左斜前进,脚尖支地或高抬悬空。

四、北京平四

北京平四步舞是交谊舞家族里唯一出自中国的交谊舞步,它是20世纪80年代初社会舞蹈家们以我国东北、河北、山东等地的基本舞步为基础,吸收了"吉特巴"和"伦巴"舞的部分花样与造型,加工提炼出的一种新型的交谊舞。它与"伦巴"、"吉特巴"有不少相似之处,但其风格又不尽相同,它既不像"伦巴"起步即顶胯出胯,又不像"吉特巴"起舞时总是用脚掌击地,但这种舞跳起来却使人特别兴奋,舞姿活泼潇洒。

北京平四的音乐为2/4拍,通常用节奏明显、速度稍快的迪斯科舞曲,节奏为蓬、嚓、蓬、嚓,一拍一步,无快慢步之分。北京平四的舞姿,像"吉特巴"、"伦巴"一样,也有闭式、半闭式、开式、拉手式、分离式等,但北京平四的闭式舞姿在扶肩、抱身的姿势上,要求偏抱错位的程度更大一些,男伴右肩与女伴右肩几乎处在一条横向的直线上。

北京平四的基本舞步如下。

(一)闭式一步进退步

男伴:

第一步(蓬)—左脚前进。
第二步(嚓)—右脚原地踏步。
第三步(蓬)—左脚后退。
第四步(嚓)—右脚原地踏步。
女伴：
第一步(蓬)—右脚后退。
第二步(嚓)—左脚原地踏步。
第三步(蓬)—右脚前进。
第四步(嚓)—左脚原地踏步。

(二)半闭式一步进退步

男伴：
第一步(蓬)—左脚前进。
第二步(嚓)—右脚原地踏步。
第三步(蓬)—左脚后退。
第四步(嚓)—右脚原地踏步。
女伴：
第一步(蓬)—右脚前进。
第二步(嚓)—左脚原地踏步。
第三步(蓬)—右脚后退。
第四步(嚓)—左脚原地踏步。

(三)闭式后退右交叉

男伴：
第一步(蓬)—左脚向左后方后退一步。
第二步(嚓)—右脚并步。
第三步(蓬)—左脚向右转90°跨一步。
第四步(嚓)—右脚并步。
第五步(蓬)—左脚向左转90°后退一步。
第六步(嚓)—右脚并步。
第七步(蓬)—左脚向右转90°跨一步。
第八步(嚓)—右脚并步。
女伴：
第一步(蓬)—右脚向右前方前进一步。
第二步(嚓)—左脚并步。
第三步(蓬)—右脚向右转90°后退一步。
第四步(嚓)—左脚并步。
第五步(蓬)—右脚向左转90°前进一步。
第六步(嚓)—左脚并步。
第七步(蓬)—右脚向右转90°后退一步。

第八步（嚓）—左脚并步。

（四）闭式后退左交叉

男伴：

第一步（蓬）—左脚向右后方后退一步。

第二步（嚓）—右脚并步。

第三步（蓬）—左脚向左转 90°前进一步。

第四步（嚓）—右脚并步。

第五步（蓬）—左脚向左转 90°后退一步。

第六步（嚓）—右脚并步。

第七步（蓬）—左脚向左转 90°前进一步。

第八步（嚓）—右脚并步。

女伴：

第一步（蓬）—右脚向左前方前进一步。

第二步（嚓）—左脚并步。

第三步（蓬）—右脚向左转 90°后退一步。

第四步（嚓）—左脚并步。

第五步（蓬）—右脚向右转 90°前进一步。

第六步（嚓）—左脚并步。

第七步（蓬）—右脚向左转 90°后退一步。

第八步（嚓）—左脚并步。

（五）闭式左转步

男伴：

第一步（蓬）—左脚左转 90°前进。

第二步（嚓）—右脚左转 90°前进。

第三步（蓬）—左脚左转 90°后退。

第四步（嚓）—右脚左转 90°后退。

第五步（蓬）—左脚左转 90°后退。

第六步（嚓）—右脚左转 90°后退。

第七步（蓬）—左脚左转 90°前进。

第八步（嚓）—右脚左转 90°前进。

女伴：

第一步（蓬）—右脚左转 90°后退。

第二步（嚓）—左脚左转 90°后退。

第三步（蓬）—右脚左转 90°前进。

第四步（嚓）—左脚左转 90°前进。

第五步（蓬）—右脚左转 90°前进。

第六步（嚓）—左脚左转 90°前进。

第七步（蓬）—右脚左转 90°后退。

第八步(嚓)—左脚左转 90°后退。

(六)闭式右转步

男伴：

第一步(蓬)—左脚右转 90°前进。

第二步(嚓)—右脚右转 90°前进。

第三步(蓬)—左脚右转 90°后退。

第四步(嚓)—右脚右转 90°后退。

第五步(蓬)—左脚右转 90°后退。

第六步(嚓)—右脚右转 90°后退。

第七步(蓬)—左脚右转 90°前进。

第八步(嚓)—右脚右转 90°前进。

女伴：

第一步(蓬)—右脚右转 90°后退。

第二步(嚓)—左脚右转 90°后退。

第三步(蓬)—右脚右转 90°前进。

第四步(嚓)—左脚右转 90°前进。

第五步(蓬)—右脚右转 90°前进。

第六步(嚓)—左脚右转 90°前进。

第七步(蓬)—右脚右转 90°后退。

第八步(嚓)—左脚右转 90°后退。

(七)斜拉手侧身步

男伴：

第一步(蓬)—左脚前进。

第二步(嚓)—右脚原地踏步。

第三步(蓬)—左脚后退。

第四步(嚓)—右脚原地踏步。

女伴：

第一步(蓬)—右脚前进。

第二步(嚓)—左脚原地踏步。

第三步(蓬)—右脚后退。

第四步(嚓)—左脚原地踏步。

(八)半闭式十字步

男伴：

第一步(蓬)—左脚前进。

第二步(嚓)—右脚向右横跨。

第三步(蓬)—左脚后退。

第四步(嚓)—右脚向左横跨。

女伴：

第一步(蓬)—右脚前进。

第二步(嚓)—左脚向左横跨。

第三步(蓬)—右脚后退。

第四步(嚓)—左脚向右横跨。

(九)双拉手正身左靠步

男伴：

第一步(蓬)—左脚前进。

第二步(嚓)—右脚原地踏步。

第三步(蓬)—左脚后退。

第四步(嚓)—右脚原地踏步。

第五步(蓬)—左脚前进,右手将女伴左手轻轻地向左后方一拉,暗示女伴右转 180°,然后将手松开。

第六步(嚓)—右脚原地踏步。

第七步(蓬)—左脚后退。

第八步(嚓)—右脚原地踏步。

第九步(蓬)—左脚前进,右手与女伴左手相拉。

第十步(嚓)—右脚原地踏步。

第十一步(蓬)—左脚后退。

第十二步(嚓)—右脚原地踏步。

女伴：

第一步(蓬)—右脚前进。

第二步(嚓)—左脚原地踏步。

第三步(蓬)—右脚后退。

第四步(嚓)—左脚原地踏步。

第五步(蓬)—右脚右转 90°前进,将与男伴相拉的左手放开。

第六步(嚓)—左脚右转 90°后退。

第七步(蓬)—右脚右转,与左脚并拢。

第八步(嚓)—左脚原地踏步。

第九步(蓬)—右脚前进,左手与男伴右手相拉。

第十步(嚓)—左脚原地踏步。

第十一步(蓬)—右脚后退。

第十二步(嚓)—左脚原地踏步。

(十)斜拉手左转换位步

男伴：

第一步(蓬)—左脚前进。

第二步(嚓)—右脚原地踏步。

第三步(蓬)—左脚后退。

第四步(嚓)—右脚原地踏步。

第五步(蓬)—左脚左转 90°前进。

第六步(嚓)—右脚左转 180°后退。

第七步(蓬)—左脚左转 90°后退。

第八步(嚓)—右脚原地踏步。

女伴：

第一步(蓬)—右脚前进。

第二步(嚓)—左脚原地踏步。

第三步(蓬)—右脚后退。

第四步(嚓)—左脚原地踏步。

第五步(蓬)—右脚左转 90°前进。

第六步(嚓)—左脚右转 180°后退。

第七步(蓬)—右脚左转 90°后退。

第八步(嚓)—左脚原地踏步。

(十一)反拉手左转换位步

男伴：

第一步(蓬)—左脚前进一小步,左转 90°。

第二步(嚓)—右脚左转 180°后退。

第三步(蓬)—左脚左转 90°后退,与女伴回首相望。

第四步(嚓)—右脚原地踏步。

女伴：

第一步(蓬)—右脚前进一小步,左转 90°。

第二步(嚓)—左脚左转 180°后退。

第三步(蓬)—右脚左转 90°后退,与女伴回首相望。

第四步(嚓)—左脚原地踏步。

欣 赏 篇

一、体育舞蹈的起源与发展

体育舞蹈融体育、音乐、文学、美学、舞蹈为一体,以身体运动的舞蹈化为基本内容,以双人或集体配合练习为主要运动形式的娱乐型体育运动项目。

体育舞蹈有着悠久的历史,经历了几百年的演变过程,从各国传统文化中吸取了营养,经历了一代代人的加工创造,逐渐形成了现代体育舞蹈。追本溯源,体育舞蹈在 14、15 世纪产生于意大利,16 世纪传到法国。19 世纪初,源于欧洲民间的现代舞,从宫廷走向社会,成为一项群众性的社交舞蹈。1924 年英国皇家舞蹈教师学会汇同各国舞蹈专家,首先对华尔兹、探戈、狐步、快步舞的步伐和舞姿进行了规范,制定了比赛规则。1925 年以后,把这种规范了的舞蹈推广到世界各地,深受各国的欢迎和喜爱,并竞相效法,一种国际性的标准舞随之产生。1947 年在柏林举行了首届世界交谊舞锦标赛。1950 年开始由世界舞蹈组织举办世界性比赛,并将其进一步完善,形成了现代舞五项,拉丁舞五项。现已举办过世界大赛 40

多届,随着比赛规则的日趋完善,不少国家把它纳入了体育联合会的管辖范畴,并成立了有70多个国家和地区参加的国际体育舞蹈联合会。体育舞蹈已被列为奥运会的比赛项目。

由于体育舞蹈具有表演、观赏、社交和独特的艺术魅力,因而深受各国人民的喜爱,被公认为最佳的室内运动项目之一。同时,它作为一种竞技性运动形式,也引起了各个国家的强烈兴趣。

体育舞蹈传入我国虽然时间不长,但发展很快。1987年开始举行了全国比赛,1989年北京国际体育舞蹈邀请赛我国选手获现代舞银牌,1990年国家体委首次举办了全国体育舞蹈培训班。1993年、1995年我国又成功举办了北京国际体育舞蹈邀请赛,普及和推广工作不断深入。与此同时,民间的学舞热潮不断涌起。体育舞蹈以其独有的形式和内容,成为全民健身锻炼的一项内容。

二、体育舞蹈的特点与作用

体育舞蹈分为两大类:普通体育舞蹈和国际体育舞蹈。

(一)普通体育舞蹈

普通体育舞蹈特点在于普及性、流行性、实用性和自娱性。内容单纯,动作简单,人数不限,形式不拘一格。尤其紧跟时尚,能迅速、敏感地反映大众精神面貌的更新变异。它包括体育教学舞蹈、实用性体育舞蹈和社交性体育舞蹈。

1.体育教学舞蹈。被列入大纲和为完成教学任务服务的一类舞蹈,它在教学中占有一定的比例。其内容是教学大纲和计划所规定的,多以基本步伐和基本动作为主,以培养学生的节奏感、协调性。

2.实用性体育舞蹈。根据练习者不同的需求有针对性地选择内容。如健身操、减肥舞、庆典舞等。

3.社交性体育舞蹈。社交性体育舞蹈是群众文化生活中最广泛、最具有普及性的舞蹈。其主要目的是进行交往、增进友谊、联络情感。如交谊舞、集体舞等。

(二)国际体育舞蹈

国际体育舞蹈又称国际标准交谊舞,是一项带有竞技性的艺术型体育项目。20世纪20年代英国率先将其进行了规范化,形成了现代舞五项(华尔兹、探戈、狐步舞、快步舞、维也纳华尔兹),拉丁舞五项(伦巴、恰恰、桑巴、牛仔、斗牛)。如今,各国已掀起一股"国际热",并被列为奥运会的比赛项目。国际体育舞蹈具有内容美、形式美、技艺美等特点。它以生活中美的典型、美的传说为题材,通过人体运动时的艺术、感情的动态性的操作过程表现人的本质,塑造各种难度造型,成为风靡世界的体育艺术表演项目。

早在20世纪70年代初,国外一些学者就对体育舞蹈进行了生理和心理方面的研究,对人体能量代谢、能量消耗和心率变化等生理指标进行了测定,并和其他运动项目同类指标进行了对比,从中可以看出体育舞蹈对人体的锻炼价值。

三、体育舞蹈与健康娱乐

体育舞蹈作为一项新兴的体育项目,对人体的身心健康起着积极的促进作用。体育舞蹈在音乐的伴奏下,人体通过各个关节,各部位肌肉群的协调活动,创造出千变万化的舞步和姿态,同时通过身体的各种形态动作,表达人的内心对世界的向往和情感升华,使人陶醉在最高尚的精神境界中,获得最大的美的享受。

体育舞蹈是人类运动发展到高级阶段的产物。跳舞是人类最早的艺术和运动,它的诞生要早于语言、音乐和体育。古人云:"舞则人之天性。"人们通常会以跳舞代替语言来表达他们的思想感情。舞蹈是一种无声的语言,是人们交流思想、联络感情的一种极佳方式。舞蹈能消除人们日常工作、学习和生活中的紧张和不安情绪。情绪对人们的心理状态是至关重要的,在良好心情状态下,人们思想开阔,思维敏捷,解决问题果断迅速,工作效率高,记忆力强,理解能力好,思想清晰和富于推理;而心情低沉郁闷时,则思维阻塞,反应迟缓。在情绪焦躁不安时,突然出现的强烈情绪会骤然中断正在进行的思考加工,长期的郁闷、过度地思考会增加心理负担,导致精神上和身体上的疾病。

参加体育舞蹈锻炼时,优美动听的音乐,活泼欢快的气氛,美妙动人的舞姿,会感染每一个人,使人忘掉生活中的忧愁,工作中的烦恼和学习中的困难,诱使人们随着欢快的音乐翩翩起舞,使人们的身心在娱乐和愉悦中得到放松。

体育舞蹈的内容美、形式美、技艺美和精神美使得体育舞蹈具有极强的感召力,同时在一定程度上满足了人们审美的需要,给人以审美享受的价值。

体育舞蹈的种类较多,其内容单纯,动作简单,人数不限,不拘一格,尤其是体育舞蹈不像其他运动竞赛那样激烈,故男女老少皆宜。

四、体育舞蹈竞赛规则与裁判

(一)体育舞蹈比赛的种类

体育舞蹈比赛的种类有锦标赛、公开赛、邀请赛和友谊赛四种。

体育舞蹈比赛分专业和业余两种,各设公开级和新秀级。通常设壮年组:35~40岁;常青组:40~45岁(女伴年龄不限);青年组:14~18岁;少年组:12岁以下。

专业组比赛必须参加五项(即摩登舞五项或拉丁舞五项),业余组的公开赛也必须参加五项(内容同上),新秀级项目不定。

(二)对评委的要求

体育舞蹈正式比赛由专业评委担任,一般由7~9名组成。专业评委在国际上由英国皇家舞蹈协会考核确定,按等级分为三种不同资格。学士资格:必须掌握三种舞蹈的20个以上动作组合;会士资格:必须掌握五种舞蹈的20个以上动作组合;范士资格:必须掌握十种舞蹈的20个以上动作组合。

目前国内的比赛一般先培训评委,通过考核才能担任评委工作。其规定如下:评委必须取得证书;评委必须了解比赛程序、职责;评委按A,B,C……编号;比赛前评委要回避选手。

(三)对选手的要求

比赛中男子服装只能选用黑、蓝两色,女子服装没有特别规定,可根据自己的特点精心设计。专业选手的背号是黑底白字,业余选手则是白底黑字。比赛中不得更换舞伴,选手必须准时入场,遵守竞赛规则,服从评委的评判。

(四)评审标准

1.基本技术的掌握。看选手脚下的动作、姿态,用力的均衡性,重心的移动等。

2.音乐韵律的运用。除动作和舞曲吻合外,还要看身体动作表达音乐旋律的艺术性。

3.舞蹈特性的表现。要求选手恰如其分地表达出各种舞蹈不同的风格、特性。

4.舞蹈的编排能力。要求动作有感染力和艺术性,动作的编排连贯流畅、新颖巧妙。

5.选手临场发挥及表现效果。看选手临场的发挥情况,如服装、仪表、姿态和控制力。比赛时表现出最佳技艺以吸引观众和评委。

第三编 民族传统体育

武术运动

学习篇

◆武术运动的基本知识

一、武术运动简介

武术是以技击动作为主要内容,以套路和格斗为主要运动形式,注重内外兼修的中国传统体育项目。在其漫长的发展史中,一直深受我国传统文化的影响。它在形成、内容和方法上,都体现着中国的哲学理念、美学思想、兵法思想、伦理道德等丰富的传统文化。

武术起源于我们远古祖先的生产劳动。由于生存的需要,人类基于本能的、自发的、随意的身体动作成为搏杀技能,这些技能即是武术产生的源头。武术的发展是随着部落战争和社会政权更迭而发展的,在战争中作为军队训练的手段使其内容进一步丰富与发展,逐渐发展成为内外兼修的武术形式。最早关于武术的记载是殷商时期的"消肿舞"。到秦汉以后盛行角抵、手搏、击剑等。唐代始行武举制,用考试的办法选拔武术人才,对武术的发展起到了促进作用。明清时期中华武术得到了光大和发展,各种流派林立,拳种纷呈,除众多的徒手拳法外,还有丰富多彩的器械套路。如戚继光在《纪效新书·拳经捷要篇》中认为"拳法似无预于大战之技,然活动手足、惯勤肢体,此为初学艺之门也。……大抵拳、棍、刀、枪、钗、钯、剑、戟、弓矢、钩镰、挨牌之类,莫不先有拳法活动身手,其拳也为武艺之源。"在当时,明确提出了武术的健身强体的功能,总结出拳术是学习器械的基础等循序渐进的教学训练法则。1928 年,国民政府在南京成立了"中央国术馆",它是历史上最早以国家名义成立的学校。中华人民共和国成立以后,武术成为社会主义文化和人民体育事业的组成部分,受到了党和国家的高度重视和热情关怀。1956 年,中国武术协会在北京成立。1957 年,国家体委组织整理出版了《简化太极拳》和一大批关于长拳、器械、套路的书籍。1958 年,国家体委制定了第一部《武术竞赛规则》。1985 年 1 月,国家体委颁布和实施的《武术运动员技术等级标准》,将运动员分为武英级、一级武士、二级武士、三级武士和武童级五个等级。1989 年,武术散手擂台赛被国家体委列为正式竞赛项目。1990 年 10 月,国际武术联合会在北京宣告成立,并于 1991 年在北京举办了第一届武术锦标赛,以后每两年举办一次。随着武术运动日益被世人所接受,中国功夫在 2001 ~ 2003 年先后与美国的拳击、法国的搏击、泰国的泰拳、日本的空手道等世界搏击运动进行了对抗赛。

二、武术的内容和分类

我国历史悠久,地域辽阔,伴随着这个特点产生发展的武术运动可谓根深叶茂,内容丰富而且分类方法很多,一般按运动形式分为三大类。

(一) 功法运动

功法运动是以单个武术动作作为练习主体,以健体或增强某方面体能为目的的运动。

(二)套路运动

套路运动是指以技击动作为内容,以攻守进退、动静疾徐、刚柔虚实等矛盾运动的变化规律编成的整套练习形式。其主要内容有拳术、器械、对练、集体表演等。

1.拳术:指徒手练习的套路运动。拳术的种类很多,如长拳、太极拳、南拳、形意拳、八卦掌、通背拳和象形拳等。

2.器械:指手持武术兵器练习的套路运动。器械又可分为长器械、短器械、双器械、软器械。目前最常见的器械是刀、剑、枪、棍,它们也是武术竞赛的主要项目。

3.对练:指在单练基础上,两人或两人以上,在预定的条件下进行的假设性攻防练习。其中包括徒手对练、徒手与器械对练和器械对练等。

4.集体表演:指六人以上徒手或手持器械同时进行练习的演练形式。练习时可变换队形,也可采用音乐伴奏,要求队形整齐,动作协调一致。

(三)搏斗运动

搏斗运动是两人在一定条件下,按照一定的规则进行斗智、较力、较技的实战练习形式。目前武术竞赛中正在开展的有散打、推手等。

1.散打:又称散手,古称手搏、白打等,由于比赛是以徒手相搏、相较的运动形式在台上进行,故又称“打擂台”。现在的散打是两人按照一定的规则使用踢、打、快摔等方法战胜对方的竞技项目。

2.推手:是两人遵照一定的规则,使用掤、捋、挤、按、采、挒、肘、靠等手法,双方粘连黏随,寻机借劲发力将对方推出,以此决定胜负的竞技项目。

三、武术的特点、作用与锻炼价值

(一)武术的特点

1.动作具有攻防技击性。武术动作的攻防技击性是它的本质特性。作为中国武术特有表现形式的套路运动,虽然拳种不同,风格各异,有的还具有地方特色,但无论何种套路,其共同特点都是以踢、打、摔、拿、击、刺等攻防动作构成套路的主要内容。虽然套路中不少动作的技术规格与技击原型不同,或因连接贯串及演练技巧的需要,穿插了一些不具备攻防意义的动作,但通过一招一式表现攻与防的内在含义仍然是套路技术的核心。

2.具有内外合一,形神兼备的民族特色。既讲究动作的形体规范,又要求精气神传意内外合一的整体运动观,是中国武术的一大特色。所谓内,是指人的精神、意识和气息的运行;所谓外,是指人体手眼身法的活动,如太极拳要求“以意识引导动作”,形意拳讲究“内三合、外三合”等。套路演练在技术上特别要求把内在精气神与外部的形体动作紧密结合,做到手到眼到,形断意连,使意识、呼吸、动作协调一致。

3.内容丰富多彩,具有广泛的适应性。武术的内容和练习形式丰富多样,不同类别的武术项目其练功方法、动作结构、技术要求、运动风格和运动负荷不尽相同,分别适应不同性别、职业、体质的人的需要,人们可以根据自己的条件和兴趣爱好加以选择。同时,武术运动不受时间、季节的限制,场地器材也可以因陋就简,这种广泛的适应性给开展群众性体育活动创造了有利条件。

(二)武术的作用与价值

1. 壮内强外的健身价值。中国人民千百年的习武实践和多年的科学研究,都说明武术由于注重内外兼修,故对身体有着多方面的良好影响,经常练习能达到壮内强外的效果。例如:长拳类套路包括屈伸、回环、跳跃、平衡、翻腾、跌仆等动作,需要内在神情的贯注以及人体各个器官的积极配合,尤其是坚持基本功训练,能加强人体肌肉力量,提高肌肉、韧带的伸展性,加大关节运动幅度,有效地发展柔韧性。而散打对抗中的判断、起动、躲闪格挡和快速还击等,对人体的反应速度、力量、灵巧、耐力等都有良好的促进作用。太极拳和许多武术功法练习一样,注重调息运气和意念活动,长期练习对多种慢性疾病和调节人体内环境平衡有良好的保健作用。

2. 提高防身能力。武术以技击动作为主要内容,通过练拳习武,不仅可以增强体质,还可以学习一定的攻防格斗技术,掌握防身自卫的知识和方法,提高人体的灵活性和对意外情况的应变自卫能力。若长期坚持系统训练,还可以直接为国防、公安建设服务。

3. 培养道德情操的教育作用。"习武先习德",说明武术练习历来十分重视武德教育。尚武崇德的精神可培养青少年尊师重道、讲礼守信、宽以待人、严于律己等良好的心理素质和高尚的道德情操。同时,武术的练习,特别是追求技艺提高的过程中,需要吃苦耐劳、坚持不懈的精神,这不仅能培养坚韧不拔、自强不息的意志品质,也是一种修身养性的重要手段,有益于人的全面发展

4. 娱乐观赏,丰富文化生活。武术运动具有很高的观赏价值,套路运动以其动、迅、静、定的节奏美;踢、打、摔、拿、跌巧妙结合的方法美;内外合一、形神兼备的和谐美,引人入胜。搏斗对抗中双方激烈的争夺,精湛的攻防技巧,敢打敢拼的斗志,可以给人一种美的享受和精神上的激励。群众性的武术活动讲究"以武会友",即通过习武的共同爱好,可以切磋技艺、扩大交往、交流思想、增进友谊、丰富人民群众的业余文化生活。随着武术在世界上的广泛传播,必将在我国人民与世界各国人民的友好交往中发挥更大作用。

◆武术运动的基本功和基本动作

武术基本功,是为更好地掌握武术技法,发展某项专门素质的基础功法练习。武术功法练习内容丰富、形式多样,主要有腰功、腿功、臂功和桩功。武术基本动作,是指武术拳术中最基础,最具有代表性的动作,主要包括肩、肘、手、髋、膝、足的基本攻防方法与跳跃、平衡动作。如长拳的基本动作包括上肢动作中的冲拳、推掌、顶肘等基本手型、手法;下肢的弓步、马步等基本步型,以及进、退、跳、插等基本步法和蹬、弹、踹等腿法;还有通过躯干表现的折叠俯仰、闪展拧转等基本身法,即通常所说的"三型四法"。

基本功和基本动作的练习,应遵循先易后难、动静结合、循序渐进的原则,有坚定的恒心才能收到良好的练习效果。

一、基本手型、手法和肩臂功

(一)手型

1.拳:五指卷紧,拇指压于食指、中指第二指节上。拳面要平,腕要直。

2.掌:四指伸直并拢,拇指弯曲紧扣于虎口处,掌心展开,竖指。

3.勾:五指撮拢成勾,屈腕。

(二)手法和肩臂功

1.冲拳:分平拳与立拳两种。平拳拳心向下;立拳拳眼向上。两脚左右开立,与肩同宽,两拳抱于腰间,肘尖向后,拳心向上,拳面与腹平。挺胸、收腹、直腰,右拳从腰间向前猛力冲出,转腰、顺肩、前臂内旋,力达拳面,臂要伸直,高与肩平。同时左肘向后牵拉,目视前方。练习时,左右可交替进行。出拳要快速有力,要有寸劲,做好拧腰、顺肩、急旋前臂的动作。

2.推掌:预备姿势与冲拳同。右拳变掌,前臂内旋,并以掌根为力点向前猛力推出。同时要拧腰顺肩,臂要伸直,高与肩平。同时左肘向后牵拉,眼看前方,挺胸、收腹、直腰,出掌要快速有力,有寸劲。同时拧腰、顺肩、沉腕、翘掌、直臂力达掌外沿。练习时,可以左右交替进行。

3.亮掌:预备姿势与冲拳同。右拳变掌,经体侧向右,向上划弧,至头部右前上时,抖腕亮掌,臂成弧形。掌心向前,虎口朝下,眼随右手动作转动,亮掌时,注视左方。抖腕,亮掌与转头同时完成。练习可左右交替进行。

4.压肩:开步站立,两手抓握肋木,上体前俯并做下振压肩动作;也可以两人面对面站立,相互扶肩部,做体前的振动压肩动作;也可由助手协助做搬压肩部的练习。挺胸,塌腰,臀、腿要伸直,振幅逐渐加大,压点集中于肩部,增加外力由小到大。

5.双肩前后绕环:开步站立,右臂上举,左臂前绕环,右臂后绕环,臂伸直、肩放松、划立圆,逐渐加速。

6.抢拍:开步站立,成左弓步同时右掌向前下方伸出,左掌心朝里,插于右手关节处;上动不停,成右弓步,同时右臂抢至右上方,左掌下落抢至左下方;随即,上体右后转同时右臂至后下方,左臂至前上方;既而,上体左转成右仆步,同时右臂抢至右腿内侧拍地,左臂停于左上方;目随右手,上抢贴近耳下抢贴近眼。

7.缠腕:右脚在前开立,胸前握拳左手搭扣右手腕,右拳变掌,以腕关节为轴外旋绕缠握拳,用力后下拦手至右腰侧,同时左脚上步,身体右转,右臂外旋,左肘用力向前下压,两腿半蹲,目视左肘。在进行双人配合练习时,重点在于掌握动作要领,明确技击意义,故不要用力过大造成伤害事故。

二、基本步型、步法和腰腿功

(一)步型

1.弓步:左脚向前上一大步,脚尖微内扣,屈膝半蹲,大腿接近水平,膝与脚尖垂直,右腿挺膝伸直,脚尖斜向右前方,两脚全脚着地。上体正对前方,两手抱拳于腰间。前腿弓,后腿绷,挺胸、塌腰、沉髋,前脚尖与后脚跟成一直线。眼向前平视。

2.马步:两脚平行开立,宽度约为本人脚长的 3 倍,脚尖正对前方,屈膝半蹲,膝部不超过脚尖,大腿接近水平,全脚着地,身体重心落于两腿之间,两手抱拳于腰间。要求肩平,两大腿平,挺胸、塌腰、脚尖外蹬,眼看前方。

3.虚步:两脚前后开立,右脚外展45°,屈膝半蹲,左脚脚跟离地,脚面绷平,脚尖稍内扣,虚点地面,膝微屈,重心落于右腿上。两手叉腰,挺胸,塌腰,虚实分明,眼向前平视,左脚在前为左虚步。

4.仆步:两脚左右开立,距离一大步,右腿屈膝全蹲,大腿和小腿靠紧,臀部接近小腿,右脚全部着地,脚尖和膝关节外展,左腿挺直平仆,脚尖里扣,全脚着地。两手抱拳于腰间。挺胸、塌腰、沉髋、腿平仆,眼向左方平视,仆右腿为右仆步。

5.歇步:两腿交叉靠拢全蹲,左脚全脚着地,脚尖外展,右脚前脚掌着地,膝部贴近左小腿外侧,臀部坐于右腿接近脚跟处。两手抱拳于腰间,挺胸、塌腰,两腿靠拢并贴紧,眼向左前方平视。左脚在前为左歇步。

6.丁步:并步直立,两腿屈膝半蹲,右脚全脚着地,左脚脚跟提起,脚尖虚点地面,贴于右脚脚弓处,重心落于右腿上。两手抱拳于腰间,挺胸、塌腰、沉髋,眼向前平视。左脚尖点地为左丁步。

(二)步法

1.上步:两脚前后或左右开立,挺胸、塌腰,向前迈步时脚跟先着地,并迅速过渡到全脚掌。身体不要有过大的起伏,动作要稳要快,直线前进。先练弓步前进,左弓步抱拳,右脚上一大步,左脚蹬地,后蹬成右弓步抱拳,接着同法换脚行之。

2.退步:方法同上步,但退步时前脚掌先着地再迅速过渡到全脚掌。弓步后退练习,左弓步抱拳,左腿后退一大步蹬直,右脚跟碾地使脚尖内扣成右弓步抱拳。

3.击步:两脚前后开立,同肩宽,两手叉腰。上体前倾,后脚提起,前脚随即蹬地前纵,在空中时,后脚向前碰击前脚,落地时,后脚先落,前脚后落。前脚用力蹬地,并尽量前纵,上体保持正直并侧对前方,眼向前平视。

4.垫步:预备姿势同击步。后脚提起,向前脚处落步,前脚立即蹬地向前上方跳起,将位置让于后脚,然后再向前落步。后脚踩踏前脚位置,上体侧对前方,眼向前平视。

5.插步:两脚左右开立,同肩宽,两手叉腰,重心左移,右脚提起,经左脚后向左侧横插一步,前脚掌着地,两腿交叉,左腿屈膝,右腿蹬直,重心偏于左腿。沉髋,横插步幅度不要过大或过小,眼向左前方平视。

(三)腿部练习

1.压腿:主要是针对腿、髋部肌肉和韧带的柔韧性的运动。

(1)正压腿:面对肋木或一定高度的物体并步站立。左腿提起,脚跟放在肋木上,脚尖勾起,两手扶膝上。两臂伸直、立腰、收髋上体前屈,并向前、向下做振压动作。练习时,左右腿交替进行。

(2)侧压腿:侧对肋木或一定高度的物体并步站立。右腿支撑,脚尖稍外展,左腿举起,脚跟搁在肋木上,脚尖勾。右臂上举,左掌附于右胸前。两腿伸直、立腰、展髋,上体向左侧振压。练习时,左右腿交替进行。

(3)仆步压腿:两腿左右开立,右腿屈膝全蹲,全脚着地,左腿挺膝伸直,脚尖里扣。然后两手分别抓握两脚外侧,成左仆步向下振压。练习时,左右仆步可交替进行。

2.踢腿:踢腿分直摆性踢腿和屈伸性踢腿。

(1)正踢腿:两脚并立,两手立掌或握拳,两臂侧平举。左脚向前上半步左腿支撑,右脚脚尖勾起向前额处猛踢,两眼向前平视。练习时,左右腿交替进行。

(2)侧踢腿:预备姿势与正踢腿相同。右脚向前上半步,脚尖外展,左脚脚跟稍提起,同时右臂上举亮掌,左臂屈肘立掌于右肩前或垂于裆前。眼向前平视,踢左腿为左侧踢。

(3)里合腿:预备姿势同正踢腿。左脚向右前方上半步,右脚脚尖勾起里扣并向左上方踢起,经面前向左侧上方直腿摆动。落于左脚外侧右手掌可在左侧上方迎击掌(击响),也可不做击响动作。要求挺胸、立腰、松髋、里合幅度要大,并成扇形,眼向前平视。练习时,左右腿可交替进行。

(4)外摆腿:预备姿势与正踢腿相同。右脚向前方上半步,左脚尖勾紧,向右侧上方踢起,经面前向左侧上方摆动,直腿落在右脚旁,要求挺胸、立腰、松髋,外摆幅度要大,成扇形。眼向前平视,左掌可在左侧上方击响,也可不击响。练习时,左右腿交替进行。

(5)拍脚:并步直立,左脚向前上半步,直腿支撑,右脚脚面绷平,直腿向上踢起,右手掌在额前迎拍脚面,然后向前落步,左臂侧斜上举成立掌,挺胸、直腰、收髋、收腹、脚面绷平,左腿伸直或微屈支撑,两眼平视。

(6)弹腿:并步站立,两手叉腰。左腿屈膝提起,大腿与腰平,脚面绷直,提膝接近水平时,要迅速猛力挺膝,向前平踢(弹击),力达脚尖,大腿与小腿成一直线,高与腰平,左腿伸直或微屈支撑。两眼平视。

(7)侧踹腿:两腿左右交叉,右腿在前,稍屈膝,两手叉腰,右腿伸直支撑,左脚屈膝提起,脚尖里扣,脚跟用力向左侧上方踹出,高与肩平,上体向右侧倒,眼视左侧方。练习时,左右腿可交替进行。

(四)腰部练习

1.前俯腰:并步站立,两手手指交叉,直臂上举手心朝上,上体前俯,两手尽量贴地,然后两手松开,抱住两脚跟腱逐渐使胸部贴近腿部,持续一定的时间,可以向左或向右侧转体,两手在脚外侧贴近地面。

2.甩腰:开步站立,两臂上举,以腰、髋关节为轴,上体做前后屈和甩腰动作,两臂也跟着甩动,两腿伸直。

3.涮腰:开步站立,略宽于肩,两臂下垂,以髋关节为轴,上体前俯,两臂随之向前下方伸出,然后向前、向右、向左转绕环,尽量增大绕环幅度。

三、平衡动作和跳跃练习

(一)平衡动作

1.提膝平衡:并步站立,右腿伸直支撑,左腿屈膝提起(过腰),脚面绷平,并垂直扣于右腿前侧,两眼向左平视。

2.望月平衡:右脚后撤一步站立,同时两手左右分开上摆,左手在头左斜上方抖腕亮掌,右手至右侧平举部位抖腕立掌,掌心向右,左腿屈膝,小腿向上提,紧扣右膝窝,脚面向下。在抖腕亮掌的同时向右转头,眼向右侧平视。

(二)跳跃练习

1.大跃步前穿:并步站立左脚向前上一步,重心前移,左掌后摆右掌向左腿外侧后,右腿屈膝用力向前提摆,左脚立即蹬地向前跃出,两臂向前,向上立圆摆起,上体右转,眼看左掌,右脚于前方落地成全蹲,左脚随即落地铲出成仆步。右掌变拳抱于腰间,左掌由上向下划弧成立掌,停于胸前、目视前下方。

2.腾空飞脚:并步站立,右脚向前上一大步,上体略后仰,左臂向头上摆起,右臂自然摆至身后,左腿向前,向上摆踢,右脚蹬地跃起身体腾空,右臂由下向前,向头上摆起,右手背迎击左手掌,在空中,右腿向前上方弹踢,脚面绷直,右手迎击右脚面,同时左腿屈膝,左脚收控于右腿侧,脚面绷直,脚尖向下。左手在击响的同时摆至左侧方变勾手,勾尖向下,略高于肩。上体微前倾,两眼平视前方。

3.旋风脚:高虚步亮掌,左脚向左上步,同时左手向前、向上摆起,右臂伸直向后,向下摆动,即右脚上步,脚尖里扣,准备蹬地踏跳。左臂向下摆动并屈肘收至右胸前,同时左臂向上、向前舞动,上体左旋前俯,重心右移,右腿屈膝蹬地跳起,左腿提起向左上方摆动,上体向左上方翻转,同时两臂向下,向左上方摆,身体旋转一周,右腿做里合腿,左手在面前迎击右脚掌,左腿自然下垂。右腿做里合腿时,要贴近身体,摆动时,膝挺直,由外向里成扇形,击响点要靠近面前,左腿外摆要舒展,抡臂踏跳,转体,里合腿等环节要协调一致。身体的旋转不少于270°。

四、动作组合练习(五步拳)

动作组合是武术学习过程中不可缺少的部分,它可以将各种动作串接,为后来的套路练习做好前期的准备工作。"五步拳"是通过五种步型、步法,三种手型、手法组合在一起的练习。

"五步拳":弓步冲拳—弹腿冲拳—马步架打—歇步盖打冲拳—提膝仆步穿掌—虚步挑掌。

预备姿势:并步抱拳(图3.1)。

动作说明如下。

1.弓步冲拳。成左弓步,左手左平搂收回腰间抱拳,冲右拳,目视前方(图3.2)。

2.弹腿冲拳。重心前移,右腿向前弹踢,同时冲左拳,收右拳,目视前方(图3.3)。

图3.1　　　　　　图3.2　　　　　　图3.3

3.马步架打。右脚落地,向左转体90°,下蹲成马步,同时左拳变掌,屈臂上架,冲右拳,目视右方(图3.4)。

4.歇步盖打冲拳。左脚向右脚后插一步,同时右拳变掌向左下盖掌,掌外沿向前,身体左转90°收左拳,目视右拳,上动不停,两腿屈膝下蹲成歇步,同时冲左拳,收右拳,目视左拳(图3.5)。

图 3.4　　　　　　　　　　　　　　图 3.5

5.提膝仆步穿掌。两腿起立,身体左转。随即左拳变掌,顺势收至右腋下,右拳变掌,由左手背上穿出,手心向上。同时左腿屈膝提起,目视右手。上动不停,左脚落地成仆步,左手掌指朝前,沿左腿内侧穿至左脚面,目视左掌(图 3.6)。

图 3.6　　　　　　　　　　　　　　图 3.7

6.虚步挑掌。左脚屈膝前弓,右脚前上成右虚步。同时左手向后划弧勾手,右手顺右腿外侧向上挑掌,目视前方(图 3.7)。

结束动作:并步抱拳。左脚向右脚靠拢成并步。同时左勾手和右掌变拳,回收抱于腰间,目视前方(图 3.8)。

图 3.8

◆套路练习

一、初级长拳(第三路)

初级长拳适合于武术的基础训练,尤其适合大学生的锻炼,并且是武术爱好者晋段(三段)的考核项目之一,是规定长拳套路。

(一)动作名称

预备势

1.虚步亮掌　　　2.并步对拳

第一段

1.弓步冲拳　　　2.弹腿冲拳　　　3.马步冲拳　　　4.弓步冲拳

5.弹腿冲拳　　　6.大跃步前穿　　7.弓步击掌　　　8.马步架掌

第二段

1.虚步栽拳　　　2.提膝穿掌　　　3.仆步穿掌　　　4.虚步挑掌

5.马步击掌　　　6.叉步双摆掌　　7.弓步击掌　　　8.转身踢腿马步盘肘

第三段

1. 歇步抢砸拳　　　2. 仆步亮掌　　　3. 弓步劈拳　　　4. 换跳步弓步冲拳

5. 马步冲拳　　　6. 弓步下冲拳　　　7. 叉步亮掌侧踹腿　　8. 虚步挑掌

第四段

1. 弓步顶肘　　　2. 转身左拍脚　　　3. 右拍脚　　　　4. 腾空飞脚

5. 歇步下冲拳　　　6. 仆步抢劈拳　　　7. 提膝挑掌　　　8. 提膝劈掌弓步冲拳

结束动作

1. 虚步亮掌　　　2. 并步对拳

(二)动作说明

预备动作

预备势:两脚并步站立,两臂垂于身体两侧,两手五指并拢贴靠腿侧成立正姿势,目向前平视(图 3.9)。

动作要领:头要正,颏微收,挺胸,立腰,收腹。

1. 虚步亮掌。

(1)右脚向后方撤步成左弓步。右掌外旋向右、向上、向前划弧;左臂屈肘,左掌提至腰间,掌心向上,目视右掌(图 3.10(a))。

(2)右腿微屈,重心后移。左掌经胸前由右臂上前穿伸出,右臂屈肘,右掌收至腰间,掌心向上,目视左掌(图 3.10(b))。

(3)重心继续后移,左脚稍向右移,脚尖点地成右虚步,左臂内旋向左、向后划弧成勾手,勾尖向上;右手继续向后、向左、向上、向前划弧,屈肘抖腕亮掌于头前上方,掌心向前,掌指向左,目视左方(图 3.10(c))。

(a)　　　　　　　(b)　　　　　(c)

图 3.9　　　　　　　　图 3.10

动作要领:三个动作必须连贯完成,不能间断;成虚步时重心落于右腿上,大腿平行于地面;左腿屈,脚尖点地面。

2. 并步对拳。

(1)右腿蹬直,左腿提膝,脚尖里扣,上体姿势不变(图 3.11(a))。

(2)左脚向前落步,重心前移。左臂屈肘,左勾手变掌经右肋向前;右臂外旋向前下落于左掌右侧,两掌同高,掌心均向上(图 3.12(b))。

(3)左脚向前一步,两臂后摆下垂(图 3.12(c))。

(4)左脚向右脚并步,两臂向外、向上经胸前屈肘下按。两掌变拳,拳心向上,停于小腹前,目视左方(图 3.12(d))。

动作要领:并步后挺胸,立腰。对掌、并步、转头要同时完成。

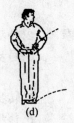

(a)　　　　　　(b)　　　　　　(c)　　　　　　(d)

图 3.11

第一段

1.弓步冲拳。

(1)左脚向左上一步,脚尖向斜前方,右腿微屈成半马步。左臂向上、向左格挡,拳眼向内,拳与肩平,右拳收至腰间,拳心向上,目视左拳(图 3.12(a))。

(2)右腿蹬直成左弓步。左拳收至腰间,拳心向上。右拳由腰间向前冲出,高与肩平,拳眼向上,目视右拳(图 3.12(b))。

(a)　　　　　　　　　　(b)

图 3.12

动作要领:成弓步时右腿充分蹬直,脚跟不能离地;冲拳时尽量转腰顺肩。

2.弹腿冲拳。重心前移至左腿,右腿屈膝提起,脚面绷直,猛力向前踢出,高于腰平。右拳收至腰间,左拳由腰间向前冲出,目视前方(图 3.13)。

动作要领:支撑腿可微屈,弹出的腿要有爆发力,力达脚尖。

3.马步冲拳。右脚向前落步,脚尖内扣,上体左转 90°。左拳收至腰间,两腿下蹲成马步,右拳向前冲出,目视前方(图 3.14)。

图 3.13　　　　　　　　　　图 3.14

动作要领:成马步时大腿要平,两脚平行脚跟外蹬,挺胸,立腰。

4.弓步冲拳。

(1)上体右转 90°,右脚尖外展,脚尖向斜前方成半马步。右臂屈肘向右格挡,拳眼向内,目视右拳(图 3.15(a))。

(2)左腿蹬直成弓步,右拳收至腰间,左拳向前冲出,目视前方(图 3.15(b))。

动作要领:与本段的弓步冲拳相同,惟左右相反。

5.弹腿冲拳。重心前移至右脚,左腿屈膝提起,脚面绷直,猛力向前踢出伸直,高与腰平。左拳收至腰间,右拳由腰间向前冲出,目视前方(图3.16)。

动作要领:与本段的弹腿冲拳相同。

(a)　　　　　　　　(b)

图3.15　　　　　　　　　　　　　　　图3.16

6.大跃步前穿。

(1)左腿屈膝,右拳变掌内旋,右手背向下挂至左膝外侧,上体前倾,目视右手(图3.17(a))。

(2)左脚向前落步,两腿微屈。右掌继续向后挂,左拳变掌向后、向下伸直,目视右掌(图3.17(b))。

(3)右腿屈膝向前提起,左腿立即猛力蹬地向前跃出;两掌向前、向上划弧摆起,目视左掌(图3.17(c))。

(4)右脚落地全蹲,左腿随即落地向前铲出成左仆步。右掌变拳抱于腰间,左掌由上向右、向下划弧成立掌停于右胸前,目视左脚(图3.17(d))。

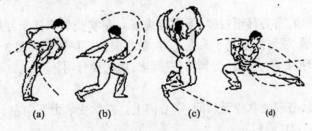

(a)　　　(b)　　　(c)　　　(d)

图3.17

动作要领:跃步要远,落地要轻,落地后立即做下一个动作。

7.弓步击掌。右腿猛力蹬直成左弓步。左掌经左脚面向后划弧至身后成勾手,左臂伸直,勾尖向上。右拳由腰间变掌向前推出成立掌,掌指向上,掌外侧向前,目视前方(图3.18)。

动作要领:左脚猛力蹬直成弓步,勾手,推掌动作要一致。

8.马步架掌。

(1)重心移至两腿中间,左脚脚尖内扣成马步,上体右转90°。右掌收至左胸前,同时左勾手由后经腰间从右臂内向前上穿出。两掌心均向上,目视左手(图3.19(a))。

(2)右掌立于左胸前,左臂向左上屈肘抖腕亮掌于头部左上方,掌心向前,目右转视(图3.19(b))。

图 3.18

图 3.19

动作要领:成马步立掌,左手抖腕亮掌,右转视要协调一致,同时完成。

第二段

1.虚步栽拳。

(1)右脚蹬地,屈膝提起,左腿伸直,以左脚掌为轴向左后转体180°。右掌由左胸前向下经右腿外侧向后划弧成勾手,左臂随身体转动左掌外旋,使掌心朝内做格挡,目视右手(图3.20(a))。

图 3.20

图 3.21

(2)右脚向左落地,重心移至右腿,下蹲成虚步。左掌变拳下落于左膝上,拳眼向里,拳心向后。右勾手变拳,屈肘向上驾于头右上方,拳心向前,目视左方(图3.20(b))。

动作要领:虚步要挺胸,立腰,右脚实,左脚虚,虚实要分明。

2.提膝穿掌。

(1)右腿稍伸直,右拳变掌收至腰间,掌心向上。左拳变掌由下向左、向上划弧盖压于头上方,掌心向前(图3.21(a))。

(2)右腿蹬直,左腿屈膝提起,脚尖内扣,右掌从腰间向右前上方穿出,掌心向上。左掌收至右胸前成立掌,目视右掌(图3.21(b))。

动作要领:支撑腿与右臂充分伸直。

3.仆步穿掌。右腿全蹲,左腿向左后方铲出成左仆步,右臂不动,左掌指尖向下翻转由左胸前向下经左腿内侧,向左脚面穿出,目随左掌转视(图3.22)。

动作要领:前手低,后手高,两臂伸直,上体向左侧前倾。

4.虚步挑掌。

(1)重心前移至左腿成左弓步,右掌微下降,右掌随重心前移向前挑起(图3.23(a))。

(2)右脚向左前方上步,左腿半蹲成右虚步。身体随上体左转180°。左掌由前向上、向后划弧成立掌。右掌向下从右腿外侧向上挑起成立掌,指尖与眼平,目视右掌(图3.23(b))。

动作要领:上步要快,虚步要稳。

图 3.22　　　　　　　　　图 3.23

5.马步击拳。

(1)右脚落实,脚尖外展,重心微升高并后移。左掌变拳收至腰间,右拳外旋搂手(图 3.24(a))。

(2)左脚向前上一步,以右脚为轴心向右转体 180°,下蹲成马步。左掌成立掌向左侧击出,右掌变拳收至腰间,目视左掌(图 3.24(b))。

动作要领:收拳和击掌动作要同时进行。

6.叉步双摆掌。

(1)重心微后移,两掌同时向下、向右摆,掌指均向上,目视右掌(图 3.25(a))。

(2)右脚向左腿后插步,前脚掌着地。两臂继续由向上,向左摆停于身体左侧两手均成立掌,右掌停于左肘窝处,目随双掌转视(图 3.25(b))。

图 3.24　　　　　　　　　图 3.25

动作要领:两臂要划成立圆,幅度要大,摆掌与后插步要配合一致。

7.弓步击掌。

(1)两腿不动,左掌收至腰间。右掌向上、向右划弧,掌心向下(图 3.26(a))。

图 3.26

(2)左腿后撤一步成右弓步,右掌向下、向后伸成勾手,勾尖向上。左掌经腰间成立掌向前推击,目视左掌(图 3.26(b))。

动作要领:撤步成弓步与勾手、推掌要同时完成。

8.转身踢腿马步盘肘。

（1）两脚以前脚掌为轴向左后转180°，同时左臂向上、向前划半立圆，右臂向下、向后划半立圆（图3.27(a)）。

（2）上动不停，两脚不动，右臂由后向上、向前划半立圆。左臂由前向下、向后划半立圆（图3.27(b)）。

（3）上动不停，右臂向下成反臂勾手，勾尖向上。左臂向上成亮掌，掌心向前上方；右腿伸直，脚尖勾起，向额前踢（图3.27(c)）。

（4）右脚向前落地，脚尖内扣右手不动，左臂屈肘下落至胸前，左掌心向下，目视左掌（图3.27(d)）。

（5）上体左转90°，两腿下蹲成马步。左掌向前，向左平搂变拳收至腰间。右勾手变拳，右臂伸直，由体后向右、向前平摆至体前屈肘，肘尖向前，高于肩平，拳心向下，目视肘尖（图3.27(e)）。

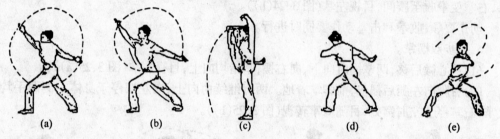

（a）　　　（b）　　　（c）　　　（d）　　　（e）

图 3.27

动作要领：两臂抡动时要划立圆，动作连贯。盘肘时要快速有力，右肩前顺。

第三段

1.歇步抡砸拳。

（1）重心稍提，右脚尖稍外展。右臂由胸前向上、向左抡直。左臂由腰间向下、向左抡直，目视右拳（图3.28(a)）。

（a）　　　（b）　　　（c）

图 3.28

（2）上动不停，两脚以脚掌为轴，向后转体180°，右臂向下、向后抡摆，左臂向上、向前随身体转动（图3.28(b)）。

（3）上动不停，两腿全蹲成歇步。左手握拳随身体下蹲向下平砸，拳心向上，左臂微屈，右臂伸直向上举起，目视左拳（图3.28(c)）。

动作要领：抡臂动作要连贯完成，划成立圆；歇步要两腿交叉全蹲，左腿大、小腿靠近，臀部贴于左小腿外侧，膝关节在右小腿外侧，脚跟提起，右脚尖外展，全脚掌着地。

2.仆步亮掌。

(1)左脚由右腿后抽出前上一步左腿蹬直成右弓步,上体微向右转,左拳收至腰间,右拳变掌向下经胸前向右横击掌,掌心向下,目视右掌(图3.29(a))。

图3.29

(2)右脚蹬地屈膝提起,上体右转180°,左拳变掌从右掌上向前穿出,掌心向上,右掌平收至左肋下(图3.29(b))。

(3)右脚向右落步,屈膝全蹲,左腿伸直成左仆步。左掌向下、向后划弧成勾手,勾尖向上。右掌向右、向上划弧微屈抖腕亮掌,掌心向前。头随右手转动,至亮掌时目视左方(图3.29(c))。

动作要领:仆步时,左腿充分伸直,脚尖内扣,全脚掌着地,右腿全蹲全脚着地。上体挺胸、立腰,微左转。

3.弓步劈拳。

(1)右腿蹬地起立,左腿收回并向左前方上步。右掌变拳收至腰间,左勾手变掌由下向前、向左做搂手(图3.30(a))。

图3.30

(2)右腿经左腿前方向左绕上一步,左腿蹬直成右弓步,右臂伸直向后、向上、向前抢拳高与耳齐,拳心向上。左掌外旋贴扶右小臂,目视左拳(图3.30(b)、(c))。

动作要领:左右脚上步稍带弧形。

4.换跳步弓步冲拳。

(1)重心后移,右脚微向后移动,右拳变掌臂内旋,以掌背向下划弧至右膝内侧,左掌背贴靠右肘内侧,掌指向前,目视右掌(图3.31(a))。

(2)右腿自然上抬,上体微向左扭转,右掌移至体左侧,左掌向右腋下插,目随右掌转视(图3.31(b))。

(3)左脚抬起的同时,左脚用力向下震踩,右手由左向下、向前搂盖而后变拳收至腰间,左掌伸向下、向上、向前屈肘按下,掌心向下,上体微右转,目视左掌(图3.31(c))。

(4)左脚向前落步,右腿蹬直成左弓步,右拳向前冲出,左掌背靠右腋下,目视右拳(图3.31(d))。

动作要领:换跳步动作要连贯、协调。震脚时腿要弯曲,全脚着地,左脚离地不要过高。

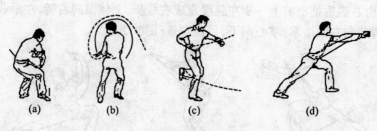

图 3.31

5.马步冲拳。上体右转 90°,重心移至两腿中间成马步,右拳收至腰间,左掌变拳向左冲出,目视左拳(图 3.32)。

图 3.32　　　　　　　　　　　　　　　图 3.33

6.弓步下冲拳。右脚蹬直成左弓步,左拳变掌向下经体前向上架于头左上方,掌心向上,右拳自腰间向左前斜下方冲出,目视右拳(图 3.33)。

7.叉步亮掌侧踹腿。

(1)上体微右转,右拳变掌由头上落于右手腕上,两手交叉成十字,目视双手(图 3.34(a))。

图 3.34

(2)右脚蹬地向左腿后插步,以前脚掌着地。左掌由体前向下,向后划弧成勾手,勾尖向上。右掌由前向右、向上划弧抖腕亮掌,掌心向上,目视左侧(图 3.34(b))。

(3)重心移至右腿,左腿屈膝提起,向左上方猛力蹬出。目视左侧,上肢姿势不变(图 3.34(c))。

动作要领:插步时上体微向右倾斜,腿、臂的动作要一致。侧踹高度不能低于腰,大腿内旋,着力点在脚跟。

8.虚步挑拳。

(1)左脚侧落地。右掌变拳微后移,左勾手变拳由体后向左微屈臂上挑,拳背向上(图 3.35(a))。

(2)上体左转 180°,微含胸前俯。左拳向前,向上划弧上挑,右拳向下,向前划弧挂至右

图 3.35

膝外侧,目视右拳(图 3.35(b))。

(3)右脚向左前方上步,脚尖点地,重心落于左脚,左腿下蹲成右虚步。左拳向后划弧收至腰间,右拳向前微屈臂挑出,拳心向内,拳与肩同高,目视右拳(图 3.35(c))。

动作要领:虚步与上肢的动作要一致。

第四段

1.弓步顶肘。

(1)重心升高,右臂内旋向下直臂划弧至右膝内侧(图 3.36(a))。

图 3.36

(2)左腿蹬直,右腿屈膝上抬,右拳变掌,两臂向前、向上划弧摆起,目随右拳转视(图 3.36(b))。

(3)左脚蹬地起跳,身体腾空,两臂继续划弧至头上方(图 3.36(c))。

(4)右脚先落地,右腿屈膝,左脚向前落步以前脚掌着地,同时两臂向右、向下屈肘停于右胸前,右拳变掌,左掌变拳,右掌心贴靠于左拳面(图 3.36(d))。

(5)左脚向左上一步,右腿蹬地伸直成左弓步,右掌推左拳,以左肘尖向左顶出,高与肩平,目视前方(图 3.36(e))。

动作要领:交换步时不要过高,但动作要快。两臂抡摆时要成圆弧。

2.转身左拍脚。

(1)以两脚前脚掌为轴向右后转体180°,右臂向上、向右、向下划弧抡摆,同时左拳变掌向下、向后、向前划立圆(图 3.37(a))。

(2)左腿伸直向前上踢起,脚面绷平,左掌变拳收至腰间,右掌由体后向上、向前拍击左脚面(图 3.37(b))。

动作要领:右掌拍脚时,手掌微横过来,拍脚要准而响。

3.右拍脚。

(1)左脚向前落地,右掌变拳收至腰间,左拳变掌向下,向后摆(图 3.38(a))。

图 3.37   图 3.38

(2)右腿伸直向前上踢起,脚面绷平,左掌由后向上、向右拍击右脚面(图 3.38(b))。

动作要领:与本段的转身左拍脚相同。

4.腾空飞脚。

(1)右脚落地上体微后倾(图 3.39(a))。

图 3.39

(2)左脚向前抬起,右拳变掌向前、向上摆动,左掌拍击右掌背(图 3.39(b))。

(3)右脚猛力蹬地跳起,左腿继续向上摆动,右腿在空中弹踢,脚面绷平。右手拍击右脚面,左掌由体前向上举起(图 3.39(c))。

5.歇步下冲拳。

(1)左、右脚先后落地,左掌变拳收至腰间(图 3.40(a))。

(2)右脚尖外展,身体右转 90°,两腿全蹲成歇步。右掌抓握,外旋变拳收至腰间,左拳由腰间向前下方冲出,拳心向下,目视左拳(图 3.40(b))。

动作要领:右掌抓握动作要快速,歇步与左冲拳的动作要一致。

6.仆步抡劈拳。

(1)重心升高,右臂由腰间向体后伸直,左臂随重心升高向上摆起(图 3.41(a))。

图 3.40   图 3.41

(2)以右脚掌为轴,左腿屈膝提起,上体左转270°,左拳由前向上、向左、向下、向后划立圆一周,右拳由后向下、向前、向上绕立一周(图 3.41(b))。

(3)左腿向后落一大步成右仆步,右拳由上向下抡劈,拳眼向上,左拳后上举,目视右拳

（图 3.41(c)）。

动作要领:抡臂时一定要划立圆,上体向右侧倾。

7.提膝挑掌。

(1)重心右移成右弓步。右拳变掌由下向上抡摆中,掌心向左。左拳变掌微下落,掌心向左,目视前方(图 3.42(a))。

(2)左、右臂在垂自面上由前向后各划一立圆。右臂伸直停于头上方,掌心向左,左臂伸直停于身后成后勾手,右腿蹬地屈膝提起,左腿挺膝伸直独立,目视前方(图 3.42(b))。

图 3.42

动作要领:抡臂时一定要划立圆。

8.提膝劈掌弓步冲拳。

(1)下肢不动,右掌由上向下猛劈伸直,停于右小腿内侧,左勾手变掌,屈膝向前停于右上臂,掌心向左,目视右掌(图 3.43(a))。

图 3.43

(2)右脚向右后落地,上体右转 90°,左掌变拳收至腰间,右臂内旋向外划弧做搂手,目视右手(图 3.43(b))。

(3)上动不停,左腿蹬直成右弓步,右手抓握变拳收至腰间,左拳由腰间向左前方冲出,拳眼向上,目视左拳(图 3.43(c))。

动作要领:左搂手动作要快,右弓步与左冲拳的动作要一致。

结束动作

1.虚步亮掌。

(1)右脚扣于左膝后,两拳变掌,两臂屈肘交叉于体左前,右臂在上,掌心向下,目视右掌(图 3.44(a))。

图 3.44

(2)右脚向右后落步,重心后移,右腿半蹲,上体微右转。右掌向上、向右、向下划弧停于左腋下,左掌向下、向左、向上停于胸前右臂上,两掌心左下右上,目视左掌(图 3.44(b))。

(3)左脚尖右移,右腿下蹲成左虚步。左臂伸直向左、向后划弧成勾手,右臂伸直向下、向右、向上划弧抖腕亮掌,掌心向前,目视左方(图3.44(c))。

2.并步对拳。

(1)左腿后撤一步,两掌同时从腰间向前穿出伸直,掌心向上,目视前方(图3.45(a))。

(2)右腿后撤一步,两臂同时向体后摆(图3.45(b))。

(3)左脚后退向右脚并拢,两臂由后向上经体前屈臂下按,两掌变拳,停于腹前,拳心向下,目视左方(图3.45(c))。

动作要领:与预备动作相同,松肩,精神饱满。

还原:两臂自然下垂成预备势,目视正前方(图3.46)。

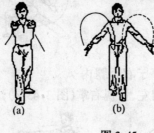

图3.45　　　　　　　　　　　　图3.46

二、初级刀术

本刀术套路是《中国武术段位制》初级段位规定的短器套路之一,是晋三段的考核项目。

(一)动作名称

预备姿势

第一段

1.起势	2.弓步藏刀	3.虚步藏刀
4.弓步扎刀	5.弓步抡劈	6.提膝格刀
7.弓步推刀	8.马步劈刀	9.仆步按刀

第二段

1.蹬腿藏刀	2.弓步平斩	3.弓步带刀
4.歇步下砍	5.弓步扎刀	6.叉步反撩
7.弓步藏刀	8.虚步抱刀	9.收势

(二)动作说明

预备姿势

两脚并立,左手虎口朝下,拇指在前,其余四指在后握住刀柄,手腕部贴靠刀盘,刀刃朝前,刀尖朝上,刀背贴靠前臂内侧,右手五指并拢垂于身体右侧,目视前方(图3.47)。

第一段

1.起势。左手握刀与右手同时从体侧向额上方绕环,至额前上方时,右手拇指张开贴近刀盘,接握左手之刀(图3.48)。

图 3.47   图 3.48

动作要领:两臂从体侧向额前上方绕环的动作必须协调一致。

2.弓步藏刀。

(1)右腿屈膝略蹲左脚向左上步。右手持刀使刀背贴身从左绕向身后,左臂内旋向左伸出,目向左平视(图 3.49(a))。

(2)上身左转成左弓步,右手持刀,手心朝上,上身左转的同时,从身后向左平扫至左肋,目向前平视(图 3.49(b))

(a)   (b)

图 3.49

动作要领:缠头时刀背必须贴着脊背绕行,扫刀时刀身平行,迅速有力。

3.虚步藏刀。

(1)上身右转成左弓步。右手持刀,随上身右转向右平扫,刀背朝前,左掌随之向左侧平落,手心向下,目视刀身(图 3.50(a))。

(2)顺扫刀之势右臂外旋,手心朝上,使刀背向身后平摆(图 3.50(b))。

(3)上身随之左转,左脚后收半步成虚步,右手持刀,刀尖朝下从背后向左肩外侧绕行,同时左手经体前向下,向右腋下处弧形绕环,目向左前方平视(图 3.50(c))。

(4)右手持刀从左肩外侧向下,向后拉回,肘略屈,刀刃朝下,刀尖朝前,左手随即向前成侧立掌平直推出,目视左掌(图 3.50(d))。

(a)   (b)   (c)   (d)

图 3.50

动作要领:以上四个分解动作必须连贯,扫刀要平,绕刀要使刀背贴靠脊背。

4.弓步扎刀。左脚稍前移,踏实,右脚随即向前上步,成右弓步。左掌在右脚上步的同时,向后直臂弧形绕环至身后平举成勾手,勾尖朝下。右手持刀随之向前扎刀,刀刃朝下,刀尖朝前,目视刀尖(图3.5!)。

动作要领:刀尖和右手、右肩平行,上身略前探,力达刀尖。

5.弓步抡劈。

(1)左腿向左斜前方上步成左弓步,右手持刀臂内旋,屈腕,刀刃向上,左勾手变掌附于右肘处,目视刀身(图3.52(a))。

(2)右手持刀从上向右斜前方劈下,刀尖稍向上翘。左臂同时屈肘上举,至头顶上方成横掌,目视刀尖(图3.52(b))。

图 3.51

(a)　　　　　　　　　(b)

图 3.52

动作要领:抡臂动作必须连贯,有力,与步法配合一致。

6.提膝格刀。左脚尖外展,右腿提膝,刀由前下向左上横格,刀垂直立于胸前,刀尖朝上,刀刃向左。左手横附于刀背上,目视刀身(图3.53)。

动作要领:提膝与格刀必须同时完成。

7.弓步推刀。

(1)右脚向前落步。右手持刀向后、向下贴身弧形绕环,左掌此时从上向下按于刀背,目视刀尖(图3.54(a))。

(a)　　　　　　　　　(b)

图 3.53　　　　　　　　图 3.54

(2)上体微右转,左脚从体前上步,成左弓步。右手持刀随之向前撩推,刀刃斜朝下,刀尖斜朝下,左掌仍按刀背,掌指朝上。上身前探,目视刀尖(图3.54(b))。

动作要领:撩推刀必须与步法协调一致。

8.马步劈刀。上体右转,两腿屈膝半蹲成马步,右手持刀从左向上、向右劈下,刀尖稍向上翘与眉相齐,左掌在头顶上方屈肘成横掌,目视刀尖(图3.55)。

动作要领:转身,劈刀要快,力达刀刃,马步两脚尖要向里扣,大腿坐平。

9.仆步按刀。右脚向右后方撤一大步成左仆步,上身右转,右手持刀同时做外腕花,左掌同时向下按切,附于右手腕,刀尖朝前,刀刃朝下,目向左平视(图3.56)。

图 3.55　　　　　　　　　　图 3.56

动作要领:撤步与外腕花快速有力,并与仆步按刀协调连贯,做仆步时,上身略向左前方控倾。

第二段

1.蹬腿藏刀。

(1)右腿蹬直立起,左腿提膝成独立,右手持刀向右后拉回,左掌向左前方伸出,掌指朝上,目视左手(图 3.57(a))。

(a)　　　(b)　　　(c)　　　(d)　　　(e)

图 3.57

(2)上身左转,右手持刀从后向前由左膝下方朝左裹膝抄起,左掌屈肘附于右前臂,目视前下方(图 3.57(b))。

(3)右手持刀从左肩外侧向后沿肩背绕行,左脚即向左斜前方落步成左弓步,左掌向左平摆(图 3.57(c))。

(4)右手持刀经肩外侧向前、向左平扫,至左肋时顺扫刀之势臂内旋,将刀背贴靠左肋,左掌随之屈肘上举至头顶上方成横掌(图 3.57(d))。

(5)右脚脚尖上翘,用脚跟向前上方蹬脚,目视脚尖(图 3.57(e))。

动作要领:缠头时必须使刀背绕过左膝后顺脊背绕行,动作要迅速,蹬腿要快,并与缠头刀协调,连贯一致。

2.弓步平斩。

(1)右脚向前落步(图 3.58(a))。

(2)左脚向前上步,右脚趁势提起,上身在上步之同时向右后转。右手持刀,手心朝下,随着绕身平扫一周,左掌从上向左后方平摆,掌心朝上(图 3.58(b))。

(3)右手持刀臂外旋,刀尖朝下,使刀从右肩外侧向后绕行,做裹脑动作,右腿后撤一步,成左弓步。右手持刀使刀背贴靠于左肋,刀尖朝后,同时左掌屈肘上举至头顶上方成横掌,目光向前平视(图 3.58(c))。

(4)上身右转,成右弓步。右手持刀向身前平扫,扫腰斩击,刀尖朝前,左掌同时从上向

图 3.58

后平落,掌指朝后,目视刀尖(图 3.58(d))。

动作要领:裹脑时必须使刀背贴靠脊背绕行,斩击时刀要与肩平,力达刀刃。

3.弓步带刀。

(1)右手持刀臂外旋,使刀刃朝上,刀尖稍向下斜垂(图 3.59(a))。

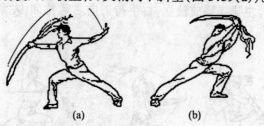

图 3.59

(2)重心左移,左腿全蹲,右腿挺膝伸直平铺成仆步,右手持刀向左上方屈肘带回,左臂屈肘,左掌附于刀把内侧,拇指一侧朝下,目向右侧平视(图 3.59(b))。

动作要领:翻刀,后带动作必须连贯,仆步时,上身稍向左倾斜。

4.歇步下砍。

(1)上身稍抬起。右手持刀,刀尖朝下,从右肩外侧向背后绕行,左掌同时向左侧平伸,拇指一侧朝下(图 3.60(a))。

图 3.60

(2)左脚从身后向右侧插步。同时右手持刀从背后由左肩外侧绕行,手心朝下,刀身平放,刀尖朝后,同时左掌向右腋处弧形绕环,目向右视(图 3.60(b))。

(3)两腿屈膝全蹲成歇步。右手持刀在歇步下坐同时向右下方斜砍,刀刃斜朝下,刀尖朝前,左掌随之向左摆出,在左侧上方成横掌,目视刀身(图 3.60(c))。

动作要领:动作要连贯,下砍时,刀的着力点是刀身的后段。

5.弓步扎刀。上体左转,双脚碾地,左脚向前上半步,成左弓步。同时右手持刀,随势向前平伸直扎,刀刃朝下,刀尖朝前,左掌顺势附于右腕里侧,目视刀尖(图 3.61)。

动作要领:转身、碾地、上步与扎刀协调连贯,力达刀尖。

6.叉步反撩。

(1)上体稍直起并右转,右脚不动左脚向右前方上步。同时右臂内旋刀尖朝下,使刀从前面向上、向后直臂弧形绕行,刀刃朝下,左掌在屈肘时收于右肩前侧(图3.62(a))。

(2)右脚向左脚前方上步,成右弓步。同时右手持刀向下、向前直臂弧形撩起,刀刃朝上,刀尖朝前。左掌从右肩前向上直臂弧形绕行,至头部上方时,屈肘横架,掌心朝上,掌指朝前,目视刀尖(图3.62(b))。

图3.61

(3)右脚内扣,上体左转,刀随转体收于腹前,刀尖上翘,左掌下落附于右腕处,目视刀尖(图3.62(c))。

(4)左脚向右脚后横迈一步成左插步,同时右手持刀向后反撩,刀刃朝后,左掌向左上方插出,掌心朝前,目视刀尖(图3.62(d))

(a)　　　　　(b)　　　　　(c)　　　　　(d)

图3.62

动作要领:上步连贯,撩刀要走立圆,刀尖不可触地,力达刀刃前部。

7.弓步藏刀。

(1)左脚向左前上一步。同时右手持刀臂内旋,刀尖朝下,使刀从左肩外侧后绕行,做缠头动作(图3.63(a))。

(a)　　　　　(b)

图3.63

(2)身体重心左移,成左弓步,右手持刀从背后经右向左平扫,至左肋时顺刀之势内旋,使刀背贴靠于左肋,刀尖朝下,同时左掌屈肘上举至头顶上方成横掌,目向前平视(图3.63(b))。

动作要领:缠头时必须使刀背贴靠脊背绕行,扫刀要迅速,力达刀刃。

8.虚步抱刀。

(1)上身右转,左腿伸直,右腿屈膝,同时右手持刀向右平扫,左掌随之向左平摆,掌心朝上,目视刀尖(图3.64(a))。

(2)上身稍直起,同时右手持刀顺向右平扫,臂外旋,手心朝上,使刀向身后平摆,继而屈

图 3.64

肘上举使刀下垂,刀背贴身,左掌协调配合,目向右平视(图 3.64(b))。

(3)上体右转,成右弓步,右手持刀从背后经左肩外侧向身体前方平伸拉带,刀刃朝上,刀背贴于左臂,刀尖朝后,左掌则从左向下向前直臂弧形摆起,至脸前时,拇指张开用掌心托住刀盘,准备将右手之刀接回,目视双手(图 3.64(c))。

(4)右脚跟外转,上体左转,左脚从左移于身前,成左虚步,同时左手接刀,经身前向下,向身体左侧抱刀下沉,刀刃朝向身前,刀背贴靠左臂,刀尖朝上,右手从身前向下、向后、向上,直臂弧形绕至头上方时屈腕成横掌,掌心朝前,肘稍屈,目向左平视(图 3.64(d))。

动作要领:裹脑刀要使刀背沿右肩绕行,虚步要分明。

9.收势。右腿向前,向左脚靠拢,并步直立,右掌随即从右耳侧向下按落,掌心朝下,肘略屈并向外撑开,左手握刀不动,目视左侧(图 3.65)。

动作要领:并步转头和绕掌的动作要连贯、迅速。

图 3.65

三、简化 24 式太极拳

简化 24 式太极拳是在杨式太极拳的基础上改编的太极拳套路。共 8 组,24 个动作。特点是动作柔和、缓慢、圆活、连贯、势式相承。

(一)动作名称

第一组

1 起势　　　　　2 左右野马分鬃　　　　3 白鹤亮翅

第二组

4 左、右搂膝拗步　　5 手挥琵琶　　　　　6 左、右倒卷肱

第三组

7 左揽雀尾　　　　8 右揽雀尾

第四组

9 单鞭　　　　　10 云手　　　　　　11 单鞭

第五组

12 高探马　　　　13 右蹬脚　　　　　14 双峰贯耳

15 转身左蹬脚

第六组

16 左下势独立　　　17 右下势独立

第七组

18 左右穿梭　　　　19 海底针　　　　　20 闪通臂

第八组

21 转身搬拦捶　　　　22 如封似闭　　　　　23 十字手　　　　24 收势

(二)动作说明

第一组

1.起势。

(1)身体自然直立,两脚并拢,两臂松垂,精神集中,呼吸自然,目视前方(图3.66(a))。

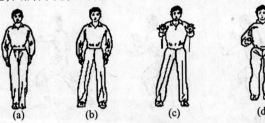

(a)　　　　(b)　　　　(c)　　　　(d)

图 3.66

(2)左脚向左轻开一步,与肩同宽,脚尖向前(图3.66(b))。

动作要领:头颈正直下颏微收,胸腹放松。

(3)两臂慢慢向前平举,手心向下,两手高与肩平且与肩同宽,肘微下垂(图3.66(c))。

(4)两腿屈膝半蹲,同时两掌轻轻下按至腹前,目视前方(图3.66(d))。

动作要领:两肩下沉,两肘松垂,屈膝松腰,两臂下落和身体下蹲的动作协调一致。

2.左右野马分鬃。

(1)上体微向右转,重心移至右腿,同时右臂收在胸前平举,手心向下,左手经体前向右下划弧于右手下,手心向上,两手成抱球状,左脚随即收到右脚内侧,脚尖点地,目视右手(图3.67(a))。

(2)上体左转,左脚向左前方迈出,慢慢成左弓步,同时左右手随转体分别慢慢向左上,右下分开,左手高与眼平,手心斜向上,右手落于右胯旁,肘微屈,手心向下,指尖向前,目视左手(图3.67(b)、(c)、(d))。

(3)上体慢慢后坐,重心移至右腿,左脚尖翘起,微向外撇(45°~60°),随后身体左转,重心再移至左腿,同时左手平翻转向下,左臂收至胸前平屈,右手向左上划弧于左手下,两手成抱球状,右脚随即收到左脚内侧,脚尖点地,目视左手(图3.67(e)、(f)、(g))。

(4)同(2),惟左右相反(图3.67(h))

(5)同(3),惟左右相反(图3.67(i)、(j)、(k)、(l))。

(6)同(2),惟左右相反(图3.67(m)、(n))。

动作要领:两臂始终要保持弧形,身体转动时,要以腰为轴,弓步动作与分手的速度要均匀一致,做弓步时,膝不要超过脚尖,后面的脚,要向后蹬转,前后脚尖夹角约成45°~60°,两脚之间的横向距离应保持在10~30厘米之间。

3.白鹤亮翅。

(1)左臂平屈胸前,左手掌心向下。右手向左上划弧,手心转向上,与左手成抱球状,目视左手(图3.68(a))。

(2)右脚跟进半步,重心后移至右腿。上体先向后转,两手随转体慢慢向右上、左下分开右手上提于额前,掌心向左,同时上体再微向左转,左脚尖向前成虚步点地,左手落于左胯

(a)　　　　(b)　　　　(c)　　　　(d)

(e)　　　　(f)　　　　(g)　　　　(h)　　　　(i)

(j)　　　　(k)　　　　(l)　　　　(m)　　　　(n)

图 3.67

(a)　　　　(b)　　　　(c)

图 3.68

前,手心向下,指尖向前,目视前方(图 3.68(b)、(c))。

　　动作要领:两臂上下都要保持半圆形,左膝要微屈。身体重心后移,右手上提与微向左转腰,左手下按成左虚步要协调一致,并注意以腰带臂。

　　第二组

　　4.左、右挡膝拗步。

　　(1)左手从体前下落,由下向后上方划弧至右肩外,手与肩同高,手心斜向上。同时左手由左下向上、向右划弧至右胸前,手心斜向下,与此同时,上体先微向左再向右转。左脚收至右脚内侧,脚尖点地,目视右手(图 3.69(a)、(b)、(c))。

　　(2)上体左转,左脚向前迈出成左弓步。同时右手屈回经耳侧向前推出,高于鼻尖平。左手向下由左膝前搂过落于左胯旁,指尖向前。目视右手前方(图 3.69(d)、(e))。

　　(3)右腿慢慢屈膝,上体后坐,身体重心移至右腿,左脚尖翘起。身体左转,左脚尖外撇。身体重心前移,左脚落实;身体重心移至左腿,右脚收到左脚内侧,脚尖点地。左臂随转体外旋,向右后上方摆起,肘微屈,手与耳同高,手心斜向上,右手下落至左胸前,掌心斜向下,目视左手(图 3.69(f)、(g)、(h))。

图 3.69

(4)同(2),惟左右相反(图 3.69(i))。

(5)同(3),惟左右相反(图 3.69(j)、(k)、(l))。

(6)同(3)(图 3.69(m))。

动作要领:上步时,脚跟先着地,重心要稳。前推手时,身体不可前俯后仰,要松腰松胯。推掌时要沉肩垂肘,做腕舒掌,同时要与松腰、弓腿上下协调一致。

5.手挥琵琶。右脚跟进半步,上体后坐,身体重心转至右腿。上体半向右转,左脚略提起稍向前移,脚跟着地,脚尖翘起膝部微屈成左虚步。同时左手由左下向上挑举,高于鼻尖平,掌心向右。右手收回,放在左臂肘部里侧,掌心向左,目视左手食指(图 3.70)。

图 3.70

动作要领:定势时要沉肩垂肘胸部放松,左手上起时不要直向上挑,要由左向上、向前,微带弧形。右脚跟进时,脚掌先着地,再全脚踏实,身体重心后移和左手上起,右手回收要协调一致。

6.左、右倒卷肱。

(1)上体右转,右手翻掌(掌心向上)经腹前由下向后上方划弧平举,肘微屈。左手随即翻掌向下,眼先随右手,再转向前方(图3.71(a)、(b))。

(2)右臂屈肘向前,右手经耳侧向前推出,掌心向前,左臂屈肘后撤,掌心向上,撤至右肋外侧。同时左腿轻轻提起向后退一步,脚掌先着地,然后全脚慢慢踏实,身体重心移到左腿上,成右虚步,右脚随转体以脚掌为轴扭正,目视右手(图3.71(c)、(d))。

(3)上体微向左转,同时左手随转体向后上方划弧平举,掌心向上。右手随即翻掌,掌心向上。眼先随左手再转向前方(图3.71(e))。

(a)　　(b)　　(c)　　(d)　　(e)

(f)　　(g)　　(h)　　(i)　　(j)

(k)　　(l)　　(m)

图3.71

(4)同(2),惟左右相反(图3.71(f)、(g))。

(5)同(3),惟左右相反(图3.71(h))。

(6)同(2)(图3.71(i)、(j))。

(7)同(3)(图3.71(k))。

(8)同(2),惟左右相反(图3.71(l)、(m))。

动作要领:两臂始终保持弧形,前推时要转腰、松胯,两手的速度要一致,避免僵硬。退步时,脚掌先着地,再漫漫全脚踏实。同时,前脚随转体动作以脚掌为轴扭正。退左脚略向左后斜,退右脚略向右后斜。

第三组

7.左揽雀尾。

（1）上体微向右转，同时右手向后上划弧，屈肘内转，掌心向下收至右胸前。左手逐渐翻掌自然下落，经腹前划弧至右肋前，掌心向上，与右手成抱球状。同时身体重心落在右腿，左脚收至右脚内侧，脚尖点地，目视右手（图3.72(a)、(b)、(c)）。

（2）上体微向左转，左脚向左前方迈出，成左弓步，同时左臂向左前方绷出，高于肩平，掌心向后。右手由右下落放于右胯旁，掌心向下，指尖向前，目视左前臂（图3.72(d)、(e)）。

（3）上体微向左转，左手随即前伸翻掌向下，右手翻掌，经腹前向上、向前伸至左前臂下方。然后两手下捋直至右手掌心向上，高于眉齐，左臂平屈于胸前，掌心向后，同时身体重心移至右腿，眼看右手（图3.72(f)、(g)）。

动作要领：下捋时，上体不可前倾，臀不突出。

（4）上体微向左转，右臂屈肘折回，右手附于左手腕里侧，左臂屈肘横于胸前。上体继续向左转，双手及左前臂随左弓步向前慢慢挤出，左手掌心向后，右手掌心向前，目视左手腕部（图3.72(h)、(i)）。

动作要领：向前挤时，上体要正直，挤的动作要与松腰、弓腿相一致。

（5）两手左右分开与肩同宽，手心向下，右腿屈膝，上体慢慢后坐，身体重心移至后腿上，左脚尖翘起。同时两手屈肘回收至腹前，掌心向前下方，目视前方（图3.72(i)、(k)、(l)）。

图3.72

(6)上势不停,身体重心慢慢移成左弓步,同时两手 向前,向上按出,掌心向前,目视前方(图 3.72(m))。

动作要领:向前按时,两手要走直线,手腕部高于肩平,两肘微屈下沉。

8.右揽雀尾。

(1)上体后坐并向右转,身体重心移至右腿,左脚尖里扣,右手向右平行划弧至右侧,然后由右下行经腹前向左上划弧至左肋前,掌心向上。左臂平屈胸前,左手掌向下与右手成抱球状,同时身体重心再移至左腿上,右脚收至左脚内侧,脚尖点地,目视左手(图 3.73(a)、(b)、(c)、(d))。

(2)同左揽雀尾(2),惟左右相反(图 3.73(e)、(f))。

(3)同左揽雀尾(3),惟左右相反(图 3.73(g)、(h))。

(4)同左揽雀尾(4),惟左右相反(图 3.73(i)、(j))。

(5)同左揽雀尾(5),惟左右相反(图 3.73(k)、(l)、(m))。

(6)同左揽雀尾(6),惟左右相反(图 3.73(n))。

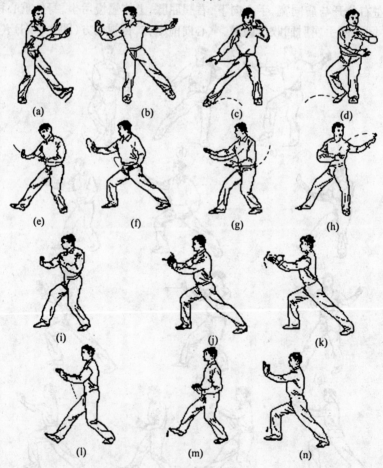

图 3.73

动作要领:与"左揽雀尾"相同,只是左右相反.

第四组

9.单鞭。

(1)上体后坐,身体重心移至左腿上,右脚尖里扣。同时,上体左转,两手向左划弧直至左臂平举,伸于身体左侧,掌心向左,右手经腹前运至左肋前,掌心向后上方,目视左手(图3.74(a)、(b))。

(2)身体重心再渐渐移至右腿上,上体右转,左脚向右脚靠拢,脚尖点地,同时右手向右上方划弧,至右斜前方时变勾手,略高于肩。左手向下经腹前向左上划弧停于右肩前,掌心向里,目视左手(图3.74(c)、(d))。

(3)上体微向左转,左脚向左前侧方迈出 成左弓步。与此同时,左掌随上体的继续左转慢慢翻转向前推出,掌心向前,手指与眼齐平,肘微屈,目视左手(图3.74(e)、(f))。

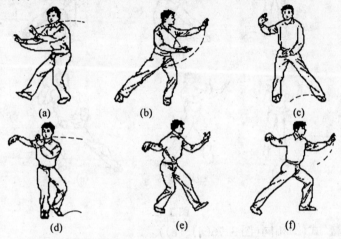

(a)　　　　　(b)　　　　　(c)

(d)　　　　　(e)　　　　　(f)

图 3.74

动作要领:上体保持正直,松腰。定势时,右肘稍下垂,左肘与左膝上下相对,两肩下沉。

10.云手。

(1)身体重心移至右腿上,身体渐渐向右转,左脚尖里扣,左手经腹向右上划弧至右肩前,手心斜向后。同时,右手变掌,掌心向左前方,目视左手(图3.75(a)、(b)、(c))。

(2)上体慢慢左转,身体重心随之逐渐左移,左手由脸前向左划弧,手心转向左方。右手由右下经腹前向左上划弧,至右肩前,手心斜向后。同时右脚靠近左脚成小开立步,目视右手(图3.75(d)、(e))。

(3)右手向右划弧,手心翻转向右。随之左腿向左横一步,上体再向右转,同时左手经腹前向上划弧至右肩前,手心斜向后,目视左手(图3.75(f)、(g)、(h))。

(4)同(2)(图3.75(i)、(j))。

(5)同(3)(图3.75(k)、(l)、(m))。

(6)同(2)(图3.75(n)、(o))。

动作要领:身体转动要以腰为轴,带动两肩,身体重心要平稳,不可忽高忽低,两臂转动要自然圆活速度要缓慢均匀;移动时,脚掌先着地在踏实,脚尖向前;目随云手而移动。

11.单鞭。

(1)上体向右转,右手随之向右划弧至右斜前方时变成勾手。左手经腹前向上划弧至右肩前,掌心向内。身体重心落在右腿上,左脚尖点地,目视左手(图3.76(a)、(b)、(c))。

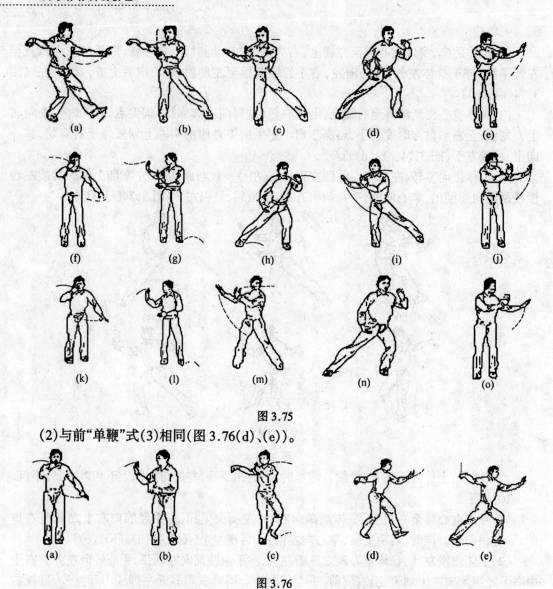

图 3.75

(2)与前"单鞭"式(3)相同(图 3.76(d)、(e))。

图 3.76

动作要领:与前"单鞭"相同。

第五组

12.高探马。

(1)右脚跟进半步,重心逐渐后移至右腿上。右勾手变掌,两手心转向上,两肘微屈。同时,身体微向右转,左脚跟渐渐离地,目视左前方(图 3.77(a))。

(2)上体微向左转,右掌经右身旁向前推出,手心向前,手指与眼同高。左手收至左侧腰前,掌心向上。同时左脚脚尖向前点地,成左虚步,目视右手(图 3.77(b))。

动作要领:上体自然正直,双肩下沉,右肘微下垂;跟步移换重心时,身体不能有起伏.

13.右蹬脚。

(1)左手腕背面与右手腕面相交叉,左手掌心向上,随即向两侧分开并向下划弧,手心斜向下。同时,左脚提起向左斜方进步,身体微向左转。身体重心前移,右腿自然蹬直成左弓步,目视前方(图3.78(a)、(b)、(c))。

(2)两手继续向下划弧并由外向内翻转,至腹前交叉后托于胸前,右手在外,两掌均向后。同时,右脚向左脚靠拢,脚尖点地,目视右前方(图3.78(d))。

(3)两臂左右划弧形分开平举,肘微屈,手心均向外。同时,右腿微屈上提,右脚向右前上方慢慢蹬出,目视右手(图3.78(e)、(f))。

图3.77

图3.78

动作要领:支撑腿膝微屈,以保持身体重心稳定,上体不可前俯后仰;两手分开时,腕部与肩齐平,右臂和右腿上下相对;蹬脚时,右脚尖回勾,力达脚跟;分手和蹬脚要协调一致。

14.双峰贯耳。

(1)右腿收回,屈膝平举,右手向前下落至体前,两掌心均翻转向上,两手同时向下划弧分落于右膝两侧,目视前方(图3.79(a)、(b))。

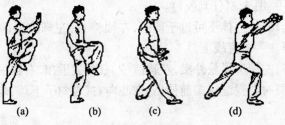

图3.79

(2)右脚向右前方落步,身体重心渐渐前移成右弓步,面向右前方。同时,两手下落,慢慢变拳,分别从两侧向上,向前划弧,至前方,两拳拳峰相对,拳眼斜向上,与头同宽,高与耳齐,目视右拳(图3.79(c)、(d))。

动作要领:定势时头颈正直,松腰松胯,两拳松握,沉肩同时,两臂保持弧形。

15.转身左蹬脚。

(1)上体后坐,重心移至左腿,身体左转,左脚尖里扣。同时,两拳变掌,由上分别向左右划弧平举,掌心向前,目视左手(图3.80(a)、(b))。

(2)身体重心再移至右腿,左脚落到右脚内侧,脚尖点地。同时,两手由外经下向里划弧合抱于胸前,左手在外,掌心向后,目视左手(图3.80(c)、(d))。

(3)两臂左右分开平举,肘微屈,掌心向外。同时,左腿屈膝提起,向左前上方慢慢蹬出,目视左手(图3.80(e)、(f))。

动作要领:左蹬脚与右蹬脚方向为180°,左手与左脚伸出的方向要一致。

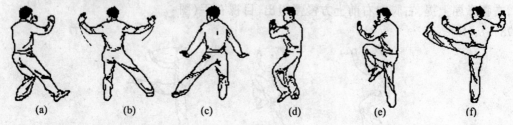

图3.80

第六组

16.左下势独立。

(1)左腿屈膝平举,上体右转。右掌变勾,左掌向上,向右划弧下落,立于右肩前,目视右手(图3.81(a))。

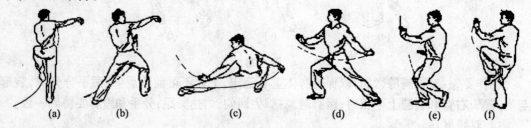

图3.81

(2)右腿慢慢屈膝下蹲,左腿由内向左侧伸出,成左仆步。左手下落,并沿左内侧向前穿出,掌心向外,目视左手(图3.81(b)、(c))。

动作要领:右腿全蹲时,上体不可过于前倾,左腿伸直,左脚尖要向里扣,两脚脚掌全部着地,左脚尖与右脚跟在一条直线上。

(3)身体重心前移,左脚尖尽量外撇,左腿前弓,右脚尖里扣,右腿后蹬成左弓步,上体微向左转,并向前抬起,同时左臂继续向前伸出,掌心向右,右勾手下落,勾尖转向上,目视左手(图3.81(d))。

(4)右腿慢慢屈膝提起,成左独立式,同时向右勾手变掌,并由后下方顺右腿外侧向前上弧形提起,屈臂立于右腿上方,肘与膝相对,掌心向左,左手落于右胯旁,掌心向下,指尖向前,目视右手(图3.81(e)、(f))。

动作要领:上体要正直,支撑腿膝微屈,提膝腿脚尖自然下垂。

17.右下势独立。

(1)右脚下落于左脚前,脚掌着地,左脚以脚跟为轴,脚尖外展,身体随之左转,同时左手向后平举,变成勾手,右掌随着转体向左侧划弧,立于左肩前,掌斜向后,目视右手(图3.82(a)、(b))。

(2)同"左下势独立"(2),惟左右相反图3.82(c)、(d)。

(3)同"左下势独立"(3),惟左右相反图3.82(e))。

(4)同"左下势独立"(4),惟左右相反图3.82(f)、(g))。

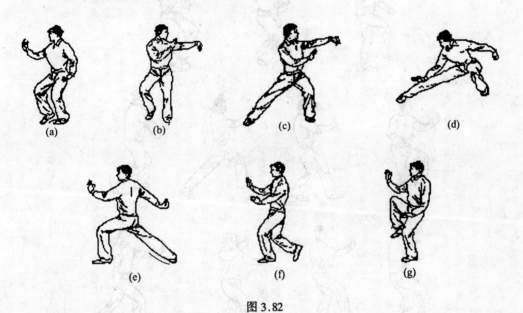

图 3.82

动作要领:与"左下势独立要"相同,惟左右相反。

第七组

18.左右穿梭。

(1)身体微向左转,左脚向前落地,脚尖外展,右脚跟离地,两脚屈膝,同时两手在左胸前成抱球状。然后,右脚收到左脚内侧,脚尖点地,目视左前臂(图3.83(a)、(b)、(c))。

(2)身体右转,右脚向右前方迈出,成右弓步。同时,右手由脸前向上,翻掌留在右额前,掌心斜向上,左手先向后,向下再经体前,向前推出,高与鼻尖平,掌心向前,目视左手(图3.83(e)、(f)、(g))。

(3)身体重心略向后移,右脚尖稍向外展,随即身体重心移至右腿,左脚跟进,停于右脚内侧,脚尖点地,同时两手在右胸前,成抱球状,目视右前臂(图3.83(h)、(i))。

(4)同(2),惟左右相反(图3.83(j)、(k)、(l))。

动作要领:两个定势分别面向左侧前方和右侧前方,手推出后,上体不可前倾;手上举时,不要耸肩,两手动作与弓步要协调一致。

19.海底针。右脚向前跟半步,身体重心移至右腿,左脚稍向前移,脚尖点地,成左虚步。同时,身体稍向右转,右手下落,经体前向后,向上提至肩上耳旁,再随身体左转,由右耳旁,斜向前下方,插掌,掌心向左,指尖斜向下。与此同时,左手向前,向左至右胸前后,再向左下划弧,落于左胯旁,掌心向下,指尖向前,目视前下方(图3.84)。

动作要领:右手前下插掌时,手腕稍向上提,由体稍前倾,收腹,敛臀。

20.闪通臂。上体稍向右转,左脚向前迈出,屈膝成左弓步。同时,右手由体前上提,屈臂上举,停于右额前上方,掌心翻转斜向上。左手上提经胸前向上推出,高与鼻尖平,掌心向前,目视左手(图3.85)。

动作要领:定势时,上体不可过于侧倾,两臂均保持微屈。

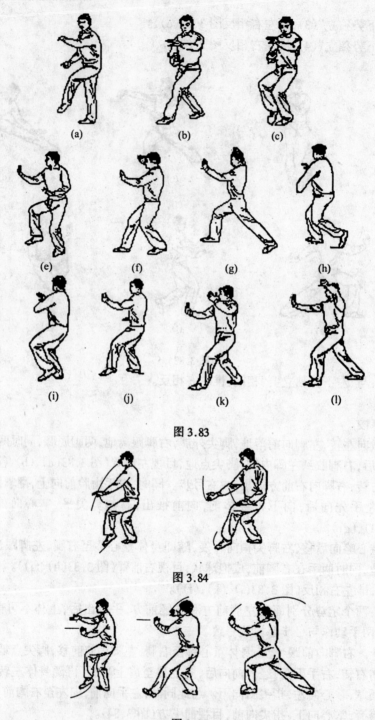

(a)　　(b)　　(c)

(e)　　(f)　　(g)　　(h)

(i)　　(j)　　(k)　　(l)

图3.83

图3.84

图3.85

第八组

21.转身搬拦捶。

(1)上体后坐,重心移至右腿,左脚尖里扣,然后身体向右后转,身体重心再移至左腿上。与此同时,右掌变拳,随转体向右,向下经腹前划弧,至左肋旁,拳心向下,左掌上举于额前,掌心斜向上，目视前方（图3.86(a)、(b)）。

(2)上体右转，左掌在胸前按至腹前，掌心向下，掌指向右。同时，右拳经胸前向前翻转，搬盖，拳心向上，与此同时，右脚回收经左脚内侧向前迈出。脚尖外展，目视右拳（图3.86(c)、(d)）。

(3)重心前移，左脚向前迈一步，左手经左侧向前上划弧，拦出，掌心向前下方，同时右拳向右划弧，收到右胯旁，拳心向上，目视左手（图3.86(e)）。

(4)左腿前弓步，同时右拳向前打出，拳眼向上，高与胸平。左手附于右前臂内侧，目视右拳（图3.86(f)）。

图3.86

动作要领："搬"应先按后并于右腿，伸落相配合；"拦"就在腰带臂平等绕动向前平拦；"捶"应与弓步配合，上下肢协调一致。

22.如封似闭。

(1)左手由右腕下向前伸出，右拳变掌，两手掌心翻转向上，然后左右分开，并屈肘回收，同时身体后落，身体重心移至右腿，左脚尖翘起，目视前方（图3.87(a)、(b)、(c)）。

(2)左手在胸前向内翻转，然后向下经腹前再向上、向前推出。腕部与肩平。手心向前，同时左腿屈膝成左弓步，目视前方（图3.87(d)、(e)、(f)）。

图3.87

动作要领:身体后坐时,上体不要后仰,臀部不可凸出,两手推出时上体不得前倾。

23.十字手。

(1)身体重心移向右腿,左脚尖里扣。上体右转,右手随着转体向右平摆划弧,与左手成两臂侧平举,掌心向前,肘部微屈。同时,右脚尖随转体外展,成右侧弓步,目视右手(图 3.88(a)、(b))。

(a)　　　　　　　(b)　　　　　　　(c)　　　　　(d)

图 3.88

(2)右脚尖里扣,随即向左收回,两脚距离约与肩同宽,两腿逐渐蹬直,同时两手向下经腹前向上划弧,腕部交叉合抱于胸前,两臂撑圆腕高与肩平,右手在外掌心向后,成十字手,目视前方(图 3.88(c)、(d))。

动作要领:两手分开合抱时,上体不要前俯;站起后,身体自然正直,头微向上顶,下额稍向后收,两臂环抱时要圆满舒适,沉肩垂肘。

24.收势。两手向外翻掌,手心向上,两臂慢慢下落,停于身体两侧,同时收左脚成并步站立,目视前方(图 3.89)。

图 3.89

动作要领:两手左右分开下落时,要注意全身放松,同时气也徐徐下沉。呼吸平稳后,慢慢把左脚收到右脚旁。

四、初级剑术

(一)动作名称

预备姿势

第一段

1.弓步平刺　　　2.回身后劈　　　3.弓步平抹　　　4.弓步左撩

5.提膝平斩　　　6.回身下刺　　　7.挂剑直刺　　　8.虚步架剑

第二段

1.虚步平劈　　　2.弓步下劈　　　3.带剑前点　　　4.提膝下截

5.提膝直刺　　　6.回身平崩　　　7.歇步下劈　　　8.提膝下点

第三段

1.并步直刺　　2.弓步上挑　　3.歇步下劈　　4.右截腕

5.左截腕　　　6.跃步上挑　　7.仆步下压　　8.提膝直刺

第四段

1.弓步平劈　　2.回身后撩　　3.歇步上崩　　4.弓步斜削

5.进步左撩　　6.进步右撩　　7.坐盘反撩　　8.转身云剑

结束动作

(二)动作说明

预备姿势

身体正直,并步站立。左手持剑,以拇指为一侧,中指、无名指和小指为另一侧,分握护手盘与剑柄的分界处,掌心贴在护手盘下部,手背朝前,食指贴于剑柄,剑身贴于前臂后侧。右手握成剑指,食指和中指伸直并拢,无名指和小指屈向手心,拇指压在无名指的指甲上,手腕反屈,手背朝上,食、中指内扣指向左下侧。两臂在体侧下垂,两肘微上提,目向左平视(图3.90)。

图3.90

动作要领:持剑时,前臂与剑身要紧贴并垂直于地面。两肩松沉,上身微挺胸、收腹,两膝挺直。

预备势

1.(1)上身半面向右转,右脚向右上一步,屈膝;左脚前脚掌碾地,脚跟外展,膝盖挺直,成右弓步。在右脚上步的同时,手剑指从身体右侧经胸前屈肘上举,至左肩后向右前方平伸指出,拇指一侧在上,目视剑指(图3.91)。

(2)上身右转,左手持剑由左侧直臂上举,经头部前上方向右侧划弧,至身前时,拇指一侧朝下做反臂平举。同时,右手剑指屈肘收于右腰侧,手心朝上(图3.92)。

(3)左脚向右脚并步,左手持剑随之下落,垂于身体左侧。同时,右手剑指向右侧平伸指出,拇指一侧在上。目视剑指(图3.93)。

图3.91　　　　　　图3.92　　　　　　图3.93

动作要领:上述的上步剑指平伸、转体持剑向右侧划弧和并步剑指平伸三个分解动作,必须连贯起来做;动作过程中,两肩必须放松;持剑转体向右侧划弧时,左臂直臂上举,腰向右拧转,两脚不可移动;左臂向右侧划弧至与肩同高时,肘略屈,使右手剑指从左手背上穿出成立指。左手持剑继而下落于身体左侧,剑身垂直于地面。

2.(1)左脚向左上一步、屈膝。右脚前脚掌碾地使脚跟外展,膝部挺直,成左弓步。上身随之向左转。在左脚上步的同时,左手持剑屈肘经胸前向上、向前弧形绕环,平举于身体左侧,拇指一侧在下(图3.94)。

(2)左腿伸直站立,右脚向前并步。左手持剑随之从身前下落,垂于身体左侧。同时,右手剑指屈肘沿右耳侧向前平伸指出,拇指一侧在上,目视剑指(图3.95)。

图3.94　　　　　　　　　　图3.95

动作要领:右手剑指向前指出时,肘要伸直,剑指尖稍高过肩。

3.(1)左手持剑由右手剑指上面向前平伸穿出,拇指一侧在下。右手剑指顺左臂下面屈肘收于左肩前,并且屈腕使手指朝上。上身右转,右脚向右侧跨步、屈膝,左脚脚尖随之里扣,膝盖挺直,成右弓步,目向左平视(图3.96)。

(2)上身右转,右手剑指经身前向右侧平伸指出,拇指一侧在上,目视剑指(图3.97)。

图3.96　　　　　　　　　　图3.97

动作要领:成右弓步时,左腿要挺直,两脚的全脚掌均着地。上身略向前倾,挺胸塌腰。左手持剑伸平,左肩放松。

4.右脚的前脚掌里扣,上身左转,重心落于右腿,左脚随之移回半步、屈膝,并以前脚掌虚着地面,成左虚步。在左脚移步的同时,左手持剑向胸前屈肘,手心朝外;右手剑指也向胸前屈肘,手心朝里,准备接握左手之剑。目视剑尖(图3.98)。

动作要领:做左虚步时,右实左虚要分明,右脚跟不要掀起。上身要挺胸塌腰,并稍前倾。两肘要平,剑尖稍高于左肘。

第一段

1.弓步平刺。右手接握左手之剑,左手握成剑指。左脚向前上半步,屈膝;右脚掌碾地,脚跟外展,膝部挺直,成左弓步。同时,上身左转,右手持剑向身前平伸直刺,拇指一侧在上。左手剑指随之伸向身后平举,拇指一侧在上,目视剑尖(图3.99)。

图 3.98

图 3.99

动作要领：做弓步时，前腿屈膝蹲平，两脚的全脚掌全部着地。上身稍向前倾，腰要向左拧转。下塌，臀部不要凸起。两肩松沉，右肩前顺，左肩后引，剑尖稍高于肩。

2.回身后劈。左脚不动，膝部伸直。右脚向前上一步，膝略屈，上身右转。同时，右手持剑经上向后劈，剑高与肩平，拇指一侧在上。左手剑指随之由下向前上弧形绕环，在头顶上方屈肘侧举，拇指一侧在下，目视剑尖（图 3.100）。

动作要领：上步、转身、平劈和剑指向上侧举必须协调一致。转身后，腰要向右拧转，左脚不要移动。剑身和持剑臂必须成直线。

3.弓步平抹。左脚向左前方上一步、屈膝，右腿在后，膝部挺直，脚尖里扣，成左弓步。同时，左手剑指由胸前下降，经左下向上弧形绕环，在头顶上方屈肘侧举，拇指一侧在下。右手持剑（手心转向上）随之向前平抹，剑尖稍向右斜，目视前方（图 3.101）。

图 3.100　　　　　图 3.101

动作要领：抹剑时，手腕用力要柔和。

4.弓步左撩。

(1)上身左转，右腿屈膝在身前提起，脚尖下垂，脚背绷直。同时，右手持剑臂外旋使剑由前向上、向后划弧，至后方时，屈肘使手腕、前臂贴靠腹部，手心朝里。左手剑指随之由头顶上方下落，附于右手腕部（手心朝下），目视剑身（图 3.102(a)）。

(a)　　　　　　(b)

图 3.102

(2)右腿继续向右前方落步、屈膝，左腿在后蹬直，脚尖里扣，成右弓步。同时，右手持剑由后向下向前反手撩起,小指一侧在上。左手剑指随右手运动,仍附于右手腕外。目视剑尖(图3.102(b))。

动作要领:剑由前向后和由后向前弧形撩起时,必须与提膝和向前落步的动作协调一致,握剑不可太紧。形成弓步后,上身略向前倾,直背收臂,剑尖稍低于剑指。

5.提膝平斩。左脚向前上一步,右手手腕向左上翻转、屈肘,使剑向左平绕至头部前上方,右脚随之由后向身前屈膝提起。右手继续翻转手腕,使剑向右平绕至右方后(手心朝上),再用力向前平斩。左手剑指由下向左、向上弧形绕环,屈肘横举于头部左上方,目视前方(图3.103)。

动作要领:剑从左向后平绕时,上身必须后仰,使剑从脸部上方平绕而过,不可从头顶绕行。提膝时,左腿必须挺膝伸直站稳,右腿屈膝尽量上提,右脚贴护栏前。上身稍向前倾,挺胸收腹。

6.回身下刺。右脚向前落步,脚尖外撇,膝略屈,上身右转。同时,右手持剑手腕反屈,使剑尖下垂,随之向后下方直刺,剑尖低于膝,拇指一侧在上。左手剑指先向身前的右手靠拢,然后在刺剑的同时,向前上方伸直,拇指一侧在上,目视剑尖(图3.104)。

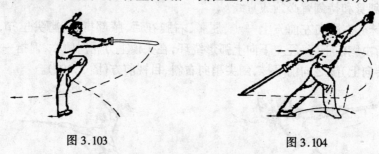

图3.103　　　　　　　　　　图3.104

动作要领:右手持剑要先屈肘收于身前,在右脚向前落步和上身右转的同时,使剑用力刺出。左腿伸直,右腿稍屈,腰向右拧转,剑指两臂和剑身要成一直线。

7.挂剑直刺。

(1)左脚向前上一步,屈膝略蹲,右臂内旋先使拇指一侧朝下成反手,然后翘腕、摆臂,使剑尖向左、向上抄挂,当持剑手抄至左肩时,再屈肘使剑平落于胸前,手心朝里。此时左腿伸直站立,右腿随之在身前屈膝提起,左手剑指屈肘附于右手腕处(图3.105(a))。

(a)　　　　　(b)　　　　　(c)

图3.105

(2)以左脚前脚掌碾地,上身右转,右手持剑使剑向下插,左手剑指仍附于右手腕处。目视剑尖(图3.105(b))。

(3)上动不停,仍以左脚前脚掌为轴碾地,右脚向身后跨一大步,屈膝,上身从右向后转,左腿在后蹬直,脚尖里扣,成右弓步。同时,右手持剑向前直刺,剑尖与肩同上身左转,右手持剑向身前平伸直刺,拇指一侧在上,左手剑指随之伸向身后平举,拇指一侧在上,目视剑尖(图3.105(c))。

动作要领:挂剑、下插、直刺三个分解动作必须连贯,它们与跨步、提膝、转身、弓步的动作要协调一致。弓步直刺后,两脚全脚掌均着地,上身稍向前倾,挺胸、塌腰。

8.虚步架剑。

(1)右手持剑先将剑尖由左向右搅一小圈,臂内旋使持剑手的拇指一侧朝下。同时,以右脚跟和左脚前脚掌为轴碾地,右脚尖外撇,上身从右向后转,左脚向前收拢半步,两膝均略屈成交叉步。在转身的同时,右手持剑反手向后上方屈肘上架,左手剑指屈肘经左肩前附于右手腕处,目向左视(图3.106(a))。

(2)右腿屈膝不动,左脚向前一步,膝盖稍屈,前脚掌虚着地,重心落于右腿,成左虚步。在右手持剑略向后牵引的同时,左手剑指向前平伸指出,手心朝下。目视剑指(图3.106(b))。

动作要领:虚步必须虚实分明,右肘略屈使剑身成立剑架于额前上方,左臂伸直。剑指稍高过肩。

第二段

1.虚步平劈。左脚脚跟外展,上身右转,重心移于左腿,右脚跟随之离地,成为前脚掌虚着地面的右虚步。在转身的同时,右手持剑向下平劈,拇指一侧在上,左手剑指向上屈肘,手心向左上方,目视剑尖(图3.107)。

(a)　　　　(b)

图3.106　　　　　　　　　图3.107

动作要领:虚步必须虚实分明,劈剑时手腕要挺直。

2.弓步下劈。右脚踏实,身体重心前移,左手剑指伸向右腋下,右手持剑臂内旋使手心朝下。左脚随即向左前方上步、屈膝。右腿在后蹬直,脚尖里扣,成左弓步。在左脚上步的同时,右手持剑屈腕向左平绕,划一小圈后向前下方劈剑,剑尖高与膝平。左手剑指随之由右腋下面向左、向上绕环,在头顶上方屈肘侧举,上身略前俯,目视剑尖(图3.108)。

动作要领:劈剑时,右肩前顺,左肩后引,剑尖与手、肩成直线。

图3.108

3.带剑前点。

(1)右脚向左脚靠拢,以前脚掌虚着地,两腿均屈膝略蹲。右手持剑向上屈腕,使剑向右耳带回,肘微屈。左手剑指随之由前下落,附于右手腕处,目向右前方平视(图3.109(a))。

（2）上动不停，右脚向右前方跃一步，落地后即屈膝半蹲，全脚着地。左脚随之跟进，向右脚并步屈膝，以脚尖点地，成丁步。同时，右手持剑向前点击，拇指一侧在上。左手剑指屈肘向头顶上方侧举，手心朝上，目视剑尖（图3.109（b））。

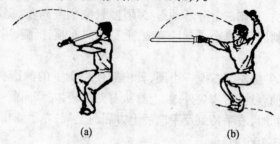

（a）　　　　　　　　　　（b）

图3.109

动作要领：向前点击时，右臂前伸、屈腕，力点在剑尖，手腕稍高于肩，剑尖略比手低。成丁步后，右腿大腿尽量蹲平，左脚脚背绷直，脚尖点在右脚脚弓处，两腿必须并拢。上身稍前倾，挺胸、直背、塌腰。

4.提膝下截。

（1）右腿伸直，左腿退步后屈膝，上身后仰。右臂外旋手心朝上，使剑向右、向后上方弧形绕环，左手剑指不动（图3.110（a））。

（2）上动不停，右臂内旋使手心朝下，继续使剑向左、向前下方划弧下截，同时上身向前探倾，左腿屈膝提起，目视剑尖（图3.110（b））。

（a）　　　　　　　　　　（b）

图3.110

动作要领：剑从右向左的圆形划弧下截是一个完整动作，必须连贯起来做。左膝尽量高提，脚背绷直。右腿膝部挺直，站立要稳。右臂和剑身成一直线，剑身斜平。

5.提膝直刺。

（1）右腿略屈膝，左脚向前落步，脚尖外撇。右臂外旋使手心朝上，并在左脚落步的同时向上屈肘，将剑柄收抱于胸前，手心朝里。剑尖高与肩平，左手剑指随之下落，屈肘按于剑柄上。此时两腿成为交叉步，目视剑尖（图3.111（a））。

（2）右腿向身前屈膝提起，左腿伸直站立。右手持剑向前平直刺出，拇指一侧在上。同时左手剑指向后平伸指出，手心朝下，目视剑尖（图3.111（b））。

动作要领：抱剑与落步，直刺与提膝，必须协调一致。

6.回身平崩。

（1）右脚向前落步，脚尖外撇。左脚前脚掌碾地使脚跟外转，屈膝略蹲，同时上身向右后转，成交叉步。右手持剑臂外旋使手心朝上，屈肘向胸前收回，剑身与右前臂成水平直线。

图 3.111

左手剑指随之直臂上举,经左耳侧屈肘前落,附于右手心上面,目视剑尖(图 5.112(a))。

(2)上身稍向右转,左腿挺膝伸直,右腿略屈膝。同时,右手持剑使剑的前端用力向右平崩,手心仍朝上。左手剑指屈肘向额部左上方侧举,目视剑尖(图 3.112(b))。

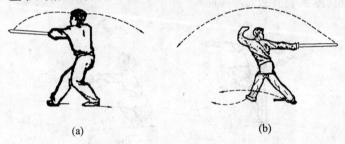

图 3.112

动作要领:收剑和平崩两个动作必须连贯起来做。平崩时,用力点在剑的前端;平崩后,上身向右拧转,但左脚不得移动。

7.歇步下劈。右脚蹬地起跳,左脚向左跃横跨一步,落地后,右腿向左腿后侧插步,继而两腿屈膝全蹲成歇步。在跃步的同时,右手持剑向上举起,并在形成歇步时向左下劈,拇指一侧在上,剑尖与踝关节同高。左手剑指随下劈动作,下按于右手腕上面,目视剑身(图 3.113)。

动作要领:成歇步时,左大腿盖压在右大腿上面,左脚全脚掌着地,右脚脚跟离地,臀部坐在右小腿上。劈剑时,右臂尽量向前下方伸直,剑身与地面平行。劈剑与跃步成歇步动作要同时完成。

8.提膝下点。

(1)右手持剑先使手心朝下成平剑,然后以两脚的前脚掌碾地,上身经右、向后转动,两腿边转边站立起来,右手持剑平绕一

图 3.113

周。当剑绕至上身右侧时,上身稍向左后仰,同时剑身继续向外、向上弧形绕环,剑尖接近右耳侧,此时左手剑指离开右手腕向上屈肘侧举。目视前下方(图 3.114(a))。

(2)上动不停,右腿伸直站立,左腿屈膝提起,上身向右侧下探,同时右手持剑向前下点击,拇指一侧在上,目视剑尖(图 3.114(b))。

动作要领:仰身外绕剑与提膝下点两个动作必须连贯并同时完成。右腿独立时,膝部要挺直,左膝尽量上提。点剑时,右手腕要下屈,剑身、右臂、左臂和剑指要在同一个垂直面内。

第三段

图 3.114

1.并步直刺。

(1)以右脚前脚掌为轴碾地,使上身向左后转。在转身的同时,右臂内旋并向拇指一侧屈腕,使剑尖指向转身后的身前。左手剑指随之由上经右肩前、腹前绕环,向正前方指出,手心朝下,目视剑指(图 3.115(a))。

图 3.115

(2)左脚向前落步,右脚随只跟进并步,两腿均屈膝半蹲。同时,右手持剑向前平伸直刺,拇指一侧在上。左手剑指顺势附于右手腕处,目视剑尖(图 3.115(b))。

动作要领:两腿半蹲时大腿要蹲平,两膝、两脚均要紧靠并拢。上身前倾、直背、落臂。两臂伸直,剑尖与肩相平。

2.弓步上挑。右脚上步屈膝,同时左脚脚跟稍内转,左腿挺膝伸直,成右弓步。右手持剑直臂向上挑举,剑尖向上,手心朝左;左手剑指仍向前平伸指出,手心朝下。上身稍微前倾,目视剑指(图 3.116)。

动作要领:左臂伸直,左肩前顺;剑指略高过肩;右臂直举,剑刃朝前后,上身挺胸、直背、塌腰。

3.歇步下劈。右腿伸直,左脚向前上步,脚尖外撇,随之两腿交叉屈膝全蹲,成歇步。同时,右手持剑向前下劈,拇指一侧在上,剑尖与踝关节同高;左手剑指屈肘附于右手腕里侧,上身稍前俯,目视剑身(图 3.117)。

图 3.116

图 3.117

动作要领:与第二段第7个动作相同。

4.右截腕。两脚以前脚掌碾地,并且两腿稍伸直立起,使上身右转,右腿屈膝半蹲,左腿稍屈膝,左脚前脚掌虚着地面,成左虚步。右臂内旋使拇指一侧朝下,用剑的前端下刃向前上方划弧翻转,随着上身起立成虚步,右手持剑再向右后上方托起,左手剑指仍附于右手腕,两肘均微屈,目视剑的前端(图3.118)。

动作要领:两腿虚实分明,上身稍向前倾,剑身平衡于右额前上方,剑尖稍高于剑柄。

5.左截腕。左脚向前上半步,并以前脚掌碾地使上身向左后转,右脚随之向前上一步,前脚掌着地,两腿均屈膝,成左实右虚之右虚步。在右脚进步的同时,右臂外旋,使剑身的前端向左前上方划弧翻转,手心朝上,剑身与地面平行;左手剑指随之离开右手腕,屈肘向上侧举,目视剑的前端(图3.119)。

图3.118   图3.119

动作要领:同右截腕。

6.跃步上挑。

(1)左脚经身前向前上一步,右脚随之在身后离地,小腿后弯。同时,右臂外旋手心朝里,使剑由右向上、向左屈肘划弧,剑至上身左侧时,右手靠近左胯旁,拇指一侧在上并向上屈腕。左手剑指在右手向左下落时附于右手腕上,目视剑尖(图3.120(a))。

(a)   (b)

图3.120

(2)左脚蹬地,右脚向右侧跃步,落地后屈膝略蹲,左脚随之离地屈膝从身后伸向右侧方,形成望月式平衡。上身向左侧倾俯,在右脚跃步的同时,右手持剑由左胯旁向下、向右划弧,当剑到达右侧方时,臂外旋并向拇指一侧屈腕,使剑向上挑击。左手剑指向左上方屈肘横举,拇指一侧在下,目视右侧方(图3.120(b))。

动作要领:跃步和上挑动作必须协调一致,迅速进行。挑剑时,腕部要猛然用力上屈。形成平衡动作后,右腿略屈膝站稳,左小腿尽量向上抬起。上身向右拧转剑身斜举于右侧上方,持剑手略松,便于手腕上屈。

7.仆步下压。

(1)右手持剑使剑尖从头上经过,继而向身后、向右弧形平绕,当剑绕到右侧时,屈肘将剑柄收抱于胸部前下方,手心朝上。同时,右膝伸直,上身立起,左腿屈膝提于身前,左手剑指仍横举于左额前上方(图3.121(a))。

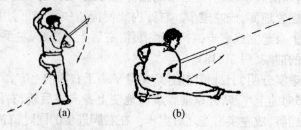

(a)　　　　　(b)

图3.121

(2)上动不停,左手剑指经身前下落,按在右手腕上。左脚随之向左侧落步,屈膝全蹲。右腿在右侧平铺伸直,脚尖里扣,成右仆步。同时,右手持剑用剑身平面向下带压,剑尖斜向右上方。上身前探,目向右平视(图3.121(b))。

动作要领:做仆步时,左腿要全蹲,臀部紧靠脚跟,不要凸起,两脚全脚掌均着地。上身前探时要挺胸,两肘略屈环抱于身前。

8.提膝直刺。两腿直立站起,左腿屈膝提于身前,右腿挺直站立。同时,右手持剑向身前平伸直刺,拇指一侧在上,左手剑指屈肘在左侧上举,拇指一侧在下,目视剑尖(图3.122)。

动作要领:右腿独立要挺膝站稳,左膝尽量上提,脚背绷直,脚尖下垂。上身稍右倾,右肩、右臂和剑身要成一直线,左臂屈成圆形。

第四段

1.弓步平劈。右臂外旋,先使手心朝向背后,剑的下刃转翻向上,继而上身左转,同时左脚向左后侧落一大步、屈膝。右脚以前脚掌为轴碾地,脚跟稍外转,右腿挺膝伸直,成左弓步。左手剑指随着持剑臂的运行而向右、向下、向左、向上圆形绕环,仍屈肘举于头部左侧上方。同时,右手持剑向身前平劈,拇指一侧在上,臂要伸直,剑尖略高于肩,目视剑尖(图3.123)。

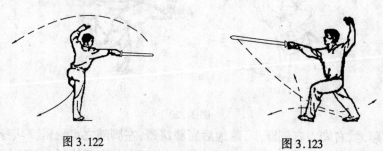

图3.122　　　　　　　　　图3.123

动作要领:向前劈剑和剑指绕环这两个动作必须协调一致并同时完成,两肩要放松。

2.回身后撩。右脚向前上一步,膝微屈。左脚随之离地,小腿向上弯屈。上身前俯,腰向右拧转。右手持剑随右脚上步向后反撩,剑尖斜向下方,拇指一侧在下。左手剑指前伸成侧上举,拇指一侧在下,目视剑尖(图3.124)。

动作要领:右脚站立要稳。左脚脚背绷直,上身挺胸,两肩放松。

3.歇步上崩。

(1)右脚蹬地,左脚向前跃步,上身随之向右后转。左脚落地,脚尖稍外撇,右腿摆向身后。在上身转动的同时,右臂外旋,使拇指一侧朝上。左手剑指在身后平伸,手心朝下。目视剑尖(图3.125(a))。

图 3.124

(2)上动不停,右脚在身后落步,两腿均屈膝全蹲,左大腿盖压在右大腿上,臀部坐在右小腿上,成歇步。同时,右手持剑直臂下压,手腕向拇指一侧上屈,使剑尖上崩。左手剑指随之屈肘在头部左上方侧举,拇指一侧在下,目视剑身(图3.125(b))。

图 3.125

动作要领:向前跃步、歇步和剑尖上崩,三个动作要连贯协调。跃步要远,落地要轻,前脚掌先着地。上崩时腕部要猛然用力上屈,剑尖高与眉平。歇步时上身前俯,胸要内含。

4.弓步斜削。

(1)左脚脚尖里扣,上身右转,右脚随之向前上步、屈膝,左腿在身后挺膝伸直,成右弓步。右手持剑臂外旋使手心朝上,在转身的同时,屈肘向左斜前收回。左手剑指随之从身前下落,按在剑柄上,上身向右前倾,目视前方(图3.126(a))。

图 3.126

(2)上动不停,右手持剑由后向前上方斜面弧形上削,手心斜向上方,手腕稍向掌心一侧弯曲。同时,左手剑指伸向后方,拇指一侧在上,目视剑尖(图3.126(b))。

动作要领:斜削时,右臂稍低于肩,剑尖斜向脸前右上方,略高于头。左臂在身后侧平举,剑指指尖略高于肩部。

5.进步左撩。

(1)右腿伸直,上身向左转,左腿稍屈膝。同时,右手持剑使手心朝里经脸前,边转身边向左划弧,剑至体前时,左手剑指附于右手腕里侧,目视剑尖(图3.127(a))。

(2)以右脚跟为轴碾地,脚尖外撇,上身向右后转。左脚随之向前上步,以前脚掌虚着地面。同时,右手持剑反手向下、向前、向上继续划弧撩起,剑至前上方时,肘部略屈,拇指一侧在下,剑尖高与肩平。左手剑指随右手动作,仍附于右手腕上。目视剑尖(图3.127(b))。

动作要领:上述两个剑身的划弧动作,必须连贯成一个完整的绕环动作。撩剑后,右腿微屈,左腿伸直,身体重心落于右腿,剑尖稍微朝下。

图 3.127

6.进步右撩。

(1)右手持剑直臂向上、向右后方划弧,左手剑指随势收于右肩前,手心朝左,目视剑尖(图 3.128(a))。

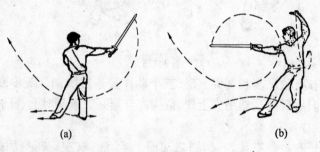

图 3.128

(2)左脚踏实后以脚跟为轴碾地,脚尖外撇,右脚随之向左脚前上一步,前脚掌虚着地面。同时,右手持剑由右向下、向前划弧抡臂撩起,剑至前方时,肘微屈,手心朝上,剑尖高与头平。左手剑指随之由右肩前向下、向前、向后上方绕环,屈肘侧举于头部左上方,目视剑尖(图 3.128(b))。

动作要领:同上述进步左撩,唯左右相反。

7.坐盘反撩。右脚踏实后向前上一小步,随即左脚从右腿后向右侧插一步,两腿屈膝下坐,成坐盘式。在左脚插步的同时,右手持剑向上、向左、向下再向右上方反手绕环斜上撩,剑尖高过头顶。左手剑指随之经体前向下、向后上方划弧,屈肘横举于在耳侧,拇指一侧在下,上身向左前倾俯。目视剑尖(图 3.129)。

动作要领:坐盘必须与反撩剑动作协调进行。坐盘时,左腿盘坐地面,左脚背外侧着地。右腿盘落于左腿上,全脚掌着地,脚尖朝身前。上身倾俯时胸要内含,剑尖与右臂、左肘、左肩成一直线。

8.转身云剑。

(1)右脚蹬地,两腿伸直站起,并以两脚的前脚掌碾地,使上身向左后转,转身之后,右腿屈膝略蹲,右脚踏实,左膝微屈,前脚掌虚着地,身体重心落于右腿。同时,右手持剑随身体转动一周后屈肘使剑平举,拇指一侧在下。此时,左手剑指附于右手腕处,目视剑尖(图3.130(a))。

图 3.129　　　　　　　　　　图 3.130

（2）上动不停，上身后仰，右手持剑向上、向后、向右、向前圆形云绕一周，剑至身前时，右手手心朝上、松把，使剑尖下垂。左手剑指放开，拇指一侧朝上，准备接握右手之剑。此时重心前移，左脚踏实，右腿伸直，上身前倾，目视左手（图 3.130(b)）。

动作要领：转身和云剑动作必须连贯，云剑要平、要快，腕关节放松使之灵活。

结束动作

1. 右手将剑柄交于左手后即握成剑指，左手接剑后反握住剑柄向身体左侧下垂。此时右脚向右前方上步，脚尖里扣，屈膝略蹲，上身随之左转。左脚随之向前移步，以前脚掌虚着地面，膝微屈。在上身左转的同时，右手剑指随之由身后向上屈肘侧举于头部右上方，手心朝上，目向左平视（图 3.131）。

动作要领：重心落于右腿，上身前倾，挺胸、塌腰，两肩松沉，左肘略上提，剑身紧贴前臂后侧，并与地面垂直。

2. 右腿伸直，右脚向左脚靠拢，并步站立。右手剑指下落于身体右侧，手心朝下，恢复成预备势，目向正前方平视（图 3.132）。

图 3.131

图 3.132

动作要领：同预备势。

散打运动

学习篇

◆散打的基本内容

一、基本姿势

散打基本姿势即实战前的准备姿势，又称"起势"或"格斗势"。合理的基本姿势要求有利于进攻和防守以及防守反击和步法的灵活移动。散打的基本姿势分成下肢姿势、躯干姿势、上肢姿势和头部姿势四个部分。左脚在前叫左势,右脚在前叫右势,以左势为例(图3.133)。

(一)下肢姿势

图 3.133

两脚前后开立,左脚在前,右脚在后,左、右脚前后开立,距离略宽于肩,两脚左右距离约 10~15 厘米,左脚尖稍内扣,斜朝前方,脚前掌用力担负支撑,右足跟抬起约 2 厘米,前脚掌着地斜向前方,两膝微屈,右膝稍内扣,下肢肌肉保持一定紧张度即可,不可僵硬造成过分紧张。

(二)躯干姿势

身体斜侧对前方目标,含胸、收腹、收臀,肩部放松,气沉于丹田,重心位于两脚中间。

(三)上肢姿势

左手握拳抬起,屈肘 90°~120°,拳高与左肩平,左肘下沉,拳心斜向下,右拳轻握置于下颌内侧,屈肘 80°~90°,右肘轻贴身体。

(四)头部姿势

下颌内收,眼睛注视对方面部,并用余光兼顾对方全身的活动,牙齿合拢,用口鼻协同呼吸。

基本姿势熟练掌握后,就要着重学习散打的基本技术。散打的基本技术很多,它不像拳击只能用拳不能用腿,摔跤只能摔不能用拳击、用脚踢等限制,散打既可以用拳打,也可以用脚踢、用摔,甚至可以用肘、用膝等部位击打,具有很强的攻击力和实用价值。

(五)易犯错误

1.两脚在一条直线上,不便于自己进攻的能力和对来自侧面进攻的防守能力,并且稳定性差。

2.预备姿势完成时骶部与肩部不在一个立面上,容易破坏身体平衡和运动时的整体协调性。

二、基本步法

"步快则拳快",步法是散打技术运用的基础,是构成单体技术的基本要素。

散打步法的总体要求是"轻"、"快"、"灵"、"变"。"轻"是指步法移动轻便,上下协调,富有弹性;"快"是指步法移动要迅速;"灵"是指步法移动要灵活,不僵滞;"变"是指步法在运用中能随机应变,转换自如。

(一)基本步法及动作要领

1.单滑步:单滑步有向前、向后、向左、向右四种,主要用于直接配合拳的进攻。现以向前滑步为例。

前滑步:从预备姿势开始,后脚蹬地,重心前移,前脚微离地面,以脚前掌向前蹬出30厘米左右,后脚随之跟进相同距离,整个动作完成后仍成原来预备姿势(图3.134)。

图 3.134　　　　　　　图 3.135

动作要领:在移动中,身体重心不得过于起伏或出现前俯后仰的现象。向后、向左、向右的滑步,一般情况下都应由向所滑动方向的脚先行移动,另一脚紧跟滑步,两脚间的滑动距离应大致相等。

2.闪步:闪步分为左、右闪步,主要用于躲闪对方的正面进攻,并有利于自己的迅速反击。

左闪步:从预备姿势开始,上体保持原来姿势,前脚向左侧迅速蹚出 20～30 厘米,随即后脚以前脚为轴迅速向左滑动,角度在 45°～90°以内,动作完成后大致成预备姿势的步型(图 3.135)。

动作要领:做闪步移动时,一要保持重心平衡,二要防止动作僵硬。

右闪步:从预备势开始,后脚向右方横向蹚出,随后以髋带动前脚向右侧滑动,身体转动角度一般在 60°～90°之间,动作完成后成预备姿势(图 3.135)。

动作要领:与左闪步相同。

3.纵步:纵步分为前、后两种,主要是用于远距离时,迅速接近对方或在中近距离中迅速摆脱对方的一种步法。从预备姿势开始,两脚同时蹬地向前或后纵出 30～40 厘米左右,在动作完成的过程中始终保持预备姿势(图 3.137)。

4.垫步:垫步大体分为两种,一种是垫一步,一种是在上步的基础上再跟垫一步。垫一步一般直接用于配合腿的进攻动作。这里只介绍跟垫一步的技术,因为其中已包括垫一步的技术。

(1)从预备姿势开始,重心前移,后脚蹬地向前脚内侧并拢,随即前腿屈膝提起,根据情况使用蹬、踹腿法。

(2)上动不停,在用腿法的同时,支撑腿随蹬、踹腿向前再垫出一步,脚跟斜向前(图 3.138)。

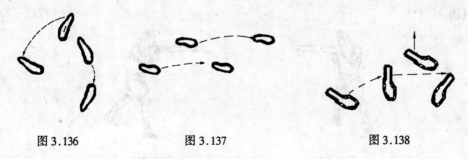

图 3.136　　　　　　图 3.137　　　　　　图 3.138

5.击步:击步常用于在远距离时接近对手或在中近距离脱离对手。击步主要分向前、向后两种。

(1)向前击步:从预备姿势开始,重心前移,后脚蹬地向前脚内侧迅速靠拢,在后脚着地的同时,前脚向前方迅速跃出,着地后两脚成预备姿势步型(图3.139)。

图3.139　　　　图3.140　　　　图3.141

(2)向后击步:从预备姿势开始,重心后移,前脚蹬地向后脚内侧迅速靠拢,在前脚着地的同时,后脚向后方迅速跃出,着地后两脚成预备姿势步型(图3.140)。

6.交换步:交换步是左、右脚交换时的一种步法,多见于左、右脚交替打法的运动员(图3.141)。

从预备姿势开始,前、后脚同时蹬地微离地面,在空中左右腿前后交换,转体120°左右,完成动作后成与原来相反的预备姿势。

三、基本拳法

散打拳法主要分为冲、掼、抄、鞭四种。

1.冲拳:冲拳属直线型进攻方法,它分为前、后冲拳两种,是拳法中中远距离进攻对方的主要手段。由于冲拳动作相对隐蔽,尤其后手冲拳力量较大,是给对手重击的有效方法,所以在比赛中使用率较高。

(1)前手冲拳:从预备姿势开始,后脚蹬地,重心前移,前腿膝微屈内扣,同时以髋带动肩向内放置10°左右。由肩带动前手的前臂快速直线出动,力达拳面,手臂自然伸直,后手保持不变。收拳的路线亦是出拳的路线,收拳后前臂放松,迅速回复到原来的预备姿势(图3.142)。

动作要领:出拳时肩部放松,避免回拉现象,防止出拳时,形成横向出拳的动作。前手出拳的同时,后手不可有向后反拉的动作出现。

(2)后手冲拳:从预备姿势开始,后脚蹬地并以脚前掌为轴向内扣转。随之合髋转腰压肩,向正前方直线出拳,力达拳面。出拳同时前手拳直线收回至下颏前方,肘部自然弯曲贴于肋部(图3.143)。

图3.142　　　　　　　图3.143

动作要领:后手冲拳完成时,两腿之间应与身体中心线形成一定角度。出拳时要避免耸肩、转体不到位等,以致出现抖肘关节的现象。

2.掼拳:掼拳是弧线型进攻方法,分为前、后掼拳两种,在相互的连续击打中使用较高。掼拳由于摆动幅度大,所以击打力量很大,但也因幅度大和运行路线长,使得动作的隐蔽性较差。

(1)前手掼拳:从预备姿势开始,后脚蹬地,身体由髋带动腰向内旋转 20°~30°,重心前移。同时,前手臂抬肘略与肩高,微张肩,前手拳向外侧前方伸出,上臂和前臂的角度相对固定,力达拳面或偏于拳眼,右拳护于右腮(图 3.144(a)是侧面,图 3.144(b)正面)。动作完成后迅速放松,基本是按原来出拳路线恢复到预备姿势。

动作要领:力从腰发,腰绕纵轴向右转动。臂微屈,肘尖与肩平。

(2)后手掼拳:从预备姿势开始,后脚以脚前掌为轴内旋,带动转髋,重心前移。后臂抬起略与肩平,拳向前外侧伸展,上臂和前臂形成一定夹角并相对固定。同时前手臂自然弯曲收回贴于肋间,拳置于下颏处,上动不停,继续向内转髋,出拳臂微微张肩,由于惯性带动拳向前水平横摆,力达拳面(图 3.145)。

(a) (b)

图 3.144 图 3.145

动作要领:掼拳上臂与前臂的夹角应根据击打距离来调整确定。掼拳不能用上臂带动前臂。当掼拳角度小于 90°时,拳心向内向下;当角度大于 90°时,拳心向外向下,这样不至于使腕部受伤。

3.抄拳:抄拳是近距离攻击的拳法,它分为前、后抄拳两种,主要是在相互间近距离对抗时使用。

(1)后手抄拳:从预备姿势开始,上体微向后向下转动,重心略降低并合髋。后脚蹬地挺髋,微向前向上转体,随之后手臂根据所击打距离加大角度向前、向上出拳,拳心向内,重心随之前移,力达拳面(图 3.146)。

动作要领:出拳时不可向后引拳,防止暴露意图;注意出拳后肩部的迅速放松,恢复预备姿势。

(2)前手抄拳:从预备姿势开始,上体微向外、向下转动,前腿微屈,扣膝合髋,前手臂收回轻放于左肋部,前手拳自然置于左面颊上侧,重心偏于前腿。上动不停,后腿蹬地,前手拳向前上方击出,前臂屈,拳心向内,力达拳面(图 3.147)。

图 3.146　　　　　　　　　　　　　　图 3.147

动作要领:发力时,髋关节上翻。完成动作后迅速放松,恢复预备姿势。

4.鞭拳:鞭拳是一种出奇制胜的方法,但由于动作幅度大,因而使用有一定难度。鞭拳分为,原地转身鞭拳和移动转身鞭拳两种。

(1)原地转身鞭拳:从预备姿势开始,两脚掌用力,身体右转。上动不停,身体继续旋转,当转动 110°~120°时,右臂抬肘略与肩平,向后侧横向甩打(图 3.148(a))。

动作要领:转体时,以头领先,以腰带动整个身体。出拳时要以腰带肩,手臂不宜过直。

(a)　　　(b)

图 3.148

(2)上步左转身左手鞭拳:从预备姿势开始,重心前移,后脚上步,内扣在前脚前方 30 厘米左右,身体由腰带动向左后转身,前臂收回轻贴肋部。左脚蹬地,重心继续前移,以右脚前掌为轴继续转动,左脚离地随身体转动。转体至 270°左右时,收回的前臂抬肘与肩略平,同时左脚在轴心脚前方着地。上动不停,在上臂带动下左臂伸展,并向侧后方横向甩出(图 3.148(b))。

动作要领:整体动作要一气呵成,并要把持好平衡。

◆散打运动的几种方法

一、肘击法(以左势为例)

"远使手,近使肘,贴身靠打情不留","拳轻,掌重,肘要命","宁换十手,不换一肘"等证明肘法的重要和威力。肘法从古至今深受习武者的喜爱,因为肘尖十分坚硬,进攻动作小,速度快,凶狠有力,是近战中最好的技法。它方法多,变化多,一肘可以变多肘,拳领肘走,肘带拳行,是对敌近战时不可缺少的技能。肘法可分为顶肘、挑肘、盘肘、砸肘、沉肘、靠肘、夹肘、剪肘等。

(一)顶肘

顶肘是使用肘尖顶击对手,它分上、中、下三层次,也就是上顶面、中顶胸、下顶腹,前后左右都可以运用顶肘。平顶肘动作过程:从基本姿势开始,左脚前进一步,同时左肘向前平顶,右掌猛推左拳,力达肘尖,目视攻击目标(图 3.149)。

(二)盘肘

盘肘是从侧面攻击对手,呈弧线型进攻的肘法,它进攻有力,多数攻击对方的肋和腹部。盘肘的动作过程:从基本姿势开始,左脚向前一步,同时右前臂内旋,上体向右猛转体,屈肘时用前臂外侧向前横打,目视对方,也可以向左右侧上部,同时使用盘肘(图 3.150)。

图 3.149　　　　　　　　　图 3.150

二、腿击法（以左势为例）

在踢、打、摔、拿四大技法中,腿法占首位,因为腿法进攻力量大,攻得远,进攻隐蔽性好。另外,腿法进攻方法多,变化无穷,高可攻面,低可击腿,前后左右都可出击。它在各种技法的配合下使用效果更好。

(一)边腿

边腿是弧线进攻的腿法,也称侧踢或点腿。在实战中它是常用的腿法。边腿变化很多,上、中、下盘都可以攻到,而且收(坐髋)而击短,放(伸髋)而击远,它进攻速度快,力量大,十分凶猛。左边腿动作过程:从基本姿势开始,左腿屈膝、高抬、扣胯,小腿借腰胯扭转伸膝之力猛烈由外向内伸膝横踢,力达脚背,击打完毕,尽快恢复基本姿势。右边腿的动作要求同左边腿,只是方向相反(图 3.151)。

动作要领:提膝、扭腰、扣胯、伸腿要协调用力;支撑脚脚跟在左腿踢出时协同内转;右踢时注意上肢和肩部的协调发力,左臂后摆,右手臂保护好身体。

(二)蹬腿

蹬腿是正面攻击的屈伸性腿法。用于堵截对方的下面强攻及中远距离的正面攻击。攻击的部位主要是胸和腹部。可原地击打,也可以结合步法进攻。

图 3.151

1.前腿正蹬。从基本姿势开始,左腿屈膝提起,大腿尽量靠近上体,收胯勾脚尖。随即伸胯伸膝,左腿由屈到伸,用力前蹬,力达脚跟,脚尖朝上。

2.后腿正蹬。从基本姿势开始,后腿蹬地将重心前移至左脚,同时右腿屈膝提起,大腿尽量靠近上体,勾脚尖收胯。随即伸胯伸膝,右腿由屈到伸,用力前蹬,力达脚跟,用力前蹬,脚尖朝上。

动作要领:前蹬时支撑脚可微屈,但上体不可过分后仰,应尽量保持基本姿势;要做到收得紧,伸得开,蹬腿时重心应前移;蹬出右腿时,左支撑脚脚跟内转,身体向左转动。

(三)侧踹腿

侧踹腿是用脚底外侧踹击对方的腿法。侧踹时是身体侧向对方,有自我保护较好,踹得远等优点。侧踹腿的动作过程:左腿提膝,大腿尽量靠近身体,脚底外侧向前,身体侧向对方,稍扣胯,左臂下垂在身体左侧,肘弯大于 90°。右拳架在额前,左腿向前踹出,髋、膝关节充分伸直,目视对方。高可踹身体上部,低可踹大腿还可以坐髋踹腿,主要踹击较近的对方。

右侧踹腿要求略同于左侧踹腿，只是提膝、扣胯时转体90°（图3.152）。

（四）后踹腿

后踹腿是用脚底外侧向后踹出，攻击身后的对手。右腿向体前提膝，脚底外侧向后方，膝关节外展，腿内侧向下方，臀部发力，向后方踹出，髋、膝关节充分伸直，上体前倾，目视后方。

（五）摆腿

摆腿是弧线进攻的腿法。它分为正、侧两种，用脚背、脚后跟或脚底攻击对方，摆腿的摆动速度快，力量大，是杀伤力很强的一种腿法。

图3.152

1.正摆腿。左腿膝关节内扣提膝，同时上体突然左转，左大腿借身体转动的力量，由右向左上弧形摆动，带动小腿由右向左甩踢。甩时膝关节由屈到伸，膝关节也可以不弯，踢出后落在身体左侧，目视前方。踢左腿为左摆腿，踢右腿为右摆腿（图3.153）。

2.侧摆腿。左腿内扣，向侧右上步，左臂下落在身体左侧，右拳立于下颌左侧，上体右转，右腿膝关节伸直，脚尖上勾，借上体右转力量，经后向前摆踢大半圈，以左脚为轴，落脚于左腿左前方，目视前方（图3.154）。

图3.153

图3.154

除以上的腿法外，腿法还有丁腿、蹶腿、搓脚、蹬腿、拦门脚、挂腿、弹腿、扫腿等。

三、膝击法

膝，十分坚硬，进攻力量大，它在人体下部，进攻隐蔽性较好。在近距离拳、肘乱战中突然使用顶膝会使敌方防不胜防，泰拳能风靡世界，主要是膝法运用较多，效果较好。

膝法主要有顶膝（屈膝由下向上顶击对方身体，力达膝尖）、冲膝（屈膝向前冲撞对方身体，力达膝前部）、侧顶膝（屈膝由外向内顶击对方身体，力达膝尖或膝后部）、横撞膝（屈膝由外向内撞击对方身体，力达膝内侧）。

四、基本摔法

散打中的摔法有别于其他项目的摔法，其特点一是"快"摔；二是几乎无"把"可抓；三是摔法可与拳法、腿法并用。由于摔法不仅是得分的有效手段，而且是制约对方腿法技术发挥的重要技术，因此摔法必须认真掌握。散打摔法大致分为两类。

1.主动摔：在散打对抗中主动运用摔法的技术。主动摔根据"把位"大致分为夹颈、抱腰和抱腿三个部分，其可分为若干个具体的摔法。

（1）夹颈过背。甲方用前臂架在乙方的两臂内侧时，用右（左）臂由乙方右（左）肩上穿过,屈臂夹住乙方颈部,同时左(右)脚背向贴步至与右(左)脚平行,两腿屈膝、塌腰、右(左)臂部紧贴乙方小腹部(图3.155(a)),上动不停,甲方夹住乙方颈部,低头用力将乙方背上摔过,同时两膝猛向后蹬伸(图3.155(b))。

动作要领:夹颈要紧,背步转身要快,低头、蹬腿要协调、快速。

(2)插肩过背。甲方用前手臂从乙方腋下穿过,背向右(左)步贴至与左(右)脚平行,两膝屈膝,同时后手固定住乙方另一手臂(图3.156(a));随之两腿蹬直,向下低头、弓腰,前手臂由侧后向前发力,将乙方摔倒(图3.156(b))。

动作要领:插肩要快,插步转身要协调快速,低头、弓腰、蹬腿要连贯有力,动作一气呵成。

图 3.155

(3)抱腿前顶。甲方上步下潜,两手搂抱住乙方双膝关节处,用力向后上提拉,同时用左(右)肩前顶乙方大腿或小腹部将乙方摔倒(图3.157)。

图 3.156

图 3.157

动作要领:下潜要快,抱腿要紧,两臂后上拉与肩顶要协调一致。

2.接腿摔。接腿摔指在散打对抗中接住对方进攻的腿后使用的摔法。

(1)甲方接住。

甲方接住乙方的左(右)腿,用双手将其固定住(图3.158(a))。上动不停,甲方左(右)腿往侧后方撤一步,并固定住乙方的腿往怀里带(图3.158(b))。上动不停,甲方双手固定住乙方的腿向下、向左(右),向上做弧形的牵引,将对方摔倒(图3.158(c))。

图 3.158

动作要领:接腿摔使用的前提是接腿"把"位要准确、牢固。划弧牵引的动作幅度要大,要连贯有力,要牵动对方的重心。

(2)接腿别腿。

甲方接住乙方的左(右)腿,用一手揽住乙方的脚踝关节,用另一手搂抱住乙方的膝关节部位。用左(右)腿伸至对方撑腿侧后别对方,同时用胸部向外、向下压对方被搂抱的腿,把对方摔倒。

动作要领:接腿要快捷、准确,要迅速把对方被固定的腿牵引至自己的右(左)肋部,以便于使用别腿方法,别腿压腿要协调一致。

五、防守技术

防守技术分为接触性防守和不接触性防守两大类。接触性防守主要是指阻挡、推拍、格架、截击和抄抱等技术;不接触性防守主要是指闪躲、下潜、摇避等技术。

(一)接触性防守

1.阻挡防守:是一种被动式防守技术,作为初学者学习阻挡防守尤为重要,它能提高在抗击打的条件下有效自我保护的能力。

阻挡防守大致可分为肩臂阻挡和提膝阻挡两种。肩臂阻挡主要用于对各种拳法和腿法的防守,提膝阻挡主要用于对各种腿法的防守。

(1)肩臂阻挡:从预备姿势开始,前手臂收回与后手臂一起紧贴左右两肋,两拳护在头部两侧,含胸收腹,低头收下颏。

动作要领:在遭到连续打击情况下,可以用单臂阻挡防守。在承受打击的瞬间,肩臂甚至包括上体各部分肌肉都要迅速紧张,承受完打击随即放松。

(2)提膝阻挡:从预备姿势开始,突然迅速屈膝提腿,膝关节高度与胯齐。同时前手臂收回与后手臂紧贴两肋,上体微沉。

2.推拍防守:推拍防守是散打运动员训练时应掌握的基本技术。推拍按方向可分为向外、向下的方法,又可分为单手、双手两种。主要用于防守对方的拳法和腿法。

(1)向外推拍:从预备姿势开始,前(后)手向左(右)做出横向推拍动作。

(2)向下推拍:从预备姿势开始,前、后两手突然同时向下推拍,身体随之也有向下合的动作。

动作要领:在推拍时不能仅仅使用手的力量,而是要求全身参与。推拍动作幅度不宜过大,一般在 20 厘米左右,动作要短促有力,准确把握推的时机。

3.格架防守:格架防守是散打中最常见的防守技术,具有破坏对方进攻动作的作用。格架可分为向斜上、向斜下和向下的防守动作。用于防守来自正侧面的各种拳法和腿法。

(1)斜上格架:从预备姿势开始,前手臂稍抬肘向斜上举起,前臂微内旋,同时低头收下颏。

(2)下格架:从预备姿势开始,前手臂收回横于胸前,随之向腹部下方移动,上体微向下沉。

4.截击防守:截击防守是一种积极性的防守技术,它是在判断的基础上,提前阻截对方进攻路线甚至使对方失衡,以利于反击。截击防守分为腿截击和拳截击两大种,其中又可分为若干个具体的运用方法。

(1)腿截击:当判断出对方准备用侧踹或正蹬动作时,先于对方用侧踹或正蹬阻截住对方的动作路线,或直接攻击对方的得分部位,使之不能有效地完成进攻动作。

(2)拳截击:当判断出对方准备出前手冲拳的同时出后手冲拳,出拳路线则是沿着对方出拳臂上缘向对方延伸,直至击中对方身体的得分部位。

动作要领:截击防守建立在准确判断的基础上。截击动作要隐蔽、及时和突然。

5.抱抄防守。

(1)搂抱防守:当对方用拳攻击时,迅速靠近用手搂抱对方的防守方法。

动作要领:用搂抱防守,首先要避开对方的进攻动作。抱抄动作结束后多应伴有拳的反击动作,为此要注意培养拳的反击意识。

(2)抓抄防守:当对方用腿法进攻时,在完成动作的瞬间,迅速用单手或双手抓住对方的踝关节部位,顺对方动作来势的方向,加力抄倒对方。

动作要领:抓对方腿的时机一定要控制在对方完成腿法动作的止点上。在抄对方时一定要顺着对方的来劲,并努力破坏其重心,使之倾倒。

(二)不接触性防守

1.闪躲防守:闪躲防守主要分为步法闪躲和身法闪躲两部分,步法闪躲在"步法"部分已经涉及,这里主要讲身法闪躲。身法闪躲主要包括侧闪和后闪等,主要用于防拳。

(1)侧闪:从预备姿势开始,上体以腰为轴,向左(右)微转并向左(右)微俯身,两膝微屈,此时前手臂微收与右手臂同置于下颏两侧。

动作要领:侧闪时不能耸肩缩颈或伸颈抬下颏,上体向侧面转体前俯不能过分,不能过于低头。

(2)后闪:从预备姿势开始,以腰为轴,前脚蹬地,重心后移,上体略后仰。

动作要领:重心要向后水平移动,上体略后仰时下颏不可抬起,后仰幅度不可太大。

2.下潜防守:从预备姿势开始,双膝弯曲,重心下降前移,上体略前俯,前手臂自然收回贴于肋部,两拳护于下颏两侧。

动作要领:下潜过程中要始终保持收下颏。下潜后的反击多采用抱腿摔的方法,所以要有抱腿和防腿意识。

3.摇避防守:从预备姿势开始,上体以腰为轴做不规则的前后左右的摇摆动作,重心时有升降,两臂一般情况下轻贴两肋部,下颏微收。

动作要领:摇避动作结束后多伴有拳的反击动作,为此要培养拳的反击意识。

◆实用防身术

一、常用擒拿动作

(一)扣手缠腕

开始姿势:甲自然行走或站立,乙在甲正前,左脚在前,用右手抓握住甲右手腕。

动作顺序:甲左手立即由上向下扣握住乙右手背,顺势向后撤左步,右手变掌上挑,随即用右手抓握住对方右手腕下压,擒拿对方腕部。

动作要领:在做扣手缠腕动作时,甲左手扣握对方右手手部一定要牢,撤步要快,抓腕下压、缠腕动作要有力。

(二)抓腕拉肘

开始姿势:乙自然站立或行走,甲在乙正前,右脚在前,用右手抓握住乙左手腕时。

动作顺序:乙立即向前上左步,左臂沉肘,左手变掌,顺势向外、向下反抓甲右手腕。乙右手从甲右臂下穿过,反手回拉甲右肘关节,同时向右转体用力,左手推甲右手腕,擒拿甲肘部。

动作要领:在做抓腕拉肘动作时,首先要沉肘,反抓对方手腕要快、牢,拉肘与转体同时用力,推腕与拉肘协调一致。

(三)扣手别臂

开始姿势:乙自然行走或站立,甲出左拳进攻。

动作顺序:乙用右手抓握甲手腕的同时,左臂屈肘上举,由甲左臂下划弧穿过,别拉甲左臂肘部,随即上右脚别住甲左腿并下压其肩部。

动作要领:在做扣手压臂动作时,穿臂要快,下压小臂要有力,两手同时发力。

二、常用防卫动作

(一)抓颈顶裆

开始姿势:甲自然站立或行走,乙在甲正前,左脚在前,两手同时掐甲颈、喉部。

防卫动作:甲立即向后撤右步,双臂屈肘上抬,两小臂从里向外格挡对方小臂,顺势两手变掌砍抓乙颈部,随即两手抓握乙后颈部,用力回抓,同时屈抬右膝顶击乙裆部。

动作要领:甲在做抓颈顶裆动作前,首先应屈臂格挡,随后的抓颈要突然、迅猛,顶裆要准、狠,上、下肢协调配合。

(二)转身顶肘

开始姿势:乙右手拎皮包自然行走或站立,甲在乙身后,用左手抓握住乙右手腕,右手欲抢皮包。

防卫动作:乙左脚立即后撤一步,左臂屈肘上举,向左转体。左肘随转体动作向后猛击甲头颈部,随即抬左腿侧踢甲膝关节或裆部。

动作要领:在做顶肘、踢膝动作时,撤步、转身要快,顶肘要突然,踢击要准、狠、有力。

(三)顶裆翻颌

开始姿势:乙左手拎包自然行走或站立,甲在乙正前方,用两手抢乙皮包。

防卫动作:乙上右步,向左转体,用右臂抱住甲颈部,随即用膝顶甲裆部,同时右手抓扣对方下颌,向右、向外用力翻转。

动作要领:上步转体要快,顶裆要突然,抓扣翻颌要有力。

练 习 篇

一、基本姿势练习方法

1.反复练习转体动作,要注意重心的分配和身体立面的统一。

2.在熟练完成转体动作的基础上配合上肢的动作。

3.动作基本定型后,配合简单步法和左右摇晃练习,使之能够达到身体协调、放松。

4.掌握动作后,教师可根据情况下达指令改变体位方向,使之在不断变换动作中迅速调整好自身的动作,以提高运用预备姿势的能力。

二、基本步法练习方法

1.单项步法练习。每当学习一种步法后都要反复练习,认真体会动作要领。这一阶段的练习只要求动作规格,不要求速度,要求熟练掌握各种步法练习,并注重与身法的协调关系。

2.组合步法练习。在熟练掌握各种步法的动作技术基础上,将一两种或两三种步法编串起来反复练习并随机地组合各种步法练习。

3.条件步法练习。

(1)根据教师的口令或手势进行前后左右的规定步法或任意步法的练习。

(2)一攻一防的步法练习。一方用步法主动接近或摆脱对方,同时要求另一方运用相应步法与主动者保持一定距离,通过练习提高步法与距离判断的结合与掌握能力。

(3)互为攻防的步法练习。两人运用各种步法进行相互进逼与转移的练习。进逼为的是破坏双方原有的距离;转移则是为了保持双方距离。通过这种练习培养学生运用步法来制造和捕捉战机的能力。

三、腿法和辅助训练方法

1.分解练习。为了掌握动作启动部分的合理性和加强动作的准确性,腿法的练习可进行单独的分解练习。如侧踹可先练习提膝加小腿外翻,侧摆踢可反复练习提膝翻胯。

2.扶持式动作练习。用手扶持物,重复地做某一种腿法。开始只注重动作的规格和要求,在动作能够基本不变形的情况下再要求速度和力度。

3.腿法基本技术矫正练习。在掌握腿法技术的基础上,用腿靶作为目标,矫正腿法动作的偏差和发力的错误。

四、摔法练习辅助练习方法

1.动作技术的"空摔"练习。对于初学者可将摔法动作编成脱离对手的单练动作,反复演练,以掌握动作要领和协调动作。

2.进靶练习。即两人一对,一人作为"靶子",另一人则用某种摔法反复进行抢靶到位的练习,两人可根据训练量的安排交换练习。

3.在接腿摔练习中,为了提高接腿的准确率,可将接腿练习单独抽出,进行反复变化练习,提高反应水平。

4.摔靶练习。两人一对,一人做摔靶者,另一人做配合者,摔靶者反复使用某个摔法将对方摔倒,要求动作与用力协调结合。然后根据训练量的安排进行交换练习。

5.对抗练习。熟练掌握一定的摔法后,两人可先做相互"抢靶"的练习,在此基础上可进行相互摔靶的练习。

6.倒地练习。倒地练习是摔法的基本功练习,也是一种自我保护的练习。倒地练习内容很多,主要包括前滚翻、后滚翻、前倒、后倒、侧倒和抢背等。倒地练习是在练习摔法前必须进行的一项训练内容。

五、基本技术练习的方法

对散打基本技术的练习应该教与练相结合,所采用的方法应本着从易到难,从简单到复杂,从单独操作到实际对抗的循序渐进的原则进行,为此,在教学练习中一般都采用以下的方法。

1.原地规范动作练习。单个技术动作在了解动作要领之后,按要求反复进行练习;复杂的动作技术应分解成几个技术环节进行练习。教师首先要做好示范动作,反复讲解,并及时发现和纠正学生学习过程中的错误动作。此时的练习重点是要体会动作的要领、起止的路线和作用物体的着力点以及发力的动作机制。通过这种反复练习,不断强化学生的动作意识,才能使之形成正确的动力定型。

2.结合步法的动作练习。初步掌握原地规范动作后,再结合相应步法进行单体技术的练习。结合步法练习的目的是提高学生在行进间完成各种攻防动作的能力。练习的重点是要提高身体各部位的协调配合能力,保证及时、隐蔽、准确地完成各种攻防动作。

3.空击练习。空击练习是强化动作技术的重要训练手段,通过反复空击练习达到动作完成的自动化,提高完成动作的应变能力,缩短反应时间。空击练习的内容一般根据学生的水平和动作的目的来定。单一技术空击练习是针对某一种拳(腿、摔)法或防守方法结合步法反复练习的方法,目的在于强化某一类技术;组合技术空击练习是把进攻和防守中的某几种方法编串起来反复练习,目的在于提高组合技术运用的协调能力;假想空击练习是根据假想中的对手进攻动作,运用组合技术进行想象中的攻防练习的方法,目的在于提高技术灵活运用的能力。

4.不接触式的攻防练习。在互不接触或轻微接触的前提下,两人进行攻防练习,目的是为了提高对对方攻防动作的判断和及时作出相应的动作反应的能力。不接触式的攻防练习可分为一攻一防式和相互攻防式,还可根据练习要求运用规定或随机的单体或组合的技术进行练习,但动作的速度要与实战水平近似。

5.打靶练习。打靶练习分为打固定靶和活动靶两种。打固定靶主要是掌握动作正确的发力方法,提高动作的击打力度和耐久力;打活动靶主要是掌握连续组合动作技术,提高反应速度、距离感和准确度。打靶练习还可根据要求分为技术靶、战术靶和素质靶。技术靶是通过打靶体验和规范单体及组合技术的练习方法;战术靶是根据假定情况有针对性地找出规定或随机的打法的练习方法,以提高对抗中的战术意识;素质靶则是以提高动作速度、打击力量和专项耐久力为主要目的练习方法,至于在打素质靶时需要解决某项素质的问题,则应根据训练内容与计划来作出安排。打靶内容的设计要根据打靶的目的进行精心设计,最好能同时完成几种目的。

6.条件实战练习。条件实战是指限制条件的实战,是为提高某些学生的某种能力或解决学生存在的问题而设置的一种常见的具有较强的针对性的训练手段,是进行实战的基础。条件实战可以根据所需解决的技术、战术和素质等方面存在的问题进行设计,可分为技术条件实战、战术条件实战和素质条件实战等。

条件实战的针对性较强,要求教师准确地把握每个学生的练习状况,细致安排条件的内容。条件实战广泛应用在练习的不同阶段,对于初学者是进入实战阶段的重要环节,对较高水平的学生是解决技术、战术存在问题的有力措施。

7.实战练习。实战练习是通过实战来检验前一阶段练习成果,发现学生在技术、战术及素质和心理等方面存在的问题,指导下一阶段练习安排的方法。实战练习的安排要根据练习进展情况来安排。

六、散打技术训练的基本要求

1.技术训练要注重规范。拳谚曰:"学拳容易,改拳难。"学生在初学阶段就要建立正确的技术概念,特别要注意对动作技术细节的把握,建立正确的动作规范,要注意技术训练的系统性和科学性。

2.符合规则要求。要以竞赛规则为导向进行技术训练,不符合规则要求的技术动作,都被定为"犯规动作"。

3.技术训练要做到熟练、实用。技术熟练是比赛中最优化运用技术的前提。只有熟练地掌握技术,才能在激烈、复杂的打斗下有目的地运用各种技术。技术的实用是指技术训练一定要切合实际,符合比赛的需要,既朴实、简练,又讲究实效。

4.充分利用散打运动技术间的积极迁移。已掌握了的技术动作对新技术的形成发生积极影响,能促进新技术的形成,叫技术的积极迁移;已掌握的技术对新技术的形成发生消极影响,起着阻碍作用,叫技术的消极迁移。要根据各种不同技术练习内容和手段之间的相互迁移关系,确定最佳的学习程序。如在腿法技术教学中先教侧弹腿,再教侧踹腿,然后再教后摆腿技术;在拳法与腿法技术教学中,一般要求先教拳法后教腿法,在拳法还在学习的过程中,就要进行腿法技术教学,等等。

5.技术训练要体现学生的个人技术方格。"扬长补短"是较高水平学生技术训练遵循的原则,既不能因强调动作规范而完全改变原来的技术结构和特点,也不能当学生出现较大的错误动作时视而不见,应该循序渐进。

欣 赏 篇

一、散打运动概述

散打运动是中国武术精华,它不仅具有强身健体等与其他体育项目相同的特性,还具有对抗性强、实用性强等特殊的作用和功能。不仅能防身自卫,而且还能在对敌斗争中克敌制胜。

中国武术散打的起源与发展,是和中华民族的悠久历史同步的,是从先辈的生产劳动、生存斗争中产生,演化至今成为华夏民族灿烂文化遗产中的瑰宝。据文献记载,我国历史上的技击有角力、搏刺、手搏、格斗、搏击等。到了近代,这些技击的形式,才被称之为散打。为了把武术散打推向市场,走向世界,中国武术协会作了大量有益的尝试,推动了武术散打的进一步发展。到目前为止,世界上已有70多个国家和地区开展了散打运动,为武术散打真正走向世界,进入奥运会打下坚实的基础。

二、散打的特点和作用

近几年,散打运动之所以得到迅速的普及和发展,应归功于散打自身的特点与作用。

（一）散打的特点

1.寓技击于体育。散打作为一项运动，它有别于过去的武术技击中一招制敌的搏击术。散打属于体育范畴，它与其他运动项目有共性：比赛受到规则的严格限制；遵循公平、竞争、健康、安全和更高、更快、更强的原则。同时，散打又突出了武术的本质——技击性。如何在规则规定的范围内，最大限度地发挥人类自身的搏击潜能，是散打追求的目标。

2.强对抗性。散打的内容和形式决定了散打强对抗的特征。比赛双方在规则限定的范围内，运用打、摔技术，斗智斗勇，较技较力，身体接触对抗，因而，具有极强的对抗性。

3.民族性。散打是武术不可分割的一部分，是在继承传统武术文化精髓和吸收其他搏击类项目合理成分的基础上逐步发展形成的。但它与其他搏击项目在技术体系、训练方法和竞赛规则等方面有本质的区别。拳、腿、摔三位一体的立体进攻的模式体现了散打全面、灵活、多变的技术特点。

"未曾学艺先识礼，未曾习武先明德"、"内外兼修"等范围广阔的武德规范，赋予散打与其他搏击类项目截然不同的思想内容，体现了中华民族特有的文化内涵和精神气质。

（二）散打的作用

散打的作用包括：健体防身、陶冶情操、观赏娱乐、增进交流等。

三、散打运动规则简介

1.场地。比赛场地为高60厘米、长800厘米、宽800厘米的木质结构的台，台面上铺有软垫；软垫上有帆布盖单；台中心画有直径100厘米的阴阳鱼图；台面边缘有5厘米宽的红色边线；台面四边向里90厘米处画有10厘米宽的黄色警戒线；台下四周铺有高20~40厘米、宽200厘米的保护软垫。

2.竞赛办法。每场比赛采用三局两胜制，每局净打2分钟，局间休息1分钟。净打2分钟是指运动员除暂停之外的实际比赛时间。局间休息1分钟是指每局之间的间歇时间。

3.体重分级。

48千克级（体重≤48千克）

52千克级（48千克体重≤52千克）

56千克级（52千克体重≤56千克）

60千克级（56千克体重≤60千克）

65千克级（60千克体重≤65千克）

70千克级（65千克体重≤70千克）

75千克级（70千克体重≤75千克）

80千克级（75千克体重≤80千克）

85千克级（80千克体重≤85千克）

90千克级（85千克体重≤90千克）

90千克以上级（体重＞90千克）

4.禁击部位、得分部位、禁用方法和可用方法如下表所示。

内 容 提 要	具 体 内 容	得分或判罚结果
禁 击 部 位	后脑、颈部、裆部	警告或取消比赛资格
得 分 部 位	头部、躯干、大腿和小腿	可得4分、2分、1分
禁 用 方 法	用头、肘、膝和反关节的动作进攻对方 用迫使对方头部先着地的摔法或有意砸压对方 用腿法攻击倒地对方的头部 采用死拉硬推的方法将对方推拉下台	警告或取消比赛资格
可 用 方 法	除禁用方法外的武术各流派的攻防招法	可得4分、2分、1分

5.得分标准如下表所示。

得分标准	具 体 内 容
得4分	在一局比赛中,一方第一次下台,对方得4分 用转身后摆腿击中对方躯干部位而自己站立着 用主动倒地的动作致使对方倒地,而自己即刻站立着 使用腾空腿法击中对方躯干部位,而自己站立着
得2分	一方倒地(两脚以外任何部位支撑台面),站立者得2分 用腿法击中对方躯干部位得2分 被强制读秒一次,对方得2分 受警告一次,对方得2分
得1分	用手法击中对方得分部位 用腿法击中对方头部和下肢(脚除外)者 运动员消极8秒,被指定进攻8秒内仍不进攻,对方得1分 主动倒地超过3秒不起立,对方得1分 受劝告一次,对方得1分 使用方法先后倒地,后倒地者得1分
不得分	方法不清楚,效果不明显 双方下台或同时倒地 双方互打互踢 用方法主动倒地,对方不得分 抱缠时击中对方

6.犯规与罚规。

(1)犯规种类如下表所示。

犯规种类	具体内容	判罚结果
技术犯规	消极搂抱对方 处于不利状况时举手要求暂停 比赛中对裁判员有不礼貌的行为或不服从裁判 比赛中大声叫喊 有意拖延比赛时间 上场不戴护齿或吐落护齿,有意松脱护具 运动员不遵守礼节	每出现一次技术犯规,劝告一次
侵人犯规	在口令"开始"前或喊"停"后进攻对方 击中对方禁击部位 用不允许的方法击中对方	每出现一次侵人犯规,警告一次

(2)罚规。每出现一次技术犯规,劝告一次;每出现一次侵人犯规,警告一次;受罚失分达6分者,判对方为胜方;运动员故意伤人,取消比赛资格,判对方为胜方;运动员使用违禁药物,局间休息时输氧,取消比赛资格。

7.胜负判定如下表所示。

内容提要	具体内容
优势胜利	在一场比赛中,三次有效使用4分动作者(下台除外) 在比赛中,双方实力悬殊,台上裁判员征得裁判长的同意,判技术强者为该场胜方 一场比赛中,被重击强制读秒(侵人犯规除外)达三次,判对方为该场胜方 比赛中,运动员出现伤病,经医生诊断不能继续比赛者,判对方为该场胜方
局胜利	在每局比赛结束时,依据边裁判员的评判结果,判定每局胜负 一局比赛中,一方受重击被强制读秒(侵人犯规除外)两次,另一方为该局胜方 一局比赛中,一方两次下台,另一方为该局胜方;两次有效使用4分动作者为该局胜方 一局比赛中,双方出现平局,按下列顺序判定胜负:本局受警告少者为胜方,本局受劝告少者为胜方,体重轻者为胜方(以当天体重为准),上述三种仍相同,则为平局

内容提要	具 体 内 容
场胜利	一场比赛,先胜两局者为该场胜方 比赛中因一方犯规,另一方诈伤,经医务监督确诊后,判犯规一方为该场胜方 因对方犯规而受伤,通过医务监督检查确认不能再比赛者,为该场胜方,但不能参加以后的比赛 淘汰赛时,一场比赛中,如获胜局相同,按下列顺序决定胜负,受警告少者为胜方,受劝告少者为胜方,体重轻者为胜方,上述三种情况仍相同,则加赛一局,依此类推循环赛时,一场比赛中,如获胜局数相同时,则为平局

第四编　休闲娱乐体育

羽 毛 球 运 动

学 习 篇

◆羽毛球运动的基本技术

一、握拍法

羽毛球拍握法正确与否,对于掌握和提高羽毛球技术水平,有着重大的影响。羽毛球技术中的握拍和指法是多种多样的,但是基本的握拍法有两种,即正手基本握拍法和反手基本握拍法。

(一)正手基本握拍法

握拍之前,先用左手拿住球拍,使拍面与地面垂直。再张开右手,使右手掌下部靠在球拍的握柄托部位,虎口对着球拍框。小指、无名指、中指自然并拢,食指与中指稍稍分开,自然弯曲并贴在拍柄上,如图 4.1 所示。

图 4.1

(二)反手基本握拍法

在正手握拍的基础上,拇指和食指将拍柄稍向外传,拇指顶在拍柄内侧的宽面上或内侧棱上,中指、无名指和小指并拢握住拍柄,柄端靠近小指根部,使掌心留有空隙,如图 4.2 所示。

(三)握拍的灵活性

由于对方来球的不同角度和为了控制球的准确落点,握拍的方法也随时会有些细微的改变。例如:正手网前搓球的握拍,在正手握拍的基础上,拇指、食指、中指和无名指稍松开,使拍柄离开掌心,拇指斜贴在拍柄内侧的小棱边上,食指稍向前伸,使食指带斜贴在拍柄外侧的宽面上,如图 4.3 所示;反手网前搓球的握拍,在反手握拍的基础上,拇指、食指、中指和无名指稍松开,拍柄离开掌心同时使球拍稍向内转,拇指贴在拍柄内侧的上小棱边

图 4.2

上,食指第三关节贴在拍柄外侧的下小棱边上,如图 4.4 所示;正手接杀球勾对角网前球的握拍,在正手握拍的基础上,拍柄稍向外转,拇指斜贴在拍柄内侧的宽面上,食指关节和其他三指的指根贴在拍柄外侧的宽面上,拍柄不贴掌心,如图 4.5 所示。

图4.3　　　　　　　图4.4　　　　　　　图4.5

二、发球法

发球技术可分为正手发球技术和反手发球技术。一般来说,发网前球、发平球、发平高球的技术,均可以用正手发球和反手发球技术来进行,而发高远球,则普遍采用正手发球法。若按球在空中飞行的弧线,又可分为发高远球、平高球、平快球和网前球等。

(一)正手发高远球

动作要领:脚尖向网、右脚在后,脚尖稍向右侧,两脚距离与肩同宽,重心在右脚上。左手拇指、食指、中指夹住球,举在腹部右前方,当球下落时,右臂的上臂带动前臂,从右后方往左前上方挥动,重心随势由右脚移到左脚,当球落到击球人手臂向下自然伸直能触到球的部位的一刹那,握紧球拍,并利用甩手腕的力量,向前上方鞭打击球,手臂向上方挥动,重心随之前移,如图4.6所示。

(二)正手发平高球

动作要领:准备和击球前期动作同发高远球相仿,不过在击球一刹那前臂加速度带动手腕向前上方挥动,拍面要向前上方倾斜,以向前用力为主,如图4.7所示。

图4.6　　　　　　　　　　　　　　图4.7

(三)正手发网前球

动作要领:握拍要放松,上臂动作要小,主要靠前臂带动手腕向前切送,球的弧线要贴网而过,落点在前发球区附近,手腕不能有上挑动作,如图4.8所示。

图4.8

(四)反手发网前球

动作要领:站位靠近前发球线,两脚前后开立,重心在前脚,后脚跟提起。右手臂屈肘,手腕稍前屈,球拍低于腰部,斜放在下腹前方。左手持球在拍面前方。击球时,前臂带动手腕朝前横切推送,使球的飞行弧线略高于网顶,下落点在对方前发球线附近,如图4.9所示。

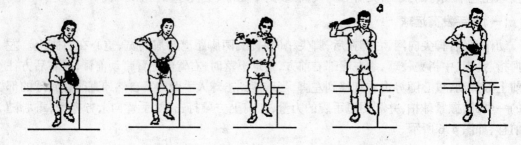

图4.9

(五)反手发平球

动作要领:球拍挥动方向与反手发网前球一样,不过在击球一刹那,手腕有弹性地击球,拍面与地面的角度接近垂直,将球击到双打后发球线以内的区域。

三、接发球法

还击对方发过来的球叫做接发球。接发球和发球一样,都是羽毛球最基本的技术。在比赛中同样起着重要的作用。如果说发球发得好是走向胜利的开始,那么就可以说接发球接得好是走向胜利的第一步。发球方利用多变的发球来打乱接发球方的阵角争取主动,接发球方则是通过多变的接发球来破坏发球方的企图。因此,对初学羽毛球的人来说,接发球也是不可忽视的技术。

(一)接发球的站位和姿势

1.单打站位:一般是在离发球线1.5米处、右发球区靠近中线的位置;在左发球区则站在中间的位置。一般左脚在前,右脚在后,双膝微屈,收腹含胸,身体重心放在前脚上,后脚脚跟稍抬。身体半侧向球网,球拍举在身前,两眼注视对方。

2.双打站位:站在靠近前发球线的地方,身体前倾较大,身体重心可放在任何一脚,球拍举得高些,其他同单打接发球姿势基本法相同,如图4.10所示。

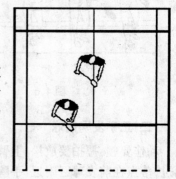

图4.10

(二)接发各种各样的来球

对方发来高远球或平高球时,可用平高球、吊球或杀球还击,如图4.11所示。一般来说,接发高远球是一次进攻的机会,还击得好,就掌握了主动。但初学者常因后场技术没掌握好,还击球的质量较差,以致遭到对方的攻击。因此,要提高后场的进攻技术。

在图4.11中,虚线为对方发来的高远球,"1"还击平高球;"2"还击吊球;"3"还击杀球。对方发来网前球时,可采用平高球、高远球、放网前球、平推广球或扑球还击,如图4.12所示。

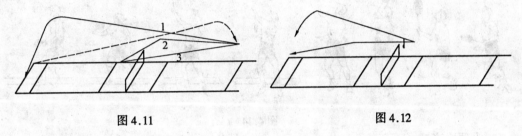

图4.11　　　　　　　　　　　　　图4.12

四、击球法

(一)高球

1.正手击直线高球和对角线高球(图4.13)。

(1)判断落点,使球处在自己的右肩稍前上方的位置。左肩对网,左脚在前,右脚在后,重心在右脚上。左臂屈肘并自然高举,右手持拍,手臂自然弯曲,将球拍举在右肩上方,两眼注视来球。

(2)击球前,重心下降准备起跳,同时右臂后引,上体舒展。当球落至额头前上方时,上臂往右上方抬起,肘关节在前,前臂自然后摆,手腕放松。击球时,右前臂快速由内向外旋转并对着球飞来的路线,手腕用力握紧球拍并对准球托的后部,快速挥拍形成击打,即球沿直线飞行。

(3)击球后,持拍手臂顺惯性往前左下方挥动并收拍至体前,左脚后撤,右脚向前迈出,重心由后脚移到前脚。

(4)若手腕控制拍面击球托的右下部,球则沿着对角线方向飞行。

图4.13

2.反手击高球(图 4.14)。

(1)判断来球方向和落点,身体向左后方转,移动步伐,最后一步用右脚前交叉跨到左侧底线,背对网,重心在右脚上,使球处在身体右上方。

(2)击球前,换成反手握拍法,持拍于右胸前,拍面朝上。以上臂带动前臂,通过手腕的闪动,自下而上地甩臂,用拇指侧压力与甩腕的配合以及两腿蹬地转体的全身协调用力将球击出。

图 4.14

3.头顶击高球。

(1)动作要领与正手击直线高球基本相同,只是击球点偏左肩上方。准备击球时,身体偏左倾斜。

(2)击球时,上臂带动前臂使球拍绕过头顶,从左上方向前加速度挥动,注意发挥手腕的爆发力击球。落地时左腿向左后方摆动幅度大些。

(二)吊球

1.正手吊球(图 4.15)。

(1)击球准备动作和前期动作同正手击直线高球的动作。

(2)击球时拍面稍向内倾斜,手腕做快速切削下压动作,击球托的后部或侧后部。若吊斜线球,则切削球托右侧并向左下方发力;若吊直线球,则拍面正对前方向下方切削。

图 4.15

2.反手吊球(图 4.16)。

(1)击球准备动作和前期动作同反手击高球的动作。

(2)吊直线球时,用球拍反面切削球托的后中部,向对方的右半场网前发力;吊斜线球时,用球拍反面切削球托的左侧,向对方左半场前发力。

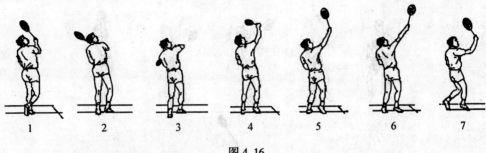

图 4.16

3.头顶吊球。

(1)击球准备动作和前期动作同头顶高球的动作。

(2)吊斜线球时,中指、无名指和小指屈指外拉拍柄,使用拍子内旋,拍面前倾,以斜拍面击球托左侧部位;头顶吊直线球时,球拍击球托的正中部位。

(三)杀球

1.正手侧身扣杀球(图 4.17)。

(1)击球前动作与正手击直线高球相似。

(2)起跳后身体后仰成反弓,在空中收腹用力,靠腰腹带动上臂、前臂、手腕,用力挥拍击球,方向向下,形成鞭击球拍正面击球托的后部,无切击动作。

(3)正手侧身扣杀对角线球的动作同上,只是挥拍击球的方向是朝着对角线方向。

图 4.17

2.头顶扣杀球(图 4.18)。

(1)头顶扣直线球的准备姿势同头顶击高球类似。

(2)击球时,要靠腰腹带动大臂,协调前臂手腕的综合力量形成鞭击动作,全力往前下方击球,拍面与水平面的夹角小于90°。

(3)头顶扣杀对角线球时,击球时要全力以赴向对角线方向击球。

3.腾空突击扣杀(图 4.19)。

(1)击球前,右脚稍前,左脚稍后,身体稍前倾、屈膝,重心落在右脚上,准备起跳。

(2)起跳后,身体向右后方腾起,上体右后仰成反弓形,右臂右上抬,肩尽量后拉。

(3)击球时,前臂快速举起,手腕从后伸到旋内,前臂跟着屈收压腕全速度向前下击球,杀球后,屈膝缓冲着地后迅速还原。

在空中收腹用力,靠腰腹带动上臂,上臂带动前臂,前臂带动手腕。用力挥拍击球,方向向下,形成鞭击动作。重心下降,准备跳起击球。左手自然上举,右手持拍于体侧,抬手注视

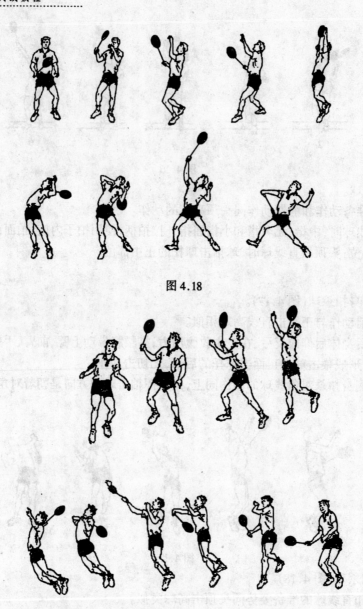

图 4.18

图 4.19

球。判断好落点,注视来球。全力向前下方击球,拍面与水平面的夹角小于 90°。协调各种综合力量,在空中收腹用力。

说明:反手杀球从球速和力量讲都不如头顶扣杀球,球的落点也较难控制,故不再讲述。

(四)搓球

1.正手搓球(图 4.20)。

(1)侧身对右边网前,击球前前臂稍外旋,手腕由后伸至稍内收内动。

(2)击球时在手腕和手指挥摆用力下,搓切来球的右下底部,使球旋转翻滚过网。

2.反手搓球。

(1)击球前,前臂稍往上举,手腕前屈,手背约与网同高,拍面低于网顶,反拍面迎球。臂

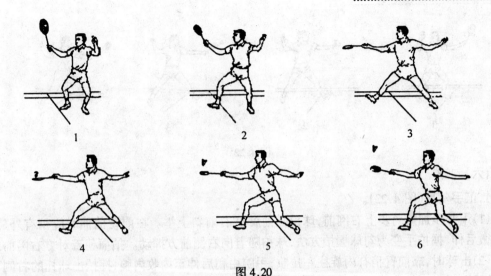

图 4.20

前伸外旋,手腕由内收至外展状。

(2)搓球托的右侧后底部,也可前臂稍伸直,手腕由外展到内收,带动球拍向前切送,击球托的后底部,使球下旋滚动过网。

(五)网前推球

1.正手推球(图 4.21)。

(1)站在右网前,球拍向右侧前上举。在肘关节微屈回收时,前臂稍外旋,手腕稍向后侧,球拍也随着之往右下后摆,拍面正对来球。拇指和食指向外捻动拍柄,拍面变为后仰。

(2)推球时,身体稍往前移,右前臂往前伸并带内旋,手腕、手指和拍面成直角,手腕由后伸至伸直并闪腕,食指向前压,小指和无名指突然握紧拍柄,拍子急速地由右经前上至左的挥动推球。使球沿边线飞向对方后场底角。击球后,球拍回收。

图 4.21

2.反手推对角线球(图 4.22)。

(1)站在左网前,以反手握拍前臂往前上方伸举。在前臂稍向左胸前收引,肘关节微屈,手腕外展时,变反手推球的握拍法,球拍松握,反拍面迎球。

(2)当前臂前伸并带外旋,手腕由外展到伸直闪腕,中指、无名指和小指突然紧握拍柄,拇指顶压,往右前方挥拍时,推击球托左侧后部,使球沿对角线飞行。击球后,恢复击球前的准备姿势。

图 4.22

(六)勾球

1.正手勾球(图 4.23)。

(1)用并步加踏跨步上右网前,球拍随前臂往右前斜上举。在前臂前伸时应稍有外旋,手腕微后伸,握拍手变为勾球握拍方法,球拍随着向右侧前方挥动。拍面朝着对方右网前。

(2)击球时,靠前臂稍有内旋往左拉收,手腕由稍后伸至内收内腕,挥拍击球托的右侧下部,使球向对方网前掠网坠落。击球后,球拍回收至右肩前。

图 4.23

2.反手勾球(图 4.24)。

(1)站在左网前,反手握拍前平举。在身体前移过程中,握拍变成反手勾球握拍法,拍面正对来球。当来球过网时,肘部突然下沉,同时前臂稍外旋,手腕由稍屈至后伸闪腕,拇指内侧和中指把拍柄往右侧一拉,其他手指突然握紧拍柄。

(2)击球托的左侧后部,使球沿对角线飞越过网。击球后球拍往右侧前回收。

图 4.24

五、步法

1.上网步法是指从场地中央位置向网前移动的步法。具体步法如下。

跨步:当球掉落实至网前时,两脚将重心调至右脚,迅速移动,左脚迅速蹬地向前迈出一步,当左脚刚着地时,右脚加速度蹬地向前跨出一大步。右脚跟先着地,接着脚掌外侧着地。上体前倾,右腿成弓箭步,前腿用力缓冲,保持正确的击球姿势,如图4.25所示。

 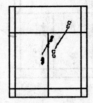

图4.25

垫步:当来球掉落至网前时,两脚将重心调至左脚,迅速移动,右脚迅速蹬地向来球方向迈出一步,紧接着左脚迅速跟上右脚并用力蹬地使右脚再向前迈出一大步。脚跟、脚掌外侧先着地,然后全脚着地立即缓冲,右腿成弓箭步,制动住身体,保持下一次击球的正确姿势,如图4.26所示。

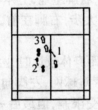 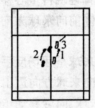

图4.26

蹬步:当来球掉落网前时,两脚移动将重心调至左脚,左脚用力蹬地,右脚向来球方向大步跨出,使身体迅速向来球方向性移动,挥拍击球。击完球后,右脚先着地,左脚紧跟着着地,并迅速制动,准备下一次击球。

2.退后场步法是指从球场中心位置后退到底线的步法。

(1)正手退后场击球步法。

交叉步:两脚轻轻移动,将重心调至右脚。身体右转,右脚向来球方向迈出一步。随着右脚的着地,左脚从体后交叉移至右脚外侧,然后右脚迅速向后再移动一步,当右脚着地时,迅速向上蹬,使击球点增高,同时左脚向身后伸出,挥拍击球,当击球完成时,左脚以前脚掌先着地,然后右脚着地。左脚着地时要缓冲、制动、回蹬,这几个动作要整体连贯,一气呵成,使身体迅速返回球场中心,如图4.27所示。

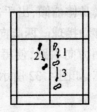 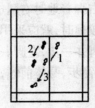

图4.27

垫步:垫步与交叉步的起始动作相似,区别是当右脚向来球方向移动后,左脚跟着地向后移动,左脚着地时不是后交叉,而是在右脚内侧着地,然后再移右脚。最后一步和交叉步相同,如图4.28所示。

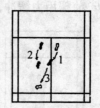

图4.28

跨步:这是正手低手击球时多采用的步法。当判断来球是后场球时,两脚轻跳将重心调至右脚,紧接着右脚用力蹬地,迅速向右转体,右脚向来球方向跨出一步,右脚一着地左脚迅速移动一步,在右脚外侧着地(经体前、体后均可),然后,右腿向来球方向再大跨一步,随着脚着地的刹那间出手击球。

(2)反手退后场击球步法。

两步移动击近体球:两脚轻跳将重心移至右脚,右脚蹬地,上体右转,左脚向来球方向迈出一步。同时,右脚迅速经体前向来球方向移动一大步,右脚在前,出手击球,如图4.29所示。

三步移动击远体球:当来球是后场反手位球且距身体较远时,两脚轻跳,重心移至右脚,右脚蹬地转体,同时经体前向来球方向迈出一步,背对球网,左脚向前移动一步。右脚再移动一步,右脚着地时,挥拍击球,向后移动步数可不受限制,但最后一步要保证右脚在前,如图4.30所示。

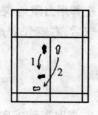

图4.29　　　　　　　　　　　　　图4.30

3.中场左右横动步法主要是还击中场球时所采用的步法。

(1)向右移动的步法。

跨步:当来球在右侧距身体较近时,两脚轻跳。将重心调至左脚,左脚用力蹬地,使右脚向来球方向跨出一大步,右脚着地时右腿成弓箭步,身体前倾,出手击球,如图4.31所示。

垫步:当来球离身体较远时,就应采用垫步来移动接球。两脚向上轻跳,随时准备移动。重心移至右脚,左脚向右脚并一步,左脚一着地就用力向右蹬,使得右脚迅速向右跨出一大步,右脚着地后,双腿成弓箭步,身体前倾,出手击球,如图4.32所示。

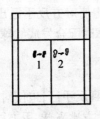

图 4.31

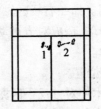

图 4.32

(2)向左移动的步法。

面对球网移动的步法：可用跨步或垫步来向左横动，如图 4.33 所示。

背对球网移动的步法：当对方来球向本方左侧掉落，应迅速作出反应，以反手击球，双脚向上轻跳，重心迅速移到右脚，右脚用力蹬地，身体顺势左转，同时右脚向左侧跨一大步，肩对网，用反手击球。击球手法依来球而定，如图 4.34 所示。

图 4.33

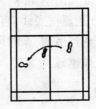

图 4.34

◆羽毛球运动的基本战术

一、单打战术

单打战术有很多，在这里介绍几个典型战术范例，希望广大爱好者从中获得启迪，举一反三，创出更多适合自己的战术。

1.发球战术。

(1)发后场高远球。

特点：可迫使对方后退还击，使对方无法进攻。后场进攻技术差的对手不易下压进攻。把球发到对方底线外角，便于下一拍打对方对角网前，拉开对方防守。左场区的底角外角位是对方反手区，是主要攻击目标，发右场区的底线外角球时要防对方攻击自己后场反手区。如发球到对方接发球区底的左右半区的内角位，就可避免对方快速地直线攻击自己的两边。

(2)发平高球和平快球。

特点：可迫使对方退到后场去还击，因技术特点可造成回球质量下降，发球方趁机取得主动。发平快球时，球的落点一般应在对方反手区，或直接对准接发球者的身体，使对手措手不及。

(3)发网前球。

特点：减少对方把球下压的机会，避免发球后立即进入互相抢攻的局面，如把球发到前发球线的内角，球飞行路线短，对方不易发动进攻。如发球到前发球线的外角位则起到调离对方中心位置作用。如在右场区发前发球线的外角位,能使对方反手区出现大片空当。还可以发对方的追身球,造成对方被动接球。另外发网前球时配合发底线球效果会更好。

2.逼反手战术。

(1)调开对方位置。

特点:运用技术使对方反手区露出空当,尽量把球打到反手区,迫使对方使用反拍击球。

例如:乙方发来的高远球,甲方选吊乙方正手网前,乙方挑高球,甲方即以平高球攻击乙方反手区。

(2)对反手较差的对手。

特点:反复攻击对手的反手区,使其身体位置远离中心,然后攻击对方的正手空当区。如果对方反手击球不过网,更可取得事半功倍的效果。另外,迫使对方后场用反拍击球时,要主动向前移动位置,封住网前,以便快速上前击球,为下一拍创造主动的机会。

3.平高球压底线战术。

特点:用快速、准确的平高球打到对方后场两角,在对方不能拦截的前提下尽量降低球的飞行弧线,把对方紧压在底线,当对方回击出半场高球时,就可以扣杀进攻。使用平高球压底线时,如果配合劈、吊球、杀球可增加到平高球的战术效果。平高球的落点和杀球、吊球的落点拉得越开效果越好。

二、双打技术

1.发球战术中的发球站位。

(1)紧靠前发球线和中线发球。

特点:这种站位适宜于反手发网前内角球,球过网后球托向下,不易被对方扑击。由于站位靠前,也便于第三拍封网。但这种站位不利于发平快球。

(2)站位离前发球线 0.5 米,靠中线。

特点:这是一种常规站立发球方法,正反手都可发各种球,并且各种各样路线都可以发。缺点是球的飞行时间长,发球后如果不及时抢网容易失去网前主动权。

(3)发球者站在离中线较远处。

特点:适用于反应慢、攻击力差的对手。缺点是如果对方有了准备,作用就不大了,反而会使自己陷入被动。

2.发球路线。

发球时选择发球路线和落点要注意以下几个方面。

(1)调动对方站位,破坏对方打法。

例如:对方甲、乙两名队员站成甲在后、乙在前的进攻队形,在发球给乙时要以发后场球为主并结合发网前球,而发球给甲时却要以发网前球为主结合发后场球,这样,从发球起就开始打乱对方的站位,破坏对方的打法。

(2)避实就虚,抓住对方弱点发球抢攻。

(3)发球要有变化。

3.攻人(二打一)战术。

特点:如果对方有一个人的防守能力、心理素质或技术较差时,就可把球集中到这个人的身上。这样,另一个不被攻击的人,站位会慢慢偏向同伴,形成空位,有利于我方进攻。

4.攻中路技术。

特点:落点应集中在对方两人之间的结合部位,并靠近防守能力较差者一侧,或在中线上。这样可造成对方抢球或漏球,并可限制对方进攻,有利于我方网前封网。

5.攻后场技术。

特点:如对方后场扣杀能力差,可迫使对方一人在底线两角移动。一旦其还击被动时,便大力扑杀,如另一对手后退支援,即可攻网前空当。

6.后攻前封战术。

特点:当本方取得主动攻势时后场队员逢高必杀,前场队员积极移动封网扑打。

练 习 篇

一、握拍法的练习方法

1.练习者按正手基本握拍法或反手基本握拍法握好球拍,逐个检查,纠正错误姿势。

2.按手势的指令(规定以某个手势,要求练习者做某一击球动作)做正手击球或反手击手的挥拍动作,要求做好相应的正手握拍法与反手握拍法的转换。

3.在击球练习中,启发练习者自觉地随时注意正确的握拍法,纠正错误的握拍法。

二、发球法的练习方法

1.按不同的发球方法,反复做徒手模仿练习。

2.按不同的发球方法,反复做挥拍练习。

3.发球,先学正手发高远球,然后学其他发球。

4.发定点球。

5.发球动作一致性练习:用同一个准备姿势,交替发不同飞行弧线和不同落点的球。

6.发球、接发球对抗练习。

三、击高球技术的练习方法

1.击高球的徒手模仿和挥拍练习。

2.用细绳把球悬挂在适当高度上(以人直立持拍上伸拍面击到球为宜)做击球练习(人站的位置应使球保持在右前上方)。

3.原地进行起跳转体90°着地后即返回原地,再反复起跳并完成上手挥臂动作的练习。

4.多球式喂球或一对一陪练式喂球,让练习者移动到位击球。逐步提高要求,可由原地完成动作,到起跳完成动作,固定回击一点直线球,到回击两点直线加斜线球等。

四、杀球式练习法

击高球的练习方法论基本法上适于杀球、吊球教学,此外根据杀球、吊球的特点,可以补充下列杀球练习及后面吊球练习法。

1.手持羽毛球(或小皮球)站在半场区,模仿扣杀球的方法向对方场区下压掷球。

2.练习者站在半场区,陪练者发半场高球,练习者做扣杀练习。

3.在一定基础上,应重点练习起跳杀球。

4.一攻一防。如杀球—挑球—杀球—挑球连续不断地练习,或杀球——一般挡球—回击——一般高球—回击高远球—杀球顺序进行练习。

5.一攻二防。即交替向左右两个陪练者杀去,以练习控制杀球路线的能力。

6.两点杀一点。陪练者交替将球击向后场区,练习者应积极移动,将球杀向陪练者方位。

五、吊球的练习方法

1.定位劈吊对角。练习者立于右后场,将陪练者发来的高远球吊回对方的右网前区。

2.一点吊两点。练习者交替将球吊对角和吊直线,两个陪练者将球挑高击回固定点。

3.两点吊一点。陪练者往对方后场底线两角挑高球,练习者应积极移动,将球吊回对方网前固定点。

4.吊球较熟练后,可做高、吊、杀的综合练习,以培养灵活运用这些技术的能力。

5.在单打教学比赛中运用吊球技术。

六、网前击球技术的练习方法

1.原地或跨一步做模仿练习(不用球)。

2.原地或跨一步做多球练习(要讲究动作质量)。

3.从场区中心位置开始,做上网步法并结合击球的练习。

4.从场区中心位置开始,做定点、定动做的上网击球的多球练习。

5.从场区中心位置开始,做定点、不定动作的多球练习。

6.从场区中心位置开始,做不定点、不定动作的多球练习。

7.半场(以边线、端线、中线构成的半场)单打教学比赛。全场单打教学比赛。

七、步法的练习方法

1.做好准备姿势,看手势信号做起动练习。

2.看手势信号做蹬转步法练习。

3.按不同步法逐个进行练习。开始宜要求步法正确,暂不要求速度,随着步法熟练后,对速度提出要求。

4.按手势指令做步法的综合练习(即按手势指向做步法移动)。

5.多球练习。既练步法又练手法,效果较好。

6.教学比赛。

欣 赏 篇

一、羽毛球运动的锻炼价值

羽毛球运动的基本技术易学,不同性别、年龄和不同身体条件的人都可参加活动。所需地大,设备简单,携带方便,容易被广大群众所接受。

在高水平的羽毛球比赛中,经常表现出激烈的对抗,对每一球的争夺,往往经过多次的对击和较长时间的鏖战。对锻炼者的速度、力量、灵敏,特别是耐力等身体素质,以及意志品质、应变能力提出了很高的要求。经常参加羽毛球运动,既可以锻炼身体,增强身体的活动能力,改善身体各器官的功能,达到提高身体素质增强体质的目的,又可以培养勇敢顽强、灵活机智、果断、沉着等优良品质和作风。

二、羽毛球运动规则简介

羽毛球运动是在一块长方形的平地上,画上单打和双打合用的场地线(长为 13.4 米,单打场地宽为 5.18 米,双打场地宽为 6.1 米),中间悬挂球网(网两边在支柱顶端高 1.55 米,中间宽 1.524 米处),参加活动的双方共用一只羽毛球,各备一把羽毛球拍进行的活动。

羽毛球运动,有单打和双打两种形式。单打有男子单打和女子单打两项,双打有男子双打、女子双打和混合双打三项。

女子单打以 15 分为一局,其余均以 21 分为一局(不含加分赛),比赛时,发球方胜球得分,输球换由对方发球,对方不得分。双方除开局发球方发球失误换发球外,此后,双方都有两次发球机会。正式比赛采用三局两胜决定胜负,每赛完一局交换场地,下一局由获胜一方先发球,第三局(决胜局)中有一方先得 11 分(女子单打为 8 分)时双方必须交换场地。

单打比赛中,当发球方的分数为零或偶数时,双方都站在右发球区发、接球;当分数为奇数时,双方都站在左发球区发、接球。在双打比赛中,当一方获得发球权时,不论得分是奇数还是偶数,都由站在右发球区的队员先发。发球方每得一分,同队两队员互换左右发球区,由原发球员继续发球,而接发球方始终保持原站方位,不得互换。当第二发球员输球后,发球权交给对方。双方比赛进行中,除发球和接发球外,可由任一队员进行还击。

发球队员发球时脚不得踩线、移动或离开地面。发球击球的瞬间,球的任何部位不得高于腰部,球拍框应明显低于发球员手部,违者判发球违例。

三、羽毛球竞赛组织方法

羽毛球比赛常用的方法是淘汰赛、循环赛和分阶段赛。这里只对国际羽联关于羽毛球比赛淘汰赛的抽签方法论中有关种子队员的位置和轮空位置等规定做一些介绍和解释。

(一)"种子"位置和抽签方法的规定

1.如有 2 个"种子",第 1 号与第 2 号"种子"用抽签办法分别进入上半区的顶部和下半区的底部。

2.如有 4 个"种子",第 1 号与第 2 号"种子"按上述办法定位,第 3 号与第 4 号"种子"用抽签办法分别进入第 2 个 1/4 区顶部和第 3 个 1/4 区的底部。

3.同属一个单位的 2 个"种子",应分别抽进两个半区内,同属一个单位如有 3 个或 4 个"种子"应分别抽进各不同的 1/4 区内。除"种子"外,同属一个单位的其他参加者也应根据上述规定,合理均匀地分布在不同的区中。

(二)轮空位置的安排

1.当参加比赛的人数为较大的 2 的乘方数时,他们应按比赛顺序成双相遇地进行比赛。

2.当参加比赛的人数(或对数)不是 2 的乘方数,第一轮应有轮空,轮空数等于较大于且接近参加比赛的人数的 2 的乘方数与参加比赛的人数的差。

3.如果轮空数是偶数,应将轮空位置平均分布在比赛表的顶部和底部。上半区轮空位置顺序从上往下排,下半区的轮空位置顺序从下往上排,如果轮空位置是奇数,即下半区应比上半区多一个轮空。

4.如果上述轮空位置集中排在表的顶部和底部的作图方法达不到同单位的运动员合理分开的目的时,应把轮空位置分配到各个不同的 1/8 区。

(三)单循环赛决定名次的方法

单循环赛决定名次的方法是以运动员(队)获胜场(或次)数多少决定名次。如两人(队)获胜场(或次)数组等,按两者相互间胜负决定名次。如遇三人(队)以上获胜场(或次)数相等,则按他们在该组比赛的净胜场(或次)数(获胜总场数减去负的总场数)决定,净胜场数多的名次在前,如仍相等,则按净胜局数决定名次,再相等则按净胜分数决定名次。若在计算某一级净胜数后,还遇两人(队)名次仍无法确定时,则需进一步计算这两人(队)下一级的净胜数,直至可以定出先后为止。

乒 乓 球 运 动

学 习 篇

◆乒乓球击球的基本环节

判断、移动、击球、还原是乒乓球击球动作的四个基本环节,贯串于每一次击球动作之中,并各自在击球过程中都起着重要的作用。

一、判断

判断的正确与否、速度的快慢是受人们的观察、反映速度和运动经验所决定的。在实践中,我们看到有经验的运动员打球时,移动及时、轻松自如、不慌不忙地回击每一个来球。这一方面是由于他们在长期的实践中,能根据对方的技术特点、战术意图、当时的站位、前一板的击球方法等情况和自己回球的性能、弧线、质量等因素来预测(估计)对方下次击球可能采用的方法和来球特点;另一方面来自正确的观察、迅速的反映。所以,判断是击球动作过程中的第一个环节,是移动、击球的根据,是提高击球质量的重要方面。不断加强观察、反映速度的训练,适当参加比赛,不断丰富比赛经验是提高判断能力的主要方法。现将判断来球路线、落点、旋转性质的主要方法介绍如下。

(一)判断来球路线、落点的主要方法

如对方正手位击球时,球拍正对自己的右角为斜线球;拍面正对自己的左角为直线球。也可以从来球通过网顶的位置来判断来球路线。如对方正手位击球时,球从网顶左边飞来为直线球;球从网顶的中部飞来为斜线球。因此,从对方击球时拍面所对的方向来判断来球路线。一般来说,对方球拍触球时,拍面所对的方向即为来球路线。

1.从对方击球时力量的轻重来判断击球落点的长短。

2.从来球飞行弧线最高点的位置来判断来球的落点。

3.在接发球时,从对方第一落点的位置来判断来球的落点的长短。

4.在判断击球路线、落点时,还可根据自己打出球的旋转性能与落点来预测对方来球路线。

(二)判断来球旋转性质

1.根据对方击球时球拍运动的方向来判断来球的旋转性质。

2.从来球的飞行弧线和球着台的反弹情况来判断来球的旋转性质。

3.根据对方挥拍击球时动作幅度的大小和挥拍速度的快慢,判断来球的力量、速度、旋转强弱和落点的长短。

二、移动

移动是击球过程中的第二个环节,它包括起动和步法两部分。起动是移动的开始。由于乒乓球比赛场地小、距离近、球速快,因而对起动的要求就更高,起动的快慢常常会直接影响到移动的速度。步法就是脚步移动的方法。步法灵活,运用得合适,就可以加快移动速度,保证合理的击球位置,提高击球效果。步法移动的方法很多,如单步、跨步、跳步、并步、交叉步以及侧身步等。由于乒乓球各种打法的不同、来球特点不同、还击方法不同以及每个人的习惯不同等,因此在运用上应灵活选择,要根据当时的情况和个人的特点来灵活运用。

移动是以对来球的预测(估计)及实际观察判断为依据的,以自己准备采用的击球方式为要求,及时地达到合理的击球位置为目的。为此,在移动时应力求移动距离短、速度快、动作简单。

三、击球

击球的方法虽然很多,有攻、推(拨)、削、拉、搓等,各有区别,但从整个击球环节来看,它们都离不开击球的位置、击球的时间、击球的部位与拍面角度的调节、击球的动作和击球力量的运用这几个方面。

(一)击球位置

击球位置是指击球时,球与身体在空间所形成的相对位置。合理的击球位置,应在"身前击球",也就是把击球点选择在身体的前面,并选好球与拍的距离。在选择"身前击球"时,应注意以下问题:有利于动作的伸展,能充分发挥臂、腰、腿等各部分的协调用力,将最大力量用于球上,能在挥拍速度最快时击球,以保证击球的力量和速度;有利于调节球拍与球的距离,合理的击球位置,有助于击球动作的协调和力量的发挥,对提高击球的准确性和质量具有重要作用。击球位置不好,不仅限制击球时力量的发挥,而且还会使击球动作变形,造成击球失误。

(二)击球时间

击球时间是指对方击球到本方台面弹起后,从上升至下降这段时间中,拍触球时球正处在空间的那一段时间。这段时间可分为上升期、高点期和下降期三个时期。

(三)击球部位和拍面角度

合适的击球部位和拍面角度对提高击球的准确性是非常重要的。选择击球部位和调节拍面角度,主要取决于来球的旋转性能、落点、弹跳的高低和准备回击的方式。不同类型打法的技术对击球部位与拍面角度的要求各有不同。

(四)击球动作

击球动作一般包括引拍、挥拍、触球、击球后动作四部分。

1.引拍:是挥拍击球前的准备动作,其目的是为了更好地发力击球。引拍的方向决定着回击球的旋转性质,要使回球呈下旋就必须向上引拍;要使回球呈上旋,就必须向下引拍。引拍是否到位,是能否击中球的首要条件;引拍是否及时,是能否保持合适的击球点的重要因素之一;引拍动作的正确与否,影响击球的命中率和击球效果。

2.挥拍:从引拍后的位置迎球挥拍到击中来球这段过程。挥拍速度的快慢决定着球速的快慢、旋转的强弱,一般要求挥拍的速度要加快,以提高击球质量;挥拍方向可决定和影响回球的旋转性质和路线;挥拍动作正确与否直接影响着击球质量和回球效果。不同打法、不同技术对挥拍动作有不同的要求。

3.触球:是指球拍与球接触时一瞬间的动作。这一瞬间的动作常常可以决定着击球的方向、路线、落点以及旋转的性质与强弱,并直接影响着击球的准确性。在击球时球拍触球的一瞬间改变拍面所对的方向,也就改变了击球路线、落点。触球时改变拍面的角度,也就改变了触球部位,从而决定球旋转的强弱,甚至还可改变旋转性质。

4.击球后动作:是指击球以后的动作,包括随势挥拍和击球后的放松动作。

随势挥拍是指球拍击球后有一段随势前挥的动作。其主要目的是有利于在击球结束阶段保证击球动作的准确性。击球后放松动作是指击球动作完成后,随着挥拍的结束而出现的一个短暂的放松阶段。放松动作是在连续击球中保持身体平衡的关键,也是保证有节奏地连续击球和提高击球质量的重要因素。

(五)击球力量的运用

击球力量是加大球的速度和旋转的基础。对于弧圈球或削球运动员来说,力量的发挥主要是为了加大球的旋转强度;对于近台快攻运动员来说,力量的发挥主要是为了使球获得更快的飞行速度。

1.发力大小。根据战术需要调节击球力量一般可分为以下几种。

(1)发力。依靠自己主动发力。加快挥拍速度,在击球瞬间发挥出最大的爆发力,有时也可加大引拍距离和击球幅度,使球产生最快的速度和最大的力量。来球上旋和下旋都可进行发力打,发力打要求动作技巧和身体素质都很高,而且在击球中运用较多。

(2)借力。借对方来球的力量把球击过去。借力只能回击冲力较强的来球,如加力推、扣杀、弧圈球等。借力打法要掌握好拍面角度,它比较稳健且有一定速度,能起到控制落点的作用。

(3)减力。放慢回球速度,使其低于来球速度。如减力挡、轻带等。这种打法在对方离台较远时,能起到缓冲对方攻势的作用,尤其对生胶拍、防弧胶拍和长胶拍的效果较好。

2.击球厚薄。根据不同打法特点,在击球时运用撞击力与摩擦力时各有不同的要求。

一般攻球类以速度、力量为主的打法,如快攻、扣杀、快推等均以撞击力为主,用力方向要接近球心;一般打旋转球的以旋转为主的打法,如削球、弧圈球等则以摩擦力为主,用力方向要远离球心。

3.发力方向。根据来球的不同特点,要掌握好发力的方向。

来球冲力较大,回球用力方向应以向前为主;来球下坠力较强,回球用力方向应以向上为主;来球着台后反弹较低,击球点比网低时,在向前用力的同时应加大向上用力;来球着台后反弹较高,击球点超出网高很高时,在向前用力的同时应增加向下的力量。

削球时,在来球具有较强上旋时,为了降低弧线高度,在前用力的同时,要增加下切的力量,来球冲力越大,下切力量越大;在来球具有较强下旋时应注意增大向前用力。

4.发力方法。根据不同的打法、不同的技术的要求一般有以下几种发力方法:近网短球应以手腕发力为主;近台球和以快为主的打法,如近台快攻,推挡、快拨、近削等以前臂发力为主;中远台的球和以力量为主的球,如扣杀、拉弧圈球、远攻、远削等应以上臂带动前臂发力。

四、还原

还原是指挥拍击球后,重心、身体姿势的迅速还原,以及在大范围移动后站位的还原,为下一次击球做好准备。因此,还原是提高击球质量的重要环节。在快速多变的比赛中,运动员来不及还原是常有的,但这并不等于不要还原,实践证明不少运动员正是由于还原不及时造成击球失误,影响击球质量。在快速地连续击球中,要求运动员每一次击球后都还原到一开始的站位与身体姿势,实际是有困难的,有时也是没有必要的,因为在连续击球中的站位与身体姿势常常是受上次击球动作与来球的路线、落点及这次击球动作的要求所决定的。但在可能的条件下应力求做到重心、脚距、身体姿势的还原,根据来球的特点和下次击球的要求,调整人体与球台的位置,保证下次击球的质量。

(一)重心的还原

由于任何一种击球动作,在击球时都有不同程度的重心移动,一般击球后重心都移在前脚上或移到另一只脚上,支撑重心的脚是不能再做抬腿、移步的动作,为了保证下次击球时,能根据需要随时移动任何一只脚,所以,必须要把重心还原成击球前的状态,把重心重新置于富有弹性的两膝微屈的两个前脚掌的内侧,才能保证在第二次击球时的快速移动与准确地击球。

(二)身体姿势的还原

由于任何一种击球动作,都会破坏了原来击球前的身体姿势,如正手攻球后挥拍在左前上方,身体左转,重心在左脚上,为了保证下一次击球动作的迅速、合理,必须要迅速还原身体的姿势,应力求使身体还原到击球前的准备姿势,或下一次回击方法所需要的准备姿势。身体姿势还原的过程,也应该是肌肉放松的过程,没有放松就没有快速收缩(爆发式的收缩),只有这样才能保证下次击球的准确性和质量。

(三)站位的还原

站位的还原主要是指一些大范围的移动击球后,身体离台过远,应力求向开始站位方向还原,并应根据来球特点和下次击球动作的要求,调整人体与球台的位置,有利于下次击球。

◆乒乓球的基本技术

在乒乓球这一对抗性运动中,为了得分或不失误而运用的各项专门的合法的击球动作,就是乒乓球的技术。基本技术掌握的越全面、正确、熟练、实用,战术的应用也就越灵活多变,效果越好。

一、握拍法

世界上流行的握拍法有两种,一种是直拍握拍法,一种是横拍握拍法。不同的握拍法产生了各种不同的打法。握拍的方法与击球动作有着密切的关系,每个击球动作都是由手臂、手腕和手指相互配合用力来完成的。所以,握拍的好坏对技术提高和全面发展有较大的影响。

(一)直拍握拍法

1.快攻类握拍法。球拍柄的右侧贴在食指的第三关节处,以食指的第二关节压住球拍的右肩,食指的第一关节自然向内弯曲。拇指的第一关节压住球拍的左肩。其他三指自然弯曲斜形重叠,以中指第一关节托于球拍背面1/3上端,使球拍保持平衡,如图4.35所示。

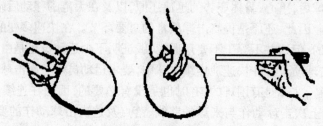

图 4.35

2.弧圈类握拍法。在拍的前面拇指紧贴拍柄左侧,食指扣住拍柄形成一个环状紧握拍柄,拍后三指自然微屈用中指第一指节顶住拍后的中部,如图4.36所示。

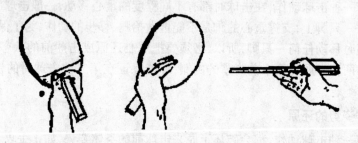

图 4.36

3.削球类握拍法。拇指弯曲紧贴拍柄左侧用力下压,其余四指自然分开托住球拍后面,如图4.37所示。正手削球时,尽量使球拍后仰,以减少来球的冲力;反手削球时,拍后四指要灵活地把拍转动兜起,使拍柄向下。反攻时,食指迅速移到拍前,以第二指节扣住拍柄,拍后三指仍弯曲贴于拍的上端,握拍同快攻类握拍法。

(二)横拍握拍法

横拍的一般握法如同人们见面时握手一样,中指、无名指、小指握拍柄,虎口贴住拍肩,拇指略弯曲捏拍,在球拍的正面贴在中指旁边,食指斜伸在拍的另一面,如图4.38所示。横拍握拍法在正手攻球时食指用力,也可将食指稍向上移动。反手攻球或快拨时拇指用力,也可将拇指稍向上移动。正、反手削球时,手指基本不动。

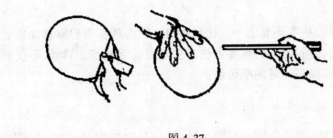

图 4.37

图 4.38

(三)握拍应注意的问题

握拍关键在于手指能否灵活地调节拍面角度,提高击球命中率。握拍不能太深或太浅,直握拍时,食指和拇指构成的钳形不能过大或过小,以免影响手腕动作的灵活性和击球的发力。不论是直握或横握,在准备击球时或将球击出后,握拍都不宜过紧或过松。过紧会使手腕僵硬,影响球的飞行弧线;过松会使拍面摇动,影响发力和击球的准确性。

二、准备姿势与步法

(一)准备姿势

运动员在还击每一个来球之前,应当使身体保持正确的基本姿势以便迅速起动,抢占合理的击球位置,然后才能及时正确地把球击过去。

1. 站位。站位是根据各种不同类型打法的技术特点、身体的高度和照顾全台的要求来决定的。

快攻类左推右攻打法基本站位在近台,离台 30 ~ 40 厘米左右,偏左;两面攻打法基本站位在近台,离台 40 ~ 50 厘米左右,中间略偏左;以弧圈为主打法基本站位于中台,离台 50 厘米左右,偏左;两面拉的站中间偏左。削球类:横拍攻削结合打法基本站位在中台附近;以削为主配合反攻打法基本站位在中远台附近(1 米左右)。

2. 身体姿势。身体姿势就是运动员在击球时身体所保持的合理姿势,它有利于加快起动和提高击球的准确性并能充分发挥臂、腰、腿等部位的协调配合。

身体姿势要求:两脚平行站立(脚尖指向平行)比肩稍宽(根据不同打法的要求两脚可一只稍前,另一只稍后),身体重心在两脚之间,保持身体平稳。足跟稍提起以前脚掌着地,两膝微屈并稍内扣,上体稍前倾、收腹,以便加快起动。持拍手臂自然弯曲,直握拍的肘部略向外张,手腕放松,球拍置于腹前,以利于左右照顾,加快击球速度;横握拍的肘部朝下,前臂自然平举。拍面角度,可根据不同打法,采取前倾或稍后仰。两眼密切注视对手挥拍击球一刹那间的动作,加强对来球的判断。

(二)步法

步法移动是击球的基本环节之一。比赛中每一次击球都需要靠移动来取得合适的击球位置。它是争取主动、摆脱被动的重要方法。快速而灵活的步法移动,不仅能保证运动员正确的击球动作,而且能提高击球的准确性。

1.基本步法。

(1)单步。

①单步的移动方法:单步是以一只脚为轴,另一只脚向前、后、左、右不同的方向移动一步,身体重心也随之落到移动的脚上,如图4.39所示。

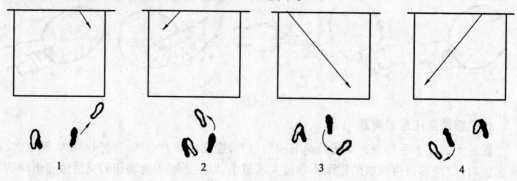

图4.39

②单步的特点和作用:单步移动比较简单,一般是在来球离身体不远的小范围内运用。在移动中,重心转换比较平稳。

(2)跨步。

①跨步的移动方法:跨步是以一只脚向前、后、左、右不同的方向跨出一大步,身体重心随即移到跨步的脚上,另一只脚也迅速地滑动半步跟过去,如图4.40所示。

②跨步的特点和作用:跨步移动的幅度比单步大,近台快攻打法常用这种步法来对付离身稍远的来球;削球打法有时也用它来对付对方突然的攻击。跨步向左、右移动时常与并步或跳步结合使用。

(3)跳步。

①跳步的移动方法:跳步是以与来球异方向的脚用力蹬地为主,使两脚同时或几乎同时离地向来球的方向跳动,蹬地的脚先落地,另一只脚跟着落地站稳,如图4.41所示。

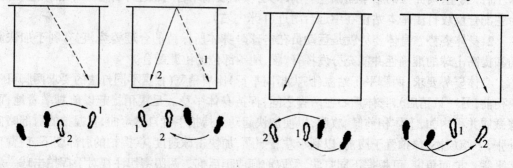

图4.40　　　　　　　　　　　　　　图4.41

②跳步的特点和作用:跳步移动的幅度比单步、跨步都要大些。跳步移动,常会有短暂的腾空时间,这对于保持身体重心的稳定会有一定的影响,通常它是靠膝关节和踝关节的缓冲来减少重心的起伏。跳步是弧圈打法在中台向左、右移动或侧身移动时常用的步法;快攻打法用跳步来侧身也较多,但向左、右移动时常把跳步与其他步法结合起来运用;削球打法运用跳步向左、右移动较少,但以小跳步(移动范围很小的跳动或滑动)来调整站位却用得较多。

(4)并步。

①并步的移动方法:并步的移动方法基本上和跳步相同,只是不做腾空的跳步。移动时,先以与来球异方向的脚再向来球方向迈一步,如图 4.42 所示。

②并步的特点和作用:并步移动的幅度比单步大,但比跳步要小。由于并步移动没有腾空动作,有利于保持身体重心的稳定,这就使它成为削球打法常用的步法之一。快攻或弧圈打法在攻削球做小范围的移动时,也常会使用这种步法。

(5)交叉步。

①交叉步的移动方法:交叉步先以靠近来球方向的脚作为支撑脚,使远离来球的脚迅速向前、后或左、右不同的方向迈出一大步,而原作为支撑的脚跟着前脚的移动方向再迈一步,如图 4.43 所示。后交叉步相反。

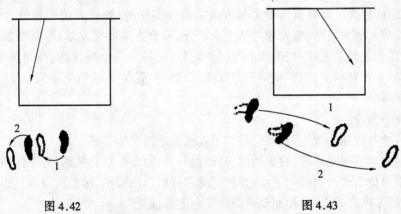

图 4.42　　　　　　　　　　　图 4.43

②交叉步的特点和作用:交叉步移动的幅度比前面介绍的几种步法移动的幅度都大,它主要是用来对付离身体较远的来球。快攻或弧圈打法在侧身攻后扑打右角空当或走动中来削球时,常会运用这种步法;削球打法也常用它来接短球或削突击球。

2.各种类型打法的步法运用。

(1)快攻类。

①左推右攻打法的步法:这种打法站位近偏左半台,常用左脚在前,右脚稍后的站位姿势,以便充分发挥正手攻的威力。因此,它的步法移动是左右小范围快速移动较多,配合较大范围的移动和前后移动较少。以单步、跨步为基础结合运用侧身的方法(侧身方法根据来球的角度不同,可采用单步、跨步、跳步或后交叉步进行)以及交叉步等。

②两面攻打法的步法:其打法特点是站位较近,两脚平行站立(一般稍偏球台左边),常用左右小侧身让开身体进行正反手攻球。因此,它的步法移动是以小范围的单步、跨步为主,结合运用其他步法。

(2)弧圈类的主要步法:这种打法,击球动作较大,需要全身发力较多,击球时要求重心稳定。因此,它常以并步、跳步、交叉步为主,配合其他步法进行移动。

(3)削球类的主要步法:削球离台较远,击球点在下降期较多,所以削球运动员在防守时常以并步、交叉步为主,结合动用其他步法。一旦转入进攻,常以跨步、跳步进行移动。

三、发球与接发球

发球与接发球是攻、防矛盾的两个侧面。发球一方利用主动地位破坏接发球,接发球一方则力避被动,争取矛盾的转化,变防为攻。两者是对立的统一。因此,发球与接发球双方的矛盾斗争,将起到不断推动技术、战术发展的作用。

(一)发球

1.发球的意义。发球是一项重要的基本技术。它不受对方的制约,可以选择最合适的站位,按自己的战术意图把球发到对方球台的任何位置上,用以压制对方的进攻,为自己发球抢攻创造有利条件。发球发得好,还能在比赛中引起对方心理上的紧张,甚至造成接球失误。

比赛中,发球起着开路先锋的作用,每局每人约有 15～20 次的发球机会,要充分利用这些机会,使自己处于主动、有利的地位。

2.发球的种类。划分发球种类的方法是多种多样的,如按方位来划分,可分为正手发球、反手发球和侧身发球;按发球的性质来划分,可分为速度类发球、落点类发球、单一旋转类发球和混合旋转类发球;按形式的不同来划分,又可分为低抛发球、高抛发球和下蹲发球等。发球种类虽然很多,但归根结底是和速度、旋转、落点分不开的。

3.发球技术。

(1)发平击球。

特点:这种发球一般不带旋转,是学习其他发球技术的基础。

方法:正手发平击球时,右脚稍后,身体稍向右转,左手掌心托球,置于体前偏右侧,右手持拍,置于身体右侧。当球向上抛起时,同时右臂稍向后引拍,接着从身体右后方向前挥拍,在球降至近于网高时击球,拍面稍前倾触球中上部,如图 4.44 所示。

图 4.44

反手发平击球时,右脚在前,身体稍向左转,引拍至身体左侧。球向上抛起后,右手持拍从身体左后方向前挥拍,拍面稍前倾,在球降至近于网高时,击球中上部。

动作要领:前臂与手腕配合向前下方发力击球,击球后的第一落点应落在本方球台中段。

(2)急发球(长球)。

特点:球速快,弧线低,前冲力大。

方法:正手发急球(奔球)时,右脚稍后,身体稍向右转,右手持拍于身体右侧。当持球手将球向上抛起后,持拍手随即向右后上方引拍,待球下落时前臂迅速由后向左前方挥动,拇指压拍,拍面略向左边斜,稍前倾,当球降至约与网同高时击球,球拍沿球的右侧中部向中上部摩擦。击球后,前臂和手腕随势向前挥动。

反手发急球时,右脚稍前,身体稍向左转,左手掌心托球置腹前左侧,右手持拍于身体左侧。抛球后,待球下落时前臂迅速向前挥动,击球点应与网同高或比网稍低,拍面稍前倾,击球的中上部。击球后,前臂和手腕随势向前挥动。

动作要领:击球点约与网同高或稍比网低。发正手急球时,手腕向前使劲抖动;发反手急球时,持拍手以肘为中心,前臂向右前方横摆发力击球。发反手急下旋球,动作与反手急球相似,区别在于拍同球接触瞬间拍面略为后仰,击球中下部,第一落点应在本方球台的端线附近。

(3) 反手发轻球(短球)。

特点:击球动作小,力量轻,落点近网。

方法:准备姿势与反手发急球相似。持球手将球向上抛起,持拍手向后上方引拍,当球下落时,前臂与手腕向前下方挥动,在此网稍高时,轻击球的中下部,球经本台中段越网落到对方近网处。

动作要领:抛球不要过高。击球时,前臂突然内旋,使拍面稍后仰,轻击球的中下部。

(4)正手发左侧上(下)旋球。

特点:正手发左侧上(下)旋球时,手法较为相似,并能充分发挥手臂和手腕的作用,旋转力较强,对方挡球后,向其右侧上(下)方反弹。

方法:正手发左侧上旋球时,右脚在后。抛球时,持拍手向右上方引拍,手腕略向外展。当球下落时,手臂迅速向左下方挥动,在与网同高时触球,触球瞬间手腕快速向左上方转动,使球拍从球的中部偏下向左上方摩擦。正手发左侧下旋球时,手腕快速向左下方转动,使球拍从球的中下部向左下方摩擦。

动作要领:正手发左侧上旋球时,前臂由右向左上方挥动,使球拍从球的中部略偏下向左上方摩擦;发左侧下旋球时,前臂由右向左下方挥动,使球拍从球的中下部向左下方摩擦。手腕要配合发力。

(5)反手发右侧上(下)旋球

特点:能充分运用转体动作,旋转力较强,对方挡球后,向其左侧上(下)反弹。

方法:反手发右侧上旋球时,右脚在前。持拍手向左上方引拍,拍柄略向下。抛球后,当球下落时,前臂和手腕同时发力,向右下方挥拍,在与网同高时击球,触球瞬间手腕向右上方转动,使球拍从球的中部略偏下向右上方摩擦。反手发侧下旋球时,手腕向右下方转动,使球拍从球的中下部向右下方摩擦。

动作要领:反手发右侧上旋球时,前臂由左向右下方挥动,触球中部略偏下向右上方摩擦;反手发右侧下旋球时,拍面稍后仰,从球的中下部向右下侧摩擦。充分利用手腕转动来配合前臂发力。

(6)正手发转和不转的球。

特点:球速较慢,前冲力小,主要是以相似手法,用旋转变化来迷惑对方。造成对方接球失误或为自己抢攻创造条件。

方法:正手发转球时,右脚在后,前臂向后上方引拍,拍面略后仰。抛球后,待球下落时前臂迅速向前下方挥动并略外旋,手腕用力转动使拍面后仰角度大些,约与网同高时击球,摩擦球的中下部。正手发不转球时,手臂向前下方挥摆,前臂外旋与手腕的转动要慢或外旋后在触球瞬间略有内旋,使球拍面后仰角度小些,用球拍下部偏右处向前撞击球,减小向下摩擦力。

动作要领:正手发转球时,前臂与手腕配合发力,摩擦球的中下部;正手发不转球时,减少球拍面后仰角度,并稍加前推力度。

(7)侧身正手高抛球

特点:高抛可达2~3厘米高度甚至更高,下落时产生重力加速度,增大了球对拍的压力,从而加快了出手的速度和发球的突然性,由于高抛后回落距离较长,形成了一种较慢的节奏,如果对方不习惯,就会增加接发球的困难。目前侧身止手高抛发球,不仅要注意速度旋转变化,而且还要有长、短和斜线、直线等落点变化,才能取得良好的效果。

方法:站位于左半台,右脚稍后,两膝微屈,身体侧对球台约成90°,持球手一侧身体与球台约距20厘米。抛球时,持球手肘部要略靠体侧,手托球略高于台面,手腕固定,以前臂发力为主,配合膝关节伸展向上抛球。当球抛起后,持拍手臂立即向右侧后上方引拍,手腕也随之外展,腰腹向右侧上稍挺起,待球落至头与右胸高度时,开始挥臂,在右腰前约比网稍高时击球。拍与球接触的一瞬间,动作和发正手左侧上(下)旋球相同。如发右侧上、下旋球,其动作是先做一个发左侧上、下旋球的假动作,即持拍手先从右上方向左下方摆动,待球达到合适的击球位置时,持拍手在身前再做一个由左向右的挥拍击球动作,使球具有右侧上、下旋。

动作要领:球要抛得高且直,在右腰前15厘米左右的地方击球,动作与发左、右侧上(下)旋球相同,摆臂速度要快,击球时要用球拍的下沿摩擦球。

(二)接发球

乒乓球比赛是从发球与接发球开始的,一局比赛发球与接发球各占一半。如果接发球接的好,就能控制对方的进攻,从而变被动为主动。接发球技术的运用,首先应根据自己打法特点和来球的性能,然后决定回接球的方法。通常采用的有推、搓、削、拉、攻等技术。接发球的站位,应根据发球方的位置可适当调整自己的基本站位。如对方站在球台右角发球,则自己的站位应该偏右些,因为来球到右方的角度比较大;反之,则偏左。

四、推挡球

推挡球是我国运动员的独特打法,它具有站位近、动作小、速度快、变化多的特点。在对攻中常用快速推压,结合力量、落点和旋转变化牵制对方,为正手攻和侧身攻创造有利条件;在被动时,可以起到积极防御的作用。

推挡球可分为挡球、减力挡、快推、加力推以及推下旋等技术。

(一)推挡球的技术

1.挡球。

特点:球速慢、力量轻、动作简单、容易掌握,是初学者的入门技术。

方法:两脚平行站立或右脚稍后,身体靠近球台。击球前,两膝微屈,稍含胸收腹;击球时,前臂向前伸,球拍由后向前;拍触球时,拍面与台面近乎垂直,在上升期击球的中部,借助对方来球的反弹力将球挡回;击球后,迅速还原,准备下一次击球,如图4.45所示。

动作要领:球拍横状立,手臂前伸迎球,上升期击球中部,借来球反弹力将球挡回。

运用:帮助初学者熟悉球性,提高控制球的能力。用于回接挡球和上旋来球等,能起到调动对方和防守的作用。

图4.45

2.减力挡。

特点:回球弧线低、落点短、力量轻,能减弱来球力量的一种控制性较强的技术。

方法:站位与平挡球相同。击球时,在触球瞬间,手臂前移的动作骤然停止,并调节好拍面角度,把球拍轻轻后移,以削减来球的反弹力;击球后,迅速还原。

动作要领:向前迎球,拍面前倾,身体重心略升高。拍触球时手臂和手腕要稍向后收。

运用:一般在对方来球力量较重和上旋力较强的情况下使用,或在加力推和正手发力攻,迫使对方离台后使用,能起到调动对方的作用。

3.快推。

特点:站位近、动作小、速度快、变化多。在发挥速度优势的情况下,能起到助攻的作用,是在推挡球中最常用的一种技术。

方法:站位近台,右脚稍后或两脚平行开立,上臂和肘关节靠近右侧身旁。击球前,前臂稍向后引;击球时,前臂向前推出,食指压拍,拇指放松,拍面前倾,在击球上升期击球中上部;击球后,手臂顺势前送。

动作要领:稍后撤引拍,前臂向前推出,配合转腕下压。

运用:快推一般适用于对付旋转较弱的拉球、推挡球和上、中等力量的突击球。在相持中运用推压两大角或突击对方空当,争取时间,使对方应接不暇,造成其失误或失机会,为正手或侧攻创造条件。

4.加力推。

特点:回球力量重、击球快、有落点变化。能有效地牵制对方,夺得主动,是推挡球中威力较大的一种技术。

方法:击球前前臂上提,球拍后引,肘部贴近身体,拍面前倾。在来球上升后期或高点期击球的中上部,触球瞬间用力推压并配合转腰加大推压力量。击球后,手臂随势前送。

动作要领:加力推适用于对付速度较慢,旋转较弱的上旋球或力量较轻的攻球,以及反手位出现的高球。比赛中运用加力推,常可迫使对方离台后退,陷于被动防守的局面。它与减力挡配合使用,能更有效地牵制对手,取得主动。

5.推下旋。

特点:回球落点长、弧线低、带下旋。落到对方台面时,往下滑。

方法:击球时,拍面与台面近乎垂直,在来球上升后期或高点期击球,触球瞬间前臂和手腕向前下方发力,同时拇指压拍,使拍面稍后仰,摩擦球的中下部。

动作要领:击球时,拍面稍后仰,推击球的中下部,向前下方用力。

运用:推下旋适用于对付对方发过来的侧下旋球和推挡球。在对推中使用推下旋球,能改变回球的性能,使对方不能借力,为侧身攻创造条件。

(二)推挡球的技术分析

推挡球动作幅度小、球速快、变化多。从运动力学观点看,它既能借来球的反弹力挡球,又能自己主动发力推击来球,同时还可以利用触球瞬间,球拍与球体的摩擦作用,增大切向分力,使球稍带各种旋转,如推下旋、侧旋等。推挡球的发力方向,一般来说,是向前为主的,所以球的弧线低、曲度小。根据推挡球的各种不同技术的要求,挥拍方向与触球点(力的作用点),有较大的区别。如快推,主要是向前推击球的中上部;推下旋是向前下方推击球的中下部;推挤是向前推击球的左侧部。可见,推挡球的作用力线有的接近球心,也有的是稍远离球心。发力方向除向前外,还要与其他方向结合。触球部位也各有不同。因此,要求我们在学习推挡球时,能灵活地调节拍面角度,准确地控制击球部位,并能在击球的瞬间,掌握好挥拍方向,这样才能打出各种各样的推挡球,以便在比赛中随意运用。

五、攻球

攻球具有速度快、力量大、应用范围广等特点。它是比赛中争取主动,获得胜利的重要手段。因此必须全面地学习攻球技术。

(一)攻球技术

1.正手攻球。

(1)正手近台攻球。

特点:站位近、动作小、球速快,能借来球反弹力还击,是我国近台快攻打法的主要技术之一。

方法:直拍正手近台攻球时,身体靠近球台,右脚稍后,两膝微屈,上体略前倾。击球前,引拍至身体右侧成半横状,上臂与身体约成35°,与前臂约成120°。当球从台面弹起时,手臂由右侧向左前方迅速挥动,以前臂发力为主。击球时,食指放松,拇指压拍,使拍面前倾并结合手腕内转动作,在来球上升期击球的中上部,如图4.46所示。

图4.46

横拍正手近台攻球时,前臂和手腕成直线并与台面接近平行,拍柄略朝下。击球的时间、部位、拍面角度及手臂挥动方向,基本上与直拍相似。

动作要领:以前臂发力为主,配合转腕动作,向前上方挥拍,在来球上升期击球的中上部。

运用:常与落点变化相结合,在对攻中运用不仅能调动对方,为扣杀创造条件,而且能以快速、凌厉的攻势,迫使对方措手不及。

(2)正手中远台攻球。

特点:站位稍远,动作幅度大,力量大,进攻性强。

方法:右脚在后,重心在左脚,身体离台1米左右或更远些。击球前的准备姿势与正手近台相似,但动作幅度稍大些。击球时以上臂稍向后拉,带动前臂和手腕向左前上方挥动,在来球下降前期或后期击球的中部或中下部,击球后重心前移。

动作要领:上臂带动前臂发力,在触球瞬间加快前臂的挥拍速度并配合转腕动作,在来球下降期击球的中部或中下部。

运用:在对攻中,常以力量配合落点变化直接得分或为扣杀寻找机会。它常用于侧身攻后扑右,正手打回头。在被动防御时,也用于做过渡球,伺机反攻。

(3)正手拉球。

特点:这种球是快攻打法中拉出的一般上旋球,它具有速度快,动作较小,线路活的特点。

方法:站位近台,右脚稍后,重心放在右脚上。击球前,引拍至身体右侧下方成半横状,拍面近乎垂直。当球从最高点开始下降时,上臂和前臂由后下方向前上方挥动,前臂迅速内收,结合手腕转动的力量摩擦球的中部或中下部。击球后,重心移至左脚,球拍随势挥至头部。

动作要领:身体重心略下降,前臂稍下沉。击球时,前臂必须向前迎击来球的下降前期,手腕同时向上向前用力转动球拍摩擦球的中部或中下部。

运用:拉球是回击下旋球的一种主要攻球技术。这种技术往往以快拉对手不同落点,配合拉轻、重力量和旋转变化等伺机进行扣杀。

(4)正手扣杀。

特点:动作幅度大、力量重、球速快、威力大,是得分的重要手段。

方法:两脚开立,右脚在后,重心在右脚。击球前,身体略向右转,引拍至右后方(适当加大引拍幅度)。击球时,上臂带动前臂由后向前用力挥击,结合腿蹬地和转腰力量在高点期击球。来球上旋,击球时拍面稍前倾,击球的中上部;来球下旋,击球前球拍要略低于来球。击球后部,球拍随势挥至左胸前,重心前移至左脚。

动作要领:上臂带动前臂向前下方发力,腰、腿部帮助用力,在高点期击球的中上部或中部。

运用:正手扣杀大都是在其他技术取得主动或处于优势的情况下才运用的。发球抢攻中,对方回出较高来球时也常使用扣杀。如果把它和落点结合起来运用,效果会更好。

(5)正手台内攻球。

特点:站位近,动作小,击球点在台内,是一项以进攻近网短球的重要技术,也是直、横拍以快攻为主要打法的一项必备技术。

方法:站位靠近球台。接右方近网短球时,右脚迅速向右前方跨出一步,上体略前倾,贴近球台,同时迅速将球拍伸进台内。待球跳至高点期,前臂内旋结合手腕转动进行击球。来球上旋,食指应放松,拇指压拍,使拍面稍前倾,击球的中上部,击球时前臂和手腕以向前发力为主;来球下旋,则拍面角度稍后仰,击球的中下部,前臂与手腕分别向上、向前发力。

动作要领:根据来球的性能、高度调节拍面角度,打出合适的弧线。应以手腕发力为主,前臂配合用力击球。

运用:用以进攻近网短球,在相持与相互控制中力争主动。

(6)侧身正手攻球。

特点:利用侧身来发挥正手攻球的作用,是争取得分的主要手段。

方法:首先要迅速移动脚步至侧身位置,身体侧向球台,两脚开立,左脚在前,右脚在后,上体略向前倾并稍收腹。击球时,根据来球情况,可以在侧身位置用正手近台攻球、中台攻球、拉球、扣杀等技术击球。

动作要领:准确判断来球落点,迅速移动步法,果断地应用各种攻球技术击球。

运用:在发球后或接发球时,为了积极争取主动而进行侧身抢攻。与推挡结合能发挥正手攻球威力。在还击下旋球时,能为进攻创造机会。

(7)正手滑拍。

特点:滑拍球是一种声东击西的辅助进攻技术。它回球角度大,带有左侧旋,运用得好可以直接得分。

方法:击球前,重心放在右脚,左脚在前,身体略向右转,球拍置于身体右侧;击球时,手臂由右向左前方挥动,在高点期触球左侧面,触球瞬间手腕突然外展,顺势向左滑拍使球呈左侧旋,将球击到对方左角,并向台外拐;击球后,重心移至左脚。

动作要领:在球台右角滑拍攻直线时,手腕外展后屈的动作要小而突然,在左角运用侧身正手滑拍攻斜线时,手腕控制球拍由右向左摩擦。

运用:在相持时,运用这一技术,能出其不意,使对方难以防守而造成失误或回球过高。与其他技术结合运用时,常能为进攻取得机会。

(8)杀高球。

特点:动作幅度大、力量大、击球点高,是回击高球的一种有效技术。

方法:两脚开立,右脚稍后,身体右转,手臂向右后方拉开,重心放在右脚。击球时,上臂从下向上做环形挥动,拍面前倾,前臂和手腕同时下压,在头与肩之间高度击球的中上部;击球后,手臂随势下压挥拍至左侧,上身配合左转,重心移至左脚。

动作要领:充分运用右脚蹬地,腰部转动和整个手臂向前、向下挥动力量,击球的中上部。

运用:在比赛中,当对方被迫放出比网高 2~3 倍以上的高球时,可使用这一进攻性的技术。如果能配合落点变化,效果更好。

杀高球可分为快杀和慢杀两种,以上介绍的是慢杀。在球上升期的击球叫快杀(俗称"落地开花")。快杀球速快,威力大,不易提防,但力量比慢杀小,命中率不如慢杀高。

(9)放高球。

特点:站位远、弧线长、曲度大、回球高。

方法:正手放高球。左脚稍前,上体右转,持拍手臂向右后下方移动,球拍成半横状,拍形后仰,重心放在右脚。击球时,手臂向上前方挥动;触球时,前臂向上用力,在下降后期击球的中下部,拍形稍后仰;击球后,球拍随势向上前送球。

反手放高球时,右脚稍前,上体左转,持拍手上臂和肘关节靠近身体,前臂向左下移动,拍形自然后仰,重心放在左脚。击球时,手臂向右上前方挥动。触球时,前臂和手腕向上用力,在下降后期击球的中下部,拍形稍后仰。击球后,球拍随势向上前送球。

动作要领:拍形稍后仰,在下降期击球,触球的中下部,发力上前方,击球后随势向上前送。

运用:它是防御时所采用的一种手段。当被动时可利用放高球来争取时间,有时也能造成对方回球困难或直接得分。

2.反手攻球。

(1)反手近台攻球。

特点:站位近、动作小、速度快、进攻性强,常用来给正手攻球创造机会。

方法:直拍反手近台攻球,两脚平行开立。击球前,引拍腹前左侧,肘关节略前出,上臂和前臂约成100°,拍柄稍向下;击球时,上臂贴近身体,前臂外旋向右前上方挥动,配合转腕动作,使拍面略前倾,在上升期击球中上部;击球后,随势将拍挥至右肩前。

横拍反手近台攻球,两脚平行开立,上体稍前倾,肘关节自然弯曲,上臂与前臂约成100°,前臂与手腕几乎成直线,拍柄稍微向下,球拍置于腹部左前方。击球时,前臂向右前上方挥动,在上升期击球的中上部,触球时手腕向外转动。

动作要领:以前臂发力为主,以肘为轴,由后向前上方挥拍,手腕转动配合发力并控制好弧线,在上升期击球的中上部。

运用:一般用于回击来自左半台的球,与正手攻球、快推结合能加强攻势和取得更多的主动权。

(2)反手中远台攻球。

特点:力量较重、速度较快、线路较活,是争取得分和为正手攻球创造机会。

方法:右脚稍前,身体略向左转,重心放在左脚,离台1米左右或更远些。击球前,上臂贴近身体,肘关节自然弯曲,引拍左后方略偏下,击球时,上臂带动前臂向右前上方迅速挥动,拍面近乎垂直,在下降前期或后期击球的中部或中下部,击球后,球拍随势挥至头部,重心移至右脚。

动作要领:以上臂带动前臂发力,控制好拍面角度,向右前上方挥拍,在下降期击球的中部或中下部。

运用:当对方被迫向自己的左角回出高长球时,可使用这项技术。对方突然回击过来高球,而自己来不及侧身用正手攻球时,也常运用之。

(3)反手拉球。

特点:站位近、动作小、速度较快、落点变化多。常能为突击寻找机会。

方法:右脚稍前或两脚平行站立。击球前,引拍至腹前偏左处,球拍略下垂,肘关节略向前,拍面近乎垂直;击球时,上臂贴近身体,前臂向右上方挥动,在球下降前期击球的中下部;触球一瞬间,手腕向上转动,使拍面摩擦球;击球后,球拍随势挥至头部。

动作要领:前臂迎前,加速挥动并稍向上、向前用力,在来球下降前期摩擦球,手腕跟着转动。

运用:它是对付左半台下旋球的一项重要技术。以反手快拉找机会突击,既加强了进攻,又避免了正手空位过大。

(4)反手扣杀。

特点:动作大、力量大、速度快、攻击性强,是还击半高球的一种方法。

方法:两脚开立,右脚稍前。击球前,身体略向左转,并向左后方引拍,上臂贴近身体,重心放在左脚;击球时,肘部略向前,上臂带动前臂向右前方挥击,同时腰部右转,拍面前倾,拍柄略向下,在高点期击球的中上部;击球后,随势挥拍至右肩前上方,重心移至右脚。

动作要领:以上臂带动前臂发力,向右前方挥击,腰部配合用力,在高点期击球的中上部。

运用:往往在反手攻或正手攻取得机会后运用。发球后如对方回球较高时,也常运用反手扣杀。

(5)反手台内攻球。

特点:站位近、动作小、靠前臂和手腕发力击球,是还击近网球的一种技术。

方法:站位靠近球台,来球在左方近网位置时,右脚立即向左前方跨出一步(如来球为左方大角度的短球,也可上左脚),上体略前倾,迅速将拍伸进台内,拍柄稍向下。当球跳至高点期时,运用前臂外旋和手腕转动的力量击球。来球上旋时,击球时食指压拍使拍面前倾,击球的中上部,向前发力多些;来球下旋时,击球时拍面略后仰,击球的中下部,向上用力多些。

动作要领:前臂以肘为轴,由后向前挥动,手腕发力,根据来球性能、旋转强度、弹起高度调节拍面角度,决定击球部位。

运用:它较多地运用在前三板中,以及相互用短球控制对方时,常会运用它来抢先上手,以赢得下一板球的进攻机会。

(6)反手快拨。

特点:快拨是横拍进攻类运动员常用的一项相持特性技术,它具有站位近,动作小,落点变化多和有一定速度、力量的特点。

方法:两脚平行站立。击球前,肘关节自然弯曲,引拍至腹部左前侧,拍柄稍向下,肘部稍前出;击球时,前臂带动手腕向右前方挥动,拍面稍前倾,在上升期击球的中上部,借来球反弹力将球拨回;击球后,球拍随势挥至右肩前。

动作要领:上臂贴近上身,前臂迅速伸如入台内迎球,手腕控制拍面前倾,在借力同时自己也要稍用力击球。

运用:反手快拨是用来对付强烈的上旋球,以及直拍推挡和反手攻球,它常与侧身攻或反手突击等技术结合运用。

(二)攻球的技术分析

攻球技术的显著特征是击球的动作幅度较大、力量大、球速快、攻击力强。我们从力学的观点来分析攻球时,球拍作用于球体的力,是以撞击力为主。即人体通过各个部分的肌肉配合活动,主动地给球以力量,其作用力线接近球心。相对地说,球拍与球作用点的切线分力是很小的(除拉球外),特别是在对攻中,一般发力方向是由后向前,以稍前倾的拍面角度击球的中上部。因此,球离拍后,弧线曲度小,速度快,以平动或稍带转动的方式向前运动。但是,由于攻球技术种类繁多,应用范围广泛。它既能攻击上旋来球,又能突击或提拉下旋球,所以其发力方向,击球部位和发力的大小,都必须根据来球的不同性能、强度、高低、远近等各方面情况而有所区别,不能千篇一律。例如:来球上旋力强或半高球,则应以前倾的拍面角度,击球中上部向前,稍带向下发力;来球下旋或低于网的高度,则以垂直或稍后仰的拍面角度,击球的中部或中下部,向前上方发力,并要求相应地摩擦球体。

六、搓球

搓球是近台还击下旋球的一种基本技术,比赛中经常用搓转与不转球的快与慢的变化,为攻球、拉弧圈球创造有利的进攻机会。同时,它也是掌握削球的入门技术,俗称小削板。

搓球分为慢搓与快搓两种。

(一)搓球技术

1.慢搓。

特点:慢搓动作幅度较大,回球速度慢,一般在下降期击球。在对搓中如能运用旋转变化,可以直接得分或为进攻创造条件,如图 4.47 所示。

方法:反手慢搓。两脚开立,身体离台稍远,手臂自然弯曲,向左上方引拍。击球时,前臂内旋配合转腕动作,向前下方用力,拍面后仰,在来球下降期摩擦球的中下部。

图 4.47

正手慢搓。两脚开立,右脚稍后,两膝微屈,身体稍向右转,离台稍远。击球前,向右上方引拍,拍面后仰。击球时,前臂和手腕向左前下方挥动,在来球下降期摩擦球的中下部。

动作要领:击球时,拍面后仰,提臂引拍后向前下方用力,在下降期摩擦球的中下部。

运用:慢搓是用于回击台内下旋球的一种过渡技术,常利用击球时间这一有利条件,增大搓球的旋转,为进攻创造机会。在相互对搓中,如能把快、慢搓结合起来,变化击球节奏,那就可以牵制对方,争取主动。

2.快搓。

特点:动作幅度小,回球速度快,借来球的前进力将球搓回。

方法:反手快搓。两脚开立,两膝微屈,身体靠近球台。击球时,拍面稍后仰,前臂配合手腕转动动作向前下方切动,在来球上升期摩擦球的中下部,将球快速搓出。

正手快搓。两脚平行或右脚稍前,两膝微屈,身体靠近球台。击球前,右手向右上方引拍,拍面稍后仰。击球时,前臂和手腕向左前下方切动,在来球上升期摩擦球的中下部,将球搓出。

动作要领:击球时拍面稍后仰,手臂要迅速前伸迎球。向前下方切动,在上升期摩擦球的中下部。

运用:常用于在接发球或对付下旋球的过程中,用正、反手快搓,可以变化节奏,缩短对方击球时间,争取主动,或在对方发球、削过来的近网下旋球,借以搓近网或搓底线长球,伺机进攻。

3.搓转与不转球。

特点:以相持手法能搓出转(下旋球)与不转球,可使对方判断错误而直接得分或为进攻创造条件。

方法:搓加转球时,前臂和手腕要加速向前下方用力,摩擦球的中下部;搓不转球时,是用拍面把球托出即可(减少拍与球的摩擦力)。

运用:在对搓中或在对付削球时,有意识地进行旋转变化,使对方判断错误,击球下网或回球过高,从而获得进攻机会。如果能把旋转变化与落点变化巧妙地结合起来运用,效果会更好。

(二)搓球的技术分析

搓球主要是通过球拍摩擦球体,增大切向分力,使球产生旋转。由于它的发力方向是从后上方向前下方切动,触球点常在球的中下部或下部,所以,球的旋转性能呈下旋,有时也稍带侧旋(由于击球瞬间,球拍稍带向左或向右造成)。搓球站位近台,动作幅度很小,因此,触球时,除加快挥拍速度外,还应注意加长球拍与球的摩擦时间,以便加大力的冲量,有利于加强球的旋转强度。在搓转与不转球时,主要决定于作用力线是接近球心(撞击球),还是远离球心(摩擦球)。凡是击球时力量大,速度快,切得薄,作用时间长,球的旋转强度就大;相反的就形成了相对不转球。根据对搓中双方击球旋转强度不同,会出现以下三种情况。

1.甲方搓加转球,乙方搓不转球或搓球下旋力小于甲方,则乙方回过去的球呈上旋。

2.甲方搓不转球,乙方搓加转球,则乙方回过去的球呈下旋。

3.双方搓球旋转力基本上相等时,回过去的球形成不转的飘球。

七、削球

削球是一项重要的防守技术。它能通过旋转和落点的变化,直接得分或在调动对方的情况下,伺机反攻。

削球分为远削与近削两种。

(一)削球技术

1.远削。

特点:击球动作较大,球速较慢,弧线较长,比较稳健。利于搞旋转变化和防守对方的扣杀。

方法:正手远削。两脚开立,右脚在后,身体离台1米以外,两膝弯曲,上体稍向右转,重心放在右脚上,手臂自然弯曲,引拍至右肩侧。击球时,手臂向左前下方挥动,拍面后仰,在拍与球接触时,前臂加速削击,手腕配合转动,在来球下降期摩擦球的中下部。击球后,迅速还原,准备下一次击球。

反手远削。两脚开立,右脚在前,两膝微屈,上体略向左转,重心放在左脚上,引拍至左肩侧。击球时,上臂带动前臂向右前下方挥动,拍面后仰,手腕跟着前臂向用力方向转动,在来球下降期摩擦球的中下部,将球削出,重心移至右脚。击球后,迅速还原,准备下一次击球。

动作要领:向后上方引拍,大臂带动前臂向前下方发力,手腕配合转动,在下降期摩擦球的中下部或下部。

运用:回击对方扣杀、弧圈球和轻拉球等。以削转与不转球找机会领机进攻。当对方注意到球的旋转变化而改用稳拉时,就应在对方拉得轻或拉得角度不大时,及时反击。

2.近削。

特点:近削击球动作较小,回球速度快,用于逼角能使对方回击困难,而伺机反攻。

方法:正手近削。右脚稍后,身体离台稍近,稍向右转,手臂自然弯曲,引拍约与肩平,拍面稍后仰。击球时,前臂用力向左前下方切削,手腕配合下压,一般在来球高点期或刚下降时摩擦球的中部或中下部。

反手近削。两脚开立,右脚稍前,两膝微屈,身体离台稍近并略向左转,手臂自然弯屈,向左上方引拍约与肩平,拍面稍后仰。击球时,手臂迅速向右前下方挥动,以前臂和手腕用力为主,在来球高点期或刚下降时摩擦球的中部或中下部,将球削出。

动作要领:引拍约与肩平,向前下方挥拍,前臂发力,手腕下压,在高点期或刚下降时摩擦球的中部或中下部。

运用:回击轻拉球和一般上旋球等,采用快速逼角,调动对方,使之回击困难,以便伺机反攻,并可结合挡球与攻球进行运用。

此外,削球打法还经常遇到削追身球。这种球难度比较大,来球接近身体,需要迅速向左、右让位,用正手或反手削击。当来球在身体中间偏右时,要迅速向左让位,用正手回接。右脚后撤一步,身体立即右转并收腹,重心在后脚,手臂靠近身体,前臂向右上提起。击球时,手臂和手腕向前下方用力,并配合外旋动作使拍面后仰,将球削出。

当来球在身体中间偏左时,应往右方让位,用反手回接。左脚向后撤,身体迅速左转并收腹,重心在前脚,前臂提起,引拍至胸前。击球时,前臂向右前下方用力同时内旋,配合转腕动作使拍面后仰,以调节回球弧线。

(二)削球技术分析

削球技术的力学原理,基本上与搓球相同。它是借球拍与球的边缘接触时产生的摩擦力起作用(切向分力大于法向分力)。削球一般发力方向是从后上方向前下方,球呈下旋性质。力的作用点集中于球的中部和中下部,并能顺着来球旋转方向(上旋)削球,因此,能增大球的旋转。削球与搓球相比较,削球动作幅度大,能充分运用全身力量发力,而且能借来球旋转,所以下旋力较强。但是由于削球击球点低,站位远,相对地说球速比搓球慢,其旋转变化(即转与不转的击球道理)与搓球是一样的。

八、弧圈球

弧圈球是一种上旋非常强的进攻技术。它从20世纪60年代出现以来,有了很大的发展,至今已为我国运动员所广泛采用。

弧圈球可分为加转(高吊)弧圈球、前冲弧圈球、侧旋弧圈球以及假弧圈球(不太转的高吊拉球)等。并且正、反手均可拉。现根据大纲要求仅对正手加转与正手前冲弧圈球作简单介绍。

(一)弧圈球技术

1.正手加转弧圈球。

特点:飞行弧线较高,速度较慢,上旋很强,着台后向下滑落快。这种球往往能使对方回球出界或回高球,可为扣杀创造机会,也可直接得分。

方法:两脚开立,右脚稍后,身体略向右转,两膝微屈,重心放在右脚上。准备击球时,持拍手臂自然下垂并向下方引拍,使球拍引至身后靠近臀部,右肩略低于左肩,拇指压拍使拍面略为前倾,并使拍面固定。当来球从台面弹起时,手臂向前上方挥动,前臂在上臂带动下很快收缩,拍面与台面约成80°,在下降期摩擦球的中部或中上部。摩擦球时,要配合腰部向左上方转动和右脚蹬地的力量。击球后,手臂随势将拍挥至额前,重心移至左脚,如图4.48所示。

图 4.48

动作要领:上臂发力带动前臂迅速收缩,腰部配合用力,向上略带向前挥拍,拍面稍前倾,在下降期摩擦球的中部或中部偏上位置。

运用:正手加转弧圈球是对付削球、搓球和接出台下旋发球的重要技术。此外,在比赛中当自己的位置不好或对方来球难度较大而不便于抢攻时,或者有意打乱对方节奏,为下一板创造进攻机会时,也常运用这种球。

2.正手前冲弧圈球。

特点:击出的球弧线较低,速度快,前冲力大,能起到与扣杀同样的作用。

方法:两脚开立,右脚稍后,身体略向右转,重心放在右脚上,自然引拍至右下方约与台面齐高处,拍面保持前倾。当来球从台面弹起时,腰部由右下方约与台面齐高处,拍面保持前倾。当来球从台面弹起时,腰部由右向左转动,前臂在上臂带动下向前发力,手腕略为转动,拍面前倾较大(一般在 35°～50°),在高点期摩擦球的中上部。击球后,重心移至右脚。

动作要领:球拍引至腰部侧后位,身体各个部位协调用力,以向前发力为主,略带向上发力,拍面前倾较大(根据来球特点),在高点期摩擦球的中上部。

运用:前冲弧圈球是对付发球、推挡球、搓球以及中等力量的攻球,能起到与扣杀同样的作用。离台防守时,也可以用它进行反攻。但在比赛中运用前冲弧圈球时,自己步法移动一定要到位,否则不利于发力。

(二)弧圈球技术分析

弧圈球是通过球拍与球体摩擦后而产生上旋力特强的一种旋转球,球拍作用于球体时,它的左右力线远离球心。但这不等于说,摩擦球体越薄越好,而是需要一定的正压力(垂直于接触面的压力),否则"挂不住球",球不仅拉不转,而且还会滑落(因为 $F = kN$,即摩擦力等于摩擦系数与正压力的乘积)。拉弧圈球时,引拍后的拍面与发力方向是比较一致的。球拍与球体的作用点,一般都在球的中部或中上部。发力方向是以从下往上为主(加转弧圈球)或以从后向前为主(前冲弧圈球)。由于弧圈球并非一般上旋球,而是具有强烈的上旋。因此,它要求作用力大(击球动作幅度大,爆发力强),摩擦球薄(力臂长),球拍富有黏性(摩擦系数大),摩擦时间长(增大力的冲量),才能拉出高质量的弧圈球。

◆乒乓球的基本战略、战术

一、有关乒乓球战略的几个问题

所谓战略,是参加一次比赛,从准备工作、制订计划到运用综合策略等,是研究有关比赛带有全局性的问题。战略和战术是全局和局部之间的关系,战术是服从于战略的需要,战术是为战略服务的。

结合乒乓球比赛的特点,下面简介常用的乒乓球比赛战略。

(一)团体赛出场人选

在进行男女团体比赛时,派谁出场参加比赛,一方面要根据对方队员的情况和特点出发,另一方面又要根据本队各方面的情况和特点加以全面考虑,特别是对于那些具有决定性意义的比赛场次,出场人选是否得当,有可能成为胜败的关键。对出场人选安排既要分析双方的特点,还应注意有目的地锻炼自己的队伍,大胆使用新手,有时出奇还可制胜。

(二)团体赛的排阵

根据比赛规则,男子团体赛采用三人轮赛制,甲方出场次序为 A(1.5.9),B(2.4.7),C(3.6.8),又称主队。乙方出场序为 X(1.4.8),Y(2.6.9),Z(3.5.7),又称为客队。一次比赛共赛九场,哪一方先胜五场为胜。比赛时如果双方实力悬殊,排阵对于总分的胜负来说,影响不大。但如果双方势均力敌,则排阵就显得重要,尤其是在具有多种打法之间的对阵中,排阵的成功对比赛的胜利将起着重要作用。

一般来说,首先根据本队的实力来布阵,在主队的 A,B,C 三个位置中,B 是第一主力的位置,A 和 C 两个位置的重要性各不相同。一般常把第二主力放在 A 的位置上,因 A 在前两轮比赛中,都排在前面,还可能会连续碰上对方的强手(第一场对 X,第五场对 Z),如双方打成 4 平,则第九场要担负决战的重任。所以,A 这个位置既要冲头,又要压阵。但也有的把第二主力放在 C 的位置上,目的是想在最后一轮比赛中争取胜在前面,或者避免以 3:5 先输掉。在客队的 X,Y,Z 三个位置中,Z 为第一主力的位置,X 为第二主力的位置,Y 为第三主力的位置。但也有的把第一主力放在 X 位置上,其目的是想在前两轮比赛中争取领先,或者由于队员体力不佳,而把第一主力排在 X 位置上。

一场旗鼓相当的比赛,排阵能在前几场中自己占优势,对于取得全面的胜利,影响很大。除了根据本队的实力来布阵外,同时还应分析考虑对方可能出场的人选情况来全面安排布阵。

女子团体赛采取二人轮赛,第三场双打,甲方排阵为 A(1.4),B(2.5),称为主队。乙方排阵为 X(1.5),Y(2.4),称为客队。比赛中以一方先胜三场为胜。女团一般都以 A 和 Y 作为主力位置,是稳扎稳打的排阵方法。把主力防在 X 的位置上,多数是队员体力不好避免连赛三场,也有把主力放在 B 的位置上,是为了捉人对阵,力争在第一轮中争取领先。

二、乒乓球基本战术

运动员在比赛中,根据自己和对方的具体情况,有目的、有意识地运用技术,就形成了战术。所以,战术是以技术为基础的,一个运动员基本技术越全面、越扎实,他的战术运用就越灵活多样。反之,随着战术的变化和发展,又可促进技术不断地革新和提高。

制订一套正确的战术,既要"知己知彼",又要"以我为主"。因此,在制订战术以前,应对对方做一番比较全面的了解,要抓住对方最基本的东西,然后根据自己的特点,来制订战术。战术运用总的原则:对己是"扬长避短";对彼是"避长攻短"。最好是能"以己之长攻彼之短"。但在运用时还必须要有的放矢,随机应变,有时也可以"以长制长"、"以短制短"(但必须优于对方)。此外,还要针对比赛的临场情况要灵活运用战术,有时还可作必要的战术调整。

战术的运用因打法类型不同而异。乒乓球的类型打法很多,仅对快攻类的战术运用作一简单介绍(以下均以右手握拍为例)。

(一)发球抢攻

发球抢攻是快攻类打法力争主动、先发制人的一项主要战术,是比赛的重要得分手段。

1.侧身用正手(高抛或低抛)发左侧上、下旋长球到对方左角底线,角度要大,配合近网轻球和直线长球后侧身抢攻。

2.反手发右侧上、下旋球到对方正手近网处,配合发反手底线长球,侧身抢攻(两面攻选手运用较多)。

3.反手发急球、急下旋球到对方反手或中路,配合近网轻球,迫使对方打对攻或后退削球(擅长推挡的选手运用较多)。

4.正手发右侧上旋急球(奔球)、急下旋长球到对方中路或正手,配合近网轻球,迫使对方打对攻或后退削球。

5.正手发转与不转短球,配合发长球,伺机抢攻。

(二)对攻

对攻是进攻类打法在相互对抗时,力争主动的一种重要手段。主要是发挥其快速多变的特点来调动对方。

1.紧压反手,结合变线,伺机抢攻。这是具有左半台技术特长的快攻运动员常用的对攻技术。

2.调右压左是对付对方具有推攻(反手攻)和侧身攻特长的一种战术。

3.加、减力推压中路及两角,伺机抢攻。这是对付两面拉弧圈打法的主要对攻战术。

4.连压中路或正手,伺机抢攻。这是对付两面攻或横拍反手攻球较强时所采用的一种战术。

5.被动防御和"打回头"。在被动时,可采用正、反手远台对攻,宜打相反球路,还可采用放高球战术来防守,并准备随时打回头,变被动为主动。

(三)拉攻

1.拉反手后侧身突击斜线,然后扣杀中路或两角。这是拉攻的常用技术。侧身攻斜线是直拍快攻类打法的特长。

2.拉不同落点突击中路或直线,然后扣杀两大角。中路防守是削球选手的弱点,直线线路短削球手也较难还击。

3.拉对方中路左、右,伺机突击两角再杀空当。这是对付以逼角为主或控制较好的削球手所采用的战术。

4.拉对方正手找机会突击中路后连续扣杀两角。当对方反手削球控制较好或自己不太适应时,可用此战术。

5.长短球和拉搓结合,伺机扣杀。对付稳削打法,一般站位较远时常用此战术。

6.攻中防御。

拉攻是对付削球打法的主要战术。在拉攻时,遇到对方的反攻,必须加强积极的防御,随时作好对攻的准备。

(四)搓攻

搓球是快攻类打法对付攻球和削球打法的辅助战术。主要利用搓球的旋转和落点变化,为进攻创造机会。在对付弧圈球时,搓球还要加上速度才能控制对方,使自己抢先拉起或突击,若对方抢先拉起,就会造成被动。

1.快搓加转短球为主,结合快搓转与不转长球至对方的反手或突然搓正手大角,伺机突击或抢先拉起。这是对付攻球打法的搓攻战术。

2.快搓球与不转至不同落点,伺机突击中路或两角。这是对付削球打法的搓攻战术。

(五)接发球

对付各种侧旋、上旋或下旋不太转的球,在位置比较好的情况下,可以大胆采用接发球抢攻战术。短球可用"快点"(台内攻球),长球可用快攻。落点宜中路和扼制正手(或两大角)。两面攻打法可以发挥两面抢攻的特长。

对不太强的下旋或不转的球,也可用拉球或推挡控制对方反手为主,配合突然变正手与中路;对强烈的侧下旋、下旋短球或对方突发的底线下旋球,可用快搓短球为主,结合快搓底线长球控制对方,然后力争主动先拉或加力突击。

◆双打

双打是双人对抗性的运动项目,乒乓球竞赛规则要求,双打中的两名运动员,必须交替轮换击球,才算合法击球。同伴之间要做到互相了解,互相配合,互相鼓励,互相谅解,团结合作。双打技术主要建立在单打技术的基础上,但由于双打是两人合作的,因此对一些技术和战术的运用都有独特的要求。

一、双打的竞赛方法

(一)发球和接发球

进行双打竞赛的球台,中间有一条与边线平行的白色中线,把球台划分为左右两半区,球台的右半区是双打各方的发球区(中线应视为右半区的一部分)。发球必须从本方的发球区发入对方的发球区,否则就判失1分。

(二)发球和接发球次序

第一局开始先由取得发球权一方(甲方)任意确定谁先发球,再由对方(乙方)任意确定谁先接发球。

发球和接发球次序如下:

第一次五个球甲1发球—乙1接发球

第二次五个球乙1发球—甲2接发球

第三次五个球甲 2 发球—乙 2 接发球

第四次五个球乙 2 发球—甲 1 接发球

以此类推,一直进行下去。如果打到 20 平,或执行轮换发球法以后,次序不变,但每人只轮发一个球,直到这局比赛结束。

以后每一局由上一局接发球一方先发球,先发球一方可以任意确定谁先发球,接发球员应是前一局发给他球的发球员。

决胜局,当一方先得 10 分时,交换方位,接发球一方必须调换接发球次序,使双方发球与接发球机会均等。

二、双打配对

双打的配对,主要是靠让运动员能充分发挥自己的特长,合理地使用战术,便于灵活地交换位置等原则,进行配对。

(一)同类型打法的队员配对

例如:两个快攻打法的队员配对;快攻和弧圈球打法(都以快攻为主)的队员配对;两个削球打法的队员配对等。这样配对打法风格一致,有利于共同技术特长的发挥。

(二)一左一右握拍的队员配对

它有利于位置的移动,可以避免碰撞,特别是左手握拍的运动员,接发球时能给同伴创造合适的击球位置。

(三)一前一后站位的队员配对

例如:近台攻球和远台攻球的配对;近削和远削的配对。这既有利于位置的移动,又可弥补技术上的不足。

(四)一攻一削的队员配对

一般说来这种配法不够理想,但两人配合默契、合作很好或因条件限制,也可以这样安排。

三、双打的技术和战术

(一)双打的位置移动

双打是建立在单打的技术基础上的,单打的技术好,就能促进双打技术提高,但这并不等于说双打水平就一定高,这里有个配合和位置移动的问题。运动员既要注意调整自己本身的位置,有利于还击来球,同时又要兼顾同伴,迅速让出位置,以免妨碍同伴的击球动作。

双打位置的移动,一般应从以下三个方面去考虑。

1. 主要移动路线要符合自己打法的特点。例如:攻、削结合打法和以削为主,配合反攻打法的队员配对,其移动路线是前者应以中台的左、右移动为主,后者以远台的前、后移动为主。

2. 移动后可让出位置,应能使同伴的技术动作得到充分发挥。

3. 自己移动后的位置,应尽量靠近下一次击球最有利的地方。

下面介绍几种基本的双打移动路线。

1.八字型(横斜步)的移动路线。左、右手握拍配对的运动员,一般宜采用这种移动路线。两人击球后,均向自己反手一侧横斜方向移动,也可横向移动。

2.环行的移动路线。如果两人都是右手握拍,同类型的打法,其移动路线,则应在击球后一人向右后方移动,绕到同伴身后,然后再沿斜线插上准备击球。根据来球,有时也可向左后方移动。

3."T"字形的移动路线。左推右攻与两面攻打法配对、快攻与弧圈打法的配对、攻削结合与远削为主配合反攻打法配对,大都以此种移动路线为主。其中近台者多以左、右横向移动为主,远台者多以前、后移动为主。

以上介绍的仅是基本移动路线。但在比赛中,情况是千变万化的,应结合临场变化与来球落点灵活运用。

(二)双打发球

双打的发球技术与单打相似,但是发球区是固定的(从本方右半区发到对方右半区),对方能从容地准备接球,因此必须研究发球后如何能牵制对方的第一板抢攻,并有利同伴的下一板进攻。

双打发球常见有以下几种。

1.发中路或右边近网短球(以下旋为主配合不转或侧旋)借以控制对方接发球抢攻。

2.发右侧上、下旋球。让对方把球回到球台中间偏左处,可减少同伴的跑动。

3.发"奔球"或追身球。发右方底线或中路底线,扩大发球的角度或逼近对方身体(追身),迫使对方接球困难,以利于同伴乘机抢攻。

(三)双打的接发球

接发球时,首先要根据对方下一次击球的人所站的位置,来决定回球落点,其次要判断好来球性能和力量,来决定自己还击的方法。

1.接发球时,以打右角空当斜线球,或吊近网短球为主,打乱对方位置,造成对方击球困难。

2.将球回击到对方弱点处,限制对方攻势。

3.利用接发球有利条件(因来球务必在右半区范围内),进行抢攻。

(四)双打战术

双打战术的运用,应当根据双打配对的特点来确定,尽量做到各施所长,而且要通过两人的共同合作来实现。这里介绍几种常用的双打技术。

1.发球抢攻。发球时,根据同伴抢攻的需要和对方接发球的能力,可用手势暗示自己发球的意图,使同伴预先做好准备,争取发球抢攻战术成功。

2.交叉攻两角或长短结合。让对方在左右或前后移动中击球,伺机突击其空当。

3.紧盯一角突击另一角。把对方两人挤在一边后,再杀相反方向。

此外,根据双打的击球次序规定和双方的技术特点,选准主攻对象,确定谁先接发球,是双打比赛中的一种战略性安排。最好能做到控制较强者,主攻较弱者。

练 习 篇

一、步法移动的练习方法

1.徒手集体练习准备姿势和单个步法。

2.站在台后结合挥拍动作做步法练习。

3.两人面对面站立做步法练习,互相观察纠正错误动作。

4.两人面对面分别站在台后,徒手做步法移动的速度比赛(0.5分钟或1分钟,次数多者为胜)。

5.按各种长球、短球做步法练习。

6.安排有规律到无规律地回击各种来球进行步法练习。

7.在连续击球中,练习各种步法的组合。如推挡—侧身攻—扑右等。

二、发球的练习方法

1.练习顺序。对初学者来说,应先学习发平击球,后学习发急球、轻球,再学习发左、右侧上、下旋球,在此基础上进一步学习用相似手法发不同性能的球。在发球线路上,应先练习发斜线球,后练习发直线球。在落点上,先不定点后要求定点(发到各个不同的区域里)。

2.发球应注意的问题。发球一定要严格遵守竞赛规则;发性能不同的球时,动作要相似,借以迷惑对方;发球应把旋转、速度、落点融为一体,并针对不同对手要善于变化。

三、接发球的练习方法

接发球应与发球练习结合起来进行,学习什么样的发球,同时也就学习什么样的接发球。练习步骤应先从用固定的技术接单一发球,到用不同技术接各种不同性能的来球,并在此基础上再来研究控制落点的变化。一般的步骤是:用推挡或攻球回接平击球,急球,左、右侧下旋球;用攻或搓球回接各种不同性能的来球;用不同的技术回接各种不同落点的来球;用正手(侧身)拉或攻回接各种不同性能的来球;用记分比赛的方法,提高接发球的技术(接发球的判断与具体动作做法,可见基本理论与基本技术部分)。

四、推挡球的练习方法

1.挥拍模仿动作练习,体会动作要求。

2.台上中路挡球练习。

3.左半台反手斜线挡球练习。

4.正、反手两点对一点挡球练习。

5.挡球与快推结合练习。

6.挡球、快推、加力推、推下旋结合练习。

7.在初步形成正确击球动作的基础上,可按斜、直线单项对推记分比赛。

8.推挡与攻球结合练习,如一攻一推或一方推挡变线,另一方左推右攻。

五、攻球技术的练习方法

1.徒手模仿动作练习。教师要反复观察每一个学生的动作,逐个纠正,使之掌握正确挥拍动作。

2.单个动作练习。如规定一人发平击球,另一人练习攻球,打一板后再重新发球。

3.推攻练习。

(1)一人挡球,一人练习攻球,要求先轻打再用中等力量打。

(2)一人快推,一人练习攻球,定点定线。

(3)结合步法练习的推攻(综合技术)。如左推右攻,对推中侧身攻以及推、侧、扑等(上述练习均应从有规律到无规律)。

(4)两点对一点或多点对一点的连续攻球。要求攻球者在左右移动中进行练习,移动范围由小到大,落点从有规律到无规律。

4.对攻练习。右半台正手对攻斜线;正手对攻直线;左半台侧身正手对攻斜线;和两直对两斜的对攻等。

5.搓攻练习。

(1)对搓斜线,搓中一方(或双方)侧身抢攻。

(2)一方一点搓两点,另一方左搓右攻。

(3)两点对两点对搓,搓中一方(或双方)抢攻。

(4)全面搓攻与搓攻记分比赛。

6.拉攻练习。先定点定线的拉攻练习;在走动中拉球;拉中突击;拉中突击结合放短球。

7.发球抢攻与接发球抢攻练习。

8.放高球与杀高球练习。

此外,还应改变攻球节奏(远、近),发力大小(借力、发力),把多种攻球技术结合运用,借以改变攻球节奏,造成对方回接困难。

六、搓球技术的练习方法

1.模仿搓球动作做练习。

2.自己抛球在台上,待弹起后,将球搓过网。

3.一人发下旋不太转的球,一人搓回。

4.对搓斜线球,再搓直线球(从固定路线到不固定路线)。

5.慢球与快搓结合练习(从固定路线到不固定路线)。

6.搓转与不转球结合练习。

7.搓球与拉球结合练习。

8.搓球、拉球与攻球结合练习。

七、削球技术的练习方法

1.模仿削球动作,要根据击球的动作结构,做好引拍、挥拍等动作。

2.在接平击球或急球时,用正手或反手将球削回。

3.用正手或反手削对方轻拉过来的球。

4.削斜线球,然后再联系削直线球。

5.正、反手结合进行削球(从有规律到无规律)。

6.远削与近削结合练习。

7.削转与不转结合练习。

8.削、攻与挡结合练习(如削中反攻、削、挡、攻结合)。

八、弧圈球技术的练习方法

1.徒手模仿拉弧圈球的动作。

2.对墙做自抛自拉的辅助练习,体会击球时的身体姿势与击球动作。

3.一人发出台下旋球,一人练习拉弧圈球(可用多球进行练习)。

4.对搓中,固定一人搓中拉弧圈球。

5.一人削球,一人练习拉弧圈球。

6.一人推挡,一人练习拉弧圈球。

7.发球抢位、抢冲练习。

8.与其他技术结合起来练习,如拉弧圈球后的扣杀。

九、双打的练习方法

1.在右半台做各种基本技术的练习,如近台攻球、远台攻球、搓球等。

2.在左半台联系侧身攻或推挡,反手攻等技术。

3.以一方为主的发球与发球抢攻练习。

4.以一方为主的接发球与接发球抢攻练习。

5.一人单打帮助两人双打练习,增加击球回合,提高步法移动的灵活性。

6.在移动中控制击球路线、落点的专门练习。

7.双打教学比赛(包括各种记分练习及全面的实战比赛,并可结合裁判实习)。

欣 赏 篇

一、乒乓球运动概述

乒乓球运动于19世纪末起源于英国,并很快在欧洲风行,20世纪初开始在世界各地普及。其英文"Table Tennis",即桌上网球之意,可见网球是乒乓球运动的前身。乒乓球运动的基本形式是站在球台两端的每名或每对运动员用手中握着的球拍在中间隔放一个球网的球台上,把对方打过来击中本方台面的球还击到对方台面,这样打过来打过去。球拍工具不断革新,规则不断演变,在竞技运动的推动下,尤其是速度和旋转的相互竞争过程中,乒乓球运动不断向更高水平发展。

二、乒乓球运动的锻炼价值与特点

乒乓球运动设备简单,运动量可大可小,是深受人们喜爱的大众体育项目。锻炼价值体现在以下几点。

1.促进人的健康,增强体质。

2.有效提高神经系统的灵活性。

3.有利于养成良好的心理素质。

4.趣味性、观赏性、竞技性相结合。

三、乒乓球运动的基本规则

乒乓球场地最好在室内。室外因风雨的影响,不好控制球。室内场地最好铺设地板。水泥地面、三合土地面也可用来进行练习,但作为比赛则不适宜,如有条件最好铺设地毡。室内应配置灯光设备。

乒乓球台长2.72米,宽1.525米,高76厘米,网高15.25厘米。乒乓球为赛璐珞制成的直径为40毫米,重为2.68~2.76克的黄色、橙色或白色的小球。乒乓球拍的形状、大小、质量不限,但底板必须是木制的,用来击球的拍面必须覆盖颗粒或海绵胶,胶皮上必须印有"ITTF"字样。球拍主要有直拍与横拍两类,握法也就主要分直握拍与横握拍。直拍握法常见的有快攻型握拍法、弧圈型握拍法和削攻型握拍法,练习都应根据自己的特点选择适宜的球拍与握拍方法。

轮 滑 运 动

学 习 篇

◆速度轮滑的基本技术

速度轮滑的基本技术,是指在规定距离内,以最快的速度,最省力的方法,滑完全程所采用的合理动作。它由直道滑跑、弯道滑跑、起跑以及冲刺等部分组成。

一、直道滑跑技术

1.直道滑跑动作的构成。

直道滑跑动作分为6个阶段。左:惯性滑进、单支撑蹬地、双支撑蹬地;右:惯性滑进、单支撑蹬地、双支撑蹬地。

直道滑跑动作分为12个动作。左:惯性滑进、单支撑蹬地、双支撑蹬地、收腿、摆腿、着地;右:收腿、摆腿、着地、惯性滑进、单支撑蹬地、双支撑蹬地。

2.正确的滑跑姿势。

上体前倾至于地面约成10°~30°角,上体放松,并略高于臀部。腿部采取蹲屈姿势,膝关节角度一般在110°~130°,踝关节角度一般在60°~70°。蹲屈程度的高低与运动员的训练水平、腿部力量、滑行距离、风向、风速等因素有关。

3.惯性滑进与收腿技术。

惯性滑进是一腿蹬地结束后,另一腿承接体重,维持好身体的平衡,借助惯性速度向前滑进的动作。自蹬地脚离开地面起到移重心止。

惯性滑进阶段应尽可能低的保持蹬地动作以获得速度,避免速度的过分下降。同时要做到蹬地用力的肌肉群充分放松为下一次蹬地做好准备。

当蹬地结束后,承接体重时,有缓冲动作,重心位置最低,而且稍偏离后轮处。当惯性滑进动作开始以后,重心移至中部并略微上升。当惯性滑进动作结束时,重心偏离支点,偏于侧前方,支撑腿开始伸展蹬地。

在支撑腿惯性滑进阶段,相对应浮腿应是收腿动作阶段。收腿动作是蹬地腿抬高离地面后,浮腿由侧位收向后位身体中心面的过程。收腿动作必须积极主动,侧助蹬地结束时肌肉紧张的余力,腿向侧方抬起,在大腿的带动下,膝盖内转,从侧位收至后位。

4.单脚支撑蹬地与摆腿技术。

当身体重心的投影点离开轮子的支撑中心,身体产生横向位移时,支撑腿加速伸展蹬地,推动重心前移。浮腿离开中心面,沿身体重心移动的方向加速前摆。

5.双支撑蹬地技术。

双支撑蹬地技术阶段是浮脚着地开始承接体重到蹬地腿离开地面为止。支撑腿即将结束蹬地时,浮脚靠近身体重心投影点着地,悬落在地面上,不承接体重。支撑腿继续完成蹬地动作,并在支点明显偏于后侧之时,以最快的动作,结束膝、踝关节的伸展。支撑腿三个关节充分伸直,结束蹬地动作,在刹那间完成交接体重。

6.摆臂技术。

摆臂主要用于短距离滑跑和终点冲刺。长距离根据需要采用单摆或单双摆交替的方法。在滑行中,左腿蹬地时,左臂向右前上方摆,右臂向右后上方摆。右腿蹬地时,右臂向左前上方摆,左臂向左后上方摆。以肩为轴,协调地配合支撑腿的蹬地用力动作。前摆屈肘后摆伸直,虎口朝内,掌心向上。

7.全身配合技术。

(1)两腿的配合。惯性滑进与浮腿收腿相对应;单支撑蹬地与浮腿的摆腿相对应;双支撑蹬地与浮腿接重心相对应。

(2)上体与腿部的配合。当刚刚成接体重惯性滑进时,上体位于支撑腿的上方,鼻、膝、脚三点成一线。单支撑蹬地阶段,体重要压在蹬地腿上,蹬地即将结束时,上体转向新的滑行方向,浮脚着地,蹬地结束时,支撑腿完全承接体重。

在蹬地开始时,头与肩不能过早地摆向滑行方向,整个蹬地过程中,上体、头肩、臀部不能上下起伏。

(3)两臂与两腿的配合。在支撑腿惯性滑进时,浮腿收腿,两臂都从前、后高点回摆;当收腿结束时,两臂都经下垂点;当支撑腿伸展用力蹬地时,两臂都分别达前、后高点。

二、弯道滑跑技术

1.弯道滑跑动作的构成。

弯道滑跑动作分为4个阶段:左单脚支撑蹬地、左双脚支撑蹬地、右单脚支撑蹬地、右双脚支撑蹬地。

弯道滑跑动作分为8个动作。左:单脚支撑蹬地、双脚支撑蹬地、摆腿、着地;右:摆腿、着地、单脚支撑蹬地、双脚支撑蹬地。

2.弯道滑跑姿势。

在弯道滑跑时,身体成一线向左倾斜。头和肩也随之向左侧转动,左肩稍低于右肩,左臂稍低于右臂,双腿完成蹬地动作时,也应尽量与身体倾斜面相一致,上体和支撑腿的方向应该沿圆弧切线方向,身体重心的倾斜度应该与滑跑速度及弧度半径相适应。

3.左腿单支撑蹬地与右腿摆腿技术。

当蹬地腿离开地面开始收腿时,支撑腿开始单支撑蹬地,首先,髋关节开始伸展,使身体重心轨迹加速向弯道内侧偏离。在髋关节伸展的同时,压低膝、踝关节,身体重心集中低压在支撑腿上。当右脚从左脚上方越过时,左腿膝关节加速伸展蹬地,并使出最大力量。

4.左腿双支撑蹬地与右脚着地技术。

在前一动作基础上,左腿膝关节继续加速伸展蹬地。此刻,左腿的蹬地角度越来越小,蹬地的支点迅速偏后并成圆周曲线,膝、踝关节必须以快速度伸展,结束蹬地动作,右脚应力求与左脚结束蹬地的同时,在左脚的左前方着地承接体重。

5.右腿单支撑蹬地与左腿摆腿技术。

左腿蹬地结束后,借助弹力地面的反弹力,迅速屈膝,加速向右腿移动,右腿积极地伸展髋关节,膝、踝关节压小,身体重心集中低压在蹬地的右腿上。当浮腿膝盖收到右膝下方靠拢时,右腿以最大力量加速伸展蹬地。

6.右脚双支撑蹬地与左脚着地技术。

当左脚着地时,右脚蹬地的支点已经明显偏后,并远离弯道弧线,此刻蹬地的右腿膝、踝关节必须以最快速度伸展,结束蹬地动作,左脚应力求在右脚结束蹬地的同时,在右脚动作前方着地承接体重。

7.进出弯道。

进弯道时,右脚滑出最后一步,方向朝正前方,蹬地结束后,身体迅速向左倾倒,左脚第一步弯道的着地与滑行是沿弯道圆弧的切线方向。

出弯道时,右脚结束蹬地,左脚在重心投影下着地承接身体重心,鼻、膝、脚三点成一线,然后重心向右倾倒并开始蹬地,右腿收回并随着左腿蹬地动作的开始,加速摆动,准确地在重心投影下着地,进入直线滑跑。

8.弯道摆臂。

右臂摆动较大,以肩为轴,上臂带动前臂前后摆动,高度略过肩。左臂的上臂贴身,前臂前后摆动,也可置于体侧或背于身后不动。

9.弯道滑跑的全身配合动作。

(1)上体与腿的配合。

当一腿蹬地结束,另一腿刚承接体重时,两肩压在支撑腿上,并在同一倾斜线上接着迅速偏离滑行方向,向另一条新的切线方向移动,重心离开支点,蹬地动作开始。

(2)两腿的配合。

当左腿蹬地结束抬离地面时,右腿蹬地开始;左腿摆向右腿与右腿靠拢并前摆时,右腿强有力地单支撑蹬地;当左腿摆至前位着地时,右腿开始双支撑蹬地;左腿着地完全承接体重时,右腿蹬地结束,与下一个单步的配合动作相同。

(3)臂、腿的配合。

右腿蹬地时,臂腿的配合基本同直线滑行一致。左腿开始蹬地时两臂均在前后最高点;左腿单支撑蹬地同时,两臂回摆;两腿膝盖靠拢时,两臂在最低点;右腿后摆,左臂前摆;左腿蹬地结束时,两臂摆至最高点。

三、起跑与冲刺技术

起跑是各项距离滑跑的开始。其任务是在最短时间内获得较高速度。

1.预备姿势。

预备姿势有丁字型预备式、平行预备式、八字预备式、前点地预备式等。

前点地预备式：面对起跑方向，两腿分开，两脚间距 35～55 厘米，两脚间开角大约 50°～70°。前脚与起跑线成 65°～70°，后脚与起跑线成 10°～15°。上体前倾，两臂自然下垂。身体重心放于两脚中间或偏前一些。

2.起动。

当听到枪声，迅速抬起前脚，后脚用力蹬地伸直。上体前倾，髋关节前送，两臂用力摆动，整个身体迅速向前冲出。

3.疾跑。

疾跑技术有几种，一般常用踏切跑式和扭滑式。踏切跑式是用爆发性力量，跑动起速，适用于力量型选手和短距离起跑时采用。扭滑式是切跑与滑跑相结合，切中有滑，滑中有切，迅速向短步伐高频率的滑跑过渡，扭滑式起速较慢但比较省力。

在速度轮滑的冲刺阶段，应以顽强的毅力、正确的滑跑动作、最大速度地滑完全程。必要时可加大蹬地力量和摆臂幅度提高频率，缩短惯性滑进的距离。

◆花样轮滑

花样轮滑包括单人滑、双人滑和舞蹈。世界花样轮滑锦标赛的竞赛项目包括：规定图形（男子、女子）、自由滑（男子、女子）、双人滑（男子、女子）、双人滑（一男一女）、舞蹈（一男一女）。

花样轮滑的常用术语有如下几种。

刃：身体重心偏离外侧轮时，称为"外刃"；身体直立时，称为"平刃"；身体重心偏向内侧轮时，称为"内刃"。

前滑：面向滑行方向，向前滑行。

后滑：背对滑行方向，向后滑行。

滑足：在地面上滑行的脚。

浮足：滑行中离开地面的脚。

纵轴：将两个或两个以上的圆构成的图形，纵向分为对称的两个半圆的一条线。

横轴：将两个圆构成的图形，分为对等的两个圆的一条线。

封口：两圆或三圆图形的切点处，即纵横轴交叉点处。

变刃：身体重心投影在支撑脚的一侧移向另一侧。

一、花样轮滑的基本技术

花样轮滑的基本技术包括站立前滑、后滑、压步、制动、起动、弧线、跳跃、旋转等，这里重点介绍四种弧线的滑法。

1.前外弧线。

以右脚滑前外弧线开始，左脚内刃蹬地，用右脚外刃滑出，身体向右侧倾斜，右臂在前，左臂在后,右髋在前,左交伸直后举,右脚滑行时微屈膝。滑行中,左肩向右转,左腿向前移。滑到弧线一半时,两肩与弧线成垂直位置,左腿屈膝靠近滑足,两臂在身体两侧平举。在滑过弧线一半时,左臂向前,右臂向后,左髋向前,左脚在滑足前。当滑行速度减慢时,左脚落地滑前外弧线,其动作与右脚滑前外弧线相同。

2.前内弧线。

以右脚滑内线开始,用左脚内刃蹬地,身体重心落在右脚内刃滑出,开始姿势左臂在前,右臂在后,左脚伸直在后。

滑过弧线一半时,两肩交换前后位置,左脚移至滑足前面,在滑行速度减慢时,左脚落地以前内刃滑出,身体向右倾,其他动作除左右变换外与前相同。

3.后外弧线。

以左脚后外弧线,可先向左做后压步。右脚蹬地后,用左脚外刃落地向后滑弧线。动作开始时,将右脚留在前面,头从左肩向后看,左臂在后,右臂在前,身体向左倾,滑腿屈膝,当滑过弧线一半时,头仍向左看,两臂互换前后位置,滑腿膝部逐渐伸直,右脚放到体后。滑行速度减慢时,再做向后压步,然后再进行左、后、外弧线滑行。

4.后内弧线。

以左脚内刃做向前弧线滑行,先做向右的后压步。右脚蹬地后,左脚内刃着地向后滑弧线时左臂在前,右臂在后,身体向右倾,头从右肩上向后看。滑过弧线一半时,浮脚移至滑腿侧前方,上体姿势不变。当滑行速度减弱时,再做后压步,继续做左、后、内弧线滑行。

二、花样轮滑的规定图形

掌握了四种弧线的滑法之后,就可以学习规定图形的一些基础滑法了。规定图形共有17个、滑法69种。

(一)滑规定图形时身体的基本姿势

1.两臂一前一后伸出,两手与腰同高,掌心向下。

2.头要正直,面向滑行方向。向后滑行时从肩上看滑行方向。

3.上体只可左右转动不可前屈或后仰。

4.浮足与滑足前后距离20~50厘米,前后移动时要紧靠滑足,浮足足背、膝、髋要向外展,足尖要伸直。浮足要始终保持在滑线上,不可任意摇摆。

5.滑足膝关节不可挺直,保持一定弹性以控制平衡。

6.整个身体要直,滑圆时身体要有一定的倾斜度。

(二)滑规定图形转体时的动作

1.前滑转身,身体重心要在滑脚的前两轮上。后滑转身,身体重心要在滑脚的后两轮上。

2.转动时上体要保持正直。

3.肩和髋要同时用力转动,浮足要靠近滑足。

4.滑足的膝关节在转体时不可有屈伸动作,变刃时可稍有屈伸。

(三)滑规定图形的基本技术

1."8"字形。

"8"字形是指单脚滑行成一个圆接另一脚再滑行成一个圆,两圆相切成"8"字形的规定滑行路线。按前滑、后滑、内"8"、外"8"、左右脚起滑等共分为8种,一般圆的半径约为4~6米。

(1)前外"8"字形(图4.49)。

预备姿势:背对圆心,转头面对滑行方向站立,左脚站在纵轴和横轴交点处,右脚置于左脚后方,两脚跟靠拢,脚尖成外展约90°。左肩、臂在前,右肩、臂在后,重心落在两脚中间,右脚的四个轮子压紧地面。

起滑:两膝弯曲身体稍后倒,重心落在右脚上,四轮压紧地面,用力蹬伸。左脚以外刃沿地面的圆形痕迹滑出。

滑行:保持左肩、臂在前,右肩、臂在后,浮足在体后的身体姿势,然后浮足关节内转稳定地靠近滑腿,置于图形的线痕上与滑脚交叉,随后变换两肩位置成右肩、臂在前,左肩、臂在后,滑腿逐渐伸直。

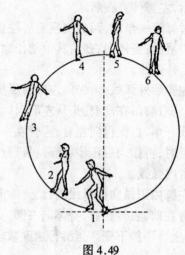

图4.49

一脚滑行结束:以右肩、臂在前,左肩、臂在后,浮足右脚置于身后的姿势滑至圆的封口处。

换脚:当左脚滑行接近封口时,四轮向圆内滑离圆周,浮足四轮的重心准确地放到纵横轴的交点上,用左脚蹬地,右脚沿前外圆弧线滑出。

(2)前内"8"字形(图4.50)。

预备姿势:正对圆心,转头面对滑行方向站立。右脚在后,右肩、臂在前,左肩、臂在后。

起滑:右脚蹬伸,左脚以内刃沿圆形痕迹滑出。

滑行:保持起滑时的姿势,浮足在体后以大腿带小腿逐渐靠近滑腿,交叉变换两肩位置。

一脚滑行结束:以左肩、臂在前,右肩、臂在后,浮脚置于身前的姿势滑至圆的封口处。

换脚:当左脚滑进封口时,浮足在纵、横轴的交点上落地,用左脚蹬地,右脚沿右前内圆弧线滑出。

(3)后外"8"字形(图4.51)。

预备姿势:面对左脚所滑行圆的圆心,两脚在纵、横轴交点右侧的10~20厘米处平行站立。左肩、臂在前,右肩、臂在侧。

起滑:抬起左脚,右腿弯曲,身体重心落在右腿上,左臂从前向后摆动,右臂经体前向后摆动。右脚内刃蹬地,左脚以外刃向后滑出。身体重心移到左脚上,并向圆心倾斜。

一脚滑行结束:保持起滑时的姿势,滑到圆周的一半时,浮腿向后移,重心向外转,左肩、臂在前,右肩、臂在后,面向圆外,滑至封口处。

换脚:当左脚接近封口时,右脚落地。左脚内刃蹬地,右脚滑右后外圆弧。

图 4.50

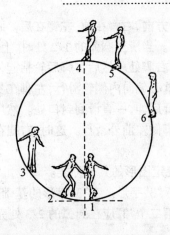

图 4.51

（4）后内"8"字形（图 4.52）。

预备姿势：背对左脚所滑圆的圆心，两脚在纵、横轴交点侧约 10～20 厘米处平行站立。左肩、臂在前，右肩、臂在侧。

起滑：右脚内刃蹬地，左脚内刃滑左右内圆弧。

滑行：保持起滑时左肩、臂在后，右肩、臂在前，浮足在体前的姿势，滑至圆周一半时，浮腿向后移，重心内转。

换脚：左脚滑至封口时，右脚落地。左脚内刃蹬地，右脚滑后内圆弧。

2.变刃形。

变刃是从一个圆过渡到另一个圆的滑行技术。由一只脚先滑半圆，到纵、横轴交叉点变刃，然后滑一个整圆，另一只脚也滑变刃形构成三个圆，如图 4.53 所示。

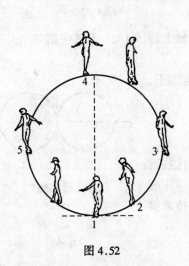

图 4.52

图 4.53

3."3"字形。

"3"字形是指脚滑行到 1/2 处转体 180°，由前滑变成后滑，滑行路线留下的轨迹形如"3"字形。

"3"字形的起滑姿势及动作要领与"8"字形相同。以右脚起滑为例：左脚用前外滑行。

面向滑行方向,右臂在前,左臂在后。眼睛看着两圆的相切点。右腿稍弯曲,身体重心落在外侧轮上。当滑至圆弧的 1/2 处时,上体开始向右移动,左臂移到体前、右臂移到体后,左脚移到接近右脚处。然后右脚后轮抬起,右髋向右转 180°,左脚在右脚后随着转动,右脚转动后,身体重心偏向内侧轮滑行,左脚在身后头向左转,眼睛顺着左肩向后看滑行方向。右臂伸直,左臂后伸,一直滑到封口处。然后身体左转,左髋向后张开,左腿后伸,右脚向侧后方蹬地,左脚做左前外滑行。这时,右腿在后,左臂在前,右臂在后,动作方法同右脚,如图4.54所示。

4. 规定图形的其他种类。

(1)双"3"字形。在"3"字形的基础上增加一次转体 180°,一般第一个"3"应在圆弧的 1/3 处完成,第二个"3"应在圆弧的 2/3 处完成,如图 4.55 所示。

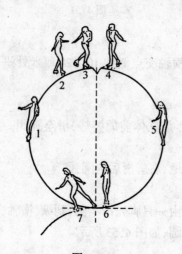

图 4.54

图 4.55

(2)括弧形。与"3"字形相反,在同一的圆弧的纵轴上转体 180°,且转尖朝向圆外的规定图形,如图 4.56 所示。

(3)此外,还有结环形、外勾形、内勾形等多种规定图形,由于动作复杂,难于掌握,这里不作介绍。

三、花样轮滑的自由滑

自由滑有步法、基本动作、跳跃、旋转等动作。把这些动作联合起来,配以音乐和优美的舞姿,就组成一套花样轮滑的自由滑。本书只介绍各种动作中最简单、最基本的技术供大家学习。

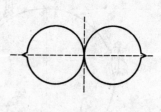

图 4.56

(一)自由滑的步法

自由滑的步法就是在花样轮滑的基本技术和规定图形的滑行方法的基础上,根据运动员水平、音乐节奏、套路编排的要求,进行灵活地组合。

1. 直线步。沿场地的纵、横轴或对角线的方向,从一端滑到另一端。

2. 圆形步。在场地上滑出一个或多个圆圈,一般安排在场地中央进行滑行,也可以侧重场地的一端滑行。

3. 蛇形步。在场地上滑出一个或多个类似蛇形的曲线。

4. 变刃步。由一个圆弧的滑行经变刃进入另一个圆弧的单足滑行步法,如图4.57所示。

5. "3"字步。"3"字步也称"华尔兹"步,是一种转体180°,并有用刃变化的步法。

(1)"3"字步。前外弧线滑出,转"3"后成内弧线,立即换另一只脚做后外弧线滑行,如图4.58所示。

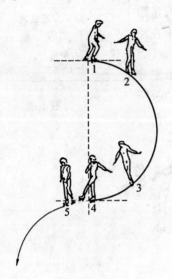

图 4.57

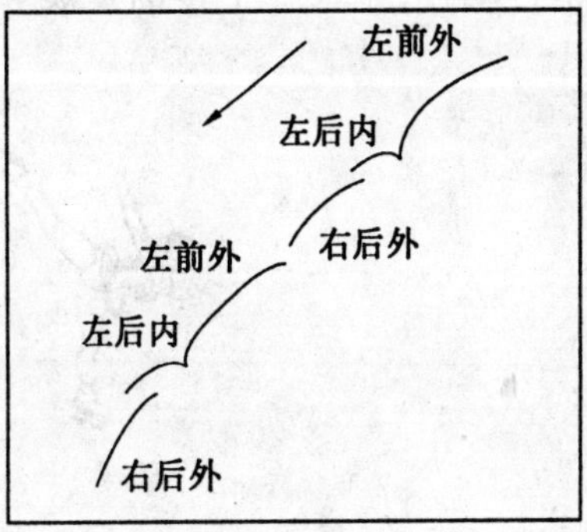

左前外
左后内
左前外
右后外
左后内
右后外

图 4.58

(2) 内、后外"3"字步。右(左)前内弧线滑出,转"3"成后外弧线滑行,接着左(右)脚滑后外弧线滑出,转"3"成前内弧线滑行。可连续交替进行,如图4.59所示。

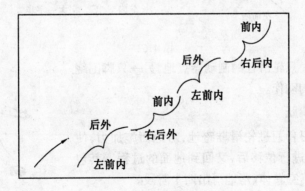

前内
后外
右后内
前内
左前内
后外
右后外
左前内

图 4.59

6. 括弧步。在同一圆弧上转体180°的步法,其转体方向与"3"字步正好相反,如图4.60所示。

(二)自由滑的基本动作

自由滑的基本动作是指在成套动作中,除滑行技术、步法、跳跃各旋转动作之外,起表现和表演作用的一系列技术动作。

　　1.燕式平衡。燕式平衡动作是一种身体前屈,一条腿抬起,两臂自然伸展和另一条腿支撑的滑行动作。其共分8种类型,滑行时,要求上体和浮腿应抬的稍高一些,并且在表演中可以改变滑行方向和用刃,如在前外燕式平衡,转"3"后变左后内燕式平衡;或转"3"后换足为后外燕式平衡,等等,如图4.61所示。

　　2.大一字滑行。大一字滑行是将两脚尖向外分开,足跟相对,沿一定方向成直线或弧线的双足滑行动作。要求在滑行获得一定速度后进行,如图4.62所示。

　　3.弓箭步滑行。一腿弯曲,另一腿伸直,成弓箭步姿势的双足滑行动作,是大一字步的发展和延伸,如图4.63所示。

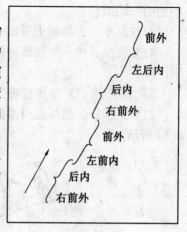

图4.60

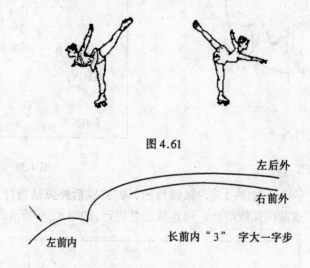

图4.61

图4.62

　　4.规尺。利用一只轮滑鞋的制动器点地,另一只脚围绕其滑行做类似圆规的动作。

(三)自由滑的跳跃

图4.63

　　跳跃动作是练习者通过轮滑鞋蹬地,对地面施加力,使练习者腾空,在空中进行位移后,又回到地面的过程。其包括准备起跳、起跳、腾空转体、落地滑出四个阶段。

　　1.兔跳。身体成直立姿势,双脚平行站立,右肩、臂在前,左肩、臂在侧后,右脚制动器后蹬,左脚平刃滑出。右脚前摆,左脚同时向上起跳,左臂向前摆,右臂向后摆,在空中像走步一样。左脚四轮和右脚制动器同时落地,两手恢复起跳前姿势。右脚制动器触地后立即蹬出,用左脚向前滑行,如图4.64所示。

　　2."3"字跳。用前外刃起跳,在空中转体180°,用后外刃落地的半周跳。起跳前,做右后外刃的弧线滑行,换脚至左前外,身体迅速移到左外刃,左腿屈膝,两臂和浮足向后拉紧。起跳时,滑腿深屈,上体直立,两臂和浮脚靠近身体经下向前摆过垂直部位后,左脚迅速蹬直起跳,身体沿滑行方向腾空并转体180°,用右脚后外刃落地,滑腿屈膝缓冲,左肩、臂向前,右肩、臂在体侧,如图4.65所示。

图4.64　　　　　　　　　　　　　　　　图4.65

(四)自由滑的旋转

旋转动作很多,大体可分为双足旋转、单足旋转、换足旋转、联合旋转和跳接旋转五大类。任何一种旋转都由准备动作、旋转用刃、旋转姿势和结束动作四个部分构成。这里简单介绍一下双足直立旋转。

初学双足直立旋转时,可在原地站立,两脚分开与肩同宽,左臂向前,右臂向后,双膝微屈。开始旋转时,左臂带动左肩用力向左后摆动,右臂带动右肩向右前摆动,双膝同时迅速伸直,使整个直立的身体形成一个转动的轴心和两个相反的转动力,形成左右内刃和右前内刃支撑的双足直立旋转。熟练后,可用左前外"3"字步起转。左前外"3"字步达到顶点时成双足直立旋转,旋转结束后用右后外刃或左前外刃弧线滑出,如图4.66所示。

四、花样轮滑的双人滑和舞蹈

(一)双人滑

双人花样轮滑简称双人滑,是由一男一女共同完成的一套花样轮滑动作。它包括短节目和自由滑两个项目。

双人滑要求男、女两名运动员在掌握单人滑步法、旋转跳跃联合动作等的基础上,完成托举、捻转、抛跳、双人旋转、螺旋线和双人步法等表演动作,并且应该做到协调配合,统一性强。

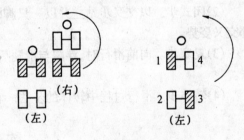

图4.66

(二)舞蹈

花样轮滑的舞蹈是由男女各一名运动员共同完成一套舞蹈节目的表演或比赛项目。它包括规定舞、创编图案和自由舞三部分。

在舞蹈项目中,花样轮滑的舞蹈与双人花样轮滑的区别在于,不许有单人滑的跳跃、旋转动作和双人滑的托举、捻转、抛接、双人旋转和螺旋线等动作。滑行时,要用优美复杂的舞步和舞蹈动作来表现自身的特点。

　　1.基本姿势。

　　舞蹈的基本姿势包括:挽臂式、单拉手式、华尔兹式、弧步式、探戈式、基里安式,如图4.67所示。

图 4.67

　　2.基本步法。

　　(1)开式步。两腿没有前或后交叉,由一只脚向侧蹬地开始。前滑时,浮足保持在身后;后滑时,浮足保持在身前。在做下一步蹬地时,浮足回到滑脚内侧,成为滑脚。

　　(2)闭式步。以交叉步站立并以一只脚的外刃蹬地,滑行时,运动员的浮腿与滑腿成膝部交叉姿势。

　　(3)夏塞步。向前滑行时,浮腿与滑腿后交叉;向后滑行时,浮腿与滑腿前交叉的滑行方法。

　　(4)转体步。滑行过程中转体的步法。它又包括"3"字步、勾手步等。

练 习 篇

一、路上模仿练习

　　1.基本姿势。身体微前倾,膝关节弯曲成140°左右,小腿微前弓,脚踝成80°。全身自然放松,两脚间距15~20厘米,身体重心落在两脚之间。做好基本姿势后,身体重心移到单腿上,另一腿不负担体重,静蹲10秒左右换另一脚支撑。

　　2.侧蹬练习。在基本姿势基础上,重心移到一侧,另一腿向侧平行伸出。蹬直后在以大腿带动小腿收回原位,换另一腿侧出。要求:重心放在支撑腿上,膝盖位于胸下。

　　3.侧倒练习。做好基本姿势后,上体同时向一侧倾倒,同侧脚在胸下随之向侧移出2~3只脚的距离,并立即支撑身体。另一腿蹬直后并拢成基本姿势。再向反方向做,如图4.68

所示。

图 4.68

4.直道滑行完整技术模仿练习。在侧倒的基础上,当一条腿蹬地结束向支撑腿收回时,大腿带动小腿后引再收回,熟练后,每次侧道着地点落在支撑脚的前侧方半脚至一脚的距离,连续做,如图 4.69 所示。

二、熟悉轮滑鞋的性能

(一)基本站立

1."丁"字站立。两脚成"丁"字靠拢站立。前脚跟靠住后脚弓,两膝微屈,重心微偏于后脚,上体稍前倾。

图 4.69

2.外"八"字脚站立。两脚尖外展 40°~50° 成"八"字,两脚跟靠拢。上体微前倾,两膝微屈,重心落在两脚间。

3.平行站立。两脚平行分开稍窄于肩,脚尖稍内扣,膝微屈,上体稍前倾,重心落在两脚间。

(二)原地移动重心练习

1.原地两脚平行站立,左右移动重心。

2.两脚前后站立,前后移动重心。

3.原地踏步走练习。

4.原地单足站立练习。

5.原地蹲起练习。

6.各关节绕环、压腿等练习。

7.原地跳、踢分、并腿练习。

8.原地跳起转体练习。

9.原地两脚前、后滑动。

10.原地踏步跑练习。

(三)迈步移动重心练习

1.向前"八"字脚行走或跑。

2.横向左、右迈步移动练习。

3.横向交叉步移动练习。

4.倒退走移动练习。

5.圆形或"S"形向前、向后走步移动练习。

(四)初步滑行练习

1.走步双滑。在向前走几步产生惯性的基础上,两脚平行站立向前滑行。

2.单蹬双滑。两脚成"八"字站立,右脚内刃蹬地,重心移至左脚上,右脚蹬地后迅速与左脚并拢平行站立滑行,两脚交替反复进行。

3.单蹬单滑。在单蹬单滑的基础上,逐步缩短双脚滑行时间,直至单腿支撑身体向前滑行。

4.单脚连续蹬地,另一脚支撑绕圆圈滑行。

5.惯性转弯。向左转弯时,左脚略靠前,右脚靠后,重心落在两脚尖间前1/3处,左腿略弯曲,右腿伸直。身体重心向左倾斜,重心压在左脚和右脚的左侧轮处,借助滑行惯性向左滑出一较大弧线,身体就会向左弯了。向右转弯时,动作方向相反。

6.沿圆弧做不连贯的交叉步滑行练习。在弯道上每做几个幅步的直线步法,做一次弯道的交叉步。身体向左倾斜,左腿支撑体重。右脚蹬地后以大腿带动小腿向左脚的左前侧迈步,迅速承接体重。熟练后逐渐增加交叉步的次数。

7.连续弯道压步练习。从高重心姿势逐渐过渡到低重心姿势,沿不同半径的圆周或弯道做连续压步练习。

(五)倒滑方法

1.单脚"S"形倒滑法。两脚前后开立相距30~40厘米,腿部放松,膝关节微屈,上体直立稍转体,转头看后方重心落在两脚间后1/3处。前脚滑"S"形曲线,后脚滑直线。蹬地时,前脚膝关节内扣,以轮子内侧刃蹬地,沿弧线收回时后脚跟稍抬起。反复推进,收回后滑行。

2.双脚"八"字形倒滑法。上体直立稍转体,转头看后方,重心落在两腿中间稍偏后。两脚内"八"字时,同时用内刃蹬地,用外"八"字收回,后轮可稍浮起。

3.双脚交替倒滑法。姿势同上。右脚内刃向右侧前方蹬地时,重心移到左腿上,向左后方滑行,两脚交替蹬地,向后倒滑。

4.倒滑压步法。向右压步时,右脚在前外,左脚在内后;向左压步时,左脚在前外,右脚在内后。前脚以内刃蹬地,重心向内倾斜,后脚从内向外后方以外刃蹬地连续进行。

(六)制动法

1.惯性转弯减速法。(略)

2."T"字形制动法。在向前滑行中,重心放在左脚上,右脚抬起,横放在左脚后成"T"形,右脚的内侧轮横向与地面摩擦,重心逐渐移向右脚,加大摩擦直到停止滑行。

3.双脚平行制动法。身体迅速向一侧转体90°并带动双脚迅速转动90°,双脚平行分开,同时身体重心急速降低并后留,右脚前伸形成反支撑可突然停止。

4.倒滑制动器制动法。向后滑行时,身体稍前倾,两膝弯曲,两脚跟逐渐抬起以脚尖前下放的制动器压紧地面,摩擦减速制动。正滑时,可做转身接倒滑制动。

三、提高速度轮滑能力的方法

1.直道滑跑练习。

(1)滑跑姿势。起速后成滑行基本姿势,借助惯性滑行。

(2)单脚平衡。起速后成滑行基本姿势滑行。

(3)移动重心。滑行中成侧弓步,两脚平行,重心在两脚上来回移动,胸应在支撑脚正上方,鼻、膝、脚三点成一线。

(4)倾倒滑行。依靠身体向内倾倒,推动重心前移滑行。

(5)侧蹬收腿。在慢滑中,反复体会侧蹬、后引和收腿动作。

(6)利用体重蹬地。滑行中,延缓浮腿着地时间,体会依靠体重蹬地。

(7)交接重心。滑行中,尽量缩短双支撑蹬地时间。

(8)动作协调性。两臂与两腿的协调配合。

2.弯道滑跑练习。

(1)倾斜姿势。直线加速助跑入小圆周。身体迅速内倒,两脚着地,沿小圆周惯性滑进。

(2)左腿倾斜支撑。身体倾向圆心上,左腿支撑滑行,右腿反复蹬地,力求延长左腿支撑的滑行时间。

(3)交叉压步滑行。

(4)左腿利用体重蹬地。体重压在左腿上,延迟做交换。

(5)右腿利用体重蹬地。

3.滑跑技术的辅助性练习。

(1)滑行中做单脚蹲起。

(2)两脚平行不离地滑行,上体平行移动。

(3)滑行中左脚向右脚做侧迈,右脚向左脚做侧迈,连续进行。

(4)慢滑中,侧前弓步迈步。

(5)单脚支撑滑行跳起。

(6)小幅度滑跳练习。

(7)双足做侧向跳、向上跳、向前跳练习。

(8)滑行中做各种姿势的平衡练习。

(9)分腿做侧分、前后分滑行练习。

(10)做侧弓步、前弓步滑行练习。

4.滑行能力的练习。做匀速长滑、利用出弯道速度滑跑、变速滑跑、小圆周滑跑、蛇形滑跑、低姿势滑跑、顺风逆风滑跑、慢滑中突然加速滑跑、追逐滑跑、拉力比赛等练习。

5.起跑技术练习。外"八"字跑,多人站成一横队,听信号快速启动;被对滑行方向,听信号快速启动。

欣 赏 篇

一、轮滑运动的概述

轮滑运动是指脚穿带有四只轮子的轮滑鞋,在坚实、平整的地面上滑行的一项体育运动。它包括速度轮滑、花样轮滑、轮滑球和极限轮滑。速度轮滑充分体现了速度和力量的结合;花样轮滑是在音乐伴奏下,把跳跃旋转和步法与优美的舞蹈动作有机地结合在一起进行表演,给人以美的享受;轮滑球富有竞争性、对抗性;极限轮滑更是一种时尚和一种都市文化的象征。经常参加轮滑运动,对改善人的心肺功能、增强四肢和躯干的肌肉力量、提高身体的协调性和平衡的能力,有着积极的作用。同时,对培养机敏、顽强的品德也有良好的影响。它既可以丰富人们的业余生活,又能陶冶人们的情操。

1815 年,法国人加尔森创造了轮式溜冰鞋。1863 年,纽约人詹姆士·普利顿对溜冰鞋进行了改进,并开办了世界上第一个溜冰场。1924 年,国际轮滑联合会在瑞士成立,现在本部设在美国。我国在 1980 年 9 月加入国际轮滑联合会。

二、轮滑运动的装备

(一)轮滑鞋

1.休闲轮滑鞋。休闲轮滑鞋用于一般休闲和健身活动。由 4 个轮子排成一线,轮子后方装有制动器,高鞋腰,中等鞋跟。一般有内套及鞋壳,强调舒适、安全,轮子与轴承可根据使用者需要及喜好而更换,如图 4.70 所示。

图 4.70

2.跑鞋。跑鞋用于速度轮滑竞赛,由 5 ~ 6 个轮子排成一线,低鞋腰,低鞋跟,一般不装制动器,选用高级的轮子及精密的轴承,轮子直径为 76 ~ 80 毫米,如图 4.71 所示。

3.花样轮滑鞋。花样轮滑鞋用于花样轮滑或表演。4 个轮子排成两排,鞋尖前下方各装一个制动器,高鞋腰,高鞋跟,如图 4.72 所示。

图 4.71

图 4.72

4.特技轮滑鞋。特技轮滑鞋用于特技轮滑。底壁厚实,抗冲击力强,一般轮子较小且宽,直径为 47～62 毫米,如图 4.73 所示。

5.轮滑球鞋。轮滑球鞋用于轮滑球运动,如图 4.74 所示。

图 4.73　　　　　　　　　　　　　　　　　图 4.74

(二)轮滑护具

轮滑护具的功能,在于练习者或运动员在练习或比赛时,一但出现跌倒或撞击事故,能够起到把对身体的冲击力量加以分散、缓冲和吸收的作用。它一般包括头盔、护肘、护腕手套、护膝等。建议在初学轮滑阶段,学习新动作,进行山路越野极限轮滑时,进行速度轮滑和轮滑球运动时,应佩戴相应护具。

三、轮滑运动安全常识

1.遵守轮滑场制定的规章制度。

2.在做轮滑练习前应充分地做好准备活动,尤其是下肢各关节的活动。

3.轮滑鞋大小要适宜,扎带要松紧适度,并要经常检查轮滑鞋是否有损坏或螺丝是否松动等。

4.禁止做危险和妨碍他人的动作,如几人拉手滑行。禁止在速滑跑道上逆行、追逐打闹、突然停止等行为。

5.在场内禁止吃带皮、核食物,乱扔杂物、烟头等。

6.要跌倒时,不要过分挣扎,要降低重心,用双手撑地缓冲力量。来不及用双手支撑时,可团身、收腹,使自己身体成球形,双手护头滚动,以减少摔伤。

7.患有心脏病、高血压、传染病、精神病等严重疾病及酒后不要进行轮滑运动。

游泳运动

学习篇

一、蛙泳技术

(一)身体姿势

蛙泳时身体水平地俯卧水中,两臂向前伸直并拢,头略前抬,水齐前额,脸浸水中。由于呼吸的需要,身体纵轴与前进方向成 5°～10°的仰角,但仍应注意使胸、腹部和下肢水平成流

线型姿势,如图 4.75 所示

图 4.75

(二)腿部动作

蛙泳时腿部蹬水动作是推动身体前进的主要动力。多年来,在腿部技术上有宽蹬腿与窄蹬腿的争论。但近年来,绝大多数运动员都采用窄收窄蹬的技术。其特点是:窄蹬腿两膝距离窄,大腿收得小,收腿路线短,迎面阻力小。窄蹬腿不像宽蹬腿有蹬和夹的动作,而是有力加速地向后蹬腿,同时窄蹬腿动作比较简练,有利于加快频率。

为了便于分析窄蹬腿技术,把腿部动作分为滑行、收腿、翻脚和蹬水 4 个不可分割的动作阶段。

1. 滑行。紧拉鞭状蹬腿,身体借助惯性力高速向前滑行。这时,两腿并拢向后伸直,身体成水平姿势,下肢放松,只靠腿部肌肉的适当收缩,把脚跟稍稍提向水面,为收腿做好准备。

2. 收腿。收腿包括翻脚和蹬腿的动作,其动作要求是收腿路线要短,阻力要小,又要为蹬水创造有利条件。收腿是接滑行开始的,放松滑行时,腿由于本身的质量而开始下沉,这时两腿内旋,使脚跟分开,膝关节随腿的下摆向前边收边分,收腿结束时,大腿和躯干之间的角为 $130° \sim 140°$,小腿和脚尽量靠近臀部并位于大腿的投影之中,两膝的距离与肩同宽。两脚不是并拢的,而是靠腿的内旋,脚跟分开与臀部同宽,几乎平行地向前收。

3. 翻脚。蹬水效果的好坏,取决于翻脚技术。翻脚实际上是从收腿到蹬水的过渡,是收腿的继续,蹬水的开始。为了增长蹬水路线,随着收腿的结束,两脚继续向臀部收紧,同时,小腿向外翻,接着脚尖也向两侧外翻,使脚掌内侧正对蹬水方向。整个翻脚动作是由收腿、压膝和翻脚三个连贯动作组成的。应当强调:压膝是指大腿内旋,带动小腿外翻的过程,它在蹬水时就是鞭状动作的制动动作,而不是大腿的内收。

4. 蹬水。紧接着翻脚动作的即是蹬水,蹬水用力方向是向后的,而不是向外、向下或向上的,很像人从翻脚姿势蹬壁前进的动作。蛙泳蹬水就像蹬着"水墙"一样,蹬水方向要向后,必须由髋部发力,带动膝、踝相继伸直。如果先伸膝关节,则会出现类似自由泳的屈腿向下打水的动作。另外,蹬腿技术、向外侧蹬水等动作都是不合理的。窄蹬腿动作方向向后,能更合理地利用小腿内侧、脚掌内侧和脚底来蹬水面,造成更大的推进作用。蹬水是靠翻脚时大腿内旋造成膝内压,才能带动小腿和脚向后蹬水的。这个压膝动作就是蹬水鞭状动作在膝关节的制动作用,这种制动避免了蹬腿时的先外蹬、后内夹的毛病,蹬水形成一个有力的加速鞭打动作。同时,大腿内旋造成了踝关节的制动作用,这种制动有力地带动小腿、踝关节直至脚尖,在向后蹬水的同时用力加速地做蹬、夹紧密结合的动作,直至两腿成内旋姿势并拢,起着最有力的推进作用,如图 4.76 所示。

为了增长有效的动作路线,蹬水动作是在翻脚之后开始的,而不是边蹬边翻的。而踝关节的伸直,是紧接两腿蹬直之后进行,不是边伸边蹬的,因为过早地伸直踝关节会缩短踏水的有效路线。这也说明下肢关节的灵活性对提高蹬水效果具有重要的意义。

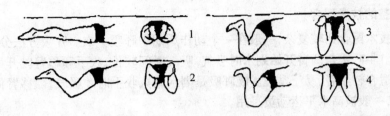

图 4.76

(三)臂部动作

蛙泳臂部动作可分为滑行、抓水、划水、收手和伸臂 5 个不可分割的动作阶段。

1.滑行。伸臂结束,身体是靠蹬水造成向前滑行。两臂自然放松伸直,手指自然并拢,掌心向下,两手尽量接近水面。这种姿势可使身体在较高位置上保持稳定,整个身体成流线型。

2.抓水。滑行时两臂是伸直并拢的,如果立即进入划水阶段,其动作方向主要是向外下方,不仅不利于推进身体,还会造成身体过分起伏。所以,从滑行到划水之间必有一个划水阶段——抓水。紧接着滑行,肩保持前伸,两臂内旋,使两臂和掌心转向斜外下方,屈手腕。结束抓水时,两臂与水平面和与前进方向都各成 15°～20°。这种抓水动作给划水创造有利条件,又能使身体保持较高的位置。抓水时不是加速用力,而是肌肉开始紧张,准备加速划水的阶段。

3.划水。紧接抓水即开始加速划水。两手同时向后划至与前进方向约成 80°,实际上是一条向后偏外下方的路线。划水时,肩部仍向前伸展,保持高抬肘姿势。整个动作过程肘高于手并前于手,同时前于肩,手带前臂,接着上臂向后切的过程中,肘关节从屈 150°～160° 至屈成 120°～130°。

划水过程是加速的过程,但动作路线不长。开始划水时,不可能形成很高的速度。从蛙泳的手掌的移动轨迹来看,从入水到划水的大部分过程中,手实际只是向前下方滑进的,最好的对水感觉出现在划水将近结束的时候。如果运动员像游蝶泳一样,超过肩的垂直平面继续向后推水,当然可能造成更大的推进作用。但是,这首先会使身体造成很大的起伏,加上回臂前伸路线很长,阻力急剧增大,速度急剧下降。因此,现代蛙泳已经没有人采用宽划水技术了。

现代蛙泳技术都采用手中速内拨的动作。这个动作带动前臂收至超过垂直部位,并开始降肘,掌心从向外后转向内后急促拨动而结束划水。应当注意,这是划水的最有效阶段。这个急促转腕、急速拨水的动作,起着类似鞭梢加速向后鞭打的作用。

4.收手。收手是从结束划水开始的,是结束划水后,手掌在向内上移动的同时,上臂外转,向前推肘的动作过程。也就是手向前内上时,从向下到向内前,手、肘相对移动,手提到头的下前方,掌心相对,斜向内下,臂放松。整个臂就像要绕开划水时带来的水流的冲击,尽量把臂收在身体的投影之中。这种收臂动作,能更好地发挥划水造成的推进惯性作用,减少水对臂前移的阻力。

5.伸臂。紧接收手,继续推肘伸臂。推肘,不允许伸肘关节,而是在伸肩关节的同时,靠推动伸肘来完成的。因此,两手是先向前上再向前伸。伸臂结束时,两臂恢复滑行姿势。伸臂动作是轻快的,整个臂放松,但在收手与伸臂之间,不应有动作的停顿。

（四）完整的技术配合

蛙泳的技术配合比较复杂，一般在一个动作周期中呼吸一次。呼吸方法分为早呼吸和晚呼吸两种。早呼吸是两臂开始划水时吸气，吸气时间较长，收手和移臂时开始低头呼气，早呼吸方法适合初学者，易于掌握。晚呼吸是划水结束收手时才吸气，随移臂低头呼气，吸气时间较短，一般被高水平运动员采用。

蛙泳的臂、腿配合，一般采用臂划水时，腿保持放松或伸直的姿势，收手时腿自然屈膝，开始伸臂时收腿，并快速蹬腿。在配合中，应避免出现配合动作不协调或中间停顿的现象，如图 4.77 所示。

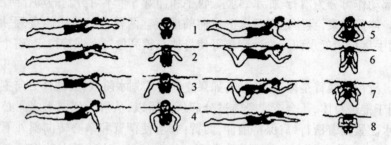

图 4.77

二、爬泳技术

爬泳，俗称自由泳，是四种竞技游泳项目中速度最快的一种。爬泳是俯卧在水中，两腿上下交替打水，两臂轮流划水而使身体向前游进的一种泳式，每一动作周期为左、右臂各划水一次，同时，进行若干次打腿。

（一）身体姿势

爬泳时，身体保持水平姿势，髋略低于肩，身体纵轴与水平面构成 3°～5°仰角。两眼注视前下方，游进中，躯干围绕身体纵轴自然转动 35°～45°。这种转动便于呼吸、手臂出水和空中移臂，同时，有助于手臂在水中抱水和划水，如图 4.78 所示。

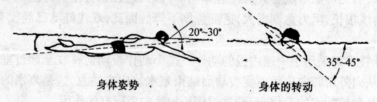

身体姿势　　　　　　　　　　身体的转动

图 4.78

（二）腿部动作

爬泳打腿主要起着维持身体平衡作用，使下肢抬高，操持身体流线型，并协调配合划水动作。爬泳打腿由向下和向上两部分交替进行，向下是屈腿打水，向上是直腿打水。要求两腿自然并拢，脚稍内旋，脚尖相对，以髋关节为轴，由大腿带动小腿到脚部做鞭状打水，动作既有力又有弹性，打水幅度约为 30～40 厘米，膝关节弯曲约为 160°，如图 4.79 所示。

图 4.79

(三)臂部动作

爬泳的两臂划水动作是推动身体前进的主要动力。一个动作周期分为入水、抱水、划水、出水和空中移臂几个紧密相连的阶段,其中划水阶段速度最快,其次是出水、入水和空中移臂,抱水阶段相对最慢。

1.入水。臂入水时,肘关节略屈并高于手,大拇指先向斜下方切插入水,然后,前臂和上臂依次入水,入水点在肩的延长线或身体中线与肩和延长线之间。

2.抱水。臂入水后,前臂和上臂积极外旋,手臂由直逐渐屈腕,提肘,像抱球一样,使肩带肌群充分拉开,掌心由外侧转为几乎正对后方,成向后对水姿势,为划水创造有利条件。

3.划水。划水是获得推进力的主要阶段。这个阶段又分为拉水和推水两部分,拉水是从直臂到屈臂的过程,手同时向内、向上、向后运动,保持高肘,当臂划至肩下方,并且手在体下靠近身体中线时,屈肘约为 90°~120°,而后转入推水阶段。推水在拉水基础上加速连贯地完成,前臂、手掌要以最大面积推水,从屈肘到伸臂向后方推水。手划水全过程,始终感觉到有水的压力,手掌平面像摇橹一样,做了一次"S"形的摆动。

4.出水。划水结束后,肩部和上臂几乎同时出水,由上臂带动肘关节向外上方做屈肘提拉动作,将前臂和手提出水面。手臂出水动作必须迅速不停顿,柔而而放松。

5.空中移臂。移臂是由肘关节带动,使落后于肘关节的手,移至与肩、肘成一条垂直线,这时手和前臂主动向前伸出,做准备入水的动作,整个移臂过程肘部保持比手高的位置,前臂和上臂是放松的。

6.两臂配合。爬泳的两臂配合有三种形式,即前交叉、中交叉和后交叉。前交叉是当一臂入水时,另一臂处于肩前方,与水平面约成 30°角,这种配合适合初学者,但速度均匀性差;中交叉是当一臂入水时,另一臂处于肩下垂直部位,与水平面约成 90°角;后交叉是当一臂入水时,另一臂划水至腹部下,与水平面约成 150°角。后两种一般被高水平运动员采用。

(四)呼吸与臂的配合技术

爬泳的呼吸动作比较复杂,要在水面上吸气,在水面下用口和鼻呼气,如图 4.80 所示。

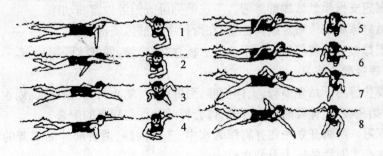

图 4.80

1. 呼吸。爬泳时,一般在两臂各划水一次的过程中做一次完整的呼吸。呼吸时,肩和头应向一侧转动,使口在低于水平面的波谷里吸气,吸气以后做短暂的憋气,当头部复原后,在水中用口、鼻呼气。

2. 呼吸与臂的配合。以右转头吸气为例。当右手入水后,口和鼻慢慢呼气,右臂划水至肩下,向右侧转头,呼气量加大,右臂推水即将结束时,呼气量进一步加大并快速将余气吐出,右臂出水时,张口吸气,移臂至体侧,吸气结束并开始转头复原,做短暂憋气,脸部转向前下方,右臂入水开始慢慢呼气。

3. 爬泳的完整技术配合。爬泳配合技术形式很多,其中6:2:1是采用较多的一种,也就是打腿六次,两臂各划水一次,呼吸一次。另外还有四次打腿和两次打腿配合技术。

练习篇

一、蛙泳的练习

1. 熟悉水性练习。

(1)水中行走练习。手扶池边或与同伴手拉手或单独做各种方向的行走、跑、跳练习。

(2)水中憋气。先将气吸足,然后憋气将头浸入水中,坚持一段时间再将头抬出水面呼吸换气。

(3)呼吸练习。用鼻和嘴在水中慢慢呼气,抬头,嘴露出水面一瞬间,把最后的气用力呼出,嘴出水面后,即用嘴快速地吸足气。

(4)抱膝漂浮与站立练习。先吸足一口气,下蹲低头抱膝,双膝尽量靠近胸部。脚前掌蹬离池底,借助水的浮力,自然漂浮在水面。站立时,两臂前伸,双手向下压水并抬头,两腿向池底伸,脚触池底站立。

(5)展体漂浮与站立练习。两臂前伸,吸足一口气,身体前倾,脚蹬离池底漂浮于水中,站立时,稍收腹收腿,双臂向下压水并抬头,两腿向池底伸,脚触池底站立。

(6)滑行练习。背向池壁,两臂前伸,一脚贴池壁,一脚站立。吸足一口气,身体前倾入水,收脚站立成双腿屈膝,接着用力蹬离池壁,身体成流线型向前滑行。

2. 腿部动作练习。

(1)坐姿蹬水。坐在池边,上体稍后仰,双手体后撑,做蛙泳收腿、翻脚、蹬夹、停的动作。

(2)卧姿蹬水。俯卧凳上做收、翻、蹬、夹、停的动作。

(3)水中固定支撑做蛙泳腿部练习。手扶池仰卧或俯卧做蹬腿动作。

(4)滑行做蛙泳腿部练习。蹬离池壁,在滑行中做蛙泳腿部动作。

(5)游动支撑做蛙泳腿部练习。手扶打水板,两臂前伸,做蛙泳腿部动作。

3. 手臂和呼吸配合练习。

(1)陆上模仿练习。站立姿势,上体前倾,两臂前伸,掌心向下,做抓水、划水、收手、伸臂动作。划水时抬头吸气,伸臂时低头呼气,体会臂的动作与呼吸的配合。

(2)水中练习。两脚开立站在齐胸深的水中,上体前倾,两臂前伸做划臂的动作。划臂时不要用力,体会水对手的压力及划水路线。

(3)呼吸练习。练习同上,配合呼吸,臂滑下时抬头吸气,伸臂时低头呼气。借助划水惯性,可向前走动。

(4)双人练习。同伴站在练习者两腿之间,抱住其大腿,练习者做臂部动作和呼吸配合练习。

4.臂、腿和呼吸的完整配合练习。

(1)陆上模仿练习。原地站立,两臂上举并拢伸直。两手抓水分向两侧,划水时收肘,收手,此时,一腿做收腿、翻脚动作。臂向上将伸直时,翻脚的腿向下做蹬夹动作,还原成开始姿势。

(2)同上练习,做抬头呼吸动作。

(3)臂、腿的间断配合练习。在蹬壁滑行中,先做一次划臂动作,再做一次腿的收、翻、蹬、夹的动作。手臂和腿交替进行,以建立臂先腿后的技术概念。

(4)闭气滑行。在上述练习的基础上,逐渐过渡上身连贯的配合练习。

(5)闭气滑行加呼吸配合。由多次蹬腿、一次划臂过渡到一次划臂、一次蹬腿和一次呼吸的完整配合。

二、爬泳的练习

1.腿部动作练习。

(1)坐姿打腿。坐在池边,两手后撑,两腿伸直,脚腕内旋,脚尖相对,以髋为轴,由屈髋开始,大腿带动小腿,上下交替做打水动作。

(2)卧姿打腿。俯卧在池边或凳上,做两腿交替上下打腿动作。

(3)水中俯卧打腿。由同伴托扶练习者腰部,髋关节展开,大腿带动小腿做交替打腿动作。

(4)滑行打腿。脚蹬离池边后,低头憋气,两臂前伸,做滑行打腿动作。

(5)扶板打腿。两手扶在打水板上,两臂前伸,打腿时两腿要放松。

2.手臂与呼吸配合动作练习。

(1)陆上模仿练习。原地两脚开立,体前屈成90°角,做臂划水的模仿练习。

(2)同上练习,结合做呼吸配合。

(3)水中练习。站立水中,上体前倾,肩浸入水,做臂划水动作,边做边走,同时转头呼吸。

(4)蹬地滑行后憋气,做两臂配合动作。

(5)蹬地滑行后转头呼吸,做两臂配合动作。

3.手臂、腿与呼吸配合动作练习。站立水中,上体前倾做划臂与呼吸配合练习,借助惯性,蹬离池底,两腿打水形成完整配合。蹬边滑行打水前进5~10米,做爬泳臂划水与呼吸配合练习。

定 向 越 野

定向越野是运动员利用一张详细的地图和一个指北针,按顺序独立寻找到标绘在地图上的各个点的标示,并以最短的时间到达所有点标者为胜。定向运动常设在森林、郊外和城市的公园进行,也可在校园进行。

一、基本技术

定向越野是智力与体力并重的运动,其基本技术主要由读图、如何使用地图、越野技能等部分组成。

(一)定向专用地图

定向专用地图更加准确、详细地描绘了现地的地物、地貌情况,描绘一条运动路线,运动员根据若干规定的路线,自己选择适合的路线,掌握读图识图的知识。

1.定向地图上色彩的含义。

红色——指北线。

紫色——线路。

黄色——空旷地,易奔跑。

白色——普通的林区,易通过。

绿色——植被。浓密而难通过的地区(绿色越深,越难通过)。

蓝色——任何有水的地方(湖泊、溪流、泥沼)。

棕色——地形,等高线和符号(表示山丘和坑、高速公路、主干道)。

黑色——人造景观(建筑物、道路、小径)和岩石(悬崖、石头等)。

另外用符号"△"表示起点,用符号"○"表示检查点,用符号"◎"表示终点。

2.符号名称。

(1)磁子午线:常称为指北线,定向地图上用红色线表示,可确定地图的方位,而且可以利用其标定地图量测磁方位角和估算距离。

(2)地图方位的法则:上北、下南、左西、右东。

(3)地物符号:地面上由于自然或人为因素形成的固定物体,如江河、桥梁等,这些地物使用定向越野规定的符号所表示,符号由图形和颜色组成。

(4)地貌符号:地貌是指地球表面高低起伏的自然状态。

(5)图例注记:定向图例注记分比例尺、等高线、等高距和图例说明。

比例尺:指地图上某线段长与对应的水平距离之比。

等高线:指地表面上高度相等的各点连线而成的曲线。

图例说明:用规定和符号说明现地的地物、地貌的名称。

3.说明检查点。点标设置在地貌、地物的具体位置。一般在比赛前已经告诉运动员,比赛时附在地图的一侧。

(二)地图的使用

识图是基础,用图是关键。野外使用地图是在掌握识图的基础上进行,是定向运动训练和比赛中的重点内容。

1.判定方位。实地正确地判断、辨别东、南、西、北。

利用指北针判断:把指北针放平,红色指针所指的方向是北面。人面相北面,左为西,右为东,背后为南。然后在现地的某一个方位确定一个标志物作为具体的方向。

2.地图与现地对照。将地图上的地物、地貌符号与现地的地貌一一对应,明确地图与现地的对应关系。

（1）标定地图：现地使用地图，首先要标定地图。只有在地图与现地的方向一致时，才能进行地图与现地对照。

概略标定地图：首先在实地辨别东、南、西、北的方向。根据地图的上北、下南、左西、右东的原则使地图与现地的方向相一致，即地图已标定。

指北针标定地图：红对红标定是指指北针点在站立点上，指北针的指向标志指向所找的目标点，然后使指北针红色指针与地图上的红色箭头方向一致，即指向顶部的红色横线称为红对红。

一般标定是指指北针的红色指针与罗盘上的红色箭头以及地图上的指北线三者重合，方向一致，即地图已标定，如图 4.81 所示。

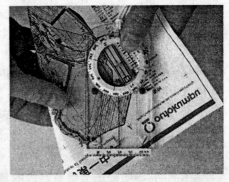

图 4.81

利用明显的地物、地貌标定地图。明显的地物，如小桥、突出树、塔形建筑物、亭子等。明显的地貌，如山顶、路、河流等。在地图上找到地物、地貌符号，转动地图对照地形。

利用直长地物标定地图。直长地物是指较长的线状地物，如道路、电线、围墙等。在地图上找到直长地物的符号，转动地图对照地形，如图 4.82 所示。

（2）对照地形确定站立点和目标点。

对照地形：将地图与相应现地的地物、地貌进行逐一对照。

确定站立点：在现地确定自己站立点在地图上标出的相应位置。

确定目标点：确定现地的远方点在图上的位置。

图 4.82

三者之间的关系是互为条件、密切相连的。对照地形可以确定站立点和目标点。知道了站立点或目标点在地图上的位置，可以提高对照地形的速度和正确性；知道了站立点在地图上的位置，可以确定目标点；知道了目标点在地图上的位置，可以确定站立点。三者中，以确定站立点为重点。但由于可以互为条件，因此在对照地形确定站立点与目标点时，没有固定的先后顺序。

先确定站立点，后对照地形，是指已知站立点的情况下，再对照地形。

先对照地形，后确定站立点，是指在站立点不明确的情况下，通过对照地形来确定自己的站立点。

确定目标点，以已知的站立点为准，向目标点瞄准方向，估计距离，然后选择前进的路线。指北针红对红。

（三）定向越野技能

运动员在出发区领取地图后直到跑完全程，整个参赛过程中所具备的技能，分为出发点和下点前的动作、运动中动作、检查点上的动作。

1. 出发点动作和下点前的动作。

(1)浏览全图指明走向。拿到地图后,首先要浏览全图,弄清楚基本走向,明确出发点与终点的关系是顺时方向或逆时方向还是交叉,确定自己站立点到第一点的方向,选准路线。

(2)图上分析选准路线。根据图上标明的出发点和第一号检查点的位置进行图上分析,现择最佳的运动路线。

(3)标定地图定好方向。为准确迅速起见,在出发前定好基本方位,拿到地图后先标定地图,后明确跑的方向。

(4)对照地形选准路线。根据确定的方向,迅速进行地图与实地对照,依据实地的地形条件选择好具体的运动路线,并适当地选好辅助目标并确定目标在图上的位置。做到图上明、方向明、路线明。

图上明:要明确图上整条路线的具体走向;要明确图上出发点与终点的具体实地位置;要明确出发点至第一号检查点的图上最佳运动路线。

方向明:要明确实地的出发方向。

路线明:要明确出发时实地的具体运动路线。

2. 运动中的动作。

运动中参赛者水平不一,所采用的方法不尽相同。但在行进中必须做到"四个随时"。即在整个运动过程中都必须注意基本动作。一是随时标定地图,使地图的方向与现地的方向保持一致;二是随时明确站立点在地图上的位置,常说"人在实地行,心在图中移",大拇指辅助法是最好的方法之一;三是随时对照周围的地形,把地图上所示的地物、地貌与现地一一相对应;四是随时保持清醒的头脑,碰到问题要冷静地思考分析,保持正确的方向。

在整个运动过程中,必须根据运动员的水平和现地的地形条件,采用以下基本方法。

分段运动法:每个点分别进行分析。缺点是停留时间长。

连续运动法:在奔跑的途中进行分析方位选路。优点是不停留的运动成绩好。

一次记忆运动法:在连续运动的基础上,选择好一个到两个点的最佳路线,运动中按记忆的路线运动。

另外,在定向越野运动中,务必注意以下几个问题。

(1)有路不越野。应尽量选择沿道路行进,这是因为在道路上容易确定站立点,使运动员更具有信心;地面相对光滑、平坦,有利于提高奔跑速度。

(2)"走高不走低"原则。在定向比赛中,如果不得不越野,当目标点在半山腰,周围又没有明显地貌、地物时,应选择从山顶向下寻找的方法。这就是人们常说的"从上到下法"。

(3)提前绕行原则。阅读地图时要注意通观全局,提前绕行,特别是在各检查点之间有大的障碍,不易穿越时。不能等抵近障碍再作折线绕行,而应该全面分析地貌地形,提前选择好最佳迂回运动路线。

3. 检查点上的动作。检查点上的动作主要是"捕捉"检查点。

(1)检查点捕捉。当参赛者快接近检查点时,要对检查点的实地准确位置做到心中明确,要观察好自己的站位,一边运动一边观察地图,并与实地对照,以便正确判断检查点的位置,争取一次成功。

(2)注意事项。快到检查点之前,在运动中分析确定一条最佳路线,熟悉路线两侧的主要标志,保证自己以最快的速度打卡,快速离开。避免给后者提供目标。

一次捕捉不成功，冷静地分析，控制自己的情绪，确定站立点，对照地图与现地，分析说明表，树立信心，不要盲目扩大范围。

途中的速度应该是三分之二的快速，当接近目标时速度减慢，寻找预先确定的标志物，寻找检查点。做到眼观六路、耳听八方。

找到了检查点，应该冷静地检查对照，说明所标的编号、地图上所标的序号与检查卡的序号是否一致，说明表上的代号与点标的代号是否一致，以防找错点。判断准确，快速打卡离开寻找下一目标。

总之，"捕捉"检查点做到四个保持，即保持正常的心理状态；保持正确的行进方向；保持适当的速度；保持准确的思维判断。

4. 终点。运动员完成最后一个检查点的动作后，依据规定路线进行最后冲刺，到达终点后，把检查卡或打卡器迅速交给裁判，领取成绩单。

二、器材设备及使用

1. 定向地图。地图是定向越野最重要的器材，它的质量好坏直接影响到运动员比赛的成绩和关系到比赛是否公正。

2. 定向越野比赛路线。在定向地图上标有定向运动路线，一条定向路线一般包括一个起点（用"△"表示），一个终点（用"◎"表示）和一系列的检查点（用"○"表示）。检查点用于检验运动员是否按规定跑完全程，为此，应设置专门的标志。检查点应在地图上准确地表示出来。定向越野比赛路线通常按环形设计，如图 4.83 所示。

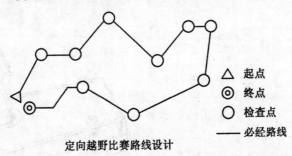

定向越野比赛路线设计

图 4.83

3. 指北针。指南针是中国古代的一项伟大发明，早在 2 000 多年前的战国时期，我们祖先用天然磁铁制作的司南，就是指南针的始祖。指南针与地图结合使用时，因需确定北方，所以也常称指南针为指北针。目前国际上的定向越野比赛常使用由透明的有机玻璃材料制作的指北针，如图 4.84 所示。

4. 点标旗。运动员根据定向地图所提供的信息，利用指北针快速定向，在实际地形中寻找一个橘黄色和白色相间的点标旗，该点标旗的位置准确放置在地图所标示的地点的圆圈的中心点。点标旗式样如图 4.85 示。

5. 打卡器。为了证实运动员通过了比赛中各个检查点，运动员必须在到达的每一个检查点(点标)时，使用打卡器在卡纸上打卡，以此证明其确实到达此点。

打卡器(检查钳)是用弹性材料制成，顶端装有钢针，钢针的不同排列，使检查钳可以印出不同的图案印痕，如图 4.86 所示。

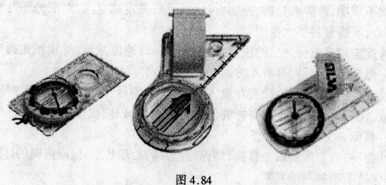

图 4.84

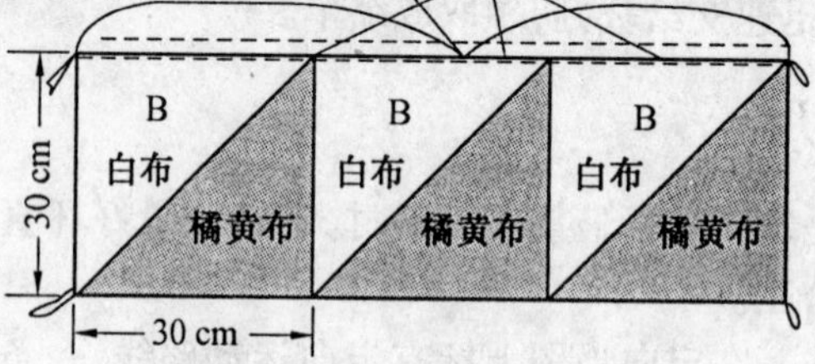

用于系点签,穿尼龙吊绳　柳钉孔　撑架　用三节铁丝制成

30 cm

| B 白布 | B 白布 | B 白布 |
| 橘黄布 | 橘黄布 | 橘黄布 |

30 cm

图 4.85

6.电子打卡。现在国内外大型定向越野比赛都用电子打卡系统打卡,它不仅能证实运动员正确通过检查点,同时还能记录通过检查点的各段时间,如图 4.87 所示。

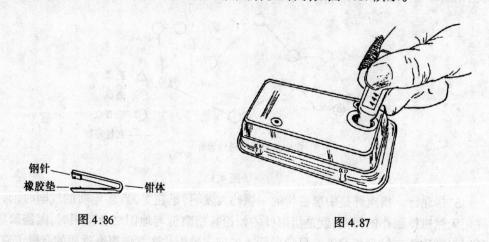

钢针
橡胶垫——钳体

图 4.86

图 4.87

三、定向运动的益处

1.个人参与定向运动的益处。

定向运动是一项非常健康的智慧型体育项目,是智力与体力并重的运动。它不仅能强健体魄,而且能培养人独立思考,独立解决困难和果断决定的能力以及在体力和智力受到压力下做出迅速反应。

定向运动技巧容易掌握,三岁至八十岁无论男女,不分老幼,只要喜欢郊野活动,都可以参加。

2.学校定期开展定向运动的益处。

由于定向运动是融健身性、知识性、趣味性和国防教育性于一体的一项体力与智力并重的体育项目。非常适合在大、中、小学各级各类学校开展,经常参加定向运动不仅能强健体魄,还能让学生在轻松愉快的游玩过程中增长识图、用图的知识,同时对培养学生独立性、意志品质、自信心等非智力因素还具有独特作用。当前,在学校大力开展定向运动主要有以下几个意义。

(1)促进学生耐力发展。

随着现代化的飞速发展,生活节奏不断加快,现代社会对人体抗疲劳能力提出了更高的要求。然而,作为提高耐力的有效手段——长跑运动,由于其枯燥无味的特点很难吸引广大学生的积极参与。

定向运动所特有的趣味性使学生乐于坚持长时间的耐力锻炼,他们穿梭于空气清新的丛林、山地、溪流、湖泊等自然风光之间,角逐着体力,较量着智力,学生在不断地判断地形和选择路线中,快乐地接受野外生存训练,不知不觉中锻炼了耐力,也提高了意志力。

(2)拓展学校体育内容和空间。

定向运动这种新兴体育项目非常有利于增进学生的身心健康。它不用大投资,只要绘制定向地图和准备很少的器材,就可以充分利用校园、公园、郊外、田野、森林等现有地形条件,有效地拓展学校体育课程的内容和空间,扩大学生体育活动的范围。

(3)培养学生的心理品质。

定向运动参与性非常好,当学生独立处理比赛中所发生的各种问题,寻找到一个一个点标时,当学生克服重重困难胜利到达终点时,都会有非常强烈的成功感,对培养学生顽强的意志力,沉着冷静、坚忍不拔的自信心等心理品质有良好的作用。

体 育 游 戏

一、体育游戏的概念及特点

体育游戏是在体育运动的基础上,综合人体的走、跑、跳、投基本活动与劳动技能及各项体育基本运动形式,创编出多种形体动作,并根据全民健身的需要,学校素质教育的需要,有针对性地拟定有教育意义的故事情节和竞技性较强的比赛规则而创编的游戏。

游戏中不同的故事情节反映了当代社会中的各种现象,因此可以引人入胜。游戏竞争性强,可以激发人体的智能、体能,有效地提高游戏者学习、生活、劳动的技能,提高全民的身体素质。通过体育游戏,还能增强人们的竞争意识和坚强的意志品质,对建立现代人生观和对青少年进行吃苦耐劳教育有很大意义。因此,体育游戏对各年龄段的游戏者,都有积极的教育作用。

体育游戏要想吸引更多的人参加,必须具备几个特点。

1.趣味性。游戏应有趣味,体育游戏可以引导、培养、激发游戏者产生积极的心理倾向,得到心理满足,并对某项游戏活动产生浓厚的兴趣。游戏名称、游戏方法、游戏规则、奖励办法要不断地推陈出新。

2.群众性。有喜闻乐见的个人体育游戏,又有为集体争光的体育游戏,有幼儿、小学生、中学生、大学生的学校体育游戏,有工、农、商、兵的社会体育游戏,还有休闲娱乐性的家庭体育游戏,因此体育游戏具有群众性。

3.教育性。体育游戏有一定的教育意义,将德育教育、智育教育、体育教育融为一体,使参加者的身心素质寓于体育游戏之中。

4.竞争性。在游戏规则要求下,使参与者充分发挥智能、体能战胜对方,优胜者能感受到成功的不易和成功的喜悦,同时使失败者有再战的激情,培养败而不馁的精神。

5.公正性。体育游戏要有严格的比赛规则,使游戏者在利益均等的条件下进行公平竞争,但规则不要繁琐、复杂,否则易影响游戏者的思维,同时影响创造力和个性发展。竞技性体育游戏须有裁判员执行裁判工作,裁判员要做到公正、准确、严格、认真。

6.科学性。创编的体育游戏符合人体自然生理规律及健康的需要,要适合各年龄段人群的心理特点、生理特点、职业特点、身体现状,合理创编体育动作的游戏情节。

7.实用性。适于全面增强身体素质,适于提高游戏者积极向上的心理素质,有利于培养对终身体育的兴趣,有利于健身防病、治病及调节紧张的学习和工作节奏与气氛。

8.安全性。场地器材设置合理,组织合理,动作难度因人群而异,运动量安排合理,使参与者在安全的条件下参加游戏活动。

通过体育游戏能改善和提高各种活动技能,如走、跑、跳跃、投掷等日常生活中必需的活动技能。学校中的游戏,可与田径、体操、球类等项目密切合作,能够增进健康,促进青少年身体的全面发展,有利于培养德、智、体全面发展的人才。

体育游戏一般是在室外进行,使参与者的身体接触阳光和新鲜空气,因此,具有健身意义。体育游戏是在变化的环境中进行的,它能够发展机智、敏捷、迅速的判断力并增强记忆力。

体育游戏有健身性游戏和竞技性游戏之分。健身性游戏是自觉地、创造性地按规则完成,它不仅对发展身体有很大的意义,并且对智能的发展也有良好的影响。它可以使游戏者认识周围环境,发展思维,培养主动性、创造性,在克服困难的斗争中养成集体主义精神。竞技性游戏比较复杂,游戏的人数和规则都有严格的规定,游戏者要根据规则进行斗智、斗勇。竞技性游戏是健身性游戏发展的高级形式。

有趣的游戏吸引着参与者,在游戏进行中,应当严格而准确地贯彻游戏规则,服从集体利益,养成服从组织、遵守纪律的优秀品质。在游戏中,参与者能够充分表现出活泼、愉快的情绪。游戏中的分队游戏最能培养人勇敢、顽强、克服困难、集体主义和不屈不挠的精神,而这些精神都是21世纪的现代人不可缺少的品质。

二、体育游戏的组成

体育游戏由游戏的名称、游戏的目的、游戏的准备、游戏的方法、游戏的规则组成。

1.游戏的名称。游戏的名称应该生动、直观、形象。游戏名称是概括现实生活中现在或过去存在的某一事件,使之具体化,如"老鹰抓小鸡","二龙戏珠"等,都是很生动、具体的。确定一个游戏的名称,除根据游戏的内容外,还应该根据参与者的年龄特征和知识水平而定,就是说不应超出他们所具有的知识范围。

2.游戏的目的。根据体育游戏的方法与内容,指出重点发展的某项身体素质,或是提高生活技能、劳动技能、健身、康复的效果。通过体育游戏的竞赛,还要指出本游戏的教育作用,如培养游戏者较强的竞争意识、吃苦精神、战术观念、道德规范和良好的心理素质等。

3.游戏的准备。游戏的准备是为了顺利而有成效地进行游戏。准备工作的充分在一定程度上关系着游戏的正常进行。准备工作应包括场地的布置、队形排列、教具的分配、分发器材的方法、器材的安置分布。体育游戏不需要专门的场地,游戏的场地一般是在室外的运动场上、公园平坦的草地上、郊外风景优美的空地上进行。另外,在体育馆、体操馆、大厅或走廊亦可进行。所需场地的大小,根据游戏参加者的人数和其他条件而定。虽然体育游戏在室内、外都能进行,但应尽可能地在室外进行,因为在室外可以呼吸更多的新鲜空气,可以摄取更多的阳光,对人体更有好处。体育游戏并无固定的设备,在器材和用具方面,除尽可能利用其他运动器材设备外,还可以制作一些专用的器具,如彩带、小皮球、木棒、火棒、小圆木柱、接力棒、跳绳、绳索、沙带球、画线器,等等。场地、器材在游戏前应做好准备。

4.游戏的方法。游戏方法是游戏过程中的主要部分,应该清楚明白地用文字把游戏从开始到结束这一过程表述出来,以利于游戏顺利进行。

5.游戏的规则。规则的制订一方面是为了保证游戏顺利进行,另一方面也可以防止粗野行为,培养守纪律的精神和道德品质。游戏的规则有简有繁。规则的简与繁主要是根据年龄、身体状况、场地、器材的情况和训练水平制订的。游戏的规则应力求简单、具体、明确,游戏规则条文的多少,是由参加者的水平决定的。游戏参加者必须严格遵守游戏规则,但规则的制订,要使参加者在活动过程中不受阻碍,更好地发挥他们的技能和职能。没有规则,游戏就不能顺利地进行。

计分办法。主要是用于计团体总分。规定出单项名次分,录取前8名,名次分为8,7,6,5,4,3,2,1。各队的团体分等于本队队员所得名次的总和。各队以团体分多少排列名次。

奖励办法。主要写清个人、各组别奖励的名次。家庭或社会体育游戏项目还应设特别奖、参与奖,以鼓励更多的人参加比赛。

在进行体育游戏时,应注意以下几点。

1.提示游戏参与者在游戏规则允许条件下,应采取的战术、措施。如集体接力项目如何进行人员搭配,根据本游戏特点如何重点做好准备工作、赛前的训练准备、比赛时的服装及动作要领等。

2.提示游戏组织者在场地、器材方面的准备工作要点,特别是大型体育游戏比赛,对场地、器材质量、观众组织、救护的基本要求。

3.游戏方法、内容可以适当变化,举一反三派生出多个类似的体育游戏,提供给体育游戏的主办单位、组织者参考。

4.注意事项内一般应包括组织者和参与者这两方面,但主要的还是组织者,因为他是游戏进行的领导者。组织者在游戏的组织上、方法上采取的一切有效措施,都应包括在内。

三、体育游戏的选择及实施

在选择体育时,应遵循以下几个原则。

1.选择游戏项目一定要符合全面发展的教育方针,通过游戏培养参加者机智、勇敢、灵敏、果断、善于合作、勇于克服困难的品质。

2.选择体育游戏一定要能促进人体全面发育。通过游戏活动掌握各种生活必需的活动技能,并使初步掌握的机能得到巩固和提高,同时促进身体各部分正常协调的发展,增强体质。在实际活动中,为了达到上述目的,注意纠正各种不正确的姿势,防止身体的畸形发展。

3.选择的游戏应符合卫生要求。游戏应尽可能在空气新鲜、日光充足的户外进行,这能更加有效地促进身体健康。同时游戏场地、器材设备都应符合卫生要求。

4.选择游戏要符合年龄特征。选择的游戏必须与年龄增长所引起的生理和心理反应相适应。

5.选择的体育游戏,其运动量要适度。一方面,根据不同人群的不同需要,灵活确定距离、次数;另一方面,还应有意识地选择体育游戏调节运动量,调节运动量是为了更有益于增进健康。

上述原则是相互联系、相互制约的统一体,因此在选择游戏时,应全面地考虑这些原则。

体育游戏按其目的不同可分为以下几种。

1.竞技性体育游戏:参赛者有性别、年龄、人数的要求,按照统一的游戏方法与游戏规则进行比赛与计分,最后决出名次。

2.娱乐性体育游戏:参赛人数没有严格规定,也没有严格的游戏规则,只要达到游戏者玩得高兴就可以了。如让1岁的幼儿在地毯上爬着去找妈妈的游戏,多少个幼儿参加都可以,也不分道爬行,只要爬着前进、先找到妈妈者即为胜利。

3.健身性体育游戏:以田径运动中的走、跑、跳、投四种运动形式为主,加上体操、球类等基本运动形式,或加上人体生活技能、劳动技能的运动方式进行游戏,因此,能有效地提高人体健康水平,增强体质。

体育游戏的分类多种多样,可按年龄、体育项目、身体五大素质分,也可以按分组与不分组、运动量大小、室内外分。

在体育游戏实施过程中,必须要考虑以下几个关键问题。

1.组织者依据实施计划,要准备好场地与器材,考虑好游戏者分组及在场地上的队形、站位,裁判员的站位,游戏方法及规则,其中游戏的队形与游戏方法的组织要有利于激发参赛者在竞争中的情绪。

2.组织者首先要对参与者讲清体育游戏的名称、游戏的目的意义,然后讲述游戏方法、游戏规则、记分、奖励办法与注意事项。讲述时语言逻辑性强并突出游戏方法及规则的重点与难点,然后将体育游戏方法进行一次完整的示范,等裁判员站位后,给游戏者一定的准备时间,约2~3分钟,由裁判员组织实施游戏。

对于游戏范围、参加人员的不同,应本着安全、有效的原则,进行开展,例如:

家庭体育游戏是以家庭成员为参赛单位的体育游戏。家庭体育游戏首先是婴幼儿游戏,这些游戏对于早期开发婴幼儿大脑有明显的效果。

如通过双手游戏和双脚游戏开发左右脑潜力,平衡左右脑发育。只要有了健康的大脑,潜能就更有机会发挥,上述的指挥能力的教育得到明显的效果。另外可以根据青少年生理、心理特点,开发五大身体素质及生活、劳动技能。在磨难性的体育游戏中,父与子、母与子"同甘共苦",夫妻间"同舟共济",使全家人的智能、体能得到提高,真正体验到苦衷的滋味。"苦"寓游戏是当前培养孩子吃苦精神的最佳游戏化教育手段。

幼儿园的早期教育是培养人才的奠基工程,作为早期教育必不可少的是幼儿体育游戏,所以父母在孩子上幼儿园后,要配合幼儿园老师所教的课堂知识,通过体育游戏进一步加深其印象和记忆,培养幼儿的感知观察能力、创造性思维能力,这是非常重要的。

家庭是社会的一个细胞,体育进入家庭,标志着社会的进步,也是孩子成长的最好起步。

家庭配合学校、社会对孩子进行素质教育,是父母义不容辞的义务。

学校体育游戏是指在校学生以集体或个人为单位的体育游戏。当前学校的素质教育作为培养跨世纪人才的战略举措,成为党和国家的政策、方针。

素质教育的目标是:"要使学生学会做人,学会求知,学会劳动,学会生活,学会健体和学会审美,为培养他们成为有理想、有道德、有文化、有纪律的社会主义公民奠定基础。"体育教育是学校素质教育的重要组成部分,体育教育担负着以下几点重要使命。

1.培养学生对体育的认同感,"终身体育"要在体育教学中体现,引导、培养、激发学生对体育运动产生兴趣、爱好,并终身受益。

2.体育教育要发展学生的个性心理素质,通过体育教育培养学生的主观意识,有利于形成主体性人格,有利于学生树立积极向上的人生奋斗目标与驾驭生活的能力。

3.体育教育要增强学生体质及提高学生对自然环境与社会环境的适应能力。

目前学校体育存在一定问题:学校传统体育教材内容设置以竞技体育项目为主,教材内容从小学至大学多次重复;传统体育教学方法突出教师的主导作用,而忽视学生的主体作用,教学设备惯用秒表、皮尺,调动不起学生积极主动地学习体育的积极性。再加上升学体育考试内容成了体育教学的应试体育教育,使学生感到内容枯燥无味,不愿上体育课,而愿意在课外进行自己喜爱的体育运动。因此,如不改革传统的体育教材的内容与教学方法,不利于完成上述三个素质教育任务。国外流行的"快乐体育",在我国体育教育中应进行大胆尝试。其实除了竞技体育项目需要教师进行教学训练外,可以根据学生的年龄、生理特点、心理特点,将枯燥无味的体育教材加工,有针对性地创编成体育游戏。在教师的组织下,放手让学生在愉快的气氛中提高身心素质,使学生喜欢体育课。体育游戏能够最大限度地调动小学生、中学生及大学生对体育运动产生兴趣,体育游戏有益学生身心素质的发展,能够提高学校体育教学中素质教育的实效性。

第五编 健身健美体育

学 习 篇

◆健美锻炼的练习动作

一、腿部肌肉练习动作

腿部肌肉主要有臀大肌、大腿后群(股二头肌、半腱肌、半膜肌)、大腿前外侧肌群(股四头肌、缝匠肌、筋膜阔张肌、股薄肌等)、小腿前肌群(胫骨前肌、趾长伸肌、拇长伸肌)。

1.负重深蹲。

(1)作用：主要锻炼臀大肌、股四头肌、缝匠肌、筋膜阔张肌及腰背肌等。

(2)动作要领：将杠铃置于颈后肩上,两手正握扶持杠铃,两脚平行开立略宽于肩,然后抬头、挺胸,慢慢屈膝下蹲至大、小腿成90°角,再起立呈直立姿势。下蹲时吸气,起立时稍屏气再呼气。

2.腿后弯举。

(1)作用：主要锻炼股二头肌、半腱肌、半膜肌等。

(2)动作要领：俯卧在腿弯举架上,屈小腿将弯举支架杆向上拉起至极限,稍停,还原。向上屈腿时吸气,还原时呼气。

3.负重提踵。

(1)作用：主要锻炼小腿三头肌。

(2)动作要领：两手正握杠铃置于颈后肩上,两前脚掌踩在5~7厘米厚的木板上,脚跟微着地,尽力提起脚跟至最高位置,略顿,慢降至着地。向上提踵时吸气,下落时呼气。

4.坐姿腿屈伸。

(1)作用：主要锻炼股四头肌。

(2)动作要领：坐在腿屈伸架上,两脚抵住脚柄滚筒,然后用力向上抬起伸直膝关节,使大、小腿在一条直线上,稍停,慢慢还原。向上抬腿时吸气,还原时呼气。

二、胸部肌肉练习动作

胸部肌肉主要有胸大肌、胸小肌、前锯肌等。

1.仰卧直臂拉起。

(1)作用：主要锻炼胸大肌、前锯肌、背阔肌、胸小肌、肱三头肌等。

(2)动作要领:仰卧于凳端,两手于头后握小杠铃(手心朝上),然后收缩胸肌,直臂将杠铃托举至胸部垂直上方,稍停,再将杠铃向下,向头后远处缓缓下落至最低处。杠铃向后下方落放时,动作速度慢而匀,向上托举时要挺胸。杠铃向后下方放落时要先呼气后屏气,向上托举时稍憋气,两臂与躯干接近垂直时呼气。

2.俯卧撑。

(1)作用:主要锻炼胸大肌、三角肌、肱三头肌、前锯肌、前臂肌群。

(2)动作要领:俯卧在平地上或俯卧撑架上,然后屈臂将身体下降至最低限度,再伸直两臂将身体撑起,伸臂时两肘外展,身体保持挺直。肩部的垂直线应在手支撑点之前,屈臂时应尽量拉长胸大肌,意念集中在胸肌收缩用力上,不得低头、塌腰,动作要慢。撑起身体时吸气,下降屈臂时呼气。

3.卧推(平板)。

(1)作用:主要锻炼胸大肌、胸小肌、前锯肌、三角肌前束、肱三头肌等。

(2)动作要领:仰卧在练习凳上,两手正握杠铃,握距宽于肩20厘米,屈臂下放杠铃于胸部,两肘外展,再将杠铃从胸上用力推起至两臂完全伸直,上推路线要垂直。

4.仰卧飞鸟。

(1)作用:主要锻炼胸肌中部、前锯肌、三角肌前束。

(2)动作要领:仰卧在练习凳上,两手握哑铃,举至胸前,两臂伸直,然后慢慢向两侧放下哑铃,用胸大肌的力量将哑铃举起。整个练习过程中掌心要朝上,肘关节稍屈外展,上臂和身体成直角,每次放下哑铃时都要放到底。

5.双杠臂屈伸。

(1)作用:主要锻炼胸大肌、肱三头肌、前锯肌和三角肌前束。

(2)动作要领:脸朝下收紧下颏,弓背,脚尖朝前,两眼看脚尖。两手握住宽为80厘米的双杠,屈臂时尽可能使身体降低,身体上下时都不要借力,练习时严格掌握动作要领。

6.直立推举。

(1)作用:主要锻炼胸大肌上缘、三角肌、肱三头肌等。

(2)动作要领:两脚开立与肩同宽,上体正直,两手背朝前握杠铃,握距与肩同宽,提杠铃至胸,横杠置于锁骨和两肩上,然后挺胸紧腰两肘向上抬起,将杠铃上推至两肩在头上伸直,稍停后再将杠铃缓缓放回锁骨处。向上推举杠铃时,头和上体可稍后仰,但不得过分塌腰,也不弯腿借力。上推时吸气,下落时呼气。

三、背部肌肉练习动作

背部肌肉主要有斜方肌、菱形肌、背阔肌、大圆肌、小圆肌、冈下肌、背长肌和背短肌等。

1.俯身划船。

(1)作用:主要锻炼背阔肌、斜方肌、大圆肌、小圆肌、冈下肌以及背部深层肌肉等。

(2)动作要领:两脚左右开立,上体前倾与地面平行,两手握杠铃(手背朝前)下垂,同伴在体前用手撑扶头,臀部稍后移,然后用力向上提肘,将杠铃横杠提至胸腹间,稍停后再缓缓向前下方放下杠铃还原。俯身提拉杠铃时吸气,向前下方放下杠铃时呼气。

2.俯卧划船。

(1)作用：主要锻炼背阔肌、斜方肌、冈下肌以及背部深层肌肉等。

(2)动作要领：俯卧在长凳上，两臂伸直下垂持杠铃，用力屈臂将杠铃拉至靠近凳底面，可直接由地面垂直拉至胸，稍停。也可在杠铃离地面后向前摆出，再向后拉至凳底面小腹下方，稍停，然后将杠铃缓缓落下还原。无论上拉或下放杠铃速度要慢，动作要做充分，即充分弯曲，充分伸直。向上拉引杠铃时吸气，放下杠铃至臂伸直时呼气。

3.哑铃扩胸。

(1)作用：主要锻炼方肌、冈上肌、冈下肌、大圆肌、小圆肌、三角肌等。

(2)动作要领：仰卧于练习凳上，两手握哑铃，举至胸前，两臂伸直，然后慢慢向两侧放下哑铃，用胸大肌的力量将哑铃举起。整个练习过程中掌心要朝上，肘关节稍弯曲外展，上臂和身体成直角，每次放下哑铃时都要放到底。

4.提肘上拉。

(1)作用：主要锻炼斜方肌、三角肌、冈上肌等。

(2)动作要领：两手握持杠铃(手背朝前)，握距略窄于肩宽，两臂下垂伸直，身体正直，然后耸肩并上提肘，将杠铃上提到胸部最高处稍停，再慢慢还原，耸肩与提肘同时协调进行，两肘应尽量向上高抬，杠铃始终应贴近身体上下运动，动作要慢，特别是还原时要缓慢回位，耸肩提肘时吸气，还原时呼气。

5.坐弓身。

(1)作用：主要锻炼斜方肌、背长肌、背短肌等。

(2)动作要领：肩负杠铃坐在低凳上，背伸直，挺胸塌腰，然后上体慢慢前倾至腹部触及大腿，稍停后再慢慢抬起上体还原。整个动作过程中，腰背肌要收紧，并挺胸塌腰，注意慢倾、慢抬。向前弓身时先深吸气，后屏气，还原直起上体时呼气。

6.颈后引体向上。

(1)作用：主要锻炼背阔肌、大圆肌、小圆肌、菱形肌等。

(2)动作要领：两手宽握(约一个半肩宽)单杠，手心朝前，背阔肌用力收缩将身体向上拉起，直至颈后触及单杠，稍停后慢慢降落身体直至两臂完全伸直。注意力集中于背阔肌，颈后部位尽量触及单杠。引体向上时吸气，身体下降时呼气。

7.负重体前屈。

(1)作用：主要锻炼背长肌、背短肌、臀大肌、股二头肌等。

(2)动作要领：两手扶持置于颈后的杠铃，两脚开立与肩同宽，身体正直，腰腿紧绷，上体慢慢前屈至与地面平行，稍停后上体再慢慢抬起还原成直立姿势。动作要慢，要注意预防受伤。做练习时腰背肌一定要收紧，上体前屈时臀部可稍向后移，两腿可微屈。上体抬起时吸气，前屈时呼气、屏气。

8.负重后展体。

(1)作用：主要锻炼背长肌和背短肌及大肌，还有斜方肌、菱形肌等。

(2)动作要领：俯卧在山羊、跳箱或长凳上，髋关节与山羊、跳箱或长凳沿齐平，两腿并拢由同伴压住，两手在颈后扶持铃片、哑铃或实心球等重物，然后上体前屈，接着挺身向后展体,稍停后再还原成体前屈姿势。身体前屈时背部肌肉放松,向上抬起身体时要抬头挺胸,背肌充分收紧,使身体成反弓形。展体成反弓时吸气,还原时呼气。

9.俯卧后抬腿。

(1)作用:主要锻炼背长肌、背短肌、臀大肌和股二头肌等。

(2)动作要领:俯卧在纵向的跳马上,髋关节与跳马一端齐平,两腿在跳马外端自然下垂,两手抱住跳马,然后收紧腰部、臀部和腿部肌肉,两腿由下向右上方抬起,直至极限位置,稍停后缓缓放下腿还原。在整个动作过程中,两腿始终并拢伸直,向上举时尽量高抬,放下至最低点时应充分放松。向右上方举腿时吸气,缓缓放下腿还原时呼气。

10.颈后下拉。

(1)作用:主要锻炼背阔肌、大圆肌、小圆肌、冈上肌、冈下肌、菱形肌等。

(2)动作要领:在综合练习架上坐好,两手握住拉力器的把手,两臂从颈后用力向下拉拉力器,使肘关节贴近身体的两侧,把横杠贴近第七颈椎,稍停再伸直两臂。在整个动作过程中,上体要正直,挺胸,抬头,下拉和还原都要缓缓用力,控制好速度,不要猛拉猛放。下拉时吸气,还原伸直臂时呼气。

四、颈部锻炼的练习动作

颈部肌肉主要有胸锁乳突肌、头半棘肌、头夹肌等。

1.侧向颈屈伸。

(1)作用:主要锻炼胸锁乳突肌等。

(2)动作要领:在综合练习台架上完成练习,将架上头套戴在头上,然后头颈用力侧倾,至不能再侧屈,再缓缓还原,反复做。做完一组后换另一方向再做,以锻炼另一侧颈部肌肉。头侧倾用力时吸气,回原位时呼气。

2.负重颈屈伸。

(1)作用:主要锻炼胸锁乳突肌、斜方肌等。

(2)动作要领:头戴挂有重物的头套前屈。两脚开立与肩同宽,上体前倾,稍挺胸腹。用颈肌的力量使头部上抬后仰至不能再仰为止,稍停,然后再用颈肌克制着重物,从后仰缓慢下落到前屈位置。头上抬后仰时吸气,低头前屈时呼气。

五、肩部肌肉练习动作

肩部肌肉主要有三角肌,包括前束、中束、后束三部分,围绕肩部形成一个半球形。

1.哑铃侧平举。

(1)作用:主要锻炼三角肌中束。

(2)动作要领:两脚左右开立,两手拳眼朝前提握哑铃分别置大腿两侧,挺胸收腹,两手臂提铃侧平举至与肩同高,稍停后按上举路线还原。动作速度尽量均匀而慢,特别是下落时要控制速度,进行充分退让性练习。向上侧平举时吸气,下落还原时呼气。

2.俯身飞鸟。

(1)作用:主要锻炼三角肌后束、中束和大圆肌、小圆肌、冈下肌、斜方肌等。

(2)动作要领：两脚左右开立稍宽于肩，腿伸直，上体前弓与地面平行，拳眼朝前，持握哑铃自然下垂于腿前，然后两臂伸直分别向两侧举起哑铃至略高于肩的极限处，稍停后按举起路线还原成开始姿势。上体尽量保持平稳，不要上下起伏摆动，动作速度均匀、缓慢，肘关节允许稍弯曲。上举时吸气、屏气，下落还原时呼气。

3.胸前提举。

(1)作用：主要锻炼三角肌、肱肌、肱二头肌、斜方肌等。

(2)动作要领：两脚左右开立与肩同宽，两手握持杠铃（手背朝前）成直立，使两臂自然下垂，杠铃置于大腿前，然后两手臂上提使杠铃贴身上移至下颏处，或继续提举至头上方，稍停后缓缓下降杠铃，顺原路线还原成开始姿势。练习过程中上体应固定不动，要抬头、挺胸、紧腰，不得翻转手腕和借力，用力要均匀、缓慢。上提时吸气、屏气，下落时呼气。

4.颈后推举。

(1)作用：主要锻炼三角肌中束、肱三头肌、胸大肌、前锯肌等。

(2)动作要领：两脚左右开立，两手采用宽握距（一肩半宽）握持杠铃置于肩上，然后挺胸、紧腰将杠铃向头后上方推起，直至两臂伸直，稍停后再按推起路线缓缓回落至颈后肩上。要求上体正直固定，头可适当前收。上推时吸气，下落还原时呼气。

六、上臂肌肉练习动作

上臂肌肉分前、后群，前群（屈肌群）有肱二头肌、拇肱肌、肱肌；后群（伸肌群）有肱三头肌、肘肌等。

1.颈后臂屈伸。

(1)作用：主要锻炼肱三头肌。

(2)动作要领：两脚左右开立与肩同宽，两手握杠铃（正、反握均可）高举于头上，然后屈肘将杠铃慢慢向颈后放落至最低处，这时两肘尖朝上，两上臂与地面垂直，稍停后两臂肱三头肌用力收缩将杠铃拉举慢慢还原成上举。下落时吸气，上举时先屏气，再呼气。

2.俯身臂屈伸。

(1)作用：主要锻炼肱三头肌、三角肌等。

(2)动作要领：两脚左右开立与肩同宽，俯身使上体与地面平行，一手拳眼向前握持手铃，上臂贴近体侧，前臂自然下垂，另一手扶同侧膝盖，然后持手铃的一侧上臂依靠肱三头肌的力量，将手铃向后上方抬起，伸直手臂，略停后还原。向后伸臂时吸气，下落时呼气。

3.胸前弯举。

(1)作用：主要锻炼肱肌、肱二头肌、胸大肌上缘等。

(2)动作要领：两脚左右开立与肩同宽，两手握持杠铃自然下垂，放于大腿前侧，然后两臂同时用力屈肘，将杠铃向上弯举至胸前，稍停后按上举路线还原至两臂伸直下垂。身体应基本固定，不得前后摆动借力，要慢举慢落，大臂紧贴上体。向上弯举用力时吸气，杠铃下落还原时呼气。

4.俯卧弯举。

(1)作用：主要锻炼肱肌、肱二头肌的中、下部等。

(2)动作要领：身体俯卧在高长凳子上，两臂探出高长凳一端，两手手心向前提握杠铃自然下垂，然后双臂屈肘用力向前上弯举，将杠铃举至颈前，稍停后沿原路线还原。注意肘关节固定，肘尖始终保持与肩和地面垂直。向上弯举时吸气，下落还原时呼气。

5.反握引体向上。

(1)作用：主要锻炼肱肌、肱二头肌、前臂肌、三角肌、背阔肌、大圆肌等。

(2)动作要领：两手与肩同宽反握于单杠上，身体自然下垂，然后两臂同时上拉，屈肘，将身体上拉至下颏超过单杠后，稍停再沿引上的路线慢慢降落还原。上拉引体时吸气，下落还原时呼气。

6.爬杆(绳)。

(1)作用：主要锻炼肱肌、肱二头肌、前臂肌、三角肌、背阔肌、大圆肌等。

(2)动作要领：直立于爬杆(绳)前，一臂上举握杆(绳)，另一臂弯曲，手在下颏处握杆，然后双腿并拢，上臂引体屈臂，同时下面的手移握成上直臂握杆，交替进行，一呼一吸自然进行，不要屏气、憋气或急促呼吸。

七、前臂肌肉练习动作

1.腕弯举。

(1)作用：主要锻炼前臂屈肌群。

(2)动作要领：坐在凳上(或半蹲)，两手直下握杠铃，将腕关节垫放在膝盖处，手腕悬空，前臂贴紧大腿，然后手腕用力向上弯曲，直至不能弯为止，稍停后手腕逐渐放松成开始姿势，用力向上弯曲时吸气，还原时呼气。

2.手指俯卧撑。

(1)作用：锻炼手肌。

(2)动作要领：十指张开撑地，其他同俯卧撑。撑起身体时吸气，屈肘时呼气。

八、腹部肌肉练习动作

腹部肌肉主要有腹前壁的腹直肌、腹外斜肌，深层的腹内斜肌、腹横肌等。

1.两头起。

(1)作用：主要锻炼腹直肌。

(2)动作要领：仰卧在垫子上，腹部肌肉收缩，上体抬起，两臂向上、向前伸举，同时，两腿伸直向上举起，使手脚在肚脐上方汇合，然后各按原路线还原。举腿与上抬上体时吸气，落下还原时呼气。

2.悬挂举腿。

(1)作用：锻炼腹直肌下部。

(2)动作要领：练习者两手握单杠，握距与肩同宽，身体自然悬垂，然后腹部与腿部肌肉收缩两腿伸直上举，使两脚触及单杠，慢放还原。上举时吸气，悬垂时呼气。

3.侧卧侧身起坐。

(1)作用：主要锻炼腹外斜肌和腹内斜肌。

（2）动作要领：练习者两手抱头侧卧于垫子上，同伴用双手压住其两踝关节处，练习者侧身起坐至最高处，然后再慢慢还原。侧身起坐时吸气，下落时呼气。

4.负重转体俯身。

（1）作用：锻炼腹外斜肌、腹内斜肌、腰方肌、髋腰肌等。

（2）动作要领：两脚开立稍大于肩宽，两手宽握杠铃置于颈后肩上，然后上体向左转并随即俯身与地面接近平行，稍停后抬上体同时转体复原。接着上体向右转并随即俯身与地面接近平行，稍停后抬上体同时转体复原。向侧转体和向侧下俯身时吸气，抬上体还原时呼气。

练 习 篇

一、健美锻炼应遵循的原则

1.科学性原则。动作设计要科学，锻炼效果才好；运动量安排要符合人体解剖学和生理学原理，才能取得事半功倍的效果。

2.循序渐进的原则。肌肉由小到大，力量由弱到强，不是一朝一夕之功，需要逐步加大运动量及运动强度，不能突然加大运动量，否则只能事倍功半。

3.全面发展的原则。在锻炼过程中，既要有无氧代谢，又要有有氧代谢；既要有上肢练习，又要有下肢练习，才能使肌肉线条清晰、发达、匀称。

4.个体需要的原则。每个健美爱好者身体条件不完全相同，有的上肢发达，有的下肢发达，有的背部肌肉发达。因此，在安排训练时，要根据个体的需要，适当多安排相对较弱部位的练习动作，使肌肉全面发达。

5.持续性原则。科学研究表明：每锻炼一次，大脑皮质和身体其他器官的功能就增强一次，这种良好的状态保持2天左右，持续锻炼，人体机能会逐步提高，若过了2天仍然没有新的锻炼，新的刺激，良好的状态就会消退，锻炼的效果也就无从谈起。

二、如何运用健美运动促进身体健康

参加健美锻炼的基本要求及步骤如下。

1.明确参加健美锻炼的目的。

2.加强对健美运动知识的学习。

3.做好参加健美锻炼的心理准备。

4.制订自身健美锻炼的计划及目标。

5.选择健美锻炼的场所。

6.初学者最好有指导老师现场指导，或由有经验的锻炼者帮助指导。

7.合理安排好自己的作息时间、锻炼时间。

8.合理安排好自己的日常饮食营养。

9.循序渐进，不操之过急。

10.坚定信心,锻炼要持之以恒。

三、健美锻炼的方法

1.保护与帮助法。

(1)单人保护。保护者根据练习的动作特点,站在练习者的前身或后背的正中部位,需要帮助时,迅速用双手抓杠。

(2)双人保护。帮助者站在杠铃的两端,实施保护与帮助时,两人动作与用力一定要协调一致。

(3)自我保护。主要借助身体其他部位的力量,将杠铃抛或推离身体位置。

2.肌肉力量、体积练习法。

(1)肌肉力量增长方法。采用大质量,多组数,少次数的肌肉练习法;局部肌肉练习每周安排3次,一次安排2~3个动作,组数和次数不宜过多,以8次为限;练习每周安排不超过3次,一次安排2~3个动作,组数和次数不宜过多,以8次为限;强度应从70%开始,直到在助力下完成105%的强度,次数为1~3次;每组练习间歇2~3分钟。

(2)肌肉体积练习法。

①循环练习法:要求把多个练习动作按照顺序编排起来,练习者依次完成每个动作为一个循环,周而复始。

②塔式练习法:某动作练习若干组时,练习质量逐组增加,完成次数逐组减少,直至最大质量完成最少次数。然后,再逐组减重,逐组增加次数。

③集中练习法:把锻炼某部位肌肉的若干作用相同的动作集中进行练习。通过多动作练习,使被练部位的深浅、屈伸、大小肌群都得到充分锻炼。

④慢速动力练习法:有意识的缓慢完成动作,在做动作时 不要使用爆发力收缩,不论收缩或还原都要缓慢进行,使神经、肌肉始终处于高度紧张状态,可使肌肉高度膨胀、线条明显。

⑤固定练习法:选用若干动作,采用固定的质量、次数、组间间歇等练习若干组,可提高肌肉耐力,快速增大肌肉体积。

⑥重点训练法:在多肌群参加工作的练习中,大小肌群所出现的疲劳时间是不相同的,往往小肌群疲劳出现早,大肌群出现晚。若单用一个动作来锻炼某大肌群,会由于小肌群无力继续工作,大肌群又无法达到足够的刺激,而影响大肌群锻炼效果。因此,要使大肌群获得足够的刺激强度,就必须突出重点,选用多个对某大肌群作用相同而小肌群不同的动作进行练习,使大肌群得到充分的锻炼。

四、范例推荐

(一)方法

1.上拉(膝上硬举)。

动作要领:要使用腰、腿、背及腕的力量,以尽可能快的速度,以最靠近身体的路线,将杠铃径直拉举在头上。

效果:加速全身血液循环,为以后进行的各种动作做准备,对身体各部位均有锻炼效果。

质量与次数:初学者使用 15 ~ 20 千克左右。从 10 次开始,逐渐增加至 15 次。

2.仰卧起坐。

动作要领:略。

效果:能使腹肌得到很好的锻炼,能给予腹腔内各器官以刺激。

次数:逐渐增加次数,当达到每次能完成 30 次时,可负重做此练习。

3.卧推。

动作要领:略。

效果:可使胸大肌、肱二头肌、三角肌、前锯肌发达。

质量与次数:从 25 千克开始,做 8 次,能连续推起 12 次,可增加 2.5 千克的质量,再从 8 次做起。

4.躬身曲臂提铃至胸。

动作要领:前俯夹紧腋部双臂缓缓将杠铃提至胸部上身保持位置,然后再将杠铃慢慢放回而反复进行。

效果:主要锻炼背阔肌,同时发达肱二头肌、三角肌等。

质量与次数:从 20 千克左右,做 8 次开始,次数逐步增加到 12 次时增加 2.5 千克,再从 8 次做起,如此反复。

5.双手臂弯举。

动作要领:略。

效果:促进肱二头肌以及前臂诸肌群的发达。

质量与次数:从 15 千克杠铃,做 8 次开始,逐步增加次数与质量。

6.挺举。

动作要领:略。

效果:主要锻炼肱三头肌、三角肌、前锯肌、斜方肌等。

质量与次数:从 20 千克,做 8 次开始,循序渐进地练习,再逐步增加质量与次数。

7.深蹲起。

动作要领:略。

效果:对促进大腿股四头肌、臀大肌发达有效,同时增强腰部诸肌群。

质量与次数:从 30 千克,做 10 次开始,直至可做 15 次再增加 5 千克,仍从 10 次做起,每次最少进行 2 组以上。

8.仰卧直臂提铃上拉。

动作要领:仰卧直臂将杠铃拉起至胸上方再返回。

效果:发展背阔肌、胸大肌、前锯肌以及肩部周围诸肌。

质量与次数:从 5 千克,做 10 次开始,能轻松完成 15 次后再增加质量。

9.硬拉。

动作要领:双手握杠铃以腿和腰部的力量将杠铃拉起。

效果:可增加腿部、腰部、背部诸肌群的力量,提高握力。

质量与次数:从 20 千克,做 10 次开始,可完成 15 次后增加 5 千克质量。

10.体侧屈。

动作要领:紧握杠铃于头后肩上,上体尽可能向左右屈体反复。

效果:增强腹直肌、腹外斜肌、竖脊肌,对塑造一个苗条有力的腹部很有效。

质量与次数:从 10 千克,做 10 次开始(同前)。

11.负重提踵。

动作要领:杠铃于颈背肩上,提起双足跟,以脚尖支撑站立,反复进行,每次做 3 组,脚跟提起向左、中、右各一次。

效果:增强小腿内、外侧肌。

质量与次数:从 10 千克,做 20 次开始。

12.立姿提杠铃耸肩。

动作要领:提拉杠铃做向上、向后耸转肩动作,反复进行。

效果:发达斜方肌最有效。

质量与次数:从 10～15 千克,做 10 次开始。

(二)说明

上述 12 种健美锻炼的练习动作组合在一起,进行循环练习的训练,是对健美初学者非常有效的方法。

一般来说,一个周期为 3 个月,每周进行 3 次训练,上述质量只作为参考,实际操作因人而异。12 个项目都训练一次为一组,如自己仍不满足可进行重复训练或选择训练。

休息间隙:希望发达肌肉的人,间歇时间可充分些;否则训练中休息间歇不可太长,尽可能一气呵成。如果要减轻体重,可采用多组多次数的锻炼方法,每组练习 12～20 次,练习多组;如果是为长肌肉,则可采用约 6～8 次训练 3～5 组的练习方法。

五、健美锻炼中应注意的问题

1.做好准备活动,防止肌肉、关节受伤。

2.动作要正确规范。

3.动作幅度尽量大,以加大对肌肉的刺激。

4.适时增加负荷量,始终保持锻炼最佳重复次数。

5.防止锻炼过量。

6.锻炼负荷要适中,使每组最后 1～2 个动作的重复完成出现吃力感,获得最大刺激效果。

7.要有自信,要持之以恒,不半途而废。

8.肌肉锻炼要有序。

(1)大肌肉群的锻炼先于小肌肉群。

(2)初学者不宜进行两个相同性质的练习。

(3)同肌群的练习交替进行。

(4)各大肌群锻炼编排顺序一般是胸、肩、背、大腿再前、上臂、前臂练习居中,小腿、踝和腹肌编排在后,新手应把上肢练习编排在前,下肢练习编排在后。

9.循序渐进增加负荷量,不逞能好胜。

10.掌握正确的呼吸方法,保证完成动作。

11.锻炼过程中口渴时不可饮用热水。

12.锻炼前应先检查器械是否完好牢固。

13.采取必要的保护措施。

14.锻炼前先检查身体,保证健康安全。

六、健美锻炼的其他方式方法

健美锻炼除用器械(杠铃、哑铃专制组合器械)进行外,在我们身边可进行的方式方法也很多。

1.运动场上的健美锻炼(以学校操场旁边所设器械为主)。

(1)跑道:准备活动及慢跑,可达到减脂效果,增强心肺功能。

(2)沙坑:单双脚跳、立定跳、多级跳等,可增强灵敏性及腿部肌力。

(3)单杠:引体向上,可练二头肌、三头肌、背阔肌,悬垂收腹可练腹直肌。

(4)双杠:支撑屈摆起、双臂屈撑可练胸大肌、二头肌、三头肌。

(5)爬杆、绳:可练小臂肌、腹肌、二头肌。

(6)云梯:增强双手握力,可练前臂肌、腰腹肌等。根据所提供的六项道具,自己还可编出更多的锻炼方法。

2.学生宿舍中的健美锻炼。

学校学生集体宿舍里也可制订出一套健身健美的锻炼计划:男生,可采用引体向上、俯卧撑、跷脚屈体、双臂屈伸、仰卧举腿等;女生可采用俯卧撑、仰卧起坐、仰卧背反弓起、立卧撑、蹲跳、高抬腿等。

我们要善于利用自己身边的环境设施及场地器物,因地制宜地设计出各种行之有效的替代锻炼方法,帮助自己去实现自己的健美计划,达到健身健美的目的。

欣 赏 篇

一、健美运动的发展概况

健美运动起源于公元前的古希腊。著名的雕塑"掷铁饼者"就是反映健美运动的代表作品。现代健美运动的创始人是德国的欧琴·山道。他在 1901 年 9 月举办了世界上第一次健美比赛。加拿大的本·韦德和裘·韦德兄弟于 1946 年创建了国际健美协会,制订了国际健美比赛规则,并开始举行正式的国际业余健美锦标赛。国际健美协会目前已有 158 个会员。本·韦德是该协会的终身主席。

中国健美运动的创始人是赵竹光先生。他成立了我国第一个健美组织"沪江大学健美会",并亲自担任会长。1940 年,他还和曾维祺先生共同创办了上海健美院,为健美运动在我国的开展打下了一定的基础。新中国成立后,在 20 世纪 80 年代初,中国举办了第一届"力士杯"健美邀请赛。从此,我国健美运动迅速开展起来,并于 1985 年 11 月正式加入国际健美协会。20 世纪 90 年代后,我国各地健美俱乐部纷纷成立,形成了新阶段、高层次的健美热潮。

二、健美运动的特点

健美运动有其独特之处,它对人体健康具有其他项目所不可替代的作用。

1.健美运动的直接目的是使参加锻炼者的体格得到全面发展,达到全身肌肉发达、丰满、匀称,线条明显和体形健美。

2.健美运动充分利用人体可适应环境的自然功能,在"超量负荷"中引起"超量补偿"。

3.健美运动采用了能够准确地自由调节其质量或抗力的锻炼器械,使之更方便、科学地依据个人的特点进行健美锻炼。

4.健美运动的动作方式简单易学,针对性强,锻炼的效果直接而明显。

5.锻炼者因其年龄、性别、体质、体能、锻炼目的和目标及所处锻炼和生活条件、职业等方面的不同,可各按各自所需制订出适合自己的科学锻炼计划。

6.健美运动需要坚强的意志和刻苦精神才能持之以恒。

7.健美运动是一种"无氧代谢"和"有氧代谢"相结合的运动项目。

8.健美运动是一种较为安全的运动项目。

9.健美运动的机械设备可多可少,并很耐用,锻炼场所面积较小,寒暑晴雨均可进行,是一项适应面广,便于广泛开展的群众性体育项目。

三、健美运动的作用

1.发展肌肉,增长力量。

健美运动的突出作用是有效的发展全身肌肉,增长力量。

2.促进健康,增强体质。

(1)健美锻炼可使心血管系统的机能得到改善和提高。

(2)健美锻炼能使呼吸系统的机能水平得到良好的提高。

(3)健美锻炼能提高消化系统的机能。

(4)健美锻炼能使神经系统的机能水平得到提高。

3.促进人体正常生长发展。

健美锻炼能使人体新陈代谢旺盛,促进人体各器官和系统的生长发育。

4.形成良好的姿势和增加形体美。

5.提高身体适应外界环境的能力。

四、健美竞赛规则与裁判

(一)竞赛类别

1.竞赛项目:男子个人、女子个人、男女混合双人(可增设集体造型和女子双人)。

2.年龄分组：青年组的年龄在 21 岁以下(不含 21 岁)，成年组的年龄在 21 岁以上。

3.竞赛按运动员体重分级。

(1)男子：体重不超过 65 千克；体重在 65.01～70.00 千克；体重在 70.01～80.00 千克；体重在 80.01～90.00 千克；体重在 90 千克以上。亚洲比赛可增加 70.01～75.00 千克。

(2)女子：体重不超过 52 千克；体重在 52.01～57.00 千克；体重在 57 千克以上。

男女双人及集体项目不分体重差别。

(二)竞赛动作

1.规定动作。

(1)男子 7 个动作：前展双肱二头肌、背阔肌、侧展胸肌、后展背肱二头肌、背阔肌，侧展肱三头肌，前展腹直肌和腿部。

(2)女子 5 个动作：前展双肱二头肌，侧展胸肌，后展背肱二头肌，侧展肱三头肌，前展腹直肌。

2.自选动作。

根据运动员的体格状况，自己编排一套动作。要从几个侧面展示形体和肌肉，每个造型需有短暂的停留，在自选音乐伴奏下进行。

(三)裁判员评分的主要依据

1.男子。

(1)肌肉：指肌肉的发达程度和肌肉块的大小。

(2)平衡：指骨架和肌肉形态及体格比例。

(3)匀称：指全身肌肉发展的匀称性。

(4)线长：指肌肉线条的明显性。

(5)造型：指肌肉控制能力与音乐艺术的结合性。

2.女子。

基本同男子，但要体现鲜明的女性特点和魅力，不能太强调肌肉。在自选动作上，富有创造力和艺术感。

发展身体素质的练习

力量素质

一、概述

力量素质是指肌肉在工作中克服内外阻力的能力。人的一切动作，都是通过肌肉活动而实现的，这就要求各部分肌肉具有相应的力量，以克服各种阻力。力量素质是人们日常生活、体育锻炼所必需的素质。

在各种身体素质中，力量素质是速度、耐力、灵敏等素质的基础，发展力量素质对增强基础身体能力有着极为重要的作用,直接影响着运动技术的掌握和运动成绩的提高,并能促进运动器官的发展,使肌肉纤维增粗,力量增大,同时可改善和健美体形。

力量有各种不同的表现,按人体表现出的力量与本人体重的关系,可分为绝对力量和相对力量;按力量的表现形式可分为速度力量和耐力力量;按肌肉的工作方式可分为静力性力量和动力性力量。

二、发展力量素质的原则

(一)科学安排运动负荷

进入青年期后,是进行力量练习的良好时机。这时学生的身高增长趋缓,肌肉的横断面开始增大,可以承受较大质量的力量练习。但练习时,应根据自身的体质状况、体育基础和运动能力,科学地安排负荷量和重复次数。女生一般以克服自身体重的练习为主,采用的负荷量应小些。

(二)力量练习要全面

发展力量练习,既要使大肌肉群和主要肌肉群(下肢大肌肉和腰、腹、背部的肌肉)得到锻炼,也要发展那些薄弱的肌肉群和小肌肉群的力量。大力量练习和小力量练习,缓慢力量练习和速度力量练习,局部力量练习和整体力量练习等配合练习,各种动作交替进行,以达到全面发展的效果,防止片面畸形的发展。

(三)掌握正确的动作方法

各种力量练习,都要注意形成正确的姿势和掌握正确的动作方法。每次练习时,肌肉都应预先伸展,之后动作幅度要大,身体各部位,各种不同动作均应交替穿插练习,使肌肉张弛结合。应以动力性练习为主,静力性练习为辅。另外,由于肌肉活动是在中枢神经系统的调节下进行的,练习时应全神贯注,意念活动与练习动作紧密配合保持一致,将有助于肌肉力量得到更好的发展。

(四)合理安排练习的顺序和间隔时间

合理安排练习的顺序可以防止疲劳的产生。一般应先安排大肌肉群的练习,再安排小肌肉群的练习,因小肌群比大大肌群较早产生疲劳。典型的力量练习顺序模式为:(1)大腿、腰部肌肉;(2)腿部(股四头肌、大腿后部肌群、小腿三头肌);(3)躯干部(背、肩、胸);(4)上臂(肱三头肌、肱二头肌、前臂肌肉);(5)腹部;(6)颈部。

力量练习间隔时间的安排,包括每次锻炼的时间间隔和每组动作间的时间间隔,对锻炼的效果有很大影响,由于力量练习对人体的影响较大,恢复时间较长,故开始阶段以间隔三四天练习为好,每组的间隔也可相应长些。随着锻炼水平的提高,练习的间隔时间可逐渐缩短,每组的间隔时间一般以 2~3.5 分钟为宜。

(五)做好准备活动和整理活动

进行力量练习时,准备活动一定要做充分(特别是在冬季),质量由轻到重,动作速度由慢到快,注意力要集中,防止运动损伤。在采用极限和次极限强度负重练习时,还必须注意呼吸的调节。练习前可做数次深呼吸,憋气的时间不宜过长。力量练习后,肌肉常会出血,胀得很硬,这时应做些与力量练习动作相反的拉长动作,或做一些按摩、抖动,使肌肉充分放松。这样既可加快疲劳的消除、促进恢复,又可防止关节的柔韧性因力量训练而下降,同时也有助于提高肌肉的弹性,避免肌肉僵硬。

(六)注意安全和练习极限

当进行杠铃练习时,必须有同伴帮助,以防在不能完成练习的情况下做好保护。另外在进行负重练习时,如果感到任何尖锐的刺痛,应立即停止练习。练习时,还应调整好呼吸,尽量避免憋气。举起时呼气,放下时吸气,可采用口和鼻呼吸。

运动要安全,很重要的一点就是留意出现的警告信号。这些信号往往是运动量过大或身体某部分受伤的反映。有些人为了急于奏效而竭尽全力,反而受到伤害。力量练习的警告信号一般指锻炼后,肌肉有酸痛僵硬感,直到下次锻炼前感觉仍未消失。针对性的处理方法为延长锻炼间隔时间,让肌肉充分恢复。另外要充分做好准备活动和练习后的放松活动。

三、发展力量素质的方法和手段

(一)静力性力量锻炼

静力性力量练习,一般是以最大力量来完成的。每次持续时间应为5~6秒。用力时间过长或过短,都会影响锻炼的效果。

发展静力性力量一般可采用以下方法。

1.对抗性静力练习。根据发展某一部分肌肉力量的需要,确定一定的姿势,即身体姿势保持固定不变,用极限的力量对抗固定的物体。

方法:两肩顶住固定重物如横杠等,做半蹲向上对抗,坚持8~12秒,做2~3组。

2.负重静力练习。根据发展某一部分肌肉力量的需要,确定一定的姿势,肩负一定质量,身体姿势保持不变。

方法:肩负一定质量的杠铃半蹲,固定不动,坚持6~12秒,做2~3组。

3.慢速静力练习。动作速度很慢,不能借用反弹和惯性力,仅靠肌肉的紧张收缩完成动作。由于速度很慢,从某一角度来看,就处于相对的静止状态,起到了静力练习的作用。这也是发展绝对力量的最佳途径。

方法:肩负自己最大负荷量的80%~85%,深蹲慢慢起立,做2~3次,4~6组。

4.动静结合练习。根据发展某一部分肌肉力量的需要,开始做动力练习,然后身体保持一定的姿势,固定不变,练习者用极限力量对抗不动的物体。

方法:拉杠铃至膝盖以上(动力练习),膝关节微屈作对抗,固定不动(静力练习),坚持5~6秒,做2~3组。

(二)动力性力量锻炼

发展动力性力量通常可采用以下几种练习。

1.克服身体体重的各种跑、跳、引体、支撑等练习。

2.克服外界阻力的举重、哑铃、拉力器等练习。

(三)绝对力量锻炼

发展绝对力量的方法主要是克服阻力,阻力大重复次数少的练习有利于绝对力量的增长。通常采用负加质量(增减质量)锻炼法,即以较少的次数举接近最大负荷量(次极限质量)或最大负荷量(极限质量)的重物。这种练习的负荷量与练习重复次数是成反比的,即负荷量大,练习重复次数应减少。

方法:用负加质量锻炼法,对提高绝对力量效果较好,但应循序渐进,由轻到重,一般从自己最大负荷量的60%左右开始,随后不断增加,直到最大负荷量。开始时每组做3次左右,随着质量的增加,每组的次数逐渐减少,当接近最大负荷量时,只做1次,共做4~5组。然后将质量减到80%~85%,再做3~4组,每组做3次左右,整个练习做8组左右。

(四)速度力量锻炼方法

超等长力量练习是发展速度力量很有效的手段。超等长练习是指肌肉在工作之前先被拉长,而后又紧接着缩短,即肌肉先离心收缩随后又向心收缩。如跳跃中的踏跳和投掷中的最后发力动作等。

方法:以中等或中、小质量(即自己最大负荷量的60%~80%左右)练习,重复次数较少,以最快速度完成为宜。

(五)力量耐力锻炼

力量耐力锻炼要求有一定的重复次数和时间,甚至达到极限为止。一般采用本人所举最大质量的50%作为练习质量,每组20~30次,组数随训练水平逐步增加,每组间休息1分钟,每次练习要到出现疲劳感为止。这种练习方法,肌肉力量和肌肉体积都不会增长,只会消耗能量,减少脂肪,发展肌肉增强耐久力。

方法:引体向上、俯卧撑、仰卧起坐等练习是发展力量耐力的有效手段。

四、发展力量素质的运动处方

运动处方是根据不同的体质、运动能力、身体状况而定的具有针对性的锻炼项目、锻炼方法和运动负荷。力量练习的运动处方分为三个阶段:开始阶段、慢速增长阶段和保持阶段。

(一)开始阶段

在此阶段,应避免举最大负荷量。因过大的质量会增加肌肉和关节损伤的危险性。采用较轻的质量(最高重复次数为12~15次的负荷),不会使肌肉产生过度疲劳。开始阶段的练习一般为每周2次,持续时间可根据练习者最初的力量水平来确定,一般持续1~3周。

(二)慢速增长阶段

经过开始阶段的力量练习,如果肌肉已经适应练习动作,就可以增加质量(能重复举起6~8次的负荷)。当肌肉力量进一步增强时,可再增加质量,直至达到练习者预定的目标。此阶段的练习一般为每周3次。

(三)保持阶段

此阶段力量练习的强度可小些,负荷量采用能重复举起6~8次的质量,每周1~2次。

示例一：

1. 准备活动。

2. 单杠引体向上(8~10次)×4组(普通握2组、宽握1组、颈后拉1组,女生为斜身引体)。

3. 负重仰卧起坐10次×4组。

4. 双脚跳上平台8次×3组。

5. 双杠臂屈伸8~10次,女生为俯卧撑。

6. 负重俯卧背屈8次×3组。

7. 十级蛙跳×3组。

8. 实心球投掷30次。

示例二：

1. 准备活动。

2. 哑铃弯举10次×4组。

3. 负重下蹲起立8次×3组。

4. 杠铃推举8次×4组。

5. 单杠悬垂举腿10次×3组(其中直角静力练习1组)。

6. 快速挺举20次×2组。

另外,可根据自身锻炼目的,选择不同的练习内容。

1. 发展上肢、肩带肌群力量的练习。

(1) 引体向上(正握、反握、窄握、宽握、拉至颈前或颈后)。

(2) 俯卧撑(全掌、手指或抬高脚位)。

(3) 双杠支撑摆动、双臂屈伸、直臂支撑移动前进。

(4) 单杠屈臂静止悬垂。

(5) 提拉杠铃耸肩、推举、仰卧推举。

(6) 两手持哑铃,上体前倾,两臂侧平举,做臂屈伸、臂内旋、臂外旋等动作。

(7) 拉力器练习。

2. 发展躯干肌群力量的练习。

(1) 仰卧起坐、仰卧两头起、俯卧背屈。

(2) 仰卧举腿、肋木举腿。

(3) 两手持哑铃,两臂伸直做上体回环动作。

(4) 负杠铃体前屈或体侧屈或转体(慢速度)。

3. 发展下肢肌群力量的练习。

(1) 立定跳远、原地纵跳、跨步跳、单足跳、多级蛙跳、深蹲跳等跳跃练习。

(2) 侧踢腿、横劈腿、纵劈腿、左右压腿。

(3) 负重半蹲、负重深蹲、负重纵跳、负重弓箭步走或跳。

(4) 后蹬跑,高抬腿跑。

(5) 负重腿屈伸。

（6）足尖行走，原地提踵，负重提踵。

4.发展各部分肌肉力量的练习。

可采取投掷实心球、推铅球、举重、立卧撑等练习。

耐力素质

一、概述

耐力素质是指人体长时间进行肌肉活动的能力，也可看做有机体在工作过程中克服疲劳、连续工作的能力，是反映人体健康水平或体质强弱的一个重要标志。它既是耐力性运动项目，如中长跑、竞走、长距离游泳、划船、自行车、滑雪等所必备的素质，也是健康人体能的重要素质之一。加强耐力素质的锻炼，能有效地提高心血管系统的功能，对其他运动素质的发展也有着非常密切的关系。

从运动生理学的角度，耐力素质可分为有氧耐力、无氧耐力和肌肉耐力。

有氧耐力是指机体在供氧充足的情况下克服疲劳的能力；无氧耐力是指机体在供氧不足的情况下克服疲劳的能力；肌肉耐力是指肌肉长时间忍受疲劳并继续工作的能力。

对于学生的一般体育锻炼，重点是发展肌肉耐力和有氧耐力，促进心脏机能的发展。通过相应的锻炼可扩增肌肉内的毛细血管，改善氧和能源的供给以及废物的排除，使肌肉内存储更多的能源物质，从而提高肌肉耐力。提高有氧耐力可采用长距离走、跑以及球类等持续时间长的运动，在发达肌肉的同时，改善呼吸器官和循环系统的功能。

二、发展耐力素质的原则

（一）掌握耐力练习的阶段性

因耐力素质受遗传、年龄、性别、后天环境、心理因素等影响，在进行耐力素质锻炼时，一般可分为三个阶段进行。

1.起始阶段。在刚开始练习时，对锻炼成效的期望值不能过高，更不能操之过急，应让机体逐步适应运动。强度控制在中下等（约70%最大心率），如感觉不适，有疼痛或严重的酸痛感时，应减少运动时间或停止运动。这一阶段时间一般维持2~6周。

2.渐进阶段。在这一阶段，虽然每个人的设置目标不同，但锻炼的强度、频率及持续时间均应逐渐增加，每次练习时间不应少于30分钟，锻炼的频率每周可达3~4次，运动强度控制在中下等与中上等之间（70%~90%最大心率），这段时间较长，一般持续10~12周。

3.维持阶段。经过12~18周的练习，即进入维持阶段。由于在这个阶段，锻炼者已基本达到既定目标，故不必再增加运动量，只要维持已有的锻炼效果即可。此时，只要运动强度和锻炼时间都维持在渐进阶段最后1周的水平，锻炼频率降至每周2次，或维持渐进阶段的锻炼频率和强度，锻炼时间减至20~25分钟，都可维持锻炼效果。

（二）重视和加强自我医务监督

在耐力练习中，务必要加强自我医务监督，以便控制和调节运动负荷，避免过度运动性疲劳的产生。自我医务监督可以从以下两个方面进行。

1.运动感觉。运动感觉指锻炼后的自我感觉,包括精神状态、运动心情、睡眠、食欲、排汗、锻炼欲望等。积极、愉悦、振奋的精神状态属于感觉良好;精神倦怠、食欲不佳、睡眠不好、无锻炼欲望,则属于运动量安排不当所致。

2.自我检查。自我检查内容包括脉搏、体重、肺活量等。脉搏的检查可分为基础脉搏、运动即刻脉搏和恢复期脉搏。基础脉搏是指清晨起床前的卧位心跳频率。经耐力锻炼后,基础脉搏逐渐下降,说明机能状态良好。如果是上升,则可能是运动量安排不当。另外,在完成相同负荷强度锻炼的前提下,做自身比较,用运动即刻脉搏减去恢复期脉搏,所得值越大就越好,说明机能有潜力;反之,则说明机能减退,运动量过大。

(三)有氧练习是耐力训练的主要手段

有氧练习是指人体在氧供应充分的条件下,进行强度适中、持续时间较长的锻炼。由于这是在人体比较理想的状态下运动,为发展有氧耐力提供了良好条件,故是耐力练习的首选手段。其他可综合性地选择步行、骑自行车、游泳、球类活动等练习方式。

(四)掌握正确的呼吸方法

有氧耐力的成效与呼吸技术密切相关,尤其是耐力跑练习,如果摄取的氧量不能满足肌肉工作的需要,有氧运动就不能持续下去。长跑时的呼吸一般以腹式呼吸为主,腹式呼吸往往是通过鼻腔进行较浅的呼吸,还可有效地预防肋部疼痛。随着运动负荷的逐步加大,呼吸应由浅入深,呼与吸必须均衡并与步频协调配合,一般是每 3 ~ 4 步一呼气,每 3 ~ 4 步一吸气,保持相对稳定的节奏,以达到提高人体的摄氧量水平,调节体内氧供应状态,确保练习质量。反之则易引起呼吸不畅,甚至导致呼吸肌痉挛,阻碍或影响运动。

另外,在耐力跑过程中,如将注意力更多地集中于呼吸运动,则有助于进入"忘我"的境界,可减轻身体的不适感,并使身体各机能之间更加协调。

(五)注重疲劳的恢复

不间断地长时间运动,容易造成能量供应不足和代谢物质的堆积,使肌力减退,产生疲劳感。因此,在练习前,要适当补充糖、维生素、蛋白质等;在练习后,要做好各种放松练习,或进行温水浴、局部肌肉按摩等,以加速全身血液循环,帮助人体消除疲劳,恢复体力。

三、发展耐力素质的方法和手段

(一)综合练习

综合练习是指把几种不同的锻炼内容组合起来。如第一天跑步,第二天打球,第三天游泳。可选择自己较感兴趣的运动项目,以提高锻炼的趣味性和自觉性,避免日复一日地进行同一项目练习而产生的枯燥感或反感,调节神经系统的灵活性,防止身体局部负担过重,有助于提高锻炼效果。

(二)持续练习

持续练习是指长时间,长距离,慢节奏和中等强度(约 70%最大心率)的锻炼,是一种普遍被采用,较为行之有效的耐力锻炼方法。如果不增加运动强度,锻炼者均能轻松地完成身体练习。在不受伤的前提下,一次锻炼的时间可持续 40~60 分钟,同较大强度的练习相比,这种方法的适应面更广,安全性更大。

(三)间隙练习

间隙练习是指重复进行强度、时间、距离和时间间隔都较固定的锻炼方法。一般练习的时间为 1~5 分钟,间隔时间与练习时间相等或稍长于练习时间。这种方法比较适合有一定耐力基础及期望获得更高适应水平的锻炼者。其运动量比持续练习大,且锻炼的方式可灵活变换。

较常用的发展耐力素质的方法有如下几种。

1.1 分钟立卧撑。由直立姿势开始,下蹲两手撑地,伸直腿成俯撑,然后收腿成蹲撑,再还原成直立,每次做 1 分钟。

2.连续半蹲跑。成半蹲姿势(大、小腿成 100°角左右),向前跑进。

3.重复上坡跑。在 15°斜坡道上进行上坡跑。

4.沙滩跑。在沙滩上做快慢交替自由跑。

5.篮球、足球等球类游戏或比赛。

四、发展耐力素质的运动处方

(一)运动处方的基本组成

发展耐力素质的运动处方包括确定锻炼目的、运动时间、运动频度和锻炼方法,要根据自身的年龄、体质、健康状况、体育基础水平及兴趣、爱好,力求简单易行,一般采用中等强度的运动,以有氧耐力锻炼为主。运动处方中的每次锻炼都应包括准备活动、锻炼模式、整理活动三个部分。

1.准备活动。

准备活动的目的是加快心率、升高体温,并增加肌肉的血流量。一般是先进行 5~15 分钟舒缓的运动,使机体有个逐渐适应的过程。通常可按以下步骤进行:

(1)1~3 分钟轻松的健身操(或类似的活动)练习。

(2)2~4 分钟的拉伸练习(可任意选择)。

(3)2~5 分钟的慢跑并逐渐加速。

2.锻炼模式。

锻炼模式是运动处方中最主要的组成部分,包括锻炼方式、频率、强度和持续时间等。

(1)锻炼方式。凡是有大肌群参与的慢节奏的运动都可以作为锻炼方式,如步行、慢跑、骑自行车和游泳等。在选择时,应选择感兴趣的运动,易于坚持,还要考虑可行性和安全性,并尽量采用综合性的锻炼方式。

(2)锻炼频率。一周进行 2 次锻炼就可以增强心肺功能适应能力,锻炼 3~5 次就可使心肺功能达到最大适应水平,且受伤的可能性减小。

(3)运动强度。通常用心率来间接地表示运动强度。只有超过一定强度的运动才能有效地引起机体的适应,该强度所对应的心率称目标心率,一般为 70% ~ 90% 最大心率。如年龄为 20 岁的大学生目标心率的计算方法为

$$最大心率 = 220 - 20 = 200 次/分钟　(最大心率 = 220 - 年龄)$$

$$目标心率 = 200 × 70\% ~ 200 × 90\% = 140 ~ 180 次/分钟$$

(4)持续时间。发展心肺功能适应水平最有效的一次锻炼时间是 20 ~ 60 分钟(不包括准备活动和整理活动)。由于每个人的适应水平和运动强度不同,所以锻炼的持续时间应有区别。对于一个初练者来说,20 ~ 30 分钟的锻炼就可以有提高,而水平较高的锻炼者则需要 40 ~ 60 分钟。另外,如以较低强度(70% 最大心率)锻炼,就要求练习的时间稍长,约 40 ~ 50 分钟才有效;反之,如以较高强度(90% 最大心率)进行锻炼,练习的时间仅需 20 ~ 30 分钟即可。

3.整理活动。

整理活动的目的是促进血液回流至心脏,以避免血液过多分布在上肢和下肢造成头晕和昏厥,并可减轻剧烈运动后的肌肉酸痛和心律失常。一般进行 5 分钟左右的小强度练习即可,如步行、柔韧性练习等。

(二)运动处方示例

有氧耐力的锻炼要求运动强度一般控制在 70% ~ 80% 最大心率。

1.跑、走交替锻炼。

男生:(400 米跑 + 100 米走)× 5 组。

女生:(200 米跑 + 100 米走)× 4 ~ 5 组。

每组间隙 3 ~ 5 分钟。

2.匀速跑。

男生:1 500 米。用时为 6 分 30 秒 ~ 7 分 30 秒。

女生:1 000 米。用时为 5 分 20 秒 ~ 6 分。

3.变速跑。

男生:2 400 米(200 米快 + 200 米慢)× 6 组。速度控制在快跑段用时 40 秒,慢跑段用时 1 分 30 秒。

女生:1 200 米(100 米快 + 100 米慢)× 6 组。速度控制在快跑段用时 25 秒,慢跑段用时 50 秒。

4.越野跑。

男生:3 000 ~ 5 000 米。

女生:2 000 ~ 3 000 米。

可根据体力跑、走结合。

5.跳绳(单足跳或双足跳)。

次数:300 ~ 500 次 × 3 ~ 4 组。

速度:平均每分钟 80 ~ 100 次。

间隙:每组间隙 3 ~ 5 分钟。

6.5 分钟运球跑。

篮球场内,以单手或双手交替运球跑动 5 分钟,练习 3~5 次,每次间歇 2 分钟,强度为 45%~60% 最大心率。

其他还有步行、骑自行车、游泳、健身操、跳舞、球类活动或组合形式等也可作为有氧耐力锻炼的手段,只要在实际锻炼中次数、时间、负荷量等方面达到要求,同样能收到良好效果。

速度素质

一、概述

速度素质是指人体进行快速运动的一种能力,是人的基本身体素质之一。其表现形式有反应速度、动作速度和位移速度。

1.反应速度。反应速度是人体对外界的刺激信号发生反应的能力。如起跑中枪响至起动的时间;球类运动员在比赛中,对瞬间变化作出的判断、反应等。它是以神经过程中反应时为基础,反应时间短,则反应速度快;反应时间长,则反应速度慢。

2.动作速度。动作速度是人体或人体某部分快速完成某一个动作的能力。如投掷动作中的器械出手速度;跳远、跳高的起跳速度;拳击的出拳速度等,都是动作速度的表现。

3.位移速度。位移速度是指在周期性运动中,单位时间内人体快速移动的能力。它是以人体通过固定距离所用的时间来表示的,如跑、游泳、速滑等。

速度素质与神经过程的灵活性、肌肉类型、爆发力、运动技术的质量和生理机制有着密切的关系。

二、发展速度素质的原则

根据速度素质的生理机制和生物化学的变化来看,在发展速度素质时除了应遵循运动训练的基本原则外,还应做到以下几点。

1.合理安排运动强度。进行速度练习时,肌肉的活动往往达到最大强度,使整个机体处在极为紧张、高度兴奋的状态中,容易使大脑皮质细胞很快疲劳,工作能力下降。因此在练习时,高强度的练习不能重复过多。

2.合理安排运动顺序。由于动作的速度取决于中枢神经系统的协调性、灵活性及动作的力量和速度耐力因素,因此,发展速度应与发展其他素质相配合,但应合理安排运动顺序,使素质间能互相促进和良性转移。如速度练习中,常使用发展力量的手段来促进速度的提高,但力量素质要求肌肉收缩用力大,尤其是静力性力量练习,由于动作缓慢,会降低神经过程和肌肉活动的灵活性。而速度素质要求神经过程的灵活性高,兴奋与抑制转换迅速,肌肉收缩轻松协调。因此,速度练习应放在力量练习之前进行,力量练习也应以动力性联系为主。在力量练习过程中,应交替安排一些轻松、快速的跑跳练习或一些协调性和柔韧性练习,这对发展速度素质非常有利。

3.合理安排运动时间。进行速度练习时,应严格掌握练习的持续时间(不应超过 20～30 秒)、间隙时间和休息的方式。另外,速度练习应在体力充沛的情况下进行,以利于形成快速运动的条件反射,并防止伤害事故。

4.通过发展力量和柔韧等素质,促进速度素质的提高。力量(特别是快速力量)和柔韧性是影响速度素质的重要因素。所以在发展速度素质中,首先要发展快速力量。如采用 40%～60%的强度进行多次重复快速负重练习,可使肌肉横断面和肌肉力量增大,并提高肌肉活动的灵活性;如采用 75%以上的大强度练习,可使肌肉在用力时,能最大速度地动员更多的肌肉纤维同时进行收缩,提高肌肉的收缩功效。柔韧性的提高,可以增加力的作用范围和时间,并能使主动肌、多抗肌和协同肌之间的协调性得到改善,从而减少肌肉阻力和增大肌肉合力,使运动速度得到提高。

三、发展速度素质的方法和手段

(一)发展反应速度的方法和手段

反应速度的提高具有一定难度,并与注意力有直接的关系,当人体肌肉处在紧张时比处在放松时的反映速度提高 60%左右。所以在锻炼反应速度时,首先要使注意力高度集中,然后通过对各种信号如哨鸣、击掌、口令、手势、物体的移动等,作出迅速、准确的反应。

1.听不同信号做起跑、转身、跳跃等动作。

2.看手势做急起、急停、跳跃、下蹲等动作。

3.听信号追人跑(两排相距 1 米左右,背对站立)。

4.听信号做专门练习,将专门练习进行编号,听号数做不同的练习。

5.接不同方向的来球并传出。

(二)发展动作速度的方法

1.利用外界助力。借助外力,可以帮助、提高和控制练习的动作速度。如短跑练习中的顺风跑、下坡跑等。

2.加大动作难度。如经过适时、适量的负重跑、跳、投掷练习后再恢复正常的跑、跳、投掷练习时,就会感到轻松、有力,动作速度加快。

3.借助信号刺激。使学生伴随着信号的节奏做协调一致的快速动作。

(三)发展位移速度的方法

1.短距离的重复跑。在相对固定的条件下,按照一定的要求和严格的间隙时间,反复做 60～80 米的冲刺练习。两次练习的间歇时间的长短,可以用心率来控制,一般为不低于每分钟 120～140 次。重复的次数,可根据间歇时间的长短来调节。随着机体水平的提高逐渐增加重复次数。

2.辅助练习。由于移动速度在很大程度上取决于肌肉的弹性、伸展性和关节的灵活性。可采用一些辅助练习来改善和发展肌肉和关节的功效,如各种前、后、左、右的压腿和踢腿练习,以发展肌肉的伸展性和髋关节的灵活性;采用高抬腿跑、小步跑等练习来改进跑的技术,为提高移动速度打好基础。

3.发展爆发力量。以较快的速度重复某一负重的力量练习,有利于提高肌肉收缩的速度,改善神经系统的指挥能力,从而促进移动速度的提高。一般采用的负重为本人最大负重的1/2左右。练习方法有全蹲、半蹲、负重弓箭步走、负重蹲跳及各种距离的跳跃,如10~30米的单足跳、20~40米的双足交换跳或跨步跳等。

四、发展速度素质的运动处方

根据大学生的生理特点,制订出以下两个发展速度素质的运动处方,可根据各自性别、体质、运动基础、锻炼条件等,自行选用或增减练习的组次和距离。

示例一:

1．准备活动:慢跑、徒手操或其他球类活动。

2．起跑后加速跑:20米×2组,30米×3组。

3．专门性练习:高抬腿跑(进行间)15米×3组,后蹬跑20米×2组。

4．力量性练习:单足跳30米×3组(男),20米×3组(女),负重全蹲跳20米×2组(男:10千克,女:5千克)。

5．重复跑:50米×3组(中高速),100×2组(中高速、全速各×1)。

6．整理活动:行进间做深呼吸,吸气时两臂自由下摆。仰卧后两腿轻轻抖动,同时两手轻拍大腿,互相按摩。

示例二:

1.准备活动。

2.加速跑30米×2组,40米×3组。

3.专门性练习:小步跑15米×2组,原地高抬腿跑20秒×3组。

4.起跑后疾速跑:20米×4组。

5.变速跑:男100米×4组,女100米×2组。速度分配:快速20米,中高速30米,中速30米,快速20米。

6.力量性练习:跳栏架练习,男栏高80~100厘米,女栏高40~60厘米,方法:两脚同时起跳,越过栏架落地后即起跳回越过栏架,20次×2组。

7.全程全速跑:50米×2组,100米×1组。

8.整理活动。

灵敏素质

一、概述

灵敏素质是指在各种突然变换环境的条件下,人体能迅速、准确、协调、灵活地完成动作的能力。它是人们的活动技能、神经反应和各种身体素质在活动过程中的综合表现。其表现内容是在时空急剧变化的条件下,能迅速表现出对动作的准确判断、灵活应变、快速敏捷的反应速度、高度的自我操作能力以及迅速改变身体某部位运动方向的能力。灵敏素质是一种综合素质,它与人对空间定位和对时间的感觉能力、速度和力量的发展以及身体的协调和反应能力等都有着密切的关系。

灵敏素质分为一般灵敏素质和专项灵敏素质。通常把表现在运动锻炼各方面的基本的身体方位、动作变化及其适应能力称为一般灵敏素质。把有关各种运动项目技术上的变化能力称为专项灵敏素质。

灵敏素质的发展受生理、心理及其他因素的影响。

1.生理因素。生理因素主要指大脑皮质神经过程的灵活性、运动分析器的功能以及前庭分析器的机能。它们对灵活的创造性的运用技术,肌肉收缩的协调性和节奏感,维持身体平衡,变换身体的方向位置的灵活性等都起着很大的作用。

2.心理因素。心理因素主要指由于环境、情绪或其他变化,会导致过度兴奋或过度抑制,而使肌肉和神经都处于迟钝状态,造成身体失控,精神不振,动作不协调。良好的心理状态对灵敏素质的发挥能起到积极的作用。

3.年龄和性别。儿童和少年时期是发展灵敏素质的最佳时期,青春期由于身高增长较快,灵敏素质相对有所下降,以后随着年龄增长又稳定提高直至成人。灵敏素质在儿童期,男女相比几乎无差别,青春期男子逐渐优于女子,到青春后期男子明显优于女子。

4.体型和体重。一般过高而瘦,过胖,梨形体型以及"O"型腿、"X"型腿的人灵活性较差;而肌肉发达的中等或中等以下身高的人,往往表现得非常灵活。

5.疲劳程度。疲劳会导致中枢神经系统灵活性与机体活动能力降低,出现反应迟钝,速度下降,动作不协调等,使灵敏性显著下降。

6.运动经验。掌握的运动基本技术越多越熟练,通常所表现出来的灵敏素质也就越高。

7.气温。在阴雨潮湿,温度较低的气候中,关节的灵活性和肌肉韧带的伸展性都会降低,从而造成灵敏性的下降。

二、发展灵敏素质的原则

1.选择多样化的练习方法和手段。

灵敏素质的发展与各种分析器和运动器官功能的改善有密切的关系。如果某一练习重复使用到自动化的程度,那么再用这一动作去发展灵敏素质,效果就不大了。所以,要采用多种不同的练习方法,才有利于灵敏素质的不断提高。

2.合理安排练习时间,持之以恒。

在锻炼的顺序上,一般将灵敏素质的练习安排在练习的前半部分,因这时人的精神饱满,体力充沛,注意力集中,运动欲望强,有利于灵敏素质的提高。

灵敏素质的练习时间不宜过长,重复次数不宜过多。在练习过程中应有足够的间隙时间,并要合理控制。间隙时间过短,易造成机体疲劳;间隙时间过长,又会使中枢神经系统的兴奋性下降而影响灵敏素质的发展。一般练习时间和休息时间的比例控制在1:3左右。

尽管灵敏素质发展的最佳时期在儿童少年期,但20岁左右仍有一定的潜力,只要安排得当,持之以恒,灵敏素质也必然能得到提高。

3.综合锻炼,全面发展。

灵敏素质是人的活动技能和身体素质的综合表现。丰富的运动实践经验,可增加身体素质和技术动作的"储备"。因此,发展灵敏素质所选择的练习内容也应由多种素质相结合,以促进灵敏素质水平的不断提高。

4.区别对待,因人因项而异。

不同的体育运动项目对灵敏素质有不同的要求和表现形式。因此,灵敏素质的锻炼应根据项目特点、实际需要和自身情况,进行适合自己的灵敏性练习。

三、发展灵敏素质的方法和手段

灵敏素质是人体综合能力的反映,在发展灵敏素质的过程中,应从培养各种能力入手,如掌握动作能力、反映能力、观察能力、平衡能力和节奏感。在练习中,应尽可能采用逐渐增加复杂程度的练习方式,如通过改变条件、器材等方式来增加技术动作的复杂性和难度。

1.发展灵敏素质的主要手段

(1)在跑、跳中,迅速改变方向的各种练习。

(2)调整身体方位的各种练习。

(3)改变身体姿势的各种练习,如侧向或倒退跑等。

(4)改变速度的各种练习。

(5)限制完成动作的空间练习,如在缩小的球类运动场地进行练习。

(6)各种变换方式的追逐性游戏和对各种信号作出应答反应的游戏。

(7)设计各种动作和变化的组合性练习,如用"之"字跑、躲闪跑、穿梭跑、立卧撑等几项综合性练习。

2.发展灵敏素质的常用方法

(1)徒手练习方法。

①听口令做动作或做相反动作。

②听信号或看手势急跑、急停、转身、变换方向或各种姿势的起跑练习。

③一对一面向站立,两人双手直臂相触,虚实结合,相互推,使对方失去平衡。

④模仿动作练习。

⑤做不习惯的动作。

⑥改变动作的连接方式。

(2)器械练习方法。

①各种球类练习。如各种形式的运球、传接球、顶球、颠球、托球,通过信号做各种击球移动的练习,多球练习。

②绕障碍曲线转体跑。

③各种跳绳练习,如单足、双足、绞花、双飞、集体跳长绳等。

④各种翻滚练习,如前滚翻、后滚翻、连续滚翻等。

(3)游戏练习方法。

游戏练习方法包括各种应答性游戏、追逐性游戏等,如叫号追人、抢占空位、打手心手背、贴膏药、喊数抱团等。

(4)组合练习方法。

把不同的练习方法通过合理的组合,使练习更加有趣,效果更加明显。通常有两个动作的组合、三个动作的组合和多个动作的组合。

四、发展灵敏素质的运动处方

各种球类活动、体操、拳击、武术、田径等项目中都有大量的发展灵敏素质的练习手段,练习者可以根据自己的爱好、条件等进行选择。

示例一:

1.准备活动:慢跑中听口令做急停急起、变向、转身、后退跑、侧身跑等各种动作。

2.足球或篮球游戏:抢球练习10分钟。

3.逐渐延长距离的往返跑:(7米,10米,15米,20米)×3组。

4.垫上运动:前滚翻、后滚翻组合×4。

5.整理活动:垫上的拉伸练习。

事例二:

1.准备活动:游戏——贴膏药,10分钟。

2.羽毛球或乒乓球的多球练习15分钟。

3.不同姿势跳短绳50次×6组。

4.篮球半场比赛10分钟。

5.整理活动:慢跑200~400米。

示例三:

1.准备活动:健美操10分钟。

2.听信号做各种姿势:如站立、背向、蹲、跪撑等。

3.间隔50厘米的连续横跨20秒×3组。

4.立卧撑15次×3组。

5.整理活动:放松操数节。

柔韧素质

一、概述

柔韧素质是指人体各关节的活动幅度以及肌肉、肌腱、韧带等软组织跨过关节的弹性和伸展能力。其中柔是指肌肉、韧带被拉长的范围(幅度),韧是指肌肉、韧带保持一定长度的力量。柔韧素质主要取决于两个方面的因素:一是关节活动幅度的大小;二是跨过关节的肌肉、肌腱、韧带等软组织的伸展性。关节的活动幅度主要取决于关节本身的解剖结构。跨过关节的肌肉、肌腱、韧带等软组织的伸展性,可通过合理的锻炼得到提高。

人体在运动时所发挥出来的速度、力量等其他素质都与柔韧素质有关,它对完成技术动作的力度与幅度,以及有效地预防运动损伤都具有重要作用。

柔韧素质分为一般柔韧素质、专项柔韧素质、静力性柔韧素质、动力性柔韧素质。

1.一般柔韧素质。

一般柔韧素质是指为适应一般技能发展所必备的柔韧体能,是人们在日常生活中应具有的基本柔韧素质。它包括满足人体肌肉、肌腱、韧带的一般性活动幅度和伸展能力。

2.专项柔韧素质。

专项柔韧素质是指专项锻炼所需要的特殊柔韧素质。不同的运动技术具有不同的特点,对柔韧素质的要求也不尽相同。如短跑、跨栏技术需要髋关节具有良好的柔韧性和灵活性;举重、游泳等项目需要肩关节的柔韧性强;足球技术对膝、踝关节的柔韧性要求较高。

3.静力性柔韧素质。

静力性柔韧素质是指用静力性动作将肌肉、肌腱、韧带拉伸到所需要的适宜角度,并控制停顿一段时间,然后再恢复原位。

4.动力性柔韧素质。

动力性柔韧素质是指肌肉、肌腱、韧带根据动力性工作需求,被拉伸到解剖学位上的最大控制范围,随即利用强有力的弹性回缩力来完成动作。动力性拉伸通常会超过静力性拉伸时的长度。由于被拉伸后快速恢复原位,故反复练习,可以使肌肉、韧带更富有弹性,有利于发展关节的灵活性。

二、发展柔韧素质的原则

柔韧素质的发展受骨关节结构、关节周围组织、年龄与性别、遗传及体育锻炼等因素的影响。一般两个关节面的面积差越小,关节周围的肌腱、韧带越多,肌肉越大;皮下脂肪过多,关节的灵活性就小,柔韧性就差。由于性别的遗传因素,女子的柔韧性天生比男子好。因为男性的肌纤维较粗,横断面积大;女性的肌纤维细而长,横断面积较小,因此,男子的关节灵活性要比女子差一些。另外,通过适当的体育锻炼可以使跨过关节的韧带、肌腱、肌肉等软组织的伸展性得到改善和提高。但在进行柔韧素质的练习时,应遵循以下原则。

1.柔韧素质的发展应与力量素质发展相适应。

柔韧和肌肉力量是相辅相成的,力量练习是发展肌肉的收缩能力,柔韧练习是发展肌肉的伸展能力,因此力量结合柔韧的练习对提高肌肉质量最为有效,既能达到力量和柔韧的同时增长,又能保证关节灵活性的稳固。柔韧的发展应是在肌力增长下的发展,要提高肌力,但决不能使肌肉体积过分增大而影响关节活动的幅度。

2.循序渐进,持之以恒。

发展柔韧素质,也是意志力经受锻炼的过程。柔韧性练习时,易产生酸痛感,同时练习的方法也比较单调、枯燥,见效慢,停止练习便有所消退,在练习过程中很容易因坚持不住而半途而废。因此柔韧性练习要逐步适应,逐步提高,循序渐进,持之以恒,才能见效。反之,若急于求成则容易引起软组织的损伤。

3.整体性锻炼。

发展柔韧素质,要注意使身体各部位都得到锻炼,尤其要重视颈、肩、腰、髋、膝等主要关节和肌群的锻炼。练习时,一般从上至下依次进行,每个部位从复4~6次练习后再转入另一部位练习。

另外,柔韧并非柔软,如练习不当,肌肉便会消极的被动拉长,减少了肌肉韧带的弹性,引起柔而无力,并影响力量素质的发展。因此,必须将静力性拉伸法和动力性拉伸法有机的结合起来,各种手段、方法交替使用,使机体达到柔而不松、韧而不僵、柔中有刚的水平。

4.重视准备活动,预防运动损伤。

柔韧练习是运用各种方法,拉长人体肌肉、韧带的程度。如不采用科学的方法,很容易损伤肌肉和韧带。因此,在进行大强度肌肉伸展的练习之前,必须做好充分的准备活动,使身体温度升高、出汗,减少肌肉的粘滞性。在进行肌肉伸展练习时,要保持正常的呼吸状态,不要屏气。当肌肉拉伸产生了紧绷感或不舒服时,应减小动作难度或停止练习。在各种柔韧性练习中,静立性拉伸法是一种简单、易行、安全有效的锻炼方法。

5.柔韧性练习后应结合放松练习。

每个伸展练习之后,应做相反方向的练习,促进被拉伸的肌肉的血液的循环,有助于伸展肌放松和恢复。如,压腿之后做几次屈膝练习;体前屈之后做几次挺腹挺髋动作;下完腰后,做几次体前屈或团身抱膝动作等。

三、发展柔韧素质的方法和手段

人体每一个动作都与关节、肌肉、肌腱、韧带的活动水平有关,一个简单的动作又常常涉及各关节的肌群。因此在进行柔韧素质的练习时,要针对人体的主要关节与肌群,采取多种手段,因人而异,因地制宜,持之以恒,必然会得到良好的锻炼效果。

1.颈部柔韧性练习。

(1)低头—抬头。

(2)头右转—左转。

(3)头右倒—左倒。

(4)颈部绕环。

伸展的肌肉:斜方肌、胸锁乳突肌。

效果:增大颈部关节活动范围,促进颈部血液循环,防止颈椎病。

2.肩节柔韧性练习。

(1)各种不同体位的压肩,如手扶助木的体前屈压肩。

(2)各种不同体位的拉肩,如背对助木双手上握,身体向上拉肩。

(3)各种不同方法的牵引和绕肩,如在单杠上做各种握法的悬垂,借助绳或木棍的转肩等练习。

伸展的肌肉:胸大、背阔肌、肩带周围肌群。

效果:增强肩带肌群的伸展力,扩大肩关节活动范围,提高肩关节的灵活性,促进肩部血液循环,防止肩周炎。

3.腹部柔韧性练习。

(1)体前(后)屈。

(2)体侧屈。

(3)体转。

伸展的肌肉:腰背及股后肌群、体侧肌群。

效果:能有效地增强腰腹部肌力与扩大腰部关节的活动范围,提高腰部血液循环与代谢能力,防止腰脊病变。

4.下肢柔韧性练习。

(1)各种主动或被动的正、后、侧压腿。

(2)各种正、后、侧踢腿。

(3)各种摆腿、劈腿等。

伸展的肌肉:股后肌群、股四头肌、小腿三头肌、大腿内侧肌群。

效果:增加肌肉跨髋关节、膝关节的伸展力,提高髋、膝关节的灵活性。

四、发展柔韧素质的运动处方

发展柔韧素质应根据自己身体各关节的柔韧水平,制定相应的、有针对性的锻炼计划。其运动处方一般分为准备活动、锻炼模式和整理活动的三个部分。

(一) 准备活动

准备活动的目的是提高神经、肌肉的兴奋度,减少肌肉的粘滞性,提高跨关节韧带、肌肉、肌腱以及其他组织的弹性与伸展能力,防止运动损伤,时间为5~10分钟,一般选择与练习方式相适应的准备活动。比如练习下肢的柔韧性,可采用如下练习步骤。

1.1~3分钟原地小步跑。

2.2~3分钟中等速度行走。

3.2~4分钟慢跑。

(二) 锻炼模式

锻炼模式是运动处方的主要环节,包括锻炼方式、锻炼强度、锻炼时间及次数。

1.锻炼方式。

(1)静力性拉伸法。静力性拉伸法是一种简单易行且富有成效的伸展肌肉的方法。它是通过缓慢到静止的动作过程,逐渐将肌肉、肌腱、韧带拉伸到有一定酸、胀、疼痛的感觉位置(程度),是这些软组织产生适应性,并维持该动作姿势一段时间,然后恢复原位。通常在酸、胀、痛的位置停留10~30秒,每块肌肉反复练习4~6次,是拉伸肌肉比较有效的时间和次数。

(2)动力性拉伸法。动力性拉伸法是通过快速、有节奏的动作,使幅度逐渐加大并多次重复一个动作的拉伸方法。由于被拉伸后快速恢复原位,如此重复练习,使肌肉、韧带更富有弹性,也有利于增大肌力。

2.锻炼强度。

在进行柔韧性练习时,锻炼强度必须适宜。强度太小没有效果,强度太大易受损伤,因此要因人而异,量力而行,采用缓慢、放松、有节制、无疼痛的练习,便于调节和控制强度。在练习时,肌肉的伸展会不同程度地引起酸、胀,但如果过分伸展则会导致肌肉、韧带的损伤,所以拉伸的强度应随着关节活动范围的增加而改变。随着柔韧性训练适应能力的提高,可逐渐加大强度,并遵循"酸加、痛减、麻停"的锻炼原则,随时调整锻炼强度。

3.锻炼的时间与次数。

在掌握一般锻炼的强度之后,再配以相应、合理的练习时间与次数(包括每个动作的重复次数及每周锻炼的次数),柔韧性练习就更加科学了。每个姿势的持续时间和次数都是逐渐增加的,应从最初的 10 秒起步,经过一段适应训练,增加到 30～35 秒,重复练习次数在 3～4 次以上。如果选择的是一般的柔韧性练习,5～10 分钟即可,如果是专项柔韧性练习或运动员训练,则需 15～30 分钟左右的练习时间。具体安排可参见下表。

周次	阶段	肌肉伸展 持续时间/秒	每种练习 重复次数/次	每周锻炼 次数/次
1	起始	15	1	1
2		20	2	2
3		25	3	3
4	逐渐进步	30	4	3
5		30	4	3～4
6		30	4	4～5
7		30	4	4～5

(三)整理活动

整理活动的目的是帮助人体消除柔韧练习时产生的酸、胀、痛等感觉,促使伸展肌群的放松和恢复。采用的方法是做些与练习时相反的对应动作,如压腿后做几次屈膝动作,体前屈练习后,做几次挺胸、挺髋的动作等。

第六编　冬季体育

速度滑冰运动

学 习 篇

速度滑冰技术是指滑冰运动员以最快的速度滑跑规定距离所采用的合理动作。速度滑冰滑行全程的基本技术包括直道滑跑、弯道滑跑、起跑、冲刺、停止五个部分。

一、直道滑跑技术

直道滑跑技术包括滑跑姿势、蹬冰动作、浮腿动作、下刀动作、自由滑进动作、全身配合动作和摆臂动作七个技术细节。

(一)滑跑姿势

根据力学的原理分析,空气阻力与运动方向的身体截面积成正比,空气密度和运动速度的平方成正比,因此,滑冰者只有掌握和采用正确的滑跑姿势,才能既减少阻力,又有利于增加推进力。

基本的滑跑姿势是上体前倾,肩稍高于臀部,上体与冰面成 $10° \sim 15°$ 角,膝关节成 $90° \sim 110°$ 角,踝关节成 $50° \sim 70°$ 角。上体放松,两臂伸直,双手互握自然放于背后,头微抬起,眼视滑行方向 $30 \sim 40$ 米处。在整个滑跑过程中,身体中心既不要前探,也不要后坐,如图 6.1 所示。

上体前倾时人体类似流线型的圆锥体,这就能减少前进中的空气阻力,有助于提高速度和节省体力。上体姿势越高,人体类似圆柱体,正面阻力面积就越大。两腿较大地弯曲,除了减小空气阻力,降低重心,使滑行平稳外,重要的作用是拉长下肢伸肌,从而加强了伸肌的力量,给蹬冰动作形成最大的工作能力。因此,正确的滑跑姿势的合理运用技术是充分发挥机体能力的重要前提。

图 6.1

根据下肢蹲屈度和上体前倾的大小,滑跑姿势可分高姿势和低姿势两种。采用何种滑跑姿势,要以本人的身体条件和参加比赛项目以及风向、风速、冰质等一些自然条件决定。一般来说,长距离可用高姿势,短距离采用低姿势。顺风时采用高姿势,逆风时采用低姿势。有时要超过对手,就可由高姿势变低姿势。在冰质不好时,有时也采用高姿势、高频率的滑跑方法。但在当今世界速度滑冰成绩大幅度提高的情况下,多数优秀的运动员,在长距离的比赛中,也由始至终采用低姿势滑完全程。

(二)蹬冰动作

根据力学的原理分析,滑冰者给冰的总压力中,水平分力能起滑行的推动作用,垂直分力无助于获得滑行的加速度。因此,蹬冰动作中蹬冰时间、方向、角度、距离、阶段等技术细节,都是影响滑行速度的重要因素。

蹬冰方向:蹬冰线的方向尽量与冰刀刃相垂直。除在起跑的前几步蹬冰的支点位于总重心的后侧方,其他滑跑段都向身体侧方蹬冰。

蹬冰角度:就是蹬冰线与冰面上其投影线之间的夹角。蹬冰角是动态的。蹬冰角度缩小时,水平分力增大,而垂直分力减小。长距离滑跑时开始蹬冰角在 70°～75°左右。

蹬冰距离:一个滑步是由自由滑进和蹬冰滑行两部分组成,蹬冰滑行部分的距离称蹬冰距离。在保证蹬冰力量的情况下,蹬冰时间不变,而蹬冰的距离加长,其速度就快。而滑行姿势越低,蹬冰腿蹲屈的越大。蹬冰的腿充分伸展,蹬冰的距离就大。

蹬冰阶段:蹬冰滑行部分包括单支撑蹬冰阶段和双支撑蹬冰阶段。

单支撑蹬冰阶段是从开始横向移动重心到浮腿冰刀着冰为止,即冰刀的轨迹与身体重心在冰上的投影开始分离,冰刀向外离去。此时,腿的伸展顺序是先伸髋、压膝和踝,然后再用力伸膝关节,蹬冰腿的肌肉全力收缩,出现滑跑速度明显增加的阶段。

双支撑蹬冰阶段是自浮腿着冰开始到蹬冰刀离冰结束,即蹬冰腿继续用力加速伸展膝关节,蹬冰刀明显地滑向一侧,蹬冰角缩小,出现压力中心移向冰刀的前部,腿充分伸直,冰刀稍外转的阶段。

蹬冰动作是速度滑冰获得动力的来源,是滑跑技术的关键,蹬冰动作完成的好坏直接影响滑跑速度。

(三)浮腿动作

所谓浮腿,就是蹬冰腿完成蹬冰动作后抬离冰面处于放松状态的腿。

浮腿动作由收腿和摆腿两个动作组成。收腿动作属于自由滑进阶段,摆腿动作属于单支撑蹬冰阶段。

(四)下刀动作

下刀动作是从浮腿的冰刀着冰起浮腿进入支撑滑进动作开始,也就是从浮腿收回靠近支撑腿的内侧,先用刀尖外刃或平刃着冰,而后过渡到全正刃支撑滑进的过程。当今有的优秀运动员在短距离滑跑中直接用刀刃着冰。

下刀动作的主要任务是找到正确的着冰点和合理的出刀角,即滑进方向。

(五)自由滑进动作

自由滑进动作是在一条腿蹬冰结束后,另一条腿蹬冰开始之前,用单脚支撑身体,借助前一次蹬冰产生的速度向前滑进的动作。

自由滑进动作的作用是保持已获得的速度,保证蹬冰腿的肌肉在收腿的过程中得到放松休息,并为下一次蹬冰做好准备。

(六)摆臂动作

摆臂动作的作用是既可保持平衡,有助于产生向前的推进力,又可加速重心移动和控制腿部动作的速度节奏,还能提高滑跑频率。

摆臂的种类有单摆臂和双摆臂。单摆臂常用于中、长距离;双摆臂常用于短距离和中、长距离的终点冲刺。由于目前速度滑冰技术的发展,许多中、长距离滑跑时也采用双摆臂的动作。

直道上的摆臂方法有两种:一种是屈臂摆动,前摆至大臂垂直冰面时,屈前臂向里摆,手不超过身体纵轴,后摆时,臂伸直微向侧后方,高度不超过肩;另一种是前后直臂摆动,向前摆时与新的滑跑方向一致,臂微屈但不向里摆,手摆到与肩同高的位置,后摆时,臂伸直,高度稍超过肩。后一种方法,摆臂极有力,对增加蹬冰力有较大的实效。

二、弯道滑跑技术

弯道滑跑技术包括八个细节,除含有直道滑跑的七个技术细节之外,多一个进、出弯道的衔接技术。

(一)滑跑姿势

弯道滑跑姿势从总的看,与直道滑跑技术基本相同,其不同点就在于弯道滑跑中采用身体向左侧倾斜的姿势。这就是由圆周运动的特点所决定的。从直道滑入弯道时,在保持直道正确滑跑姿势的基础上全身成一直线的向左倾斜,双腿完成蹬冰动作时,也应尽量保持与身体总的倾斜面相一致,这是保证弯道滑跑平稳的一个技术细节。

(二)蹬冰动作

弯道蹬冰动作的基本原理、蹬冰方法和过程与直道相似。但是弯道蹬冰是采用向左倾斜和向右侧蹬冰的动作来完成。

弯道滑跑中,身体只向左倾,连续不断地向左移动重心,为蹬冰动作创造了条件。蹬冰时右腿和直道蹬冰动作相似,是用内刃向右侧蹬冰。左腿的蹬冰动作却与直道蹬冰完全相反,则采用外刃并向右蹬冰。两腿的动作不对称。

弯道中,一个滑步的总长度比直道短,其自由滑进动作时间和移动重心的准备过程都较直道短,移动重心的幅度也比直道小,即动作频率比直道同等距离的频率要高。因此,完成蹬冰动作的速度也要快而及时。

(三)下刀动作

下刀动作同出刀角的大小密切相关。合理而准确地出刀角,能使蹬冰后所获得的高速度保持的长久。这是实现侧蹬技术的最基本条件。

下刀动作的技术细节是右刀摆动回来时,刀跟做左内压动作,刀尖偏离雪线,以刀尖内刃开始着冰,而后滚到全内刃着冰。右腿着冰时,右小腿不要向前摆跨,要保持右刀跟左刃尖的最近距离,并要注意膝盖前弓,使下刀的右腿和身体成一斜面。不应出现右小腿垂直于冰面的动作,两刀的左右间隔要尽量缩小。左腿摆动后下刀时,要尽量在身体中心投影点,即贴近右脚内侧着冰点,开始用左刀尖外刃着冰很快滚到全外刃着冰时,小腿向左倾斜与整个身体倾斜度一致。

(四)自由滑进动作

弯道滑跑中,初学者或在速度不快的滑跑中,才有像直道滑跑那样的无蹬冰动作中的自由滑进阶段,但在速度较快的滑跑中,是没有自由滑进阶段的。

左腿自由滑进动作,是从右腿摆动到与左腿靠近时为止。右腿开始摆动时,左腿是自由滑进动作的开始,这时身体重心偏于右刀的后部,当右腿摆到与左腿靠近时,身体重心则由左刀的后部移到中部,当右腿要越过左腿做积极内压动作时,身体开始倾斜,到此结束左腿自由滑进动作。

右腿自由滑进动作中,是从左腿开始摆动起,到左腿冰刀摆到右腿的冰刀后方为止。当开始摆左腿时,身体的重心位于右刀的后部,左腿以后交叉的形式摆到右腿后方时,身体重心从后部移向冰刀的中部,身体向左倾斜,进入利用体重蹬冰阶段,这时身体重心从冰刀中部,随着蹬冰动作移向了冰刀的前部。

在自由滑进动作中,必须保证身体横向倾斜的相对稳定。身体重心纵向移动的规律是先从冰刀后部移到中部,当进入到蹬冰阶段时,重心从冰刀中部移到前部。

(五)摆臂动作

弯道摆臂同直道摆臂动作的作用是一样的,都是为了维持动力平衡,加速重心移动,增加蹬冰力量,协调全身动作,提高滑跑频率。但是弯道滑跑中,左臂和右臂摆臂的动作和作用不尽相同。从右臂来看,与直道基本相同,都通过三个位点与腿部协调配合,只是摆到后高点时,与直道相比,更位于体侧;摆向前高点时,臂可以超过身体的中心。从左臂来看,上臂贴着上体,只前、后摆动前臂,主要起协调作用。

(六)进、出弯道的衔接技术

进、出弯道的衔接技术包括入弯道和出弯道技术。

1.入弯道技术。入小弯道时,从直道到弯道的最后一步是右腿,距小弯道里侧线约2～3米的地方,向弯道里深入。入大弯道时,从直弯道交接处开始,以右腿滑进,距大弯道里侧线约1～2米的地方向弯道里深入。随着完成收回左腿动作,身体要大胆地向左倾斜,当倾斜到一定程度时,左脚冰刀尽量靠近右脚冰刀内侧,用外刃滚动下刀,但左脚冰刀的方向可稍偏左。当右脚冰刀下刀时,身体重心要偏后,注意团身,整个身体向左倾,切忌前控或肩向左领先入弯道。顺风入弯道时,要离雪线远一些,逆风时要靠近一些,但要尽量延长直线距离,不要急于做交叉压步。在入弯道前要稍加力量,以便获得更大的速度转入弯道滑跑。

2.出弯道技术。弯道滑跑中最后一步以右脚冰刀支撑身体向前滑进,头肩部向右扭,使上身紧压在右腿上。整个身体处于较稳定的动态平衡状态中。这时以膝盖领先收回左蹬冰腿。动作不要过急,两腿应尽量靠拢。当左腿收回位于右腿内侧时,身体便向左失去平衡,左脚冰刀尖朝向直道方向,尽量靠近右脚下刀动作。当右脚蹬完冰后,左脚支撑身体在直道上滑出第一步。在整个弯道滑跑中,滑跑的动作频率逐渐加快,出弯道时频率达到最高。这不仅能够使滑冰者紧贴雪线滑完弯道,而且有助于保持和提高滑跑速度。

三、起跑技术

起跑技术是由预备姿势、起跑、疾跑、衔接四个部分构成。起跑是为了使身体在静止的状态下,突然起动。并用较省力的方法在最短的时间内获得最快的速度。尤其对短距离起跑来说,动作的好坏,会直接影响全程的成绩。

(一)预备姿势

目前世界上较先进的起跑法是正面点冰式,即"各就各位"时,根据个人身高,确定两脚之间的距离,一般大于髋宽,后脚刀刃牢固支撑后,将前脚尖紧贴起路线压入冰面成正面点冰。上体面向前方,肩部微向前屈。后肩向后撤回,与后腿保持一致。上体直立,重心在后腿上。两眼目视跑道正前方,两臂自然放松下垂。"预备"时,两膝和关节弯曲,降低身体重心,上身与冰面成45°～55°角,大约70%的身体重心移到前面冰刀上,两肩位于前膝正上方,超过前刀尖,后膝约成110°角,前膝蹲屈稍低约90°角,头部要与整个身体成直线,两眼正视前方跑道。后臂慢慢摆向后方,肘抬到肩或头部的高度,手半握并朝下方。前臂置于两肩下方,屈肘90°,位于膝盖下方,手半握,位于颌部下方。预备姿势要保持"绝对静止"2秒钟以上。

(二)起动

起跑的第一步即是起动。起动是起跑的基础,由于预备姿势不同,起跑方法也有所不同。

最快、最简单的方法就是迅速前摆后臂,不仅因为这一个动作可使两腿向相反方向运动(前脚前蹬,后脚后蹬),而且还因为神经中枢向手臂传导信息的路程要比腿传导的路程短。当注意向前迅速屈肘摆臂时,腿部才能以有力的迅速与自动蹬冰动作相配合,高质量的腿部动作只有在小振幅地摆动双臂协调配合下才能完成。当听到枪响时,将前脚冰刀微离冰面迅速外转前刀,同时用力蹬直后腿,身体前倾。外转的前刀,用内刃以踏切动作使刀跟落于前进方向的中线上,臂部前送,重心投影位于两刀的稍前内侧方,伸直的后腿蹬冰角为45°。

(三)疾跑

起动后到发挥出最高速度这一段的滑跑为疾跑。疾跑技术目前有以下三种。

1.切跑式的疾跑法。切跑式的疾跑法以踏切动作完成疾跑段落。两刀的角度变化不大。这种疾跑法适合于腿部力量较强、灵敏性较好的滑冰者。缺点是消耗体力,过渡到正常跑的衔接技术不好掌握。

2.滑跑式的疾跑法。滑跑式的疾跑法类似短距离的滑跑动作。这种疾跑法常用于长距离比赛,对灵敏性较差、反应较慢的滑冰者较为适宜。优点是稳定、省力,疾跑与正常跑之间易衔接。缺点是起速较慢。

3.扭滑式的疾跑法。扭滑式的疾跑法即切跑和滑跑式相结合的疾跑法,它具备了前两种的优点,克服了前两种的缺点,是目前效果较高的一种疾跑方法。

疾跑技术的细节是当起跑的第一步踏出以后,就进入疾跑阶段。第二、三步均以踏切动作来完成。从第四步起,切滑结合,当冰刀着冰之后,具有短暂的滑动,随着步数的增加,滑动的成分增大,切的成分减小。手臂摆动的振幅要小而有力,步伐要轻松,步距以小为佳,下刀动作位于身体重心投影点上。从第五、六步起,身体姿势从高变低,踏冰方向逐渐转向体侧,滑跑的步法由小变大,两刀的开角由大变小,身体重心的投影点由前往后移,移到正常滑跑的重心投影点上。整个疾跑技术是用两刀内刃来完成的。

(四)衔接

衔接技术就是疾跑后,采用3~4个单步,把疾跑中已获得的速度转移到正常滑跑中去的技术。

衔接技术的要领:当从正刃自由滑进动作过渡到内刃支撑,并感觉到有稳固支点时,就可以由疾跑转入到正常滑跑。通过衔接过程,给滑冰者造成疾跑后过渡到正常滑跑前的一个准备性调整阶段。

四、冲刺技术

冲刺技术是在全程滑跑的最后阶段,所采用的保持高速度的合理技术。

冲刺技术的要素:尽全力保持前一段完整技术和已取得的高速度或力争加速度,持续的滑完全程。一般冲刺时采用双摆臂。冲刺的距离要根据滑跑项目和训练水平来决定。项目距离越长,训练水平越高,冲刺的距离也就越长。

五、停止法技术

停止技术法对提高滑跑效能没有直接作用。但在初步掌握直道滑行基础上,先学会简单的停止方法,有助于安全无顾虑地学习和掌握新技术,从而提高滑行速度。速度滑行停止法,较适用的有以下三种。

1.正面内八字停止法。

停止时,身体迅速下蹲,两膝内扣,两刀成内八字形,刀跟尽量分开,刀尖相对,用两冰刀内刃压住冰,身体重心稍偏后。因用两内刃刮冰,且横对运动方向,故产生的阻力较大。此法身体平稳,用力方便,简单易学,初学者很适用,如图6.2所示。

2.内、外刃停止法。

停止时,迅速向侧转体90°,同时急骤下蹲用左(右)外刃,右(左)内刃,逐渐用力压刮冰面,身体重心偏后。因上体向运动方向相反的方向倾斜,冰刀双横对运动方向刮冰,故产生很大的阻力,使前进的身体即刻停止下来。此法适用于急停,控制身体很灵活,又可以两侧转体。因此,是最常用的一种停止法,如图6.3所示。

3.右脚外刃停止法。

停止时,身体急骤向右转体90°,左脚稍抬离冰面,随着转体右脚冰刀的刀尖迅速外转,同时右腿蹲屈,由右脚冰刀外刃压切冰面。因身体向运动相反的方向倾斜,冰刀又横对运动方向,右刀外刃刮冰效果好,故产生的阻力十分大。此法适于快速滑行时急停,可以保护右刀外刃以外的三刃锋利度,因此技术较好的滑冰者普遍采用这种停止法,如图6.4所示。

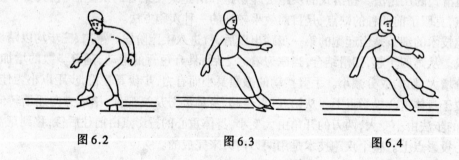

图6.2　　　　　　　　图6.3　　　　　　　　图6.4

练 习 篇

速滑运动员的基本能力是指基本掌握直道、弯道、起跑、疾跑等技术,顺利地滑跑规定距离的能力。

一、初学者

速滑教学的实践证明,初学速度滑冰,平衡是基础,蹬冰是核心,弯道是关键。因此初学者的各种学习,只有紧紧地围绕着这三大环节展开,才能迅速地提高基本能力。

1.陆地上穿冰刀站立:穿冰刀(带刀套),在平坦地面上、水泥地面上站立、蹲起、踏步、移动重心、单脚支撑等,体会和尽快掌握冰刀窄刃支撑的身体平衡。

动作要领:冰刀立起来,平刃支撑。重心交替移到支撑冰刀上,并通过冰刀刃的中部。

2.陆上穿冰刀走步:穿冰刀(带刀套),在平坦地面上,向前、向后或向左、右交叉步走;向左、右转走。逐渐延长走步的时间和走步的距离,以提高平衡能力,提高踝关节能力。

3.陆上穿冰刀平衡:借助同伴的帮助或自己手扶器械,保持滑行姿势做单脚支撑平衡练习。逐渐延长单脚平衡的时间,如 20 秒,30 秒,40 秒,50 秒,1 分钟。并且不断提高平衡的动作质量。

动作要领:低姿势,支撑腿蹲屈至最大限度,鼻、膝、脚成三点一线。重心移至支撑冰刀的平刃中部。浮腿保持在后位中心面上。

4.陆上穿冰刀移重心:在同伴的帮助下或手扶器械,保持滑行姿势,做向左、右侧交替移动重心练习。体会重心的移动交接。

动作要领:上体、臀部平行移动。移重心后,在左、右侧均应鼻、膝、脚三点一线。两膝立求前顶,腿部主动屈伸。

5.冰上站立:动作方法、要领同 1。不同的是在冰面上进行。

6.冰上走步:动作方法、要领同 2。不同的是在冰面上完成。

7.冰上滑跑姿势:原地上身前倾至与冰面平行,放松团身,头正、目视前方 10～20 米处。腿深蹲,膝关节约成 90°,踝关节约成 55°,平稳静止不动。弯道姿势,身体向左倾斜,左刀外刃支撑。逐渐延长保持正确姿势的静止时间。如 30 秒,1 分钟,1 分 30 秒。此练习待有一定基础后,在滑动中借助惯性完成。

动作要领:上体放松,团身。腿部膝前顶、臀后坐、重心通过冰刀的中后部。双膝、双脚并拢。弯道姿势,重心偏于左外侧。

8.单蹬双滑:单脚蹬冰双脚并拢滑行。两脚交替滑行。弯道转弯,右脚向外侧蹬冰,双脚并拢滑行。在场中小圆周上,适当增加此练习。

动作要领:直线双脚平刃支撑滑进。转弯重心左移,左脚外刃右脚内刃支撑滑进。

9.移动重心。

(1)原地移动重心,同 4。

(2)滑进中移动重心:助蹬几步,在有一定的滑行惯性后,两脚分开保持同肩宽,完成(1)的动作,转弯时重心向左侧移动,左脚外刃支撑。在半径 5～6 米的小场地上反复练习。

动作要领:直线同 4。弯道时重心完全移至左脚上,重心投影点在左脚的左外侧。

10.单蹬单滑:一脚蹬冰后,另一腿维持平衡滑进。逐渐延长滑进距离。两脚交替反复练习。

动作要领:重心完全移至滑行脚上。冰刀立起来,平刃支撑滑进。

11.交叉压步滑行:在半径为 4～6 米的圆周上,在滑进中左脚用外刃支撑,右脚冰刀从左脚冰刀上方越过,在左脚左前方着冰,平稳交接重心。此练习较难,开始从滑两个直线步法做一次交叉过渡,逐渐完成连续交叉压步。此时,要增加弯道练习的比重,至少不应低于50%。要多进行场中小圆周上的弯道练习。

动作要领:保持身体的倾斜度。右刀跟从左刀尖上方越过。左冰刀外刃支撑,左小腿前倾,踝关节紧张。

12.直弯道平衡滑行,在半径为 8～10 米的小场地上,进行直弯道结合的平衡滑行。提高直刃滑行能力,提高弯道左脚外刃平衡能力。练习要逐渐增加滑行圈数,提高动作质量。

动作要领:直线平衡滑行时,支撑腿深屈,降低重心,鼻、膝、腿成三点一线,保持平刃滑进。浮腿迅速收至后位中心面上成单脚平衡动作。弯道平衡滑进行时,重心大胆左移,延长左脚外刃滑进。

13.冰上停止法:为防止冰上练习时,碰撞等意外事故的发生,早些学会停止法是非常必要的。

(1)内八字停止法,也叫"离状"停止法。停止时两刀刃相对,刀跟分开,臀部后坐,以两刀的内刃刮冰停止。这是最简单的停止法,在初学者上冰后能向前滑行时就应学会。

动作要领:用两刀内刃刮冰。两腿深蹲,臀部后坐。

(2)转体内外刃停止法:停止时身体迅速向左(右)转体 90°,屈膝下蹲,两刀与滑行方向成垂直状态,用内、外刃刮冰停止。此种停止法,力量大,停止迅速,普遍采用。但掌握有一定难度,需有一定滑行基础时学习。

动作要领:两冰刀与滑进方向垂直,降低重心,两腿用力压冰。

(3)右脚外刃停止法:停止时身体向右转体 90°,使右脚冰刀与滑进方向成垂直状态,用右脚外刃单脚压冰的力量刮冰停止。此种停止法需有一定平衡能力时学习。因右脚外刃是唯一不用的刀刃,用来作为停止是比较理想的。

动作要领:右脚外刃与前进方向成垂直,重心偏后。刀刃不稳,易向后失去重心而倒。

14.摔倒时的自我保护法:初学者摔倒的情况是复杂的,但从实践可见,绝大多数情况,是向后失去重心而摔倒,这是初学者在向前滑进中不能大胆地向前移动重心所至。害怕摔的心理因素是造成摔倒的主要原因。因此防止向后摔倒的有效办法,就是随着冰刀的滑进,重心及时跟上去,大胆的前移重心。同时上体前倾,重心低。初学者一旦出现向后滑倒时,应迅速收腹、低头,臀部先着冰,保护头部。切不可抬头、挺胸、展体,容易损伤头部。

二、直道滑跑

(一)蹬冰动作

1.同蹬同收:从蹲屈的滑行姿势看,两脚冰刀同时向身体的侧方伸展蹬冰,直至充分伸直。收回两冰刀尖相对内扣,带回。在 20~40 米距离反复练习。

动作要领:向身体的正侧方蹬冰,双脚蹬、收同步活动,两冰刀不离开冰面,始终保持平行移动。

2.单脚侧蹬:从深蹲屈的滑行姿势起,向前移动中两脚交替向身体的侧方蹬出,直至充分伸直。收回时刀尖回扣,大腿内侧自然带回。在 20~40 米的段落内反复练习。

动作要领:两冰刀不离冰,始终保持平行移动。蹬冰方向始终保持在身体的正侧方。

3.移动重心:从深蹲屈的滑行姿势开始,助跑几步借助惯性滑进,身体重心大幅度地向左、右来回移动。在 50~100 米的段落内反复练习。

动作要领:重心完全移至支撑冰刀上,鼻、膝、脚成三点一线。两脚冰刀保持平行滑进。移重心时,原支撑腿压冰,推动上体的移动。

(二)单腿平衡滑进

1.单腿滑进:一腿连续蹬冰,另一腿连续滑进。在 60~100 米的直线段落内,两腿交替反复练习。

动作要领:后腿不间断地向后侧方蹬冰,前腿一直保持平刃支撑,不抬离冰面,重心保持在前腿上。

2.单脚平衡:经深蹲姿势向前滑进,一腿后引,另一腿承担体重,借助惯性维持平衡滑进。在40~60米直线段落内两腿交替反复练习。

动作要领:重心完全集中于前脚冰刀支点上,鼻、膝、脚三点成一线。后引腿必须稳定地保持在后位中心面上。

3.侧平衡:保持深蹲姿势向前滑进中,体重完全集中于一腿上,另一腿大腿抬起。保持这种姿势惯性滑进直至停止。

动作要领:体重完全集中到支撑冰刀支点上,浮腿抬起后静止不动。

(三)摆臂动作

1.慢速中摆动配合:经深蹲屈的滑进姿势,慢速滑进,两臂与两腿协调配合的练习。

动作要领:展腿摆臂,收腿收臂,臂、腿动作同步。

2.快速中摆动配合:开始动作同上。待慢速中动作协调起来后,逐渐加快节奏,提高频率,提高滑速,直至最大速度。臂、腿在快速中得到协调配合。

三、弯道滑跑

(一)弯道倾斜姿势

1.惯性倾斜转弯:从直线加速滑入弯道,当滑入直、弯道交界线,身体果断地向左倾倒,重心迅速左移,双脚并拢,左脚用外刃,右脚用内刃支撑身体,保持这种姿势,顺着圆弧向前惯性滑行,直到降速停止。滑行越大倾斜滑进距离越长,反复练习。

动作要领:入弯道速度要快,倾斜动作迅速、果断,重心移至左脚,重心投影点要保持在支点的左侧。

2.右脚蹬冰倾斜:从小圆周加速后,右脚反复向圆周外侧方蹬冰,身体顺势向左移倾倒,左脚反复用外刃支撑滑进。右脚力求全力蹬冰,提高滑速,以加大身体的倾斜度。

动作要领:身体倾倒借助于右脚向外侧蹬冰的力量,左脚始终不离冰,以外刃咬住冰面支撑滑进。

3.双人牵引倾斜:动作同上。不同的是同伴在外侧牵引与保护的情况下,以更大的倾斜度完成。

动作要领:双人手拉手牵引,倾倒动作应与牵引力量协调配合。其他要领同2。

4.左脚外刃平衡:从直线助跑入弯道。当右脚最后一步蹬冰完成时,身体果断向内侧倾倒,准确地用外刃支撑身体,力求单脚维持平衡,惯性滑进。速度越大,倾斜滑进越长,反复练习。

动作要领:身体重心投影点在支点的左侧方,重心在左脚冰刀外刃中部。

(二)弯道蹬冰

1.交叉步蹬冰:在半径为6~8米的小圆周上,起速后左脚用外刃支撑滑进,当右脚冰刀从左脚冰刀上方越过时,左腿压冰,同时伸展髋、膝、踝关节蹬冰,右脚冰刀在左腿即将伸直之时着冰,成交叉步状态完成重心交接,反复练习。

动作要领:左腿外刃平稳支撑,左冰刀蹬冰方向沿离心力方向,右腿冰刀在左脚冰刀的左前方用内刃着冰。

易犯错误:左脚外刃支撑不稳,短促蹬冰。后蹬冰、刀尖蹬冰。

2.左腿体重蹬冰:在半径为6~8米的小圆周上滑行,当左腿蹬冰时,充分利用自身体重,集中地压向左冰刀外刃中部。随之左腿髋、膝、踝关节急剧伸展,直到充分伸直,浮脚着冰承担体重,反复做蹬冰练习。

动作要领:重心自始至终保持在蹬冰的左腿上。浮腿协调配合蹬冰腿的用力。

3.右腿体重蹬冰:同2,不同的是由右腿完成。

4.弯道滑跳:在滑行中完成。弯道左、右腿蹬冰是用快速爆发力量,以大幅度的跳步来完成。在直道入弯道后,或在场中小圆周上,均可完成这一练习。弯道滑跳,需要很强的腿部力量和较高的平衡能力。

动作要领:蹬冰腿蹬冰时用最大力量。浮腿协调配合蹬冰腿的用力,用冰刀中部在身体的正侧方完成蹬冰。落冰时屈膝缓冲,保持平衡。

(三)弯道摆臂动作

1.慢速滑行中臂腿配合:在场中小圆周上,高姿慢速滑行,臂、腿向行走时一样,自然、协调配合。

2.快速滑行中臂腿配合:在场中半径为8~10米的小圆周上,从慢速滑行中的摆臂开始,待臂、腿动作协调后,两臂紧贴身体摆动。臂与腿的配合,展腿摆臂,收腿收臂。蹬冰结束,臂摆至最高点,收腿收脚结束,臂回落至下垂点。

易犯错误:左臂摆动幅度过大;左肘部外展,向侧方摆动,右臂摆动无力;臂、腿配合不协调。

四、起跑

1.预备姿势:当听到"各就各位"口令时,及时到起跑线与预备起线之间直立站好。当听到"预备"口令,两腿下蹲,重心偏前,静止等候鸣枪。

动作要领:两冰刀支撑牢固、重心偏前。做好"各就各位"和"预备"时的两静止。臂有力配合摆动,身体向前冲出去。反应迅速,动作敏捷,鸣枪之刹那间迅速冲出。后腿蹬,前腿跨,冰刀外转,两臂摆动等动作同时完成。

2.疾跑:用踏切式步法,用最大力量,切跑8~10步。力求在最短时间内达到最高速度。

动作要领:冰刀尖外转要大,用最大力量全力后蹬;采用爆发性力量快速切跑,步伐要大,用力前跨。

3.衔接:用"八字步"用力切跑8~10步后,放松两步,降低姿势,调整步伐,调整节奏,向低姿势、大幅度、侧蹬冰、直线性强的滑跑过渡。

动作要领:借助已获得的惯性速度,不降速度放松调整,有机衔接,自然过渡。

4.完整的起跑练习:各就各位、预备、鸣枪起跑、疾跑、衔接、途中滑跑。100米×(6~8)次,200米×(4~6)次,500米×(1~2)次。

欣赏篇

一、冰上运动对锻炼身体的价值

冰上运动是北方地区冬季开展的运动,但是现在已不受气候与地理环境的限制,从冬季向春、夏、秋季发展,四季如春的南方也以迅猛的趋势开展起来。这是因为冰上运动给人们带来无穷的乐趣,特别是它具有特殊的锻炼身体的价值。

1.改善和提高神经系统的功能。冰上运动高度的技巧性、灵活性、艺术性以及紧张而激烈的竞争,都将极大地改善人体神经系统的调节能力、提高神经系统的灵活性及反应速度。这些使人体对外界环境、周围突然变化的情况、各种复杂条件,都具有高度的适应能力。

2.全面、协调地发展身体素质。冰上运动驰骋如飞的滑跑速度、持续长时间的紧张而激烈的争夺,对人的身体素质提出了很高的要求。机体不断适应的结果,会全面、协调地发展速度、力量、耐力、灵敏等身体素质与高度的平衡能力,使人们体魄强壮、精力充沛。尤其是对青少年的正常发育及身体素质的全面、协调发展具有很大的益处。

3.改善和提高内脏器官的功能。冰上运动持续性的、巨大的身体负荷量,对机体功能系统提出了相当高的要求。在锻炼的影响下,机体不断适应的结果,人体内脏器官的功能,都将产生明显的变化。如一般人在安静状态下,心率为 65~75 次/分钟,而冰上运动员却只有 45~55 次/分钟。在剧烈运动的状态下,一般人的心率大于 180 次/分钟就难以忍受了,但冰上运动员超过 180 次/分钟,甚至高达 200~230 次/分钟仍可持续运动,可最大限度地调节身体的机能潜力。一般人最大吸氧量在 2~3 升,而冰上运动员的最大吸氧量达 5 升。可见冰上运动锻炼的显著效果。对于正在发育的青少年的健康发育和茁壮成长有良好的作用。

4.提高抗寒能力。冰上运动经常是在 10~20℃的低温下进行,而且经常是伴随着风雪严寒,会使机体对寒冷具有高度的适应能力,提高神经系统对体温的调节能力,提高机体对伤风、感冒等疾病的抵抗能力。

5.锻炼意志品质。在低温条件下,在光滑的冰面上,进行技术、战术、体力、心理等多方面的激烈竞争与较量,能很好地培养和锻炼人们的机智、勇敢、顽强、果断、坚忍不拔和勇于拼搏的优秀品质。这些品质在工作和学习中,对于克服困难、战胜困难、完成繁重的工作任务,都具有十分重要的意义。

二、速度滑冰竞赛项目

速度滑冰比赛项目有,男子全能:500 米、1 500 米、5 000 米、10 000 米;女子全能:500 米、1 500 米、3 000 米、5 000 米和男、女短距离速滑全能:500 米、1 000 米,第二天仍为 500、1 000 米以及单项比赛。短跑道速滑比赛分为个人项目(男、女:500 米、1 000 米、1 500 米、3 000 米)和集体项目(男子 4 人接力 5 000 米,女子 4 人接力 3 000 米)。

滑 雪 运 动

学 习 篇

◆滑雪运动概述

　　雪上运动是借助滑雪板或其他器具在雪地上进行的各种滑行运动。它包括实用滑雪、竞技滑雪、旅游滑雪和探险滑雪。竞技滑雪为当今冬季奥林匹克运动会的比赛项目,包括高山滑雪、越野滑雪、跳台滑雪、自由式滑雪、冬季两项、北欧两项、有舵雪橇和无舵雪橇。冬奥会高山滑雪竞技项目包括回转、大回转、超级大回转、滑降和高山全能。

　　近些年来,我国大众性滑雪运动开展日益广泛,大众滑雪运动接近于高山滑雪,初学者最好采用缓坡和中坡的练习。

一、高山滑雪的特点

　　1.高山滑雪是利用山坡的坡度下滑,速度较快,并使用特制的雪板、雪鞋及雪杖。

　　2.高山滑雪是由高处向低处的滑降运动,位移的主要能量是由地球引力作用而产生的,滑行者几乎不需要用自身的力量去蹬动滑雪板就可获得滑下的动力。

　　3.若想随心所欲地滑降,就必须能有效地控制速度,自由地改变方向,调节转弯的大小。

　　4.高山滑雪是充满挑战性的运动项目,经常参加滑雪运动,能有效地增强御寒能力,提高身体素质,尤其会有效地提高灵活、协调、平衡和判断能力。

二、高山滑雪鞋的穿法

　　打开鞋腰及鞋面上的卡子,穿上鞋后,脚跟着地用力踩实。从鞋面前部开始依次扣紧夹子,松紧度适中,站起来后应无过紧、过松的感觉。穿上鞋后再上雪板,方法是把两雪板相距20～30厘米,平行放于地面,把脱离器后部的夹子压板抬起,清除雪鞋底部的雪后,先用鞋尖对正靠准前部固定器后再把后脚跟也对正后部压板并用力踩下,固定好一只雪板后,用雪杖协助支撑平衡再固定另一只雪板。在山坡上固定时应把两板横对斜坡放置,先固定上部的雪板再固定下侧的雪板。

三、雪杖的作用及握法

　　雪杖的作用是滑雪者握在手中便于行走或蹬坡时支撑和控制平衡、引导变向等。高山滑雪雪杖的握法是手背朝上,由下向上穿越握革,手心朝下连同握革根部及握把同时握住。

四、雪板的携带

　　滑雪场地的滑雪者很多,为了防止意外的伤害事故且携带雪板省力和方便,走稍长距离一般采用肩扛雪板的方法,即两雪板滑行面相对,平扛在肩上,板尖朝前,脱离器在肩的后部,一只手握住雪板前部,另一只手握雪杖。雪杖还可以起到支撑作用。在肩扛雪杖走动时,要注意板尾、板尖不要伤人。

◆高山滑雪的基础技术

一、不着雪板的练习

穿上雪鞋后,由于雪鞋的鞋腰较高,踝关节的可动性很小,活动受限,为了尽快适应雪鞋及提高对雪的兴趣,可进行不持雪杖只穿着滑雪鞋的各种游戏,比如打雪仗、捉人等,也可利用小坡进行了滑下及打爬犁等活动。通过各种游戏及活动,使练习者在不知不觉中提高对雪鞋的适应性,增强对雪的兴趣。

两手持雪杖进行有支撑的走或慢跑的练习,体会雪杖与运动的配合。稍习惯后可以结合进行一些有关练习,如侧向并步走,利用坡面进行些蹬坡的练习。

二、着单板的练习

着单板的练习是指一只脚穿雪鞋、一只脚穿着雪板,通过穿雪鞋脚的蹬动及穿着雪板脚的支撑及滑进,循序渐进地提高对雪板和雪板着雪感觉的体会及提高支撑平衡能力。练习方法多种多样,有原地练习、行进练习等。

三、着双板的练习

在穿雪鞋及着单板练习的基础上,可以进入着双板练习的阶段。此阶段主要任务是在适应双板与雪的感觉的基础上,能够尽量地灵活运用雪杖。着双板的练习应包括原地动作、滑行、原地变向、蹬坡、停止、安全摔倒与站起。具体练习方法如下。

(一)原地动作

穿上双板后可进行如下的练习来习惯雪板。

1. 不同程度地蹲下站起。
2. 双板平行开立,上体向左右倾斜。
3. 双板并拢,身体不同幅度地稍屈向前、后倾及后仰。
4. 单脚抬起(交换)。
5. 双板平行同时向左、右跳越。
6. 双板尖并拢,双板尾向左、右跳动。

(二)滑行

滑行应在平坦场地进行,其目的是进一步适应雪板、雪鞋及雪杖,达到人与器材的协调一体,练习方法包括走、滑行、双杖推进滑行及双杖推进滑行到停止。

(三)原地变向

原地变向是指滑雪者在平地或坡面上处于非滑进状态的改变方向。初学者只有掌握了原地变向之后才能比较自如地进行各种练习。

1. 板尾、板尖展开变向。

板尾展开变向和板尖展开变向运用于较平坦的雪面,其方法相近,也有人将这两种变向方法称为原地踏步变向,如图 6.5 所示。

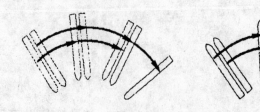

图 6.5

动作要领:无论板尖展开变向还是板尾展开变向都要注意雪杖的位置,板尖展开变向时雪杖支撑位置应在体前。雪板一次展开距离不宜过大,随着对雪板的适应再逐渐加大展开的距离。在展开雪板时,体重要明显地放在支撑腿上,体重的移动要快。

2.180°变向。

这种变向多用于中、陡坡,其特点是变向速度快。其变向动作还可分为前转 180°变向和后转 180°变向,将前转 180°变向动作由结束部分依次向开始部分相反进行,即为后转 180°变向。下面介绍一下前转 180°变向动作。

动作要领:图 6.6 中(a)动作由双板平行站立,雪杖两侧支撑开始。(b)双杖稍前移体前支撑,左板向后预摆。(c)右腿支撑体重、左板体前直立,双杖在体侧支撑。(d)上体左转的同时直立的左板以板尾为中心点向左侧转,倒着地,双脚成体前交叉,在放左板的同时,左雪杖移至右板外侧支撑。(e)重心移至左腿,右板抬起。(f)成双板平行、双杖支撑姿势。

(a)　　　　(b)　　　　(c)　　　　(d)　　　　(e)　　　　(f)

图 6.6

(四)蹬坡

蹬坡是指滑雪者穿着雪板蹬上山坡的技术动作。蹬坡因技术水平、雪质、坡度和滑雪者自身体力的不同而采用不同的蹬坡方法。蹬坡从雪痕上可以分为直蹬坡、斜蹬坡和"Z"字形蹬坡;从雪板的形状上又可分为双板平行和雪板成"V"字形蹬坡。

双板平行蹬坡可适用于各种坡面,蹬坡者侧对垂直落下线,可用雪杖协助蹬坡。双板平行蹬坡可用于直蹬坡,也可用于斜蹬坡。其动作要领如下:①向上迈出的板步幅不要太大,迈出时保持双板平行,重心随之向上移动,可用雪杖协助支撑。②用上侧板外刃刻住雪面后重心随之移动到上侧板上,接着下侧腿向上侧腿靠拢,并用内刃刻住雪面。③下侧板内刃刻住雪面后,再进行第二步的蹬行(图 6.7(a))。

"V"字形蹬坡一般用于缓、中坡。蹬坡者应面对蹬坡方向,垂直向上蹬行。其动作要领如下:面对山坡,用两板内刃刻住雪面,身体前倾,向前上方依次迈出雪板,步子不宜过大,防止板尾交叉,同侧的雪杖协助支撑,可用手握住雪杖握把的头。在向上蹬坡时重要的是板内刃刻住雪面后重心移动(图 6.7(b))。

（五）停止

初学者在坡上滑下一般都是越滑越快,即使是较理想的场地有时也难免会发生摔倒或冲撞。因此,掌握了停止方法无论是对自己或他人的安全,还是增强对雪板的控制能力,以及学习其他技术动作都是有益的。从山上向下滑的关键是保持平衡。减速或停止是通过对雪板的控制使雪板与前进方向成一定的角度或完全横对前进方向的同时,增大立刃的程度以加大摩

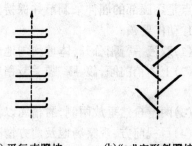

(a) 平行直蹬坡　　　　(b)"V"字形斜蹬坡

图 6.7

擦力来完成的。停止的方法很多,下面介绍比较容量掌握的犁式停止法。

动作要领:在滑降中使雪板成犁状。重心稍后移,形成稍后坐姿势的同时两板尾蹬开,使立刃、两侧内刃逐渐加大刮雪力量。逐渐加大板尾向外侧的立刃和蹬出力量直至停止。

（六）安全摔倒到与站起

滑雪中,摔倒是不可避免的,无论是优秀运动员还是初学者,在摔倒时既有内因影响,也有外因影响,摔倒是产生外伤的主要原因。对初学者来说,重要的是掌握安全的摔倒方法及摔倒后站起的方法。

1.安全摔倒。

安全摔倒的方法:在失去重心情况下,尽量不挣扎,迅速屈膝降低重心,两臂自然伸展,臀部向山上侧坐,两雪板稍举起,防止滚动。在完全停止前勿伸腿或使雪板某一部分着雪,并保持稍团身姿势。

2.站起。

摔倒后如何站起来也是初学者要解决的问题,有时摔倒姿势是不可控制的,因而摔倒后头朝山下方向的也有。怎样站起来最容易,则要根据场地的情况采用相应的方法。在山坡上摔倒后,首先要弄清自己的头朝什么方向,然后再移动身体使头朝山上、雪板朝山下方向,形成侧卧状态。然后是抬起上体形成侧坐,收双板时使双板横对山下侧,尽量使双板靠近臀部并用山下侧板外刃刻住雪面,再用手或雪杖支撑站起。

练 习 篇

一、滑降技术及其练习

基本滑降技术包括直滑降、犁式滑降、斜滑降和横滑降。通过各种滑降练习,主要掌握滑降的基本姿势、基本动作,用刃方法及用力顺序。通过反复练习来适应不同坡度、不同雪质、雪面上的重心移动及不同速度情况下提高对雪板的控制能力,逐步达到用力经济,动作准确、自如的目标。

（一）直滑降

直滑降是指双板平行,面对垂直落下线直线下滑的技术。通过直滑降的练习主要掌握基本滑行姿势,体会速度、滑行感觉及重心位置,提高对不同坡度的适应能力。直滑降的技

术重点是用腿部的屈伸来调节并保持正确的滑行姿势。

1.动作要领。

(1)双板平行稍分开,体重均匀地放在两腿上,两脚全脚用力。

(2)上体稍前倾,髋、膝、踝关节稍屈,呈稳定的稍蹲姿势,保持随时可以进行腿部屈伸状态。

(3)两臂自然垂放两侧,肘稍屈以协助保持平衡,肩部应始终处于放松状态。

(4)目视前方,观察场地及前方情况,防止低头看雪板。

2.练习方法。

(1)从缓坡的小平台上出发,不持雪杖,保持正确姿势滑下。

(2)在(1)的滑降中做重心前后移动并保持滑行方向不变的练习。

(3)在(1)的滑降中进行深蹲,用左手摸左脚或右手摸右脚并保持滑行直线方向不变。

(4)在缓坡下滑中变换高、中、低姿势滑行,并保持雪板平衡及滑行方向不变。

(5)在缓坡的滑降中完成左右轻微转体的练习。

(6)在中坡下滑时体会速度感觉,适应后可进行短距离的双板平行,用双板内刃直线滑行及用双板外刃滑行的练习。

(7)在下滑过程中保持双板平行状态,依次将重心向左、右脚上移动并注意直线性。

(8)在下坡中单板提起离开雪面,另一板支撑保持直线滑行。可交替进行。

(9)在缓、极缓、中坡进行较快速度的滑行,以适应不同坡度、雪质及雪面的变化。

(10)在下滑过程中加入双脚同时轻跳起,着地后注意保持正确姿势和双板直线性的滑进练习。

3.注意事项。

(1)在练习中要注意体会重心向上、下、左、右、前、后移动时对雪板产生的影响及掌握对雪板的控制方法,防止一味追求速度的倾向。

(2)注意在中坡上起滑时的突然加速造成的重心落后而摔倒。

(3)在雪坡、雪质的选择上必须循序渐进,由易到难。

(4)在滑行练习中时时注意放松,防止动作紧张、僵硬。

(5)膝部屈伸动作是保持正确动作的关键,必须给予重视并加强对膝部的屈伸动作的训练。

(二)犁式滑降

犁式滑降是雪板呈八字形从山上直线滑下的技术动作。与直滑降相比较,除了板形不同外,二者的区别还在于:直滑降减速或停止除依靠地形的变化之外,只能依靠停止法,而犁式滑降在滑降的过程中可以通过调节八字的大小和改变立刃的强弱来控制速度。所以有人把犁式滑降称为犁式制动滑降。

通过犁式滑降技术动作的学习,主要应掌握板尾蹬开的动作及正确的身体姿势,提高滑降中用刃的能力及对方向、速度的控制水平。

1.动作要领。

(1)双膝稍屈并略有内扣,重心在两板中间,两脚跟同时向外展,推开板尾,使雪板成八字形。

(2)上体稍前倾,上体、双臂及肩部放松,两手握杖自然置体侧,杖尖朝后方。

(3)眼睛向前看,防止低头看板。

犁式滑降动作可分为屈膝和直膝两种,在练习中均可使用,包括直膝和屈膝雪板展开大、小两种状态的犁式滑降。

2.练习方法。

(1)从直滑降开始—犁式直线滑降—犁式停止。

(2)分别用大、中、小犁式滑降,体会三种犁式滑降的不同。

(3)按直线滑降—小犁式滑降—中犁式滑降的顺序练习。

(4)按大犁式—中犁式—小犁式的顺序练习。

(5)在犁式滑降中犁式大小不变,体会用刃的强弱,注意两腿用力的均等和直线性。

(6)从小犁式滑降—大犁式停止。

(7)在综合坡上进行速度相同的犁式滑降。

(8)在综合坡上进行直滑降和犁式滑降的混合练习。

(9)在中缓坡上进行保持犁式板形将重心分别向左、右腿移动,体会改变方向后再恢复犁式滑降。

(10)用屈膝和伸膝两种姿势进行犁式滑降练习。

(11)在凸、凹坡面上进行犁式直滑降练习。

(12)在中缓坡上进行连续改变犁式大小的滑行,注意雪辙的对称性。

(13)用犁式板形进行直线的斜滑降。

3.注意事项。

(1)练习时防止速度过快而无法体会动作。

(2)应反复体会板尾推雪的感觉。

(3)对板尾展开大小的控制要通过反复练习,力求达到随心所欲。

(4)初学者应防止八字过大而造成外伤。

(5)犁式滑降中放松动作是很重要的,在所有练习中都应注意放松。

(6)在犁式滑降中易出现如下错误:上体僵硬、臀部过于后坐、重心不在两板正中间、膝关节控制不稳。

(三)斜滑降

在斜面上不是沿着垂直落下线下滑,而是用直线斜着滑过坡面称为斜滑降。斜滑降的板形有双板平行也有犁式。通过斜滑降的练习主要掌握上侧板与下侧板不在同一高度上的滑行技术特点及用刃方法和身体的外向、外倾姿势动作。

直滑降时两板平均负担体重,而斜滑降时是上侧腿负重稍大于下侧腿。双板平行斜着滑过坡面时雪板处于横切状态,因坡度的不同,雪板底着雪面积大小也不同。一般是用两板底的1/3左右上侧板底负担体重,从雪辙的深浅可以分析出用刃的强弱。

在双板平等斜滑降中最大的特点是身体姿势的外向(上体稍转向山下侧)和外倾(膝、踝向山上侧倾,上体稍向山下侧倾),由于外向外倾构成了身体的"〈"形,也称反弓形。在斜坡滑降时为了防止向山下侧横滑,两踝、两膝向山上侧倾倒产生一种由上向下踩住雪板的感觉,也就产生了前面讲过的两板山上负重的结论。

1.动作要领。

(1)在坡面上斜对山下站立时肩、髋稍向山下侧转形成外向姿势。上体稍向山下侧倾而膝部向山上侧倾,用双板山上侧刃刻住雪面。

(2)在下滑过程中,应时刻把握从山上向下踩住雪板的感觉,上侧板比下侧板向前一些,双板应平行。

(3)在滑行时,保持上述姿势并注意两肩的连线、髋的连线和两膝的连线与山的坡面几乎平行。

(4)斜滑降时"〈"形姿势变化与用刃是协调一致的,共同控制用刃强弱及速度。

(5)两臂自然放松,目视前方8~10米处。

2.练习方法。

(1)保持正确的斜滑降姿势,改变重心高度的滑行练习,滑行时注意雪辙的正确。

(2)在斜滑降时进行左、右、前、后重心移动的练习,体会腿的负重感觉并注意直线性。

(3)在斜滑降中加入轻微的向左、向右及转体动作,以增强对板的控制能力。

(4)扩大或缩小两板左右距离的斜滑降练习。

(5)在中缓坡上进行改变用刃强度的滑行。

(6)双手胸前平举雪杖或把双雪杖平扛于两肩之上进行正确的斜滑降练习。

(7)分别进行上侧板主要负重和下侧板主要负重的直线斜滑降练习。

(8)单板支撑体重的斜滑降练习。

(9)在各种坡上,用正确姿势在滑行中不断向山下侧迈出一步的斜滑降练习。

(10)在不同坡面的凸凹场地进行直线的斜滑降练习。

3.注意事项。

(1)要牢记正确的反弓姿势。

(2)加强对雪辙的分析以了解用刃技术的掌握情况。

(3)防止在中坡上斜滑降时出现横滑现象和过大的拖滑。

(4)保持心理的放松和动作的放松。

(四)横滑降

横滑降是指雪板横着沿垂直落下线方向,直线或斜线的滑下。通过这种技术的练习掌握通过整个板刃调节对速度进行控制的能力。掌握整个雪板方向控制水平及相对应的身体姿势。

1.动作要领。

(1)双板平行,上侧板稍向前半脚。

(2)身体侧对滑下方向,与斜滑降相比较上体有更大的向山下侧扭转的感觉。

(3)通过调节两雪板与地面的角度向山下滑进。

(4)双腿微屈,眼睛向山下侧看。

2.练习方法。

(1)在缓坡横滑保持匀速的练习。

(2)从斜滑降到横滑降的练习。

(3)在中坡上进行慢速横滑降的练习。

(4)在陡坡上进行慢速横滑降的练习。

(5)在中坡上进行改变重心高度的横滑降练习。

(6)在中坡上进行单板横滑和斜滑降的练习。

(7)在有小的凸凹坡上进行斜线的横滑降练习。

3.注意事项。

(1)注意重心与横滑降速度的关系。

(2)防止在横滑中出现曲线。

(3)用大量的练习来克服恐惧心理。

(4)在中、陡坡的横滑练习对速度的控制是较难的,尤其是匀速则更难,应防止变速现象的出现。

(5)除用板刃控制方向及速度之外,还应结合上体的扭转来调节方向。

二、转弯技术及其练习

在从上到下滑行的过程中,要想改变方向就必须依靠改变雪板对雪的阻力和重心向弧内方向的移动来完成。

转弯中改变雪板迎角、变刃及采取相应的姿势等动作都是协同配合有节奏地进行的。一次转弯的实施由许多因素组成,只有将转弯的诸因素有机地、连贯地结合起来才能完成圆滑的转弯动作。

(一)犁式转弯

犁式转弯是滑雪转弯的基础技术,其方法为两雪板尾分开,雪板呈八字形,在下滑过程中保持雪板的八字形不变,依靠体重向一侧板移动或加大一侧板的立刃或蹬雪力量来改变方向。此技术动作虽为基础性转弯技术,但却有相当高的使用价值,而且对掌握其他雪上转弯技术也有重要意义。通过犁式转弯的学习来逐步掌握重心的控制、移动方法及雪板的控制要领、立刃技术要领及身体的基本姿势。犁式转弯适用于缓坡、中坡的一般速度,并可适应除薄冰雪面之外的各种雪质。

1.动作要领。

在犁式滑降姿势的基础上将重心逐渐向一侧板上移动,保持雪板外形不变,进行自然转弯。单侧腿加力伸蹬也是在犁式滑降动作基础上,保持八字形不变,单侧腿加力伸蹬也会自然形成转弯。立刃转弯也同样,无论是移体重、单腿加力伸蹬还是单板加强立刃的转弯都必须注意雪板外形,身体姿势不改变。

2.练习方法。

(1)在平整的缓坡上进行不持雪杖、用犁式滑降姿势滑进。在滑行时保持雪板的八字形,用左手触按左膝或右手触按右膝使其自然转弯的练习。因触压膝时可使体重在左、右腿上形成大约7∶3的比例,因而形成转弯。

(2)不持雪杖在缓坡上进行靠移动重心进行较深弧的犁式转弯练习。

(3)不持雪杖在缓坡上进行加大一侧腿的伸蹬力量或加大单侧板立刃的转弯练习。

(4)用三种方法分别进行深弧、浅弧的练习。

(5)保持八字形,连续进行一侧板的强有力的蹬收练习。

(6)随着移动重心转弯,伸单杖在外弧雪上画出圆滑的弧形痕迹。

(7)在中、缓坡上转出两侧对称的弧的练习。

(8)双手叉腰进行移动重心或加大单侧伸蹬力量的转弯练习。

(9)保持雪板八字形,轻跳起3~5厘米进行转弯练习。

(10)用旗门限制左右深、浅弧的转弯练习。

(11)在缓坡上进行连续跳越犁式转弯的练习。

(12)在中、缓坡上进行快节奏的深、浅弧的练习。

(13)在中坡上进行了长短距离的连续转弯练习。

3.注意事项

(1)经常注意保持外向动作,防止肩的过大摆动。

(2)注意体会雪板蹬出与立刃的结合及对转弯质量的影响。

(3)在进行犁式转弯过程中注意保持腿部的等腰三角形,防止在转弯过程中依靠上体的摆动和髋的移动来进行转弯。

(二)半犁式转弯

半犁式转弯是雪板成半犁式进行转弯的一种方法,两雪板中一板是直滑降板形,一板是犁式滑降板形。呈直滑降板形的雪板一般称为从动板,而呈犁式滑降板形的雪板则称为主动板。在转弯时向主动板上移重心、加压、立刃都可进行转弯。半犁式转弯是半犁式连续转弯的基础。通过半犁式转弯的练习,主要掌握重心移动、用力顺序、雪板蹬出的方向及立刃动作等。

(三)半犁式连续转弯

半犁式连续转弯可以理解为半犁板形 + 双板平行 + 半犁板形 + 双板平行,分成山侧板(山上侧板)蹬出的半犁式连续转弯和谷侧板(山下侧板)蹬出的连续转弯。

1.谷侧板蹬出连续转弯。

动作要领:图6.8中①在上一个转弯结束后,体重大部分在右板上,谷侧板(左)向谷侧蹬出,雪板成半犁式。在蹬出时,应有用板刃将雪削掉一层的感觉。②蹬出动作结束,雪板刃刻住雪面。如下动作应是瞬间连续完成蹬动、结束、刻雪、利用雪面的反作用力收板。其中应引起注意的是刻雪动作是通过整个脚来完成的。③收腿是借助雪面的反作用力进行的。收腿时应有积极向前方边滑边移动的意识。④外侧板较多地负担体重,进行转弯调节。⑤应有加大屈膝及踝关节向前顶膝的意识,进入转弯结束阶段并准备下一个转弯的开始。

①　　　　②　　　　③　　　　④　　　　⑤

图6.8

2.山侧板蹬出连续转弯。

动作要领:图6.9中①、②山侧板向外蹬出成半犁式,边蹬出边移动重心,应利用踝关节的伸展使重心稍上升,移动重心应自然放松。③雪板蹬出结束并保持雪板状态不变滑入垂直落下线。④、⑤处于转弯调节阶段的外侧板承担大部分体重、内板开始收腿,逐渐从垂直落下线滑出,加大外侧板的蹬雪力量。⑥、⑦收板结束,进入转弯的结束阶段。

图 6.9

3.半犁式连续转弯的练习方法。

(1)用犁式滑降技术进行斜滑降的练习。

(2)用犁式滑降技术从斜滑降过渡到横滑降的练习。

(3)在中、缓坡上进行了山侧板的谷侧板蹬出的练习。

(4)用旗门限制在缓坡上进行两种蹬开方式的练习。

(5)分别用两种蹬开方式进行快速度的练习。

(6)快节奏地分别采用两种蹬开方式的练习。

(7)在转弯后半部的双板调节阶段时进行双板"切入"的练习。

(8)在较长的线路上交替使用两种蹬开方式进行练习。

(9)中坡上变化旗门难度的连续过门转弯练习。

4.注意事项。

(1)注意完成动作的到位性和准确性。

(2)减少脱滑是提高转弯质量的关键。

(3)转弯时防止上体过大起伏。

(4)伸蹬时防止"O"型腿的动作。

(5)防止上体过度外倾和撑杖位置离体过远。

(6)转弯时注意蹬板及移动重心的动作速度。

三、停止技术及其练习

滑雪者在山坡滑降时,为了躲过障碍或滑降阶段即将结束,经快速蹬动雪板,使雪板改变了原运行方向,向另一个方向急剧制动而停止,叫做急停。完成这个动作时,雪板是沿着山坡的横向绕山坡画一定的圆弧而转变,所以又叫绕山急转弯。

1.动作要领。

滑雪者斜滑降途中,要做急停动作之前,身体要先上引,再以双膝和踝关节的前屈使身体下蹲,重心下降,同时双膝前顶侧压,小腿随膝的侧面倒立板刃,以下蹲和上体的反旋转的反作用力,用脚跟将板尾蹬出,雪板便改变原运动方向而停止。

从完成急停动作的整个过程来看,急停动作中包含着双板平行转弯的单方向转弯因素,所以说急停是转弯的过渡性练习手段。

2.练习方法。

从直滑降转入急停动作的练习,速度较快,没有更多的考虑动作的时间,所以在做急停动作练习之前,要做好下面几个练习。

(1)滑雪者着雪板侧向立于山坡上,做脚跟蹬出和双膝前顶侧压动作和上体的反旋转的弓形姿势练习。滑雪者要先以高姿势站立,再使踝关节急剧弯曲,双膝做前顶侧压的同时,脚跟要向外蹬动。每做一次后,要检查一下上体在做上述动作中有无反旋转动作,上体是不是半面向山下,雪板蹬出后的雪的痕迹是菱形的还是圆弧形的,然后再逐一纠正。

(2)滑雪者不着板做上述的动作练习,使每个动作能更好地连贯起来。

(3)在缓坡上进行撑杖的急停动作练习。在缓坡上进行这样的练习,滑降的速度较慢,便于体会动作。滑雪者在做急停动作之前,先把山上侧的雪杖前提插于雪板固定器前20厘米左右处,接着进行撑杖,在撑杖的同时,手、臂要稍横前向胸内搂,双膝向杖的方向扭压,脚跟也同时进行蹬动雪板尾端用来练习手臂在撑杖时内搂动作和弓形姿势的动作。

(4)在斜坡上做向左和向右的急停练习。一个动作的多次反复练习,能加深对动作要领的体会和达到熟练的程度。由于坡度由缓坡到中坡的变化,可在不同的速度中,练习和掌握急停动作的要领。